公元787年，唐封疆大吏马总集诸子精华，编著成《意林》一书6卷，流传至今
意林： 始于公元787年，距今1200余年

 意林幻青春
开 启 你 的 传 奇

禁域 ①
JINYU
浮生 著
墓地神婴

吉林摄影出版社
·长春·

图书在版编目（CIP）数据

禁域.1，墓地神婴 / 浮生著.-- 长春：吉林摄影出版社，2016.11
（意林幻青春）
ISBN 978-7-5498-2824-1

Ⅰ.①禁… Ⅱ.①浮… Ⅲ.①长篇小说-中国-当代 Ⅳ.①I247.5

中国版本图书馆CIP数据核字(2016)第279021号

禁域①墓地神婴
JINYU ① MUDI SHENYING

著　　者	浮　生
项目出品	意林幻青春
出 版 人	孙洪军
主　　编	顾　平　杜普洲
责任编辑	施　岚　胡晓路
总 策 划	蔡　燕　李　岚
统筹策划	李　岚
设计总监	资　源
执行编辑	王天颖
封面设计	资　源
美术编辑	张　迪
发行总监	李振红
营销总监	王俊杰
开　　本	700mm x 1000mm 1/16
字　　数	320千字
印　　张	17
版　　次	2016年11月第1版
印　　次	2016年11月第1次印刷

出　　版	吉林摄影出版社
发　　行	吉林摄影出版社
地　　址	长春市泰来街1825号
	邮　编：130062
电　　话	总编办　0431-86012616
	发行科　0431-86012602
网　　址	www.jlsycbs.net
经　　销	全国各地新华书店
印　　刷	北京嘉业印刷厂

书　　号　ISBN 978-7-5498-2824-1　　　　　　　定　价：28.80元

版权所有　翻印必究

（如发现印装质量问题，请与承印厂联系退换）

目录 CONTENTS

- 第 1 章 从墓地走出的神婴 … 001
- 第 2 章 上古残木 … 010
- 第 3 章 觉醒武典，惊人天赋 … 018
- 第 4 章 有何不敢 … 026
- 第 5 章 可敢一战 … 036
- 第 6 章 神秘的浮生 … 048
- 第 7 章 一招落败 … 056
- 第 8 章 再现九棺 … 064
- 第 9 章 众人的嘲笑 … 073
- 第 10 章 典灵借道 … 085
- 第 11 章 罪人的因由 … 093
- 第 12 章 不灭宗 … 101
- 第 13 章 随意射杀 … 110
- 第 14 章 倚仗自己 … 118
- 第 15 章 锤炼室 … 125
- 第 16 章 《究极真解》再现 … 136

目录 CONTENTS

第 17 章　三道钟声　145
第 18 章　月榜　156
第 19 章　缺一个战仆　164
第 20 章　你，很不错　171
第 21 章　形似鸡　179
第 22 章　你究竟是公鸡还是母鸡　188
第 23 章　优势已失　195

第 24 章　陷入围杀　202
第 25 章　掌掴　213
第 26 章　阴谋形成　220
第 27 章　夺典石　228
第 28 章　凶残的人　237
第 29 章　无底洞　249
第 30 章　一路横推　261

第1章 从墓地走出的神婴

"吼"！

一只全身宛如黑铁浇铸而成的神鳄，其身长数十丈，四肢粗壮如天柱，所过之处，苍天大树皆粉碎，威压震天。可是此刻，它的两颗大灯笼般的眼眸，尽显恐惧，正用怒吼宣泄着心中的恐慌。

它在逃！

速度之快，犹如闪电之势，可即便如此，它那钢铁之躯，竟然正在以肉眼可见之速，消失于大山之中。

这是有大手段在吞噬它的精气，何人竟有如此能耐？

紧接着，又是一声震天动地的怒吼，像是垂死前的挣扎，又如慌不择路的畏惧。它是一条蛟龙，头上已隆有两个角包，身躯百丈，蜿蜒而行，如山岳连绵万里，其修为远在此前神鳄之上。它拼命往大山外逃窜，却依然难逃厄运。

有股神秘力量在吞噬它们的精气，任它们有百般神法，也无济于事。

"吼吼吼"！

惊吼声不绝于耳，大山之中百兽竞相逃离，欲要冲出大山。千百万巨兽化作洪流，任何一兽，若是放在人族当中，必然引起轩然大波。

可就是如此，在逃亡中，不断地有无敌巨兽化为虚无，成为一条条由精气化成的神链，从四面八方向大山之中的最深处汇聚。

大山最深处，那是万古禁地，绝世强者的落幕禁地——无人区。

那是一座巨大的陵园。

葬有绝世强者，抑或囚有百世极凶之生灵。

与大山的郁郁葱葱、生机盎然不同，无人区一片荒芜，生灵绝迹，即便是一草一木，都断不可见。

放眼望去，墓碑到处可见，随意一瞥，其身份都会令百族震惊。

无人区，横跨不知几千万里，其内蕴有莫名玄力，看不真切，时有哭泣之音，飘忽在耳畔，又有人形无头骑士，持枪欲要血战天地。

阴风阵阵，犹似有莫名诅咒之力。可随着那一条条百兽精气所化的神链，从万丈高空飞过后，那人形无头骑士，猛然发出一道痛苦异常的嘶吼，转身做出抬头的姿势。可惜，他失去了头，并未能望到什么。

与此同时，无头骑士原本破败不堪的战甲，正在消融，体内精气居然向外溢出，惊人无比。

这无头骑士能在无人区陵墓当中策马持枪，其生前修为，必然无敌，即便如此，依然难逃神秘力量的吞噬。

"锵"！

青铜囚牢中，有绝世生灵挥舞着双拳，其手腕脚腕竟被神铁铐住，随着动作发出阵阵刺耳的声音，火光四射。

他的精气，亦是向外溢出被神秘力量吞噬。

片刻间，万千棺材内皆有精气溢出，周围万里，一草一木，人形的、兽形的精气，皆向外散出，向无人区的最深处汇聚。

如此通天手段，若是被人发现，定会令人骇然失色。

无数的精气，从四面八方向无人区的中心汇聚，在空中缓缓旋转。

有绝世强者被困在墓棺之中，他的眼眸最深处有恐惧之色，不敢反抗，任由对方吞噬珍贵精气。

四野哀号，天地变色，连月华都失去了光泽，这一夜很是漫长！

不知过了多久，汇聚了无数精气的中心点开始变化。它化成了一颗炽光巨蛋，且在缓缓变大，而精气的吞噬不仅未停歇，反而加大了力度。

巨蛋自行旋转，悬在空中，接受无数精气的洗礼。

某一刻，蛋碎了。

光芒万丈！黑夜消失，如同白昼。

蛋壳中踏出了一条稚嫩无比的小腿，他是一个布满神华的婴儿！

全身赤裸，重要部位有光芒遮掩，可是他竟然叹了口气，向前又踏出了一步，自那之后，四野崩塌，周遭空间粉碎。也就在此时，光滑无物的小脚丫下，竟有缥缈雾气升起，自虚空托起婴儿，并缓缓旋转。

如瓷娃娃般的婴儿突然转身，回眸望向身后一口巨型的青铜棺，神色复杂。

不久，他转回头，在初生婴儿的脸上，竟露出历经千万年岁月才有的古老沧桑，他发出了一声叹息。

忆往昔岁月，乾坤倒转，时光轮回，谁人能主沉浮？

一语道破万千，话毕，此婴化作流星，往天域的天佑国飞去。

十六年后，天域，天佑国，拜典城，浮家。

一袭白衣的少年，站在浮家的先祖石雕前，陷入了沉思，全然不顾周围浮家子弟对他的指指点点。

"看，这家伙又在那儿发呆发愣了，他是呆子吗？"

"小点儿声，毕竟他是家主之子，要是被他听到了可不好。"

"哼！听到又如何？整整十六年了，他还没能凝练出武典。此等天赋比废物还废物，若不是因其少爷身份，恐怕他连街上乞丐都不如。我听闻，家中已有数名族老联名给家主施压，要断其修炼资源。"

"我也听说了。哼，这些年也是白瞎了那些资源。"

那白衣少年身体一动，露出了一丝苦笑，也只是笑了笑，他不是胆小怕事，而是根本懒得理睬这些小喽啰。

"浮家……没想到自己竟成了浮家家主之子。"

白衣少年便是在无人区吞噬无数精气的婴儿。十六年过去，他长成了一个英俊少年，是浮家家主浮南的儿子，名浮生。

此时，他上前一步，心中感慨，仰头伸手轻轻抚摸着眼前有十丈之高的浮家先祖石雕。

浮生心中苦笑，对于浮家的先祖，他比谁都要熟悉。遥想千万年前，浮家的先祖乃是他麾下一百零八天兵神将中的一位，曾跟随他战天斗地，经历过无数场战争的洗礼，是他最欣赏的麾下之一。

没想到，他却成了自己麾下战将的子孙，说起来倒是有些荒唐。

就在此时，有下人走来，面对着浮生，明显没有什么敬意，道："族老有命，望浮少爷及时前往晨家，不得耽误。"

浮生只是点点头，没说话，可周围的子弟却是不加掩饰地议论起来。

"族老们真是英明，此等方法也能想出，真是一举两得，堪称完美啊。"

"谁叫这废物只会吃啊，简直就是个饭桶！在这种情况下，金山银山都会被吃空，更别说如今咱们浮家，已不如往昔，在拜典城三大家族中，已经排到最末，三大家族之外，也有家族虎视眈眈，若不采取一些措施是不行了。"

"即便如此，那三大家族实力最强的晨家的千金会看得上咱们的废物少爷吗？"

"废话，必然看不上。浮生他可是拜典城尽人皆知的废物，修炼十六年都未能凝练出武典，别说天赋极高、拜典城最美的晨曦了，就是普通女子，也不一定能看得上他。"

"既然如此，族老又何必叫他去呢？"

"这就是族老的高明之处了。你们可知道，只要浮生谈不下联姻，那么，今后他便不能无偿获得家族的资源，甚至失去家主之位的继承资格。如果万幸，让他联姻成功，癞蛤蟆吃上天鹅肉，还可解决家族如今的颓势，坐稳拜典城三大家族的位置，无论何种结果，都不亏。"

从浮家走出的浮生，胸前放着一纸婚约，这是晨浮两家先辈早前定下的约定，也就是娃娃亲。

晨家，浮生是知道的。如浮家先祖一般，晨家的先祖，也是他麾下一百零八天兵神将中的一位，所以这晨家和浮家的渊源，他比任何人都清楚。

可是浮家目前的境况，他也明白，如今的浮家比起当时，可是弱小如蝼蚁，与晨家相比，也要差很多。要摆脱这种现状，就必须采取一些措施。族老们认为，有两家先辈定下的娃娃亲，以及浮生胸前的那纸婚约，联姻应该是最好的办法。

可是他们并不知道浮生的身份，他能与曾经麾下战将的子孙成婚生子吗？

不能！

他办不到，这比成为浮家子孙还要荒唐！

所以，拿着婚约的浮生前往晨家，并非是如族老们所期盼的去联姻，而是退婚！

浮生驻足，仰头而立，面色复杂地看着眼前这座金碧辉煌，又透着古朴气息的晨家府邸，不知在想什么。

晨家府邸大门前的家仆瞥了浮生一眼，眼神不屑，嘴里淡淡道："浮少爷到了，请进吧，家主的时间可不多。"

他们是知晓浮生的，实际上，拜典城的大部分人都能认出浮生，盖因他的废物名声，早已远播。

浮生脸色淡然，并未因晨家家仆对自己的小觑而不满，更没因晨家明知道自己今日前来却未出门迎接而心怀不满。

他猜测，如今的浮家，兴许不似以往那般受重视了吧。

摇摇头，浮生迈步直往晨家的会客厅。

"贤侄，你来了？"

拜典城三大家族之首的晨家家主晨铁，身材高挑，面若书生，坐在上首，托着茶杯，和颜悦色地看着浮生，并摆手让浮生随意入座。

"来尝尝这新到的茶，传言尝一叶，可有益于凝练武典，应该对你有所帮助。"

晨铁指了指浮生桌前的瓷杯，笑呵呵地说道。

浮生轻呷了一口，心里倒是有些吃惊。眼前这泛着紫光的茶叶，名为紫檀叶，的确对修行有所帮助。这倒不是说紫檀叶多厉害珍稀，这在历经了千万年岁月的浮生面前，更是可以忽略不计。

可是换在如今的三大家族里，要想得到这紫檀叶委实不易，想必晨家也是花了不少代价吧，难怪晨家能坐稳三大家族之首的位置，底蕴竟达到了如此程度。

如今的浮家，是万万不可能去购买此等茶叶的。从侧面来看，浮家和晨家的距离，确实很大。

不过，浮生有些疑惑，为何晨铁明明知道自己代表浮家前来联姻，却偏偏只字不提，反而说起其他无关的话题。

浮生心有主意，他与晨家是断然不能联姻的，他必须马上提出自己的想法，这婚是必须退的。

当下，浮生称赞了一番眼前由紫檀叶泡制而成的茶水，心里有些亏欠般地看了晨铁一眼。在他看来，男方主动退婚，对女方而言，是极其失礼的，很有可能让他人觉得女方是做了什么有失体统的事，甚至影响她今后婚嫁。

狠下心，浮生心中叹了一口气，从胸口衣襟里拿出了那纸婚约，脸色凝重地将其缓缓放在桌上。

呵呵，到底还是年少，现在就坐不住了？哼！十六年，你当了十六年的废物，难不成还真想凭借这纸婚约，与我那提前三年便凝练出武典的女儿联姻？痴人说梦！

晨铁心中冷笑，但表面依然是笑脸相迎，瞥了一眼桌上的婚约，道："贤侄，这婚约是你父亲给你的？"

不明白晨铁为何突然这么问，浮生还是点头道："嗯，是我父亲亲手交给我的。"

浮家倒是心急，看来浮家的处境比自己所了解的还要窘迫啊。

此番思考，更是让晨铁下定决心，绝不让爱女下嫁给浮生。

"嗯。"晨铁应了一声，没说其他，心里却在飞速盘算，用什么理由能将这门婚事取消。

而此刻，根本不知晓晨铁想法，一心只想着赶紧退了这门婚约的浮生，踌躇了半刻，便开口道："伯父，这门婚约，我想……"

浮生本想说退了，话还没说完，就被晨铁打断了。

"贤侄，"晨铁心中冷笑万分，认为浮生太心急了，癞蛤蟆想吃天鹅肉，可面上依旧微笑道，"不急不急，这婚约的事，等吃饭时再说，我们现在需要做的便是静心品茶，可别浪费了。"

"这……"浮生不明白晨铁为何一直避开婚约这个话题，不过这样也好，免得刚到就提出退婚，让晨家不好下台。

浮生只好应允，可就在此时，晨家的一个像是管家的人，急匆匆地跑了进来，神色惊慌地喊道："不好了不好了，家主，小姐方才在修炼时出了意外，只怕……"

"什么?!"晨铁面色大变，立即起身，"这孩子真是太鲁莽了……"

我也去看看，毕竟晨家曾是我的麾下，就出手帮帮吧。

浮生皱眉起身，有着千万年记忆的他，若是想帮忙，恐怕还真没什么能难倒他的。一间独属于晨家千金晨曦的练功房里，已然围拢了晨家数位德高望重的长老，此刻他们焦急万分地看着盘坐在中间的晨曦。后者紧蹙秀眉，脸色苍白，嘴角溢出一丝鲜血，即便如此，拜典城第一美女的风姿丝毫不减，反而多了几分柔弱的美感。

心怀担忧的晨铁自然发现了身后跟随而来的浮生，眉头皱了皱，虽心中不满，但此刻女儿要紧。他第一时间便进入了练功房，一眼就看到了状态明显十分紊乱的晨曦。

"曦儿，你怎么了？可别吓父亲啊。"

晨铁眼看晨曦面色难看，匆忙上前欲要抓住她的胳膊，就在此时，一道冷冷的声音传了过来。

"不想晨曦的修炼一道就此搁浅的话，你最好不要碰她。"

浮生在走进练功房的时候，瞬间就明白了是怎么回事儿，此刻的提醒完全是出于好心。

不过，心急如焚的晨铁丝毫不领情，脸色冷了下来，道："这练功的事，可不是你一个黄毛小子能懂得的。今日不方便，不送。"

如果不是顾及晨家与浮家是世交的关系，晨铁早就将浮生这个废物赶出去了。

"浮生，出去吧，莫要添乱！"其中一个长老立即皱眉道。

一个修炼废物，还敢大言不惭地说教？你以为你是我晨家天才晨曦？呵呵，我呸！

数位长老脸色都拉了下来，恨不得一脚将浮生踹出去，省得他在这里添乱碍眼。

浮生心中暗叹了口气，若不是念及晨家先辈与他的关系，就凭方才那几句话……

晨曦今年十五，早在三年前便已凝练出武典，拥有一个典环，而且刚凝练出来的典环颜色，居然便是橙色！

于典者而言，典环的多少对应了相应的等级，分别是典锻境，典搬境，典魂境，典摹境，典涅境（大能者）……而典环的颜色深浅代表典者在这一层次的天赋以及实力，赤橙黄绿青蓝紫，赤色天赋最低。

通常人们在刚凝练出武典的时候，内在潜能开发的天赋一般只是赤色，而晨曦在十二岁时凝练出的武典，第一个典环颜色便是橙色，放在拜典城同龄人当中已然是佼佼者。

这与十六岁还未凝练出武典的浮生相比，简直是云泥之别。

晨曦若是天上的明星，浮生便是地上的浮尘。

晨曦的野心很大，她准备了许久，欲将自己在典锻境的天赋继续向上开拓，将典环代表天赋潜能的橙色晋升为黄色。

如果可以，那么，她在典锻境的实力至少是赤色典锻境典者的三倍，当然，要在同等修为的情况下比较。

天赋越高，以后所走的路便越远。

可是，这激发天赋，岂是易事？

晨铁此刻懒得多看浮生一眼，他十分着急地来到晨曦身前，打算打断晨曦正在运转的功法。

浮生摇摇头，他必须阻止，晨曦此刻的状态极为不稳定，倘若贸然打断其功法运转，必将毁了她。

他欲要逼近晨曦，阻止晨铁的动作，可数位长老以及晨铁却不领情，张嘴怒喝浮生，伸手欲要拦截，让晨铁打断晨曦。

怎么如此傻？

浮生心里怒哼一声，喝道："典力波动异常，于周身肆虐，这是明显的走火入魔前兆，仓促打断，必将让她的修为毁于一旦，你们怎么不明白？"

"你一个无法修炼的废物懂什么？少在此处妖言惑众！"有长老怒喝。

晨铁也想反驳，却蓦然发觉爱女晨曦的状态似乎真如浮生所言，也不去猜疑浮生为何知晓，急切地看着晨曦，关心地问道："那怎么办？"

浮生决定出手，因为这拜典城恐怕除了他还真没人能办到了。

"我来吧！"

浮生语毕，虽体内无典力，但身法轻盈异常，几乎眨眼间，便来到了晨曦身后。

"放肆！谁让你一个废物出手！"依然是那位长老，他周身典力澎湃，想要将浮生抓下来。

"真聒噪！"

这些人一直以"废物"之名侮辱他，但念及与晨家先辈的交情，他一直以来都是多加忍让，而如今他们的愚蠢让他实在难以继续保持沉默。

"你……"

那位长老脸色铁青，恨不得动手，却被晨铁拦了下来，因为他发现在浮生的出手下，晨曦周身紊乱的典力，似乎有所收敛。

这一幕，让晨铁大为惊讶，这废物不是不能修炼吗？况且，自己都无法帮助晨曦，他却如何能做到？

不过，此事关系女儿性命，晨铁也无暇多想。

片刻后，数位长老与晨铁越来越震惊，他们发现浮生所施展的手法，根本就闻所未闻，见所未见，晨曦的状态迅速稳定了下来。

"我助她了却心愿吧！"

在晨铁等人还不知这话意思时，浮生已然翻手，施展秘法，决定将晨曦的天赋潜能激发到更上一层次。

数个时辰后，浮生脸色苍白，汗如雨下，身子趔趄地停了下来，而晨曦已经完好如初。

"什么？晨曦的天赋颜色变成黄色了！"

晨铁察觉到晨曦胸前一闪而过的武典上的典环颜色，双眸的瞳孔瞬间收缩，不可思议地瞥了浮生一眼，不过很快，他心里就否认了某种骇人听闻的猜测。

不可能，这绝不可能是因为他。

晨铁更相信是自己的天才女儿在早前就已经突破了，只是遇到特殊情况，差点儿遇险，然后被浮生瞎猫碰上死耗子解决了危机。是的，一定是这样的，他一个无法修炼的废物，怎么可能懂得这些，绝不可能！

就这一会儿，晨曦醒了，她睁开那双美丽的眼眸，看了四周一眼，但在看到脸色苍白的浮生时，眉头一蹙，冰冷道："你怎么在这里？你在这里做什么？"

"我？"有些意外于晨曦对自己的冰冷，浮生突然发觉自己的决定似乎是有必要的，淡笑着将身上的那纸婚约拿了出来，道，"我是来……"

"贤侄，"晨铁连忙扶着浮生向外走去，"婚事晚点儿再说，感谢你的相助，晨曦刚刚有所突破，你也乏了，先休息休息再谈吧。"晨铁还真的怕浮生不识好歹地提出联姻一事，本来他早就想毁掉这门婚约，而今，晨曦更是有所突破，凭借其天赋，可选的人必然增多，完全没必要下嫁给浮生这无法修炼的废物。

"站住！"

还不知道自己险些走火入魔被浮生相救的晨曦，自然看到了浮生手里的婚约，眼里的冷意更甚，她第一时间叫住了欲要离去的浮生，今日，她便要与浮生摊牌，说个明白。

脸色苍白无血色的浮生，在听到晨曦的叫喊后，有些诧异地缓缓回头。

先前施展秘术耗费了大量体力，流出的大量汗水将长发打湿，湿发乱糟糟地随意贴在额头上的浮生，看上去很是狼狈，再加上苍白的脸色与柔弱的身子，让晨曦愈加反感。

她决不会与这种无用之人在一起的！

她不知道浮生为何流了那么多汗，更不知道他为何比往前显得更加孱弱不堪，她不知道也不想知道。

"轰"！

在浮生转身看过来的时刻，晨曦冷视着浮生，双手一挥，将体内武典显现了出来，玄奥的武典上，有一道黄色的典环在缓缓流转，夺人眼目。

"看到了吗？"晨曦淡淡地道，"我十二岁时便凝练出武典，是拜典城同龄中的佼佼者，如今，我的天赋再度突破到黄色，也就是第三重，即便是在藩阳郡的同辈里，我也是佼佼者，呵呵，你呢？"

呵呵，你呢！

浮生耳畔反复地响起这句话，让他的嘴角不断上扬。

"你呢？十六岁，还未能凝练出武典，却早已过了修炼的最佳年龄，呵呵，即便你最后侥幸凝练出武典，天赋也只是一般，你的路又能走多远？"

晨曦此刻异常冷静，她是拜典城天赋最高、容颜最美的典者，有些话她必须说。

真是滑稽，自己出手救了她，甚至不惜用秘法伤了己身，让她的天赋更上一层楼，她不感谢自己也就算了，反而以此来逼退自己，当真是可笑至极。

浮生没将这些话说出来，他有着自己的骄傲。浮生只是悄然将那纸婚约捏成纸团，脸上却淡笑道："你想说什么就说吧。"

尽管不明白此刻的浮生凭什么还能笑出来，但晨曦可不会有丝毫怜悯，冰冷却悦耳的声音在缓缓流出："我想说，我们根本就是两个不同世界的人，我的路不止于此，我的世界很广大，是你拼尽一辈子都无法企及的，放弃吧！"

浮生笑了，咧嘴淡淡地笑了，看着晨曦冰冷的眼眸，道："我明白了。"

语毕，转身，将早已捏成纸团的婚约极为准确地抛进装垃圾的桶里，头也不回地踉跄离去。

第2章 上古残木

看着浮生离去的背影,晨铁有些惊讶:"这小子居然会如此干脆,不太像他啊,难道有什么诡计不成?"

浮生这十六年来,表现极为不堪,性格更是软弱内向,被冠以"笨蛋"的称号。今日,浮生这般表现,的确令晨铁意外。

"哼!"晨曦瞥了浮生狼狈的背影一眼,没有想其他,嘴角露出不屑之色,"他怎么可能会善罢甘休呢?他最好还是认清自己,断了这份不该有的念想,不然我便会不客气,让其名传拜典城!"

晨铁点点头。如今女儿天赋再上一层楼,修为一途必将走得更远,可不是浮生这癞蛤蟆能够攀附的。

浮生从晨家府邸走出,晨家没有一个下人出来送客,皆聚在一起,对着浮生的背影指手画脚,评头论足,嘲笑的声音传来,一点儿都不避讳还未走远的浮生。

为助晨曦天赋进阶而施展秘法,使得浮生身体疲乏,脸色苍白,这一切,落在晨家下人眼中,无疑成了浮生因被拒婚而伤心欲绝的有力证据。

"也不瞅瞅自己什么德行,竟敢如此厚脸皮,想与晨家联姻,真是不要脸。"

正所谓,好事不出门,坏事传千里。

当日,浮生被退婚一事,被有心人通过各个渠道流传出去,使得整个拜典城尽人皆知,好事者更是不加掩饰地嘲笑评论。

换作是浮家没落前,谁人敢如此?

而今,浮家败落,加上浮生无法修炼,评头论足的势头比从前更甚。

然而,就在此时,晨家却传出一道晨家千金晨曦天赋进阶到第三重的重大消息,这一事件瞬间便淹没了大家关于浮生的评论热潮。

晨曦,成为整个拜典城人人都赞叹羡慕的对象。

一时之间,她风头无两,成为人们仰视的天才。

人们又提起了浮生,不明真相的他们,一致支持晨家的做法,理所当然地认为,换作是他们,也决然不会让修炼前途一片光明的晨曦,下嫁给无法修炼的废材浮生。从某种意义上讲,嫁给浮生是在毁晨曦的一生。

可是，谁又知晓，晨曦之所以能突破到黄色天赋，还不是拜浮生所赐？

浮生回到了浮家，家族早已知晓他被退婚之事，没有人给他好脸色，反而更加瞧不起他了。唯有他的父亲，也是浮家家主浮南，依然对他展露慈祥的微笑。

"无妨！晨家无视祖上约定，错在他身，不用理会。"

浮南把浮生叫到他的私人木屋，安慰道。

浮生心中感动，整个晨家也就只有浮南站在他这一边，没有怪责他。

可也因此，他心中多少有些愧疚。无论如何，退婚一事也是因他而起，如此看来，浮家在三大家族的位置，兴许要被剔除了吧。

"对不起！"

浮生皱了下眉头，还是说出了这句话。

浮南走了过来，伸出大手，放在浮生的肩膀上轻轻拍了拍，摇头道："这不怪你，你无须愧疚，即便联姻成功，也只不过是让浮家再苟延残喘一段时间罢了。只是没想到，晨家竟然丝毫不念世交之情，唉！"

转身，浮生似乎看到了浮南两鬓的丝丝白发，这让他很受触动。

他看到身躯一向挺拔如山的浮南，竟有颓败之势，这一切只因晨家出尔反尔。

晨家恩将仇报，如果不是自己出手，晨曦必然无法突破，甚至会走火入魔。而今他们却抛弃祖上约定，享受赞美之词，使浮家陷入雪上加霜的地步，真是可恨啊！

后悔了！

浮生感到万分后悔，早知晨家如此，早知晨曦心性如此，何必当初呢！

"父亲，"十六年了，这还是浮生首次唤浮南为父亲，与浮家祖先有着那层关系，他总觉得别扭，而今看到头发渐白的浮南，心有不忍，"我一定会凝练出武典的。"

眸光坚定无比，这是浮生十六年来首次表明的决心。

浮南起初没反应，但在下一刻，他听到"父亲"二字，整个身子都颤动了。这一刻，他同样等了十六年。

浮南挥手，带着笑容，看着浮生离去，只是在他转身后，老泪纵横。

回到房间，浮生平复下激荡的心情，盘坐了下来。

十六年低调，被人称为呆子。无法修炼，总归是有原因的。倘若这原因被人们知晓，定然会吃惊无比。

因为，这一切都是浮生刻意为之，他故意压制修炼，行为低调。

而今，他不需要隐藏了，即便有所缺失也无妨，只因他要让晨家为其恩将仇报付出代价。

盘腿，坐于中央，浮生将深藏十六年之久的一块残木拿了出来。这是他自无人区带出的神秘木块，也是他千百万年当中的意外收获。在这时间长河中，他终于得出了破解的方法，亦是得出，要想超过自己的巅峰时期，必先养木，这才有了十六年不修炼的决定。

以己身精血养木。

以己身神魂滋木。

以己身躯骨锻木。

以己身血肉炼木。

此块残木，通体血红，坚硬无比，与传说中的神铁相比还要有过之而无不及，十分神奇。饶是以浮生的见识，也无法识别是何木。

纵然不知晓其材质，但能借助它修炼，便足矣。

入定，浮生双手捏诀，动用秘法，白衣无风自动，四周恍若刮起了旋风，将中央清理干净。

汗珠滴落，却在这时，浮生眼眸陡然睁开，下一刻，安静了不知多少年的残木，终于动了。

它爆发出了肉眼难以直视的光芒，接下来，浮生的意识竟然不受控制地被拉扯进了残木当中。

与此同时，晨家之内，一派喜气洋洋，全家上下挂起了代表喜事的大红灯笼，只因他们收到了一封密信。

这是一封来自天佑国三大宗门之首天佑宗的信函，欲要破格将晨曦收入宗门。

天佑宗，以天佑国国名命名，很显然，这是一个被皇室扶植的宗门，其背景实力强大，也难怪成为三大宗门之首。

"这是真的吗？"

手持这封代表着天佑宗的信函，晨家现任家主晨铁兴奋得全身颤抖。只要晨曦能顺利进入宗门，他晨家很有可能走出拜典城，向更广的地域进军。

站在一旁的晨家一干族老们，双手因激动下意识地搓着，他们皆是点头笑着道："是的，这是天佑宗外门长老万长天万长老亲自传来的，千真万确。"

"哈哈，真是老天庇佑啊，晨家将就此大放异彩，这一切全靠晨曦啊。"

晨铁万分高兴，侧头赞赏着面带微笑的晨曦，如若不是天赋惊人的晨曦，这一切将不会发生。

"是啊，小姐的天赋，实属百年一见，真是太惊才绝艳了。"

一众长老点头附和，连连赞美。

天佑宗是何等宗门，能让他们传来密信招收弟子，这是天大的荣幸。仅凭这一点，便会在晨家族碑上添上一笔。

这时，晨家大族老突然皱着眉头，道："大小姐要进入天佑宗，千万不能因一些无关紧要之事，而有半点儿影响。晨家虽退了浮家的婚约，却并没有公布，若天佑宗发觉，恐有所影响。"

晨铁一听，顿时大惊。的确，天佑宗乃三大宗门之首，绝不会招收已有婚约在身的弟子。

"传令下去，立刻对外宣布我晨家与浮家正式解除婚约，与浮家浮生没有一丝瓜葛，马上办！"

有一位族老叹息道："如此一来，等于是与浮家撕破脸了，怎么说两家祖上毕竟有交情……"

这位族老的发声，却引来了诸多族老的不满，皆认为他多虑了。

晨铁没有丝毫犹豫，挥手道："数年来，我们也算是仁至义尽，没少帮衬他们。何况，即便撕破脸又何妨？只要晨曦顺利进入天佑宗，晨家与浮家的距离，只会越来越远，自古强者当权，交情也必须建立在同等实力的基础上，他们太弱了，无法带给我们更多的益处。此事，就此定下，无须再议。"

看那位族老欲要开口，晨铁当即制止，招手，将他的口令传了出去。

几息不到，整个拜典城再一次轰动了。

比上次浮生从晨家落魄地出来所带来的震动还要强烈。

因为，这次晨家所为，等于是向整个拜典城的人们宣告，晨家彻底与浮家撕破脸，坐实了浮生被退婚的传言。对于三大家族来说，他们最在乎的便是脸面，晨家这个做法，无疑是一记掌掴，重重地打在日渐衰败的浮家脸上，手段残忍。

拜典城的人们，又开始不断议论起来。

"呵呵，浮家此次丢脸至极啊，还有何脸面继续坐在三大家族里？"

"我倒是好奇，晨家为何会如此宣告，难道手上有什么底牌，到了与浮家撕破脸都无所谓的地步了吗？"

"或许只因晨家明珠晨曦的天赋，看来，我得重新审视下晨曦的潜能了。"

拜典城的其他家族十分震惊，都将注意力转向了晨曦的潜能天赋，认为晨家必将在晨曦手上愈加强大，更有依附于浮家的小家族，竟然私底下向晨家交了忠心。

整个拜典城在这一刻形势大变，一边阿谀奉承朝拜晨家，另一边则是与浮家划清界限，浮家有着被孤立的趋势。

此时，在拜典城城门口不到千米的位置，出现了一批人，气势惊人，远远望见犹如长龙俯躯，其上空竟有典力弥漫，根本不似拜典城当中的任何势力。

走在最前头的人，个个身形高大，肌肉如虬龙隆起，气势惊人。而在这批守护者的中央位置，则有三辆战车，前面两辆由青铜打造，以角马兽充当拉力，造价惊人。

传说角马兽可是有着天马的部分血脉，稀少无比。在拜典城中，也就只有三大

第2章 上古残木

家族拥有几头，平时悉心供养还来不及，怎么可能当普通战马一般拉车呢？

如果说前面两辆青铜战车造价惊人，那么，第三辆战车，足以令所有人倒吸凉气。

只因此辆战车是由纯金打造，以金銮装饰，车帘由深海珍珠穿连而成。就算是车轮，普通人家百年劳动都买不起。

虽然也是角马兽拉着，但观其血脉，第三辆车的角马兽明显要比前面两头纯种一些，远远望去，金光熠熠，十分璀璨夺目。

在此辆战车周边，有卫士手拿旗帜，上头赫然写着"天佑宗"三个大字，宛如一座大山压头。

就在此时，金銮战车里头却传来了一道年轻男子的声音，语气倨傲："直接前往浮家，我倒要看看是何等人，胆敢与晨曦小师妹纠缠不清，哼！"

一声冷哼，澎湃的典力，竟从金銮战车四周激荡开来，战力惊人，恍若战神下凡。

晨家第一时间接到消息，并摆出了最隆重的排场，晨铁率领晨家所有族老以及家族成员，火速前往拜典城城门口恭迎这位名为石轩的天佑宗外门弟子。

尽管只是天佑宗最外圈的弟子，那也不是小小拜典城中任何人敢轻视的。

更何况，他石轩可是外门弟子当中排名前十的存在，战力非凡，地位显赫，除此之外，还有他背后宗门所代表的意义。

晨家全家上下出动，队伍浩浩荡荡，瞬间就引来拜典城全民围观，人潮涌动，比肩接踵，议论纷纷。他们十分好奇，究竟是何等人，会让拜典城三大家族之首的晨家，如此兴师动众，行事郑重。

因此，人们也跟随在晨家一众后方，成锥形大队，赶赴拜典城城门口，一探究竟。

晨家出动了数十辆珍藏的战车，人人身穿最华丽的长袍，这阵仗便是拜典城城主也要差上分毫。领头的是晨铁，今日，他面带喜色，挥手间，霸气凛然，意气风发。

在他身旁的便是而今风头正盛的晨曦，一身蓝色裙衣，将她曼妙的身躯勾勒得动人心魄，莲步微移，面若桃花，有淡淡酒窝浮现，可见心情颇佳。

随后便是晨家一众族老与家族成员，个个气宇轩昂，昂首挺胸，这便是而今三大家族之首晨家的底蕴。

"动作快点儿，莫要失礼，不然怠慢了，可不好。"

晨铁有些焦急，怕迟了，惹怒了天佑宗。

大族老笑了笑，知道家主激动，这才乱了分寸。无惧，他们已然到了城门，而天佑宗的人，还有百米才能前来。

也在此时，跟随而来的人们，伸长脖子望去，总算知晓晨家如此动众，所要迎接的是何等人。

"嘶！天佑宗？莫非这是天佑国三大宗门之首的天佑宗？"

有人眼尖，看到了前方百丈长队飘扬的旗帜，这是代表天佑宗的旗帜。

有长者曾有幸见过，他大惊道："这的确是天佑宗的幡旗，真的是天佑宗的人来了！"

这一发现，使人群陡然炸开了锅。天佑国国土浩瀚无边，有一百三十六个郡，每郡设百城，拜典城便是其中最为弱小的城池，而今怎会引得天佑国三大宗门之首的人突然前来呢？

"你还看不明白吗？定然是因晨家的千金晨曦。天佑宗这等宗门，必然是看中了晨曦的天赋，前来招收弟子的。"

有人点头附和："极有可能，眼下也到了各大宗门招收弟子的日子，而拜典城最有天赋的便是晨曦，加上晨家此刻兴师动众，这二者必有联系。"

人们又将视线转到天佑宗的人身上，皆露出惊羡之色。

"瞧这阵势，这排场，这战车，远超我拜典城所有啊。"

他们看到了以角马兽为拉力的战车，全都骇然了。不愧为天佑国最强的宗门，这还只是冰山一角。

晨家自然也看到了，全都肃然起敬，方才的嘈杂声自动消失，人们做好了恭迎准备。

天佑宗的人马此刻终于停在了晨家等人数米前，晨铁一激灵，立刻弯腰站了出来，拱手恭敬道："晨家在此恭迎石大人，石大人不辞万里前来，是晨某三生之幸啊！"

话音一落，金銮战车里走出了一个年轻男子，立即引得围观女子一片惊呼。

此人身穿飞禽走兽绣纹之白衣，相貌俊逸，堪比潇洒公子。气势非凡，举手投足间，有莫名的气质，唯一美中不足的，便是他的肤色太白了些。

他这一走出，故意将典锻境三星的实力，展现而出。当即，他的衣袂无风自动，天灵盖上，似有莫名法则显化，端的是人中龙凤，惊才绝艳。如此年轻，竟有这番实力，立即让随同而来的同辈羞愧低头，自惭不已。

便是晨铁等人也很是惊讶，只因拜典城同辈当中，最为天才的晨曦，也只不过处于典锻境一星这个层次，尽管天赋颜色进阶到第三重黄色，但整体实力上，对方远远高出晨曦两星，石轩年龄也只比晨曦大上五岁罢了。

晨曦心中也起了一丝涟漪，不愧是天佑宗，随便一个外门弟子，便远超整个城池中的杰出之辈，这也让她更加期待进入天佑宗。

"听闻，这位年轻俊秀的石轩，是天佑宗外门弟子排名前十的存在，而他还有个身为外门长老的爷爷，地位当真是显赫啊。"

此道声音一出，四周看着石轩的目光更是发生了变化，甚至不敢仰视他。

站在金銮战车上的石轩，很满意底下众人的表现，觉得差不多了，这才开口出声道："大人客气了，不敢当，我只不过是天佑宗的外门弟子。"

晨铁哪敢当真，躬身笑道："石大人天赋异禀，实力高强，真是年轻有为，实在是太过谦逊了。"

石轩笑而不答，负手而立。这番姿态，更是令无数少女眼露桃色，心花乱颤。

"石大人，晨某已备下宴席，还请赏脸移驾。"

晨铁做出欢迎之势，拥挤的人群立即空出一条大道。

然而，石轩却并未动作，道："且慢，先去浮家吧，我倒要见识下浮生，看看到底是何方神圣。"

石轩此次前来，虽说是给他爷爷打头阵的，但实际上是想目睹下拜典城第一美女晨曦的芳容，有意将其收纳。

他转头，自然看到了站在晨铁身旁的晨曦，双眸一亮，露出痴迷之色。这晨曦，还真是美若天仙啊。

也因此，他对传言中的浮生更加不满了。

他对晨曦早有了解，更是探查到浮家的浮生竟与晨曦有过婚约，但他竟然是一个十六岁了还无法修炼的废物。

听闻，前几日他还拿着婚约去晨家想要迎娶晨曦，这让已将晨曦视为伴侣的石轩勃然大怒，这也是他在到拜典城后，想要直接前往浮家见识下浮生是何人的用意。

晨铁等人自然会意，晨家大族老更是添油加醋道："晨家浮家本是世家，虽说有婚约，但大小姐却一直不喜浮生。可浮生脸皮甚厚，屡次以婚约相迫，对大小姐纠缠不已，再怎么劝阻都无用，晨家只好公开宣布与浮生解除婚约，但恐不是长久之计啊。"

晨家故意示弱，将浮家说得很强势，使石轩对浮家恨意更深，用心着实险恶。

"哦？还有这事？"石轩眉头皱了皱，双眸顿时冷了下来，冷哼一声，"竟有这等不要脸之人，晨曦不久便将是天佑宗弟子，即是我的师妹，今日我便帮你解决了麻烦，当作见面礼！"

能借刀杀人，还可消除晨曦有婚约的影响，晨家自然是举双手赞同，立即带路，走在石轩身旁。

当下，拜典城几乎大半的人都出动了，紧随石轩之后。有人对浮生感到同情，如庞然大物一样的天佑宗，要对付拜典城哪个人物，任谁都没有丝毫抵抗能力，更何况是毫无自保能力的浮生。

人们已经开始想象，只要浮生敢出现，必然大难临头，仅凭对方是天佑宗弟子的这层身份，便让任何人都生不出反抗之心。

石轩双手背负，与晨铁等人边走边谈笑，根本未将浮家以及浮生放在眼里。

事实上，也的确如此。在他眼中，即便浮生是一郡之主，他也不惧。因为，他相信在不久的将来，他极有可能成为天佑宗内门弟子，到那时，以他的地位身份，将无惧一切。

再者，他还有个靠山，便是他的外门长老爷爷。有爷爷在，即便捅破了天，他相信都能被掩盖。

若不是因拜典城出了晨曦这样的不世之材，他也不可能注意到这小小拜典城。

就这样，石轩等浩荡人马，如大军行进一般，很快就到了浮家府邸前。

"到了？"

石轩停下，瞥了一眼面前的浮家大门。

晨铁不敢有丝毫迟疑，躬身确认道："是是，这便是浮家，而那浮生想必就在里头，要晨某前去叫门吗？"

"不用！"

石轩摇头制止了，随即在晨铁等人愕然的眼神中，他周身典力突然澎湃而出，其典脏（心脏）位置，光芒四耀，隐约可见其中有一本书渐渐浮现。

此书便是典者力量源泉的武典，它身上有神秘纹路，悠远，不可触及。

每个成为典者的人，典脏处必有武典，而浮生便是因为无法凝练出武典，才导致无法修炼，被人瞧不起。

随后，石轩身上浮现出一道光彩照人的典环，典环如透明光圈一般，将其身躯圈在当中环绕旋转。

一道典环，便是代表着其实力为典锻境，观其典力浓郁程度，是为三星小层次。而典环此刻所闪耀的橙色，便是他在典者一途的修炼天赋。

橙色是第二重天赋，但典锻境三星的实力，还是让石轩成了外门弟子。可见有着黄色第三重天赋颜色的晨曦，是有多珍贵了，也难怪天佑宗会提前派人前来招收。

石轩此刻光耀照人，宛如人中豪雄，照耀得众人睁不开眼。一脚踏出前，石轩有意望了晨曦一眼，他故意展现自己的实力，让晨曦看看对她纠缠不休的浮生，是如何在他脚下受尽屈辱的。

典脏内有武典不断循环，给石轩提供澎湃典力支持，他淡笑一声，俯视着浮家府邸，大声喝道："浮生，还不快快来跪拜！"

夹着典力的声音，犹如浪潮一般，声势浩大，满城皆可闻。他这是要告诉所有人，让众人前来观看他是如何处置浮生的，以在晨曦心中留下好印象。

他根本没有丝毫忌惮，是的，拜典城中众人在他眼中弱小如蝼蚁，而浮生，更是蝼蚁中的蝼蚁，可如柿子般随意揉捏。

第3章 觉醒武典，惊人天赋

天佑宗外门弟子石轩的高调前来，目前身为三大家族之一的浮家，不可能不知晓。在此之前，浮家的人便看到石轩与晨家家主晨铁交好的一幕，随即看到石轩因浮生纠缠晨曦，有意拿浮生开刀，浮家自然脱不开干系。

浮家立刻成了众矢之的，石轩等人率领众人，来到浮家门口，使得浮家上下对浮生更是恨之入骨。

"害人不浅哪，浮家被浮生这废物拖累了，现在该怎么办啊？"有人终于控制不住直呼浮生废物。

"修炼废物，浪费家族资源也就算了，此刻竟还因他好色，将家族拖下了水，我看，应当将其逐出家族，或许浮家还能免于此次危难。"

"此等办法肯定人人拍手赞同，可家主舍得吗？唉，家主太过偏心，浮家由他带领，我看，不是件好事。"

有人愤愤不已，连带着对浮南都看不顺眼了。可这话一出，立即就被人用眼神制止，毕竟有些话只能放在心里。

浮家上下，人心惶惶，众人如热锅上的蚂蚁，焦躁不安，早已恨透了浮生。此刻有人想将其揪出，却发现他没了踪影，根本寻不到。

而浮生的住所，一般人还难以靠近，他终究还是浮家家主之子。

有族老之子，甚至族老亲自去寻浮生，他们认为浮家能躲过天佑宗外门弟子怒火的唯一办法，便是将浮生交出，浮家自然无事。

可是，来到浮生住处，却被浮南的人给拦了下来。

"哼！家主老了，看事已不通透。"

"只顾他一家，却不顾全大局，有失一家之主的风范。"

有族老心中不满。

此刻，浮南心中也焦急万分。本来他是不会派人过去在浮生房门前把守的，因他中途来过一次，发现房屋里头有异样，便联想到与浮生分别时，浮生信誓旦旦地说一定会凝练出武典，尽管心中期望不高，可万一呢？

于是，他便命人来严格把守，任何人都不能前去打扰。

浮生，的确正处于关键期。

自浮生的意识被上古残木拉了进去后，便发现自己莫名来到了一个未知的地方，睁眼一看，更是让他惊讶得合不拢嘴。

赤橙黄绿青蓝紫，七彩光芒闪耀，沧桑久远的气息扑面而来，恍若来到了上古。

这是一个不知名的空间地带，地域广袤，不知横跨几万里。

四方氤氲之气缭绕，苍天大树耸立，飞禽走兽奔腾齐飞，一派生机。

浮生震动，要知晓，他活过了不知多少年，经历无数，即便如此，此处依然令他吃惊。

他一人与万兽擦肩而过，瑞气祥和。可当他登上高峰，却发现方才草木丛生的地方突然大变，映入眼帘的尽是朱红色的荒漠戈壁。

寒风萧瑟，遍野无生机，耳畔有人哭泣，似是就在身后。可是当浮生转身一看，什么都没有，似乎整个世界就剩下他一个生灵。

孤独，寂寥，悲伤……

浮生心情有些悲恸，他瞳孔一缩，低头发现眼前的沙土上竟有血的痕迹，不过已然干涸不知多少万年了。

他拨开沙土，却发现越挖血的痕迹越甚，最后竟发现有鲜血在汩汩流淌，是从地下流出的吗？要流向何处？到底是谁的血？又为何而今还在流，仿佛永不停止？

"什么？那是……"浮生发出一声惊呼，双脚一颤，险些跟跄摔倒。他竟看到前方的沙土上露出一角青铜，这是他在这个空间中所发现的第一个人为制造的物品。

他鼓起勇气，一步一步往前迈去，越是靠近那露出一角的青铜，四周的空气仿佛越寒冷，且伴有阵阵阴风。

"锵"！

当浮生距离那青铜不到十丈时，那一角仿佛亘古不动的青铜，猛然发出一道金属碰撞之音，震得浮生双耳剧痛。浮生无暇顾及，因为他惊恐地看到，那一角青铜在发出声音后，便开始剧烈抖动起来。

它怎么会动？

不对，青铜不仅仅只是一角。

浮生瞪大了双眼，那一角青铜发出震动，不断从朱红色的沙土里露出来，并且露出的面积越来越大。

到最后，浮生倒吸了一口冷气，下意识往四周，尤其是身后望了一眼，连连后退几步。

完全暴露出的青铜，呈四方形，它，竟是一口青铜棺材！

到底是何人将它埋在这里？又是何人葬在其中？

然而，就在这个时候，在这口青铜棺旁，不断响起金属碰撞之音，周围的沙土不断隆起一个个小山包。

"铿"！

"铿"！

"铿"！

浮生脸色骇然，不断后退，途中不知摔倒几次，忘记了疼痛，眼里只有不断冒出的青铜棺材，心里充斥着挥之不去的恐惧。

"怎么会这样？怎么会有这么多的棺材？这里到底是什么地方？"

浮生眉头紧锁，因为在此期间，他看到了无幽花、坠魂草等上古神药。要知道，即便是在他那个时代，这些神药也万分珍贵，稀少无比，如今，竟能见到，只有一种可能，那便是此神秘空间，存在的时间太过久远了，便是他都无法揣度。

八口青铜棺，整整八口青铜棺，整齐地横陈在沙土之上，寂静而恐怖，恍若在此等候了千万年。

这八口青铜棺有着莫名的力量，令浮生无法靠近。

青铜棺上雕有神秘画像，更有无法看懂的字迹，这八口青铜棺所雕皆不相同，就在浮生聚精会神之际，一道犹如雷鸣一般的声音轰然响起。

在八口青铜棺之上，有光芒闪烁，当浮生想定睛看时，却发现在青铜棺上方赫然出现了好几本深色武典，如同寻常人家的典籍一般。它们全部竖立在空中，彼此之间，有刺眼光芒围绕，更有玄音在上空鸣唱，它们形成了一个围住青铜棺的圈子，并且逆向转动。

尽管浮生知晓上古残木里有神秘武典，可供自己的武典觉醒，但而今此番景象，依然令他震动。

情况刻不容缓，他立即盘坐，用玄奥晦涩的手法，沟通几口棺木上方依然在不断旋转的数本武典，使它们的力量与己身达到完美的契合。

此时，神秘莫测的武典，有金光大放，神力激射在浮生的典脏处，让他痛苦难忍。但明显能感受到，有东西在他的典脏处缓缓生长。

当那东西冒出头角后，浮生瞳孔一缩，这与他千百万年来所见所闻，完全不同。他看到，典脏处所长出的那一角，根本不是如书籍般的武典，而是形状残破的木块。

这是他万万料想不到的。

"怎么会如此？"

八口棺材上的武典继续给浮生的典脏释放神秘力量，浮生看得更清楚了，因为典脏处的东西越发清晰，全部生出后分明就是一块朱红色的残破木块，怎么会如此？

这违反了这个世界关于典者的规则，不该如此啊！

仔细观察，浮生惊悚，他发现这块残木，模样与上古残木一模一样。难道它竟跑到自己典脏里，成了自己变异的武典？

力量依然在沟通，浮生在短暂的震动后，惊喜地发现，不似武典的武典，当中所隐藏的力量极为惊人，是他数年所未见过的。

武典是人体力量的源泉，这个源泉如果强大无比，那么这个典者今后的修为自然也会强大。

"虽然觉醒了个变异的武典，外表丑陋，力量却是这么惊人。"

浮生露出怪异的笑容。此武典，远超所有啊，可令他今后在修为一途上走得更远，他日必有惊喜。

武典已觉醒，随即，浮生周身浮现出一道典环，光芒闪烁。

"看看我的天赋潜能如何？"

典环如圈，闪烁不已。起初，是赤色，这是最普通的天赋。浮生知道这才刚开始，它还会变色。

念想一停，典环颜色再变，从赤色转为橙色，这是优异资质。有此等天赋，浮生已无惧，因为，凭借他活了无数年所见识的修炼秘典，足以让他成就非凡。

然而，典环发出了一道颤音，橙色的光芒开始变幻，这让浮生吃惊不已。难不成，自己这个身体的天赋，还不止于此？

随即，典环的颜色迅速波动了起来，而且迅速转变。

黄。

绿。

青。

颜色终于停留在了青色，这可是天赋第五重啊！浮生有些呆滞，这比晨曦的黄色天赋，整整高出了两重，潜能天赋可想而知，千年一见啊！

黄色天赋的晨曦就吸引天佑宗前来招收，若浮生的青色天赋被外界知晓，会引起何等的轰动！

典锻境一星，天赋第五重，这让浮生很满意。

他露出了微笑，想到浮南，他会很开心吧。

就在此时，天际陡然震动。

"轰"！

一道比方才响了不知多少倍的轰隆声，突然炸响开来。

猝不及防的浮生身心俱震，双耳更是有血流出。

这方地域开始剧烈抖动，参天古树横断，飞禽走兽惊慌走散，大地龟裂，尘土飞扬，宛如灭世。

这时，浮生看到一字横陈的八口青铜棺之上，有东西冒了出来。

不是青铜！

是朱红色的木块，它先是露出了一角。

这难道又是一口棺材吗？颜色如同鲜血的木块不断从沙土里破土而出，狂风呼啸，沙土四方飘散，场面十分浩大。

三尺，六尺，一丈……

一口比八口青铜棺总和还要大得多的棺材横立当空，一股亘古悠久的气息散发开来，周围的空间在破碎，又重组，反反复复……

而有别于青铜棺的是，这口巨大无比的棺材的材质，却不是青铜，而是朱红色的不知名木块。

就像……就像自己偶然所获的上古残木……

他骇然发现，在这口红棺的右侧位置，竟然少了一小块，而那缺少的形状，与他所获得的朱红色木块极为吻合。

此红棺到底有何来历？浮生心情凝重，无法理解。

红棺有一小块缺失，似乎可以看到红棺里头，一瞬间便吸引住了浮生的双眼，他死死地盯着缺失了一块隐约可见红棺内部的黑洞，无法挪开。

"有血！"浮生脱口而出，头皮在发麻。

鲜血不多，只有几滴，刚好落在缺失一角的位置。

顺着鲜血向下望，浮生眼睛一亮，他发现就在鲜血滴落的不远处，正安静躺着一本古黄色，显得破败不堪的古籍，上面还依稀可见四个大字，只是匆匆一瞥，浮生就立刻感受到一股极其玄奥的气息，见识广如他都难以看透。

"《究极真解》残卷？"

浮生皱着眉头，刚一伸手，此本残卷陡然发出光芒，然后化作闪电般，没入了浮生的体内，任凭浮生如何感受，都无法寻出，像是一场梦境。

浮生露出无奈的笑容。对此块残木，他早已认定不凡，可意识进入后，终究还是被惊到了。

意识外界，浮家府邸外。

迫于压力，浮家家主浮南率领家中族老以及年轻一辈，出现在了府邸前，脸色难看至极，气氛凝重到了极点。

"怎么？浮生那小子，做缩头乌龟，不敢现身？"

石轩冷眼俯视了浮南一眼，小小浮家，他根本未放在眼里。

浮南脸色惨白，对面有拜典城半数围观者，以及以晨铁为首的晨家上千子弟，浮南也没有太过惧怕。

令他惊惧的是站在最前方，对他冷眼相看的石轩。

天佑国三大宗门之首天佑宗外门弟子的这层身份，如万钧重负压得他喘不过气来，生不出半丝抵抗之意。

而且，从石轩身上所传来的气息，更是令浮南吃惊，不愧是出自天佑宗啊，浮家年轻一辈，无人能比。

"再给你一次机会，让浮生滚出来跪拜，不然，浮家便从此除名！"

石轩嘴角上扬，这是他发怒的征兆，身上浓厚的典力，直指浮南。

以势压人，浮家上下震动。

有族老上前一步，对浮南道："家主，天佑宗我们万万惹不起啊，请顾全大局，保我浮家。"

此话一出，竟然得到了族老以及年轻一辈的一致认同，他们的意思再明显不过。

浮南冷眸回转，怒道："要我交出生儿，保浮家？"

浮家上下沉默了，但也是认同了这句话。

"哼！"浮南长发飘动，怒意万丈，他感到心寒。曾几何时，浮家不畏大敌，宁肯举族抗衡，也要护住家族人员，此等霸气何在？

又有族老看浮南不为所动，劝阻道："家主，请为浮家三思啊。"

"是啊，浮生天生无法修炼，更是耗损了浮家不知多少资源，早应将其赶出浮家，如今，更应该如此。"年轻一辈，有人不满，偷偷议论。

浮南听闻，眉头紧皱，心痛不已。

气势迫人的石轩，已仰天长笑，讽刺道："看看，你家族竟没有一人支持，还是听了他们的话，将浮生那小子交出来吧，如若不然，浮家定然没有好果子吃。"

"休想！"浮南回答很简洁。他中年得子，而妻子却因故离开了他们父子，而今，只剩他们父子俩相依为命，他宁肯自己陨落，也绝不会交出浮生。

"家主，你自私了，难不成你想看整个浮家因你儿浮生，毁于一旦吗？"

几位族老联合站了出来，用意极为明显，这是在逼迫，或者说逼位更贴切。

晨铁等人皆在冷笑，没想到，与他们相差不多的浮家，只因石轩，竟会落得这番景象，不愧是天佑宗啊。

站在一旁的晨曦面无表情，她早有选择，浮生与石轩相比，孰轻孰重，一眼便能看出，心中倒有几分庆幸。

以往，浮南利用家族资源，不断给浮生补给，希望他能够有朝一日觉醒武典，这遭到家族族老的反对，这在家族中已埋下了怨气。

而今，因石轩和晨家压阵，浮家族老便趁此机会施压，说不定还可将浮南从家主之位上逼迫而下。

浮南哪能不清楚，但他恨啊，这数十年来，他为浮家操心，鞠躬尽瘁，白了两鬓，他们竟因外人，要逼迫他交出儿子，甚至以他的家主之位要挟，不联合全族一同抵抗便算了，却如此落井下石，实在令他心寒。

"识时务者为俊杰。"石轩赞赏地看了浮家族老一眼，又看向浮南道，"蚍蜉也敢与大树相撼？别太不自量力了，到时必追悔莫及！"

石轩恍若站在九天之上的才俊，高高在上，眼眸冷淡，道："其实，我不会太过为难他，只是想让他出来诚心诚意跪拜我，看他所作所为是否会让我高兴。万一我心情大好，说不定会原谅了他，便是收他为我最为忠心的狗奴，也不是不可能。"

"对啊，家主，浮生如果能被石大人看重，那也是他的福气啊，背靠天佑宗，对浮家百利无一害啊。"浮家族老笑道。

"放屁！"浮南气得全身发颤。当人奴才是福气？他感到越发心寒，他渐渐转身，望着这些曾经让自己誓死守卫的族人，很失望，也很后悔。

"你们怕因浮生而连累到你们，好，但我不会，浮生是我儿，身为父亲，我不会将他交出，这是底线。"浮南冰冷地看着眼前的一干族人，冷声道。

族老们一听，立即就不满了，急忙道："你这样做……"

浮南冷笑一声，抬手制止道："放心，你们所图为何，我自然清楚，从今日开始，我，浮南，便不再是浮家家主，仅代表个人，护我儿。"

浮家上下震动，便是几位族老也是吃惊不已，他们想过趁机逼迫浮南退位，可没想到，竟来得如此轻易，让他们有些诧异。

随后，他们便开始笑了。

浮南不想再看他们的嘴脸，转身看向石轩，道："告诉你等，只要我浮南还在一日，拼死都不会让你如愿！"

石轩摇摇头，笑道："你算什么东西，就凭你？"

便是整个浮家在他眼里都弱小如蝼蚁，更何况而今只是一人的浮南了，浮南的这句话让他感到十分可笑，蝼蚁也敢当他的面说保护谁，真是痴心妄想，痴人说梦啊。

"呵呵，你又算什么东西，在此乱吠？"

就在浮南想要说话时，突然一道巨响，从浮家府邸大门传来，惊得四方侧目，人人倒吸凉气，满眼的不可置信和震动，便是晨铁、身后数位族老，以及明珠晨曦、浮南一众，也都是震惊骇然。

"天，究竟是什么人，胆子这么肥，敢对石轩说出这样的话，难道嫌命长了？"

"肯定是不要命了，也不看看石轩是何等人物，背景不凡，就凭他这一句，就够他死十次百次了。"

"我怎么觉得这道声音有种熟悉的感觉？"

人群中轰动起来，瞬间开始议论，他们认为说这句话的人，无疑是在找死。

堂堂三大家族的浮家，只因石轩的到来，处境难看，有除名之险。在场众人，无一人敢小觑石轩，便是三大家族之首的晨家，也以他马首是瞻，卑躬屈膝，不敢有一丝不敬。

只因，他是天佑国三大宗门之首的天佑宗外门弟子，这层身份，足以压垮拜典城的任何人。

石轩能来这小小拜典城，便犹如帝子微服一般，可俯视拜典城所有。

他一言，无人敢不敬，便是浮南，也是因对方要浮生跪拜，才敢对峙，但也不敢口出侮辱之言，怕招来横祸。

而今，谁有如此胆量，竟敢当众称石轩说话如同犬吠？

这已经不是简简单单的不敬，而是在当众掌掴宛如人中龙凤的石轩的脸了。

石轩面色很难看，竟有蝼蚁敢如此大胆，这等于是在太岁头上动土，这是在挑动他的怒火。

"大胆！竟敢出言不逊，快点儿给我滚出来！"

晨铁畏惧石轩怪罪，毕竟石轩能来拜典城，全因他的女儿晨曦，此刻被人当众辱骂，他脱不了干系。

石轩眼眸开合间，有怒火在燃烧，他倒要看看，这小小拜典城，何人敢找死。

"呵呵！"

回应晨铁的只不过是一道淡淡的笑声，显示主人的不屑。

也因对方的淡笑声，人们终是发现了声源所在。

"是从浮家府邸传来的！"

不知谁喊了一声，众人的视线第一时间便投向浮家大门，石轩更是眯着双眸。

只见浮家府邸的大门缓缓打开，身形消瘦的浮生，嘴角微微上扬，不畏惧，不胆怯，如在后花园一般闲庭信步，目视前方，双手向两边推开了大门，竟有一种莫名的威势。

人们惊呼，对于他们而言，浮生可是拜典城的"大名人"，近乎到了无人不知无人不晓的地步。

"是他？竟还敢现身，且还敢对石轩说出辱骂之言，莫非彻底傻了吗？"

"肯定是傻了，往日他哪敢如此，更何况对方可是天佑宗的石轩，他这是在找死，更是在连累浮家。"

浮家上下的反应最为明显，当他们一看到说那话的是浮生后，皆露出绝望的神情，都认为浮家要完了，更有甚者，对浮生怀有浓重恨意，认为浮生不出来跪拜石轩也就罢了，为何还要出言不逊，冒犯高高在上的石轩？这是在拖累浮家啊！

第4章 有何不敢

拜典城其余家族，甚至是城主，他们躲在暗处，此刻，也尽皆震动。他们不明白，一向低调如呆子的浮生，为何会做出如此痴傻的行为。

全场暴动，议论声如雷，人们沸腾了。

石轩眼眸冷漠，他踏前一步，长衫无风自动，丰神如玉，气息逼人，他已然知晓眼前这位消瘦少年，竟是自己要他出来跪拜的浮生。

"你是浮生？就凭你方才那句话，我必斩你！"

石轩俯视，全身典力荡漾，气息雄厚，如一方豪雄镇压。

他只是简单向前迈动几步，身子却如风般，向浮生强势逼近，根本未将挡在他身前的浮南等人放在眼里，真要斩浮生。

人们只是在短暂的震惊后，便释然。石轩是拜典城的贵宾，何等尊贵，竟然被浮家一个废人如此当众责骂，不立刻出手，人们反而会觉得不正常，仿若出手斩浮生，是再理所当然不过了。

浮南第一时间典环浮现，典脏里的武典，颜色璀璨，他皱着眉头，尽管迫于对方身份他不敢轻易出手，但如果对方真要斩浮生的话，他不会眼睁睁看着。

石轩眼眸淡淡瞥了浮南一眼，身形依然向前闪动，他相信，在拜典城没有任何人真敢与自己正面抵抗。

距离越发相近，浮南的眉头越发皱了，不到万分紧要关头，他真不想对石轩出手，因为，这样的后果，他背负不起。

然而，也便是此时，一道清脆悦耳的声音，陡然响起，也令强势的石轩停了下来。

是一直冷漠的晨曦，她看着浮生，眼神复杂，她不想让石轩等人误会，最终，她摇头启口，道："浮生，何必呢？无须用这种自杀式的方式，来博取我的注意。我早已跟你说过，我们是两个世界的人，无任何交集，没有任何可能。你这么做，只会令你，以及你的家族追悔莫及，莫要再犯傻，还是死了这条心吧。"

晨曦认为，今日的浮生如此不寻常，屡次公然冒犯石轩，只有一种可能，那便是为了引起自己的注意，才做了如此愚蠢之事。

她没觉得有任何惊喜，只觉得更加恶心。此等不顾整个家族，一心只为谋得她欢心的行为，太过幼稚了。

浮生望了过去，掩藏的拳头握紧，脸色却平淡道："你真如此认为？"

晨曦看了他一眼，却直接转身走向晨家大本营，以背相对，留下一句话。

"我不想再看到你，因为我会恶心。"

浮生看着晨曦的背影，笑了。

他是怒极反笑。他真的没想到，真有人会如此自以为是，真觉得自己是为了吸引她注意而如此高调。他很无奈。遥想当年，有多少天赋惊世的绝艳美女，倒追于他，他都不见得答应，更何况，眼前无比自恋的晨曦，天赋也只不过区区第三重，收其为奴婢都不配。

"哈哈！"

石轩大为放心。来此之前，尽管他得知晨家对外公示与浮生退婚一事，但他还是保留怀疑的态度，生怕晨曦对浮生有什么留恋，眼下，晨曦毫不客气的言语，让他心中畅快难耐，彻底断了疑心。

"晨曦小师妹，那我将他斩杀，你不会有意见吧？"

石轩虽然在询问晨曦意见，但笑容残忍。

"他与我无任何关系，你请便！"

晨曦头都没转，失去了兴致，与石轩以及晨铁告辞，缓步离去。对于浮生，她心中觉得杀了便杀了，反正一个废物，作用不大。

浮生冷哼一声，两个人分明是拿自己当物品，随意讨论，可随意斩杀，无视自己的意见，太过横行霸道。

"呵呵。"

浮生淡笑一声，有时候过多的话语，反而暴露了胆量，用行动才能表示决心。

他竟向石轩缓步而行，步伐似有莫名韵律，看不真切。远观，恍若有一种奇怪的轨迹，而且，他的气质，刹那间变了。

"他这是要做什么？"

人们惊疑，不知浮生默然向石轩走去，所为何事。

"快看，他身上有典力波动！"

"怎么可能？他是拜典城尽人皆知无法觉醒武典的废人，怎能有典力波动？"

又一波声潮，因为，他们似是发现了什么无法理解的事，皆瞪大了双目。

仅仅几步，浮生的典力波动越发强劲，到最后，在他的典脏位置，竟然闪起光芒。

"那是武典吗？"

有人讶异，发出惊呼，典脏能发出光芒的唯一解释，只有武典觉醒。

此刻，连晨铁、石轩、浮南等人都震惊了。

他们皆是高手，只一眼，便确定浮生典脏处慢慢浮现的光芒应是武典。他们万分惊讶，这十六年都无法修炼的浮生，怎么突然就能觉醒武典？

尤其是浮生的父亲浮南，更是老泪纵横。他在欢喜，想到此前浮生对他的保证，继而，他眼中光芒更甚。

此番景象，令人们一时忘却发愣。

只因，浮生此刻的变化，太令人震动，反差太大，来得太突然了。

"咦？不对，那不似武典。"

有人第一时间看出了不同，发现浮生典脏处的武典，根本不似一本书典，更像是一块木头。

时间不断推移，浮现的武典越加清晰，人们看得更真切了。

"哈哈，木块，竟然是木块，笑死我了。"

"这是什么武典啊？根本就不是武典，一块残木，他是来搞笑的吗？"

之前还惊讶的晨铁、石轩，此刻露出嘲讽的笑容，他们听闻过变异的武典，但形态基本是在书典的范畴中，哪似眼前的木块，这根本就是鸡肋，能否动用还不知，看来，即便他觉醒了武典，依然是废物啊。

"废物便是废物，终生无法改变！"石轩幸灾乐祸，表情嘲讽。

浮南踉跄几步，脸色苍白，老泪还残留在脸上，他觉得老天对浮生不公，既然能让他觉醒武典，又为何让他的武典变异成木块？而且是残木，都不完整，有何用啊？他已经能预见，自己儿子今后每次在开启武典时，被人发现是残木时的嘲笑。

人们由之前的震惊，立刻转为毫不顾忌的轻蔑。

可是，接下来的一幕，让他们陡然停止了嘲笑，皆张大了嘴。

只因，浮生不为众人嘲笑所动，踩着神秘步伐，直接靠近石轩，然后，抬手就是一个耳光打了过去，更令人震惊的是，石轩竟然没躲，结结实实挨了这一巴掌。

"啪"！

响亮的耳光声，立即让嘲笑声停止，人们恍若着了魔一般，忘却了一切，彻底呆了，便是石轩本人也愣住了。

没多久，人群中就如爆炸似的沸腾了。

石轩这等天才俊秀，拜典城三大家族拜见都不敢有任何不敬，皆小心翼翼相待，本应如珍宝一般供奉的，可却不想被拜典城人人称为废物的浮生打了真切的一巴掌，是如此响亮，如此刺耳，如此骇人。

这一巴掌，从某种意义上讲，等于是打在天佑国三大宗门之首的天佑宗脸上，因为，石轩是代表天佑宗打头阵的人物。

可想而知，人们有多震惊，多不可思议。

"啊啊！你敢打我？"

石轩反应过来，怒发冲冠，血气翻涌。他快被气疯了，使得他没去思考当时他竟无法躲避一个刚觉醒武典的人的巴掌的奇怪现象。

他是何等身份，堂堂天佑宗的外门弟子，这层身份，谁敢对他不敬，更遑论被扇脸了。即便是在宗门外门里，因为有他爷爷外长老这个靠山，也没人敢动他。

无论如何，他都无法想通，眼前的废物竟敢在人前动手扇自己的脸。从来都是他扇别人，从未被如此对待过，再者，他还未先出手斩杀浮生，却不料被他先扇了，石轩越想越愤怒。

"废物，你死定了，不仅如此，你的整个家族都得因你而陪葬，全部都得死！"

石轩怒狂了，他阻止了身边人出手，他定要亲自动手，将浮生碎尸万段，才可解他耻辱。

话音一落，石轩单脚重重向大地一踩，地面迅速向四方龟裂开来，而他的身子，更是犹如神枪投掷而出，直奔浮生。

他全身典力鼓荡，武典浮现，典环在周身闪烁循环，将典锻境三星的实力，尽显到极致。而后，他更是伸出一腿，直指浮生的头颅，他要踩烂浮生的头颅，洗脱方才的耻辱。

举族皆死？

浮生不屑一笑，遥想当年，他化作无敌，上击九重天，下战九幽地，无人敢直面其锋芒，将他视为神明膜拜。

低调了十六年，他该做回真我了，石轩屡次称呼他为废物，而今的浮生，定然不可能无动于衷。这一巴掌对于石轩而言，只不过是开胃菜罢了。

然而听到石轩后面的话，要他全族皆灭，浮生的眼眸，彻底冷了下来。

如此狠辣，当诛！

浮生感应到对方的攻势，猛然抬头，眼眸愈加冰冷。

"想踩我的头吗？"

这是想羞辱浮生，令其动怒，失去理智。

不愧是天佑宗的外门弟子石轩，即便他在狂怒中，依然心存算计，要快速斩杀浮生。

可他错了，浮生不知活了多少年，战斗经验，可不是石轩能比的。

尽管他刚刚觉醒武典，实力也就典锻境一星的层次，对于典脏中的残木，还未能深入了解，但是，他是浮生，便足矣。

眨眼间，石轩的脚掌离浮生头顶不足三丈，眼看就要落下，浮生嘴角一扬，不见有任何惊慌，他身形缥缈，竟然直接向后移动了几步，躲过了石轩犹如重锤一般的脚势。

"砰"！

尘土飞扬，地上的巨石幡然碎裂，典锻境三星的实力，加上第二重天赋橙色，力量总体可达千斤。

千斤坠，巨石崩！

如若这一脚，落在浮生头上，足可粉碎头颅。

足以见得，石轩杀浮生之决心。

他见浮生竟能躲开，倒有些吃惊。但不要紧，他犹如附骨之疽，紧随而上，一拳顺势轰出，直朝浮生的典脏，他是要毁掉浮生十六年极为不容易才觉醒的武典，让他再度成为废物。

其心凶狠，令浮生眼眸更冷了。

"不愧是天佑宗出来的弟子，杀伐果断，招招致命，稍有不慎，对方便会陨落啊。"

许多老一辈的人，露出赞许的目光。

"不错，反之，那个浮生，倒是令人有些意外，竟然能在石轩的狠招下，坚持了两招，实在不易啊。"

有人小瞧浮生，认为浮生能在石轩手下走上两招，并未立刻失败，已然是运气。

"哼！有什么了不起，要是我跟他一样，只会闪躲，我坚持个五招，也无碍啊。"

有人对此不屑，十分鄙夷浮生只会后退躲闪的行为。

的确，浮生之所以如此，是因为他刚觉醒武典，尽管他有非凡经验，但毕竟还是初次使用武典，需要再熟悉典脏的力量。

然而，在场的老一辈，又观看了几招后，便生出惊疑之心，他们发现，石轩的攻势，似乎没方才那么犀利了。

"不对，不是石轩攻击力减弱，而是浮生不似方才那么被动了。"

他们惊讶，石轩可是典锻境三星的年轻强者，而浮生只不过刚觉醒，典环都还未显现，明显是刚涉入典者一途，未经历过实战，怎能几招后还不败，且不似之前那般狼狈了？

他们都能察觉到，身为当事人的石轩，自然感悟最深。

"到此为止吧！"

言简意赅，他这是要刹那间结束战斗，让浮生命丧当场。

只因为，他觉得凭借他的修为和身份，没能第一时间让对方命丧当场，这是他的耻辱。而且，他自然也听到了周围人群中的谈论声，这让他很不忿。

石轩突然驻足，典脏处的武典上有典文不断闪烁，有奥义规则，这是他最强的一招，名为"刹那光华"。

这是天佑宗外门弟子中，极少人有资格修炼的拳法，讲究速度极致，刹那间光华闪烁，当光芒消逝，拳已至，人陨落。

十分霸道，宛如钢拳。

人们此时不敢出声，因为受到石轩气场的影响。

石轩出拳了，刹那间光华照亮了方圆十丈，人们禁受不住此种亮度，皆遮眼，仅有部分实力强悍的老一辈人物，眯缝着双眼，脸色震惊，此等功法，即便是他们也不一定能接下啊。

"此招在而今拜典城中，即便是老一辈人物，也不一定能无损接下，浮生要败了。"

躲在暗处的其他家族家主，默默叹息，像是在感叹属于年轻一辈的年代已至，他们老矣。

浮南脸色难看，他怕浮生危险，想要替他接下这一拳，却被晨铁拦住了。

"浮南，你这是做甚？年轻一辈比试，你插手不觉得过分吗？"

晨铁笑容满满，只要他拖住浮南，浮生轻则重伤，重则陨落，这是他想要看到的。所以，他现在显得很轻松，无论如何，刚觉醒的浮生，是绝不可能扛下这一招的。

刹那光华，与日争光！

浮生自然感受到其中磅礴的力量，若是换作他人，结局只有一个。可他非常人，他一眼便洞悉了石轩这一招力量的缺陷。

这一刻，浮生不退了，他的身子，陡然化作了闪电。

"咫尺天涯！"

浮生低语，这个身法是当年偶然所获，曾助他逃过无数劫难追杀。可令身躯缥缈不定，一步天涯，缩地成寸。

据传，练到最高境界，便是以灵魂力量扫视，都无法察觉出真身所在。

不过，此法一施展，浮生眉头就皱了，他失算了，忘却了自己这副身子的强度，"咫尺天涯"是一部顶级身法，要有相应强度的身体配合，否则，很容易伤了体魄。

"噗"！

浮生终是憋不住，大口咳血。

"他躲不开了吗？中了石轩的拳？"

有人惊呼，以为浮生咳血是中了石轩的拳头，受了重伤，因为，石轩的刹那光华，刚好在浮生身前最亮。

"哈哈！意料之中！"

拦着浮南的晨铁，此刻喜上眉梢。而浮南脸色惨白，浮生终究还是不敌啊，修炼时间太短了，这是缺陷，无法忽视。

跟石轩一同前来的附属，皆露出傲然之意，胸膛挺得高高的，仿佛这一切本就理所当然。

"到此为止了！"

石轩也以为浮生吐血是被自己的拳劲所伤，心中更为不屑了。不过，这种压倒性的胜利，让他神采飞扬，霸气十足，他将力量驱使到最强，拳速更是飙升。

残忍的笑容绽放，石轩好似已见到浮生身躯被他一拳打散的血腥场面，这更激发了他心中的凶狠。

硕大的拳头，宛如天上星辰，光芒四射，惊艳四方。

在石轩奋力催动下，他一拳轰到了浮生身前，继而发出一道肉体碰撞的沉闷声。

"打中了，太结实了，浮生命不久矣啊。"

还是有人同情浮生，毕竟背负了如此久的废物名头，刚刚能修炼，却要落得丧命的下场，实在令人惋惜。

沉闷的一声，令在场所有人安静了下来。

"嗯？"

然而，此刻石轩的笑容陡然凝固，他并没有看到想象中的血肉模糊，反而看到了嘴角溢血的浮生正朝他微笑，而且，那眼眸深处似有一种沧桑感，根本不是他此时年纪所能拥有的。

更重要的是，石轩发现自己的拳头，竟然被浮生的双手接住了，而方才那肉体碰撞的沉闷声，正是双手被抓所发出的。

"怎么可能？"

石轩双眸露出惊恐，无人能比他更了解"刹那光华"的力量和速度？眨眼即逝，所带来的力量与速度成正比，此拳的力量，至少达到了三千斤。

他相信，年轻一辈中无人可挡，即便宗门外门里那些牛人，也只能躲避，万万做不到空手抓住，这是要何等恐怖的力量和速度？何等敏锐的眼神？

"呵呵，抓住你这破拳，很难吗？"

浮生笑容扩散，在人们眼中很厉害的拳法，在浮生眼中根本不值一提，如果需要，他可以随时使出一百种比此等拳法厉害十倍百倍的拳术。

如果说浮生的身躯是婴儿，那么他的经验是万丈巨人。

他一眼便识破拳法的缺陷，且凭借比石轩还要高很多的力量，稳稳接下了这一拳。

浮生的典环天赋潜能是第五重青色，天赋力量至五千斤，方才之所以一直躲闪，只是因为强大的力量与身躯无法达到最佳协调点，经过数招的熟悉，他终于掌握了平衡。

"你的力量太弱太弱。"

浮生嘴角残留着鲜血，笑起来让石轩无比惊恐，话音一落，双手陡然用力，他竟然抓住石轩的手臂，将他整个人提至半空。

"什么？"

方才脸上还写满傲然之色的石轩仆人，皆露出惊骇脸色。

他们未见到浮生倒地陨落，反而看到自己的主人被对方提了起来，这怎么可能？

不仅他们不相信，包括晨铁和浮南在内的所有人，此刻整颗心都提了起来，恍如见到星辰爆炸一般震惊，不敢置信。

事情发生得太过迅速，在他们眼中，浮生原本被石轩击中正在咳血，怎么下一刻，竟将石轩整个人提了起来？这期间到底发生了何事，无人知晓！

"你要做什么？"

被提至半空的石轩，本想催动武典力量，将对方的双臂折断，可最终罢休，因为他发现浮生的双手犹如精铁浇铸而成的真龙爪，动不得分毫。

"做什么？你马上就会知晓。"

浮生冷笑，大喝一声，随即，典脏处的残木光芒闪耀，力量从此处通过腰身，最终传至双臂，令其肌肉如虬龙一般隆起。

随即，在石轩本人极度的惊恐中，浮生强有力的双臂，将已被提至半空中的石轩，整个抡了起来。

"砰"！

寂静！

全场死一般寂静！

此刻站在被石轩砸出的一个巨坑边的浮生，在人们眼中，似乎化作魔王，霸气四溢，根本不似一个十六岁少年。

"天哪，这得有多大的力量，才能如此？"

人们惊讶得不能自已，只因眼前的一幕，太过震撼了。

这是充满戏剧性的一幕，在场所有人一致认为浮生走不过几招，最终，被众人认定的强者石轩，却在浮生手下毫无反抗之力。

就在此时，石轩终是咳出了几口血，他面容憔悴苍白，呼吸断断续续。他缓缓爬起，最终看向浮生，眼神阴鸷无比，道："很……好，你……很好，竟敢伤我……我发誓，待我伤好，你们……全部……都得消失！"

石轩的身份太高贵了，天佑宗外门排名第十的身份，让他无法承受如此的羞辱，他恨不得一口一口咬死浮生。他心中决定，等他伤好，他会派人来拜典城，将浮家整个家族杀个鸡犬不留，连根拔起。

浮生眼眸回转，眼神冰冷无比，他望向地上仰头看着自己的石轩，一步一步走了过去。

"怕了吧，哈哈！跪地自残手脚，我会让你们浮家消失得体面点儿。"

看浮生面色沉静，石轩以为他惧怕了，嚣张大笑起来。

"事到如今，是什么让你如此自以为是，一点儿都不畏惧？"

浮生走到石轩边上，俯视着他，语气淡漠。

他很不明白，为何这世上，总有这么多自以为是的人？事到如今，一点儿该有的觉悟都没有，还敢威胁他。

石轩冷汗直流，但丝毫没有意识到而今的处境，他依然未求情，还威胁道："待我爷爷临至，我今日所受，定要你百倍偿还！"

"还敢威胁？"

浮生眼眸彻底冷了下来，他不明白怎会有这样的人，明明处于劣势，生命被人握在手中，还敢三番两次高高在上地威胁，而今还搬出爷爷相迫。此等人，更不能留。

"威胁你又如何？"

石轩冷笑一声，不为所动，他不相信浮生敢杀他，因为他背后是天佑宗，若杀了他，那样的怒火，谁能承受，这是他的理解。

"如你所愿！"

只见浮生典脏处的那块残木上，有典文缭绕，这是他要用全力的体现。

所有人都震动了，而今所发生的一切都超过了他们的认知。眼下，浮生难道还真的敢杀了天佑宗的外门弟子石轩不成？难道就不怕遭到天佑宗，以及石轩爷爷的疯狂报复吗？

他们觉得浮生只不过是做做样子，认为他不敢，因为如果他斩杀了石轩，整个浮家便会被连累，在天佑国再无立足之地。

浮生不敢，除非他疯了！

然而，浮生的右腿，却在此时高高抬起，周围的典力在弥漫，这不似作假啊。

"浮生，快住手，你不能杀他，千万杀不得啊。"

晨铁拼命飞奔而来，欲要阻拦。

此刻的石轩终于惊恐了，因为他感受到了浮生对他的杀机，这假不了。

"对对对，你不能杀我，因为我是爷爷最疼爱的孙子，你若杀了我，爷爷会屠尽你浮家。"

虽然他畏惧了在求情，但实际还是在威胁浮生。

可他不知，浮生这千百万年以来最恨的事情之一，便是受人威胁。

"你不该威胁我，更不该以整个浮家威胁我！"

浮生下定决心，此番必斩石轩，高高抬起的右腿，猛然往下踩踏。

正当此时，天际陡然传来一股强悍无比的典力波动，似有大人物降世，震慑得众人不断后退，便是浮生也有些站不稳，将腿重新放下，他抬头望向天空。

"给我住手！老夫孙儿也敢斩杀，找死不成！"

天际传来一道怒喝声，有回音不断炸响，宛如雷音，修为低下者，顿时双耳溢血。

"爷爷？"脸色惊恐、十分狼狈的石轩，猛然朝着天际，欣喜道，"爷爷，你终于来了，我差点儿被这废物杀了，快帮我将其杀了，还要将所有浮家人一一屠尽！"

"好，爷爷为你做主。"

声音由远及近，终于，人们看到一个老人由远方迅速逼近，言语霸道，如石轩一般狂妄。

看到真是爷爷来了，石轩不再恐惧，有恃无恐般指着浮生的鼻子，道："此番，你浮家上下死定了。"

"是吗？"

浮生将定格在远方老人身上的视线收拢回来，淡笑着看向脚下的石轩，右腿果断抬起。

石轩眼眸瞪出，不理解爷爷来了，对方还怎敢如此，而他爷爷自然也发现了浮生的举动，速度飙升之余，更是吼道："你敢？"

看着还有一定距离的老人，浮生淡淡瞥了一眼，道："有何不敢？"

而后，浮生最后看了石轩一眼，右脚重重落在后者的胸膛之上。

以其人之道还治其人之身，踏碎石轩的典脏，毁其武典，对典者来说，也与丧命无异了。

"啊！你竟敢……"

老人双眼似要爆炸，一股威压笼罩而来。

第5章 可敢一战

老人名万长天,乃天佑宗外门长老,也是石轩的爷爷。此刻,他白发须张,长袍鼓动,怒意惊天,一股莫名的威压笼罩整片天地,一只大手在悄然显化,欲要从天而降,将浮生瞬间拍烂。

万长天,典者修炼一途的第三大境界——典魂境,号称大典师,此番修为,放在小小拜典城便是无上高手,拜典城最强者,也不会超过典魂境,最多停留在典搬境(典师)巅峰。

如此,在万长天的全力施威之下,所有人都承受了从未感受过的恐怖压力,便是晨铁、浮南等强者,也是面色苍白,眼里有十分惊恐之色。

而那些实力稍差者,更是直接跪倒,嘴角溢血,连连惊退。

身处恐怖威压中心的浮生,受到的压力自然最强。他实力也只不过刚涉入典者行列,为最低的典锻境(典士),可他的表现却令人骇然。

尽管他的双腿同样控制不住地颤抖,但他依旧咬紧牙关,让己身不跪。笑话,他是什么人,千万年前已是绝顶高手,怎会向一个区区典魂境高手下跪?

时间飞快流逝,浮生发现肉身竟有崩坏之势,但即便如此,他依然如万钧大山,稳稳立于天地间,不曾动弹,更是未曾跪下,这是一种无敌的自信与意志。

唉!肉身终究还是太弱了,若是当年,便是站在对方面前,不防御不攻击,仅仅是己身释放而出的气机,便会让这老头儿瞬间爆炸而亡。

浮生对自己此时的肉身很不满,浑然未将虚空中的万长天放在眼中,即便望上一眼,那也只是淡漠的,一种上位者俯视下位者的眼神。

他的表现,自然让有心人看在眼里,他们皆是十分惊讶。很难想象,在万长天这等强者面前,浮生这小子,竟还有闲情用眼神嫌弃自己的肉身,这已经不是不知天高地厚可以形容的了。

况且,他居然都没怎么瞧上万长天一眼,这脑袋究竟在想些什么?难道不知道自己此刻的处境有多危险吗?

人们非常无语,更有人猜想有一种可能,那便是浮生被吓傻了,才会有此番行为。

"哼!竟敢无视我?你以为你是大典师高手吗?找死!"

万长天站于虚空，怒意更甚，身为天佑宗外门长老，地位显赫，修为更是超绝，何曾被蝼蚁小觑过。而且，令他更加愤恨的是，浮生分明是在俯视他，根本就没有以往他人面对他时的崇拜与敬仰，这叫他如何不怒？

一只蝼蚁也敢这般作态，只有死！

这一刻，典力所幻化的大手，已然成型，他嘴角露出冷笑，单手毫不犹豫地向浮生点去，随即，那大手化掌，直往浮生头顶拍去。

金光闪耀，大手所过之处，空间竟起了震荡，便是被迫远退到千米外的晨铁等人，也双耳轰鸣，且伴有痛楚。

"不！"

浮南大骇，想要救浮生，但被万长天的恐怖气势所挡，无法向前，只能干着急，怒吼一声。

"小道尔！这什么破掌，是知晓我热，准备给我扇风凉快的吗？"

纵然肉身濒临崩坏，浮生的气势却显得有些超然，只不过被他不屑一顾的表情破坏了。

"不知死活！"

万长天眼眸中有电芒闪烁，那是怒意达到极致的体现，全身典力再次加持，欲要直接将浮生如蝇虫一般拍死。

大手瞬间拍下，将浮生周围锁定，不让后者突破而出。若是换作他人，典锻境界在此手段底下，只有毙命，毕竟两者相差了两个大境界，这是天堑，无法横跨。

可惜，浮生非常人，战斗经验恐怖，他仔细揣摩，就在大手临近其头顶一丈左右时，他捕捉到了其中一个力量最薄弱的点。

紧接着，他提拳轰去，五千斤的力道，直轰向薄弱点，在刹那间，轰出数百拳，拳头与大手幻化的典力，竟碰撞出火花，并伴有轰然响声，令人愕然。

"嗯？"

万长天心里一惊，他未曾想到，浮生这小子居然能寻到他的破绽，这是在典锻境中从未出现的，能寻出典魂境强者的破绽，对方的修为必须高于他才有可能，可是那小子……

天赋潜能晋升到第五重，青色天赋，配合典脏处的残木武典，作为力量源泉的核心，不断地供给浮生典力，这一刻，他成了肉身破坏者。

"轰轰轰"！

就在大手无限接近浮生的时候，他终于击破了其中一个防御点，其身果断退出，虽因为大手余波震得他嘴角溢血，看上去身形有些狼狈，但总算是接下了一位大典师典魂境境界的奋力一击，在典士中，实属光荣。

"轰"！

大手将方圆数十丈整整轰塌陷了半丈，令围观者连连倒吸冷气，倘若此大手拍在他们身上，他们将必死无疑，甚至肉身粉碎，死无全尸。

大典师真的太强了！

人们在感叹万长天的手段惊天、实力惊人的同时，也对浮生能从此等手段中逃脱感到吃惊。

他是怎么办到的？他们哪能看不出这其中要害，而且浮生竟然如此之快就能勘破，真是太过匪夷所思。

年轻一辈的典者，如何都无法想象，浮生究竟是用了何办法，才躲避了这一击，不简单啊！

万长天同样也有些吃惊，以至于他多看了浮生两眼，企图从他身上发现一些端倪，但他很快就放弃了，根本就未能察觉出异样。

"空有一身力量，却不懂得利用灵魂秩序，将形成的力量防御圈平均铺开，真是怀疑你是怎么修炼到典魂境的，不是用丹药堆起来的虚势吧。对了，我再勉为其难地指点下你吧。典魂境这个境界，顾名思义，便是在修灵魂，巩固灵魂。就凭方才那一击，我最多给你个下等评价，下次努力吧，只能如此了。"

浮生托着下巴，做出一副点评状，表情极为认真。

"你……"

万长天气得话都说不出来，他是天佑宗的长老，身份十分金贵，竟然被一个刚涉入典者一途的毛头小子"指点"，这要是传出去，他还有何脸面？

众人也是很吃惊，更有修为高深者，进行仔细推演，居然发现真如浮生所"指点"的那般，或许方才那一掌的缺陷真是因为力量无法平均，有的地方有缺陷才被突破的。

可是浮生他又是如何知晓的呢？捕捉到这一奇怪现象的人们，眼神惊疑万分。

然而，浮生得理不饶人，又出惊人之语，他淡然一笑，道："你什么你，一把年纪了，头发都修炼到白，修为竟然只是典魂境，勉强混个大典师，你不嫌丢脸，我都替你丢脸。"

"放肆！"万长天老脸差点儿被浮生说红，他自然察觉到周围众人异样的眼神，台阶有些难下，他冷喝道，"你这是在找死！"

"放肆？呵呵。"

浮生谈笑风生，根本未将万长天放在心上，没表现出丝毫忌惮，反而上前一步，做出要主动去揍万长天的动作。

这让众人都张大了嘴，惊掉了下巴。这浮生到底有何底牌，竟敢如此当众辱骂一位典魂境高手？人们实在想不出，如果不是有什么底牌，那就是浮生太不知天高地厚了。

典魂境是什么层次？整个拜典城都找不出能与其匹敌的强者啊，竟被如此折辱，这太过匪夷所思、难以想象了。

人们看着浮生的眼神，怎么看都像是在看一个怪物。

众人的举动，自然难逃万长天的法眼，他断定浮生身上必然没有什么所谓的底牌，认为浮生此刻是在打肿脸充胖子，故弄玄虚。

"目无尊长，口出狂言之辈，拿命来吧！"

万长天片刻都不想耽搁，石轩是他最为宠爱的孙子，如今却被浮生所废，无论如何他都不会就此罢休，定要浮生以命相还。

而后，他直接动用典魂境专有的灵魂典术，欲要灭掉浮生的灵魂，令其成为行尸走肉，再慢慢折磨其肉身，直至死亡。

万长天心思歹毒，直令浮生开口大骂："呵呵，你是我长辈吗？凭什么尊敬？你孙儿石轩一来，便指名道姓要我前去跪拜，欲要收我为奴，最终被我斩杀。而你，不问缘由，以高境界，一上来就强势要取我性命，还要尊敬你？你以为我是笨蛋吗？"

浮生在说话时，并没有闲着，他直接后退，脸色凝重，对方动用灵魂典术，这是他在典锻境所未能解除的高深典术。

典锻境只是初涉典者一途，以锻炼肉身为主，而灵魂的磨炼要到典魂境，方可进行。也就是说，此境界的浮生，在灵魂方面，断然处于弱势。

而且，动用灵魂杀伐，轻则毁其心智，重则空有肉身，如活死人一般。其凶险程度，稍有差池，便是九死一生。

从此处也能看出，万长天对浮生的恨意之深。一位高其两个大境界的典魂境高手，欲要对典锻境典士直接施展此境的天赋神通，这是要绝杀。

浮生若要进行有效抵抗，便只能动用秘法。但涉及灵魂类的秘法，因他境界受限制，对其灵魂负担很大。如果动用，便是要重伤万长天的灵魂也不难，可他己身灵魂也要经受不轻的损耗。

不到万不得已，他不会尝试。

可而今，对方已逼他至这步田地，直接动用灵魂典术，怎么说他都要施展了。

万长天不语，表情冰冷，他算是明白自己无论如何都说不过对方，与其如此，还不如直接用强势镇压斩杀。

几乎瞬间，他的武典璀璨而起，眉心中央亦有光芒，两点成线，进行沟通融汇，当二者汇聚时，空气中顿时有了诡异的波动。

浮生全身汗毛竖起，感到似有杀机浮现，仿若下一秒便可能在任何一处灭他灵魂。

灵魂典术最为高深莫测，寻无他处。浮生果断决定，他必须施展秘法，不然危矣。若不是因境界相差太大，他不会如此被动到施展秘法。

而今，只能动用灵魂秘法。

浮生双手平出，捏着神秘指印，玄奥而晦涩。

可是，就在此刻，他感受到一股比万长天只强不弱的灵魂力量，就在刹那间，便阻住了万长天的攻势，瓦解其杀机。

一道渐行渐近的声音，从天际传来。

"天佑宗而今真是不要脸，竟然对一个典锻境典者动用典魂境专属的灵魂典术，就不怕落个倚强凌弱的名声吗？"

"是你！"万长天蓦然回首，显然有些意外，"乾羽？呵呵，怎么，不灭宗也想跟我天佑宗抢弟子不成？"

"不灭宗？"

周围的人们，立即捕捉到了关键词。方才将万长天的攻势阻挡下的人，居然是来自天佑国三大宗门其一的不灭宗，尽管排名最末，但那也是天佑国第三大宗门，不容忽视。

有些老者，眼神更是透着古怪，他们听闻过，在很久之前，在天佑国还未出现前，不灭宗便已存在。那时是不灭宗最为辉煌鼎盛的时期，可是不知发生了何等变故，它竟突然衰落，而今，只堪堪维持在天佑国第三大宗门的实力上。

就在人们纷纷小声讨论时，被万长天唤为乾羽的中年男子，缓缓踏步前来。

他有一头乌黑长发，全身血气澎湃，宛若一头巨兽。一眼望去，其肉身似乎可碎巨石，给人一种极为坚实的感觉。

这是一位不比万长天弱的高手。可是人们在疑惑，一个来自不灭宗的高手，为何如此衣衫褴褛？仔细看，其腰部服饰竟有破洞，这与他的气质毫不相符。

此刻，乾羽仰头，看向立于虚空的万长天，淡笑道："拜典城莫非是你天佑宗的？如果不是，又何来与你抢弟子一说？"

全场众人听后尽皆哗然。乾羽的意思再明显不过，他此次前来的确是想在拜典城挑选弟子。

如此一来，那些有天赋的年轻典者，更是昂首挺胸，将己身的气机展现出最强的状态，期望能被乾羽直接看上，那便可以省下测试一关，直达宗门。

较之他们，晨家最为兴奋。

他们认为整个拜典城最有天赋、最具培养潜力的人，便是明珠晨曦。尽管他们早已心向天佑宗，但此时多出一个天佑国前三的宗门来一同争抢晨曦，那也是一件令他们激动而骄傲的事。

天佑国两大宗门一同来到拜典城，只为了晨家天才晨曦，如此一想，就让晨铁等人直搓手掌，兴奋不已。

"哼！听闻你犯错，被罚进了不灭宗罪地，成为一名罪人，居然还能出来招收弟子。但不论如何，拜典城晨家晨曦，已被我天佑宗选中，你不灭宗休想打她的主意。"

万长天眉头皱了皱，直接将乾羽而今的身份境况挑明，意在告诉众人，对方尽管是不灭宗的人，却是一名罪人，跟随他可不是明智的选择。

人群中不出所料地出现一阵嘈杂声，不过，乾羽不为所动，脸上露出淡笑，继续缓步走来。此次，却不再去看万长天，因为他的视线落在了浮生身上。

"此子与我有交集，我不容你伤其半分，你走吧！"

乾羽背对着万长天，语气平淡，但令众人蓦地感到一种霸气。坚实的后背，如同一座巨山将万长天与浮生隔开，霸道而果断。

语气不那么肯定，但令人不敢生出违逆之意。

太霸气了，万长天可是天佑国排名第一的天佑宗的外门长老，谁敢如此小觑他？乾羽却这般作态，令人讶异。

万长天脸色阴沉下来，武典浮现，三道典环在其周围围绕旋转，顿时飞沙走石，一股恐怖气劲扩散开来。

"呵呵，想与我一战？我奉陪到底，但你别忘了，这数年来，你可曾赢过我一次？"

终于，乾羽转过身来，平淡地看着万长天，道出了令众人骇然的消息。

"什么？此人的实力竟然比万长天还高，怎会如此？"

有人觉得很惊悚，因为，乾羽看上去明显要比万长天年轻许多，且气血旺盛，正值巅峰期，若再任由其发展，那修为又会晋升到何种境界，不敢想象。

"你敢威胁我？"

万长天脸色铁青，此话说出，近乎咬牙切齿。

然而，回应他的只是淡淡一句："威胁也罢，我只问你一句，可敢一战？"

"好，我倒要看看而今你的修为有何进步！"

万长天从虚空落下，一脚便如长刀一般向乾羽劈落而下，典魂境五星的实力，展现无疑。

他不可能不战，先不说若是不战而退，在场众人如此之多，有损其威名，这还是其次，最主要还是因他孙儿石轩惨遭毒手，他绝不会留下浮生。即便知晓乾羽的实力很强，无论如何他都得试上一试。

那一脚似乎贯穿了虚空，瞬间出现在乾羽头上，无尽典力肆虐，仿若要撕开后者头颅。刚一出手，万长天就用了狠招，因为他发现而今的乾羽，似乎越发不可揣度了。

这一脚的威力，若是劈在地上，必然会龟裂百丈，甚至能劈开一座小山。人们惊悚得再次后退，只因这是两位绝顶高手的战斗，稍有差池，他们便会被殃及。

乾羽眼眸并未出现惊慌，依然那般镇定自若。

他不退反进，根本未曾想过躲避，就这样如入无人之境，强势上前，并且一拳向上轰了出去。

力拔山兮气盖世，形容此等反击最恰当不过。

此时的乾羽，有着一夫当关万夫莫开之势。他这一拳轰出，整个虚空仿若凹陷下去，在其拳头中心，甚至出现了一个神秘点，迎接万长生的攻势。

"砰"！

两者的攻击终于碰撞在一起，发出灼眼的光芒，且那一道肉与肉碰撞而生的气浪，竟令周围树木硬生生折断。这只是第一拨。下一刻，乾羽的左脚因为受力，猛然向后退出一步，便是这一步，却让坚硬如磐石的地面，横裂数十丈。

然而，令人们更为惊悚的是，坚硬的地面，突然翻卷开来，如同冲击波一般，向四方翻卷而去，而那些来不及躲避的人们，个个吐血倒飞，昏死过去。

人们大骇。这种层次的战斗，超出他们以往的见识，更是再一次往后退去，这场战斗实在是太过危险。

这一击，乾羽向后退了一步，而万长天在承受了乾羽的一拳后，身形居然不受控制地向后横移了数米，两者实力对比可想而知。

万长天不可能就此罢休，只不过他眼眸里的凝重之色更浓，他要动用他的成名典术。

"魂湮锁！"

此典术是万长天早年游历之时偶然获得，他进入典魂境后，利用典魂境对于灵魂的见解，逐步对其进行改善。而今的魂湮锁，改变很大，说是他自创也不为过。

凭借此典术，多少同阶高手，魂飞魄散，死于无形。

"呵呵，还是这一招！"

乾羽在战斗中评价了一句，随即，也大喝一声："一力破万！"

这是属于他的典术，与力与拳有关。典术很简单，只有三拳，可是在每一拳力量攻击到某一点的巅峰时，第二道拳印暮然滋生冲出，继续覆盖叠加，三拳叠加，威力惊天。

在他看来，不管是何等典术，只要力量够强，便是专注于灵魂方面的典术，也会如瓦片一般支离破碎，不堪一击。

"哼，试试看就知道。"

万长天冷哼一声，随即典脏处的武典突然光芒大放，第一道典环出现黄色光芒，这是代表他在典锻境修炼的天赋潜能，第三重。第二道典环则是橙色，天赋第二重。第三道典环颜色就更加弱了，为赤色，潜力第一重。

在第一大境界，也就是典锻境时的天赋，决定了今后修炼一途的道路长短。

如万长天，他在典锻境的天赋只是第三重，那么，他晋升到下一个境界典搬境时。所展现的天赋会更差，以此类推，呈梯形逐渐减弱，如果不出意外，他万长天今生的修为应该止于典魂境了。

当然，天赋潜能可以通过修炼来激发变强，但也只局限于典锻境第一大境界，可是有些人坚持不住抑或渴望下一个境界带来的更强实力，他们会选择突破。那么，此时的天赋颜色就决定了他今后的成就。

激发潜能自然不易，天赋顾名思义，便是与生俱来的，非大毅力者大气运者不可激发。

这也说明，晨曦为何只是凭借黄色第三重天赋，便可吸引天佑宗前来破格收徒，那是因为她在原来只是橙色天赋时，还可再次激发进入黄色天赋。

当然，他们不知这全是拜浮生所赐。

天赋很重要，但努力更重要，从天赋可再次激发锻造上，便可窥视一二。

万长天将武典身上的三道典环点亮，整个武典顿时便光芒大作，随后，在其武典当中飞出四条由武力化作的锁链，这是要锁乾羽之魂。又从四面八方展开飞去，形成一个包围圈，最终锁链源头再次汇聚，要锁其骨、头、手、足。

同样，乾羽身为典魂境高手，他的武典典环也在此时尽数亮起，一道，二道，三道，依次呈绿色、黄色、橙色，单从天赋潜能上来看，显而易见比万长天要强。

而且，只要他努力，破入下个大境界不难。

此时，若是有眼尖者，便可发现，他的武典发出嗡嗡声，如同急速运转一般，随即有典力从武典上下达全身，最终汇聚向他的右拳。

他眼看那四条可洞穿一切的神锁已达周身之际，单脚重重往地上一跺，身躯腾空而起，右拳光芒闪烁，眼眸锁定了第一条锁链，奋力一拳就砸了过去。

宛如金属碰撞的声音猛然炸响，火光四溅，恐怖无边。

直冲而来的第一条锁链，竟然被轰得失去了准头，偏向一边。紧接着，他蓦然转身，一声大喝，全身典力鼓动而起，肌肉如虬龙爆炸，粗大的手臂以不可思议的角度，又轰开了第二条锁链。

在轰开了两条锁链后，第三条锁链已经到达他的锁骨位置。乾羽眼眸闪烁，却不见任何慌乱。他停留在半空中，上半身居然硬生生向后仰躺而去，第三条锁链直接向后横穿，并未奏效。

万长天一声长啸，全力控制第四条锁链，直朝乾羽典脏飙射而去，倘若被洞穿，这夹藏着灵魂力量的神链，必然会让乾羽重伤，灵魂更是会大损。

乾羽岂是常人？他早做准备，眼见第四条神锁金光熠熠，乃万长天的全力一击，便也不敢有丝毫松懈，武典猛然释放出强劲的典力波动，宛如一道圈环，向四方扩散。

武典是力量的源泉，很明显，他用绝强的典力，来应对万长天的第四条全力神锁。

乾羽单手一挥，形成一道巨型磨盘，径直向飙射而来的第四条神链盖去。与此同时，万长天眼眸冰冷，单指一点神链。瞬间，神链顶端发生变化，原本平滑的神链顶端赫然出现了一把宛如九天神铁锻造而成的枪头。

枪头冷芒一闪，一道冰冷的气息溢出，犹如玄冰降世，气温陡然下降，这是杀气达到一定程度的显化。

终于，两者碰撞在了一起，二人身躯俱震，稍作停顿，双方再度向前攻去。

气氛更加凝重了。修为较高者，亦不禁全身紧缩。因为，无论是神链，抑或是磨盘，只要被击中，必死无疑。

离他们战斗处不远的浮生，此刻像是自言自语地说道："那老家伙，要败了。"

浮生的修为只是典锻境，但他的眼力无人能及，一眼就能洞悉两者之间的差距。不过，如果没有方才乾羽在战斗之前，分出一缕典力包裹住浮生的身躯，他必然也要受到波及，毕竟他还只是一名典士。

万长天再度施展神链，要杀浮生，就必须将眼前所挡的乾羽击败。所以，他疯狂施展典力，魂湮锁隆隆作响，宛如真龙蜿蜒，随便一击，力道可达数万斤，摇摆间，在地面留下一道道令围观者都倒吸冷气的深壑。

"轰"！

那早先被乾羽阻挡的三条神链，化作典力补充到第四条神链中，方才不过三尺的神链，化作了一丈粗大、黑色如精铁浇铸而成的神链，冰冷气息浓厚，眨眼间便向乾羽刺来。

所过之处，空气都被碾碎，破空声不断响起，而地面上所有的建筑物，瞬间破碎成粉末。

"好！"

便是乾羽都称赞了一声，下一刻，他眼眸燃起火光，原本就有破洞的衣衫，被他鼓起的肌肉撑起。但奇怪的是，此件衣衫并未爆裂，依然完好。想来，这必是难得的战衣。

乾羽脚踏虚空，一步一步如在走天梯，要步上九重天，迅速朝他射来的一丈神链冲去。

"砰"！

人们惊呼，他们竟然看到乾羽以肉身手臂抵住了一丈神链，并且双手将其环抱。

起初，神链在万长天的驱使下，奋力摇摆，将四方砸得粉碎，如一条真龙被困而挣扎不休。

然而，乾羽的力道真是太大了，就这样，他死死地抱住了激烈挣扎的神链，并且用大力将其震得逐渐萎靡。

神链是万长天所化，它萎靡，即是万长天萎靡，他脸色潮红，这是典力不支的表现。

"今日再添你一败！"

乾羽极为霸气，他猛然用力，将这足有一丈粗的神链拉了过来，其目的是想将万长天拉至近前，用极具危险性的肉身镇压他。

他在拉神链，己身也在向前奔去，这一幕，令万长天的瞳孔收缩，他连忙灌输典力，欲将乾羽震开。

可乾羽如附骨之疽，根本甩不掉。不仅如此，两个人越发地接近了。

对于乾羽的肉身强度，没有人比万长天更清楚，只要被他靠近，必然糟糕。所以，此刻万长天显得有些着急，可是神链在对方的手上抱着，恍若被巨钳夹住，动不得丝毫。

眼眸一眨间，万长天震动了，因为，乾羽依然欺身而上，站在他身前。

"轰"！

乾羽淡笑，一拳向万长天轰去，尽管对方挡住了，但乾羽在瞬间，运用分身错骨拳法，身影化作无数，从四方八面向被困在其中的万长天，轰出了数百拳。

爆发出的拳掌碰撞的声音，使即便站于地上的浮生，也后退了几步。

浮生眉头一挑，他知道双方要在最后一招中分出胜负了。

果然，乾羽占据主动，他洞悉了万长天力量不及之时，一拳轰了出去，拳芒在飞出时，竟然化作了一把巨锤，直接捶在了万长天身上。

"砰"！

万长天尽管挡住了大部分力道，但最终还是被伤到了。他连连倒飞数百米，才止住身躯，当他站定后，还是憋不住咳出了一口血，神色也萎靡下来。然而他并未理睬伤势，而是大惊，指着缓缓降落而下的乾羽，不可思议道："你……竟然又突破了？达到了七星？"

乾羽落在浮生身边，不置可否。他的确再度突破了，实力进阶到典魂境七星。

在几年前，他曾与万长天一战，那时他虽然也胜了后者，但那一战却极其辛苦，远没有而今这般轻松。

得到乾羽的默认，万长天显然受到了打击，观乾羽武典上的天赋颜色，他也明白，在天赋潜能上，自己始终要弱一些，因为从一开始，他就输了，双方的距离只会越来越远。

"你败了，还是那句话，此子不容你伤害。"

乾羽再次平淡表态，他要护浮生，不让万长天报仇。

原因很简单。原本，他是被不灭宗派来与天佑宗争抢拜典城的天才晨曦，欲要将其收纳为宗内弟子。

然而，石轩出现后，与浮生之间所发生的一切，尤其是浮生从中所展现的战斗经验，以及典锻境时的战力，让他觉得此子不凡，说不定比晨曦更具培养价值。

他更是猜测，浮生是否有一位不出世的师尊，曾暗地里教授于他，不然很难解释他小小年纪，分明是刚进入典锻境，却有如此非同凡响的战斗经验。

万长天驻立而望，脸色异常难看。乾羽依然挡在浮生身前，那道身影，此刻在浮生眼中愈加坚实，不可逾越。

亲孙被废，下手之人却有实力高于自己的人护着，这让万长天既愤怒又无奈。最终，他还是选择理智，冷哼一声，挥动长袍袖口，往晨家方向走去，心里发誓，下次必要取浮生性命。

这一战以万长天战败落幕，人群涌动，惊惧于两大高手，更是对浮生起了好奇之心。

乾羽横空出世，根本未与浮家，甚至浮生有任何往来交集，却拼着与万长天撕破脸再次战斗，也要护住浮生，这其中难道没有什么联系吗？

有人甚至猜想，浮家是不是暗中早已跟不灭宗，或者眼前的这位高手有交情，或许不灭宗便是他们的底牌？

此念头一出，他们越发坚信了，想起浮生方才当众辱骂石轩，最后更是将石轩斩落，这必然是因为他有乾羽这位高手当靠山吧。

如此一来，之前那些暗中欲要脱离浮家势力的小家族，悄然改变了策略。而之前与浮家敌对的势力，个个眉头紧锁。

晨家家主晨铁将视线从乾羽身上收回后，极其复杂地看了浮生一眼，随后与万长天一起回了晨家府邸。

破败不堪的战场中，浮生笔直站立，他看着乾羽，道："感谢出手，浮生铭记在心。"

即便曾是绝世高手的他，此刻心中对乾羽的出手相助依然由衷感激。他知道对方的想法，或许看中自己的天赋，欲将己收为弟子，可也仅仅因为一名弟子，就甘愿明着与天佑国三大宗门之首的天佑宗相抗。

从这点，就可看出乾羽的心性为人，是一位率真汉子。

"无妨！"

乾羽摆手微笑，又道："这么多人观赏着可不妙啊，不请我入你浮家坐坐吗？"

"抱歉，快请！"浮生暗叹自己当了多年的少年，竟然连心性都受了些许影响。说完，他赶忙伸手邀请乾羽前往浮家。

其实浮家就在附近，只需几步便可。

"这位大人，多谢方才为我儿出手，浮某没齿难忘啊。"

浮南适时反应过来，看到浮生无事，他也放心了不少，立即上前向乾羽道谢。他知晓，今日若没有他出手相助，浮生必然有事，所以相比浮生而言，他显得更为激动。

"哈哈，举手之劳！"

乾羽身穿破败的黑色战衣，不拘小节，率先往浮家府邸走去。

此刻，站在浮家府邸前的一干浮家子弟以及浮家族老们，个个面面相觑，脸色阴晴不定。他们根本不知晓半路居然会跑出个如乾羽这般的强者，似乎还很看重浮生那个废物。

倘若事先知晓这些，他们方才也不会公然挑衅一家之主的权势，此刻他们是追悔莫及啊。

那几位方才逼迫浮南很紧，平时更是反对将资源提供给浮生，看不起浮生的族老，赶忙上前来，他们寻思着，与来自不灭宗的乾羽这等强者结交，他们的子嗣不也是很有可能进入不灭宗吗？

如此一想，他们皆露出谄媚的笑容，欲要上前攀附交情，但被浮南那双冷眸逼退了。

"今日之事，浮某一一记下了。"

浮生路过，也是露出冷笑，对于这些小人，他感到不齿。

几位族老脸色极为尴尬地驻足，个个眉头紧锁，商量对策。

"哼！有什么了不起的。"一位族老孙儿低声不屑地嘟囔了一句。

"你给我闭嘴！"一位族老立即喝道，他是这个年轻人的爷爷。

"看来只能去请大族老来商量对策了。"

有族老暗中协商，大族老权势很大，且其孙儿浮磊在拜典城年轻一辈当中，天赋仅次于晨曦，说不定能让那位高手看中，从浮生身上转移视线，那么，他们几位早先向浮南逼位的族老，又可高枕无忧了。

如意算盘再次打好，其心险恶啊。

第6章 神秘的浮生

在浮生等人引着乾羽进入浮家府邸中时，同样是在浮家府邸中，一座建在湖上的雅亭中，几名先前在浮家大门前的族老，以及一位老者，同坐于石凳上密谈，石桌之上有五彩神鸡等上等菜肴陪酒，香气升腾。

在他们身后，还围站着几名年轻一辈，皆英气十足，身形高大。

"刚觉醒武典，便战力惊人，将那天佑宗的石轩典力废了？"

坐于首位的大族老眉头皱了皱。就在方才，他听了几位族老匆匆的介绍，了解了事情始末。大族老自然知晓那石轩是何等实力，而如此实力，竟然都被浮生废掉了，这让他难以想象。

"亲眼所见，不会有误。不过有一点，这小子的武典居然是块残木，不知是否因为这个才有异样？"

其中一位族老将玉石筷子放下，开始回忆。

"残木？呵呵，我看是畸形武典吧。看来，就算是他觉醒了武典，依然是个残缺废物。"

说话的正是一名立于大族老身后的年轻人。这名少年，五官如刀削一般棱角分明，十分俊朗，且身上的气息明显要高于在场的其他几名年轻同辈，而再观其服饰，更是华贵。

他便是大族老的亲孙，也便是天赋仅次于晨曦的天才浮磊。

如若不是因他非家主之子，那么与晨曦定下婚约的便是他，而非那浮生。也因此，他一直对此事耿耿于怀。

在他看来，浮生那废物怎能与晨曦相配？如论资格，整个拜典城，便只有他有这份荣耀。

而今，他刚刚出关，并未亲眼见到之前那一幕，对于浮生觉醒了武典之事，他也是方才听到，心中对浮生的印象还一直停留于浮生未觉醒武典，依然是个废物的阶段。

故此，他很不屑一顾。

有族老闻言，笑了笑，对浮磊道："莫要小瞧了他，不过，他自然是无法跟你相比较。"

浮磊听后，并未高兴，在他看来，浮生根本就没资格与他放在一起比较，从某种程度上来看，这是在辱没他。

大族老此时突然问道："你们可曾看到他的典环颜色？"

几名族老愣住，随即面面相觑，方才那名族老摇头道："他好像并未展现，不知他的典环颜色是何种。"

大族老沉吟，抚摸着长须。

"这废物即便觉醒了武典，十六年才觉醒，难不成天赋还高了？如若他天赋潜能很高，恐怕早就天下皆知了吧，如此藏着掖着……呵呵，说不定很一般啊！"

有年轻一辈不满族老们居然会为一个废人而如此谨慎商讨。即便有个别人看过浮生那一战，但这些年轻人个个心高气傲，若不是亲自出手，即便浮生战绩不错，那或许也是对手太差的缘故。

"对，必然是如此，我想去会会他。"

其中一名更为激进的年轻人站了出来，不想那废物浮生让众人如此谨慎对待，认为这是高看他，让他很不忿。

其中一名族老思考后，道："可以，你且去试试，最好是能逼其展现典环颜色。"

"其实无用，我若将其打败，他即便展现了典环天赋颜色又有何用？还不是我的手下败将。"

这名年轻人更是骄傲。实际上，他的天赋也不差，年龄比浮生要小，他名浮沧雨，是一位族老的亲子。

"好，那便如此，浮磊、沧雨你们几个也去一趟，拿浮生当试炼石吧，发挥出己身实力，展现风采，目的在于让那位乾羽大人注意到，日后若能进入不灭宗，那便是你们的福分。"

大族老最终发话。做出这个决定，其实也是几名族老一致的想法，拿浮生当作进入不灭宗的踏脚石。

他们想，那乾羽大人不是看中浮生吗？那就将他踩在脚下，将其打败，乾羽大人总不能将一个失败者招进不灭宗吧，无论如何都说不过去。

自始至终，他们即便看到浮生战力不错，内心深处依然未将其放在心上，依然视其为废物，觉得他们的子嗣，必然能胜过那浮生。只要进入不灭宗，与乾羽大人攀上交情，不仅可以抹杀之前逼迫浮南的罪责，甚至还可将其赶出浮家。

话音一落，以浮磊为首的几名年轻一辈，缓步走出雅亭，迅速前往浮家贵宾堂，他们知晓，浮生便在其中。

此刻，浮生正在贵宾堂中与乾羽交谈，奉后者上座。在短暂的交谈当中，乾羽越发感到惊奇，越发认定，浮生身后必然有位高人。

可是观其父亲浮南，像是并不知道浮生有师尊之事，这又让乾羽疑惑了。

"浮生，听闻你只是刚刚觉醒武典？"

乾羽先将疑惑放下，打算先了解了解浮生的根基实力。如果天赋不高，今后的路就几乎定下了，便算不得好苗子了。

浮生点头，道："嗯，是刚刚觉醒的。"

坐在一旁的浮南，想到浮生的武典不似常人，竟然是块残木。未知的才最可怕，因为不知晓这块残木是否对浮生今后有影响，当下，他便开口向乾羽询问道："大人，我儿刚觉醒的武典，很异常，与我们都不同，典脏处不是一本典书，而是一块残木。还请大人帮忙查看一番，是否对日后修炼以及安全有影响？"

浮南很郑重，他的实力只达到典搬境，比乾羽整整差了一个大境界，他看不透那块残木有何玄机，抑或安全隐患。

"好。"其实乾羽在浮生与石轩一战时，早已在远处留意，但距离太远，他未能看清，心中也是有些好奇，眼下倒是一个可以仔细了解浮生的好机会，他不做推辞，立即应承了下来。

"生儿，你快快将武典展现出来，让大人看看有什么安全隐患。"

浮南立即让浮生展示，拜典城难有超过典搬境的高手，机会难得。

浮生心里有些古怪，因为他曾是九天十地的绝顶高手，他的眼力何其犀利，都无法看透体内的残木，更何况修为只在典魂境的乾羽了。

这种感觉就好比是，一位才识渊博的学士，碰到一道他无法解答的难题，却有人向他介绍一个孩童，为其解答，想想就觉得怪异。

然而，他又不能说清，总不能当面说乾羽无法看透吧？毕竟而今他的实力也只是典锻境，且还是刚涉入，对于典锻境而言，典魂境可是很强大的境界了。

"轰"！

浮生面色不变，直接将武典展现出来，只见一块闪烁着光芒的残木，在其典脏处浮现，其中有着莫名气息。

浮南不是第一次看到，但此刻如此近距离观摩，还是令他吃惊。

他看到，此块残木，栩栩如生，犹如真实残木，仔细观看，红木断开的部位，并非是用利器一刀横切，而更像是用神力将其撕下。因为那断开部位，竟如藕断丝连一般，有碎裂的木条痕迹，真是太过真实了。

怎么会如此？

乾羽的感受更深。他的修为要比浮南高出一个大境界，而且典魂境这个境界，已然在重塑灵魂，故此，他在仔细探查残木时，竟感受到了一种恐怖气息，令他刹那间汗毛竖起。似乎，再深入探查下去，他的肉身要崩坏，立亡。

这令他更加惊奇了。此块残木究竟有何来历，竟然只是简单窥视一二，就让他生出如此危机感，宛如有莫名杀机浮现，要斩他于此？

最终，乾羽摇头，道："此块残木不可揣度，有莫名气息，恐怖无边。我修为不够，无法看透啊。"

浮生知晓乾羽说的是真话，因为，朱红色残木，便是他都无法看透，更何况区区典魂境修为。

浮南脸色一变，残木武典居然连大典师都无法看透，显然出乎他的意料。他很担忧，未知的东西，尤其可怕，因为不知晓到底是福是祸，且恐怖无边，只是近距离探查，都让乾羽额头沁汗，如果哪一天突然产生异变，那实在危险。毕竟在浮生体内，令他委实不安啊。

"那安全吗？"

浮南问道，浮生十六年无法觉醒武典，今日终是万幸觉醒，他真的不希望因为这块异变武典，而让浮生有性命危险，那是得不偿失。

乾羽依然摇头，道："难说，实在看不透，只能待日后慢慢了解吧。或者去不灭宗让老祖探查，他应会探查得更详细。"

浮南点头，希冀浮生能够进入不灭宗，以后成就不可限量，还能解了武典之迷惑。

"浮生，你且展现典环，激发天赋颜色，让我看看你的潜力如何。"

乾羽转头看向浮生，浮生能以己身废掉那已然具备典锻境三星实力的石轩，战力非凡，想来天赋应该不错，就是不知能到几重。如果能到橙色第二重，乾羽他便满意，算是能破格入不灭宗的门槛。

浮南很激动，他希望浮生的天赋不错，最起码能入不灭宗的法眼，那么，他体内那个残木武典，便能请不灭宗老祖查探，知晓究竟是否有危害。

感受着父亲希冀的目光，浮生叹了口气。原本，他想保留实力，将天赋颜色压制，变得不那么非凡。

可是想到浮南，浮生最终放弃了。

十六年来，自己承受了无法修炼的苦楚，甚至被人扣上了废物头衔。自己算是两世为人，自然可以忍受，但身为父亲的浮南，却没办法。

浮生心里很清楚，他曾好几次看见浮南独自黯然伤神，愤怒不已。但修炼这种事，别人无法相助，浮南也只能抱憾无奈。

而今，他终于可以修炼了，看过浮南的老泪纵横，浮生决定给他一个大惊喜。让他知晓，他的儿子，并非废物，不仅如此，还是修炼的天才。

所做之事，便是让浮南高兴高兴，仅此而已。"好！"

浮生点头，随即催动体内武典，一股不同于典锻境的典力激荡开来，令浮南与乾羽都为之吃惊。紧接着，在那块朱红色残木身上，出现了一道典环，而这道典环的出现，便是稳重如浮南、乾羽二人，也皆是收缩了瞳孔，心中大骇。

"什么？"浮南猛然站起，惊讶得无以复加。

而乾羽更是瞪大了双眸，他比浮南更为震惊，只因他的修为比浮南要高上一个大境界，且他在不灭宗的所见所闻绝不是浮南能比拟的。

正因如此，他内心深处更加激动。

"青色，青色，居然是青色……"

乾羽嘴里喃喃自语，不断重复着。青色第五重的潜能天赋，代表着什么，他比谁都要清楚，那是今后的道路，他可以随意走到第五大境界，只要不出意外。

"哈哈，真是捡到宝了。"

乾羽很想仰天长啸，晨曦的黄色第三重天赋与浮生相比，简直就不值得一提。随即，他的眼中闪过一丝疑惑，对于晨家和浮家的婚约之事，他多少有所耳闻。

一个拥有如此逆天天赋的惊世之才，居然被赶走，还毁了婚约，晨家上下难道都是笨蛋吗？

乾羽想想就觉得可笑至极，明明是块无价之宝，却被视若废物，还认为浮生是在高攀，而今一看，简直就是荒谬。

"赤橙黄绿青……"

同样激动得无法自控的浮南，竟然傻傻地伸出手指，开始数着这种天赋为几重。身为一家之主，何等稳重，居然在此刻失去平常心。

没办法，浮生的天赋太强大了，带来的惊喜，让浮南和乾羽两个人的心情一时难以平复。

看着两个人的表现，浮生微微一笑。他知道自己如今的天赋强度，也能理解他们此刻的心情，但对于浮生自己而言，并非那么兴奋。曾经身为绝顶高手的他，天赋可是远远高于而今。

如若被浮南和乾羽两个人知晓，即便是天赋在第五重的浮生，居然还不满意，不知他们会有何想法。

"快，将天赋颜色收起来。"

乾羽脸色凝重，连忙叫浮生恢复常态，他生怕被他人知晓了浮生的天赋，跟他抢弟子，那损失绝对惨重无比。

不过他多虑了，也是因为太过激动，失去了往日的淡定。这是在浮家，小小拜典城，有他坐镇，根本就没有被他人察觉的可能。

这一切，只是因为他太兴奋了。

看着浮生将武典归于典脏后，乾羽依然眉开眼笑，此刻的他望着浮生，怎么看怎么觉得舒坦。

而后，他突然郑重地看着浮生道："你可愿意，拜于我不灭宗门下？"

尽管他很郑重，但眼眸深处的那抹希翼，显示着他多渴望浮生能点头答应。

浮南自然期望浮生能加入，但此事毕竟关乎浮生自己，需他亲自决定，他最多给个建议参考。

"我愿意。"

浮生虽然脑海中有无数功法，知晓万千，可而今他缺的是各项资源。天佑国何其大，一百三十六郡，而拜典城只不过是郡中的几百城池之一。

能成为天佑国三大宗门，其掌握的资源必然惊人，这是他所看重的。

如果没有今日，他也会走出拜典城，去寻求机缘。他需要强大，重回巅峰，甚至超越，去实现当年未完成的心愿。

"好，今日太开心了。"乾羽心中长舒了口气，他还真的怕浮生拒绝了他，"明日我便召开不灭宗招收弟子的测试，只要完成这个测试，你便跟我去不灭宗。"

他将测试提前了，也是怕夜长梦多，这么好的苗子，被人抢走了，肠子必然会悔青。

乾羽沉吟片刻，像是突然想到了什么，道："明日测试时，我建议你将天赋颜色压制到橙色第二重。"

浮生心里在笑。他自然清楚乾羽为何这么做，那是怕他在测试时，太过惊艳了，怕被有心人注意到，抢了他不灭宗的天才弟子。

尽管来拜典城招收新弟子的宗门，目前只有天佑宗和不灭宗，但天知道究竟还有哪些宗门隐藏在幕后。

小心为上，尤其是看到浮生的天赋后，乾羽必须谨慎行事了。

浮生没有反对，答应了此事。

"我这儿有秘宝，可以用来压制你体内的天赋颜色，如此一来，即便你全力施展，所展现的天赋颜色也只是橙色第二重，就无须担心了。"

乾羽笑嘻嘻地拿出了一块如玄武石一般的黑色石头，是一个典器。

不过，浮生却摇头拒绝了，这让乾羽着急，以为浮生不愿如此，难道浮生对于进入宗门还有其他想法吗？

"放心，我答应了来不灭宗，便会遵守诺言。"

浮生淡淡说道，如此平淡的言语，若是被他人知晓，定然愤恨。不灭宗是何等宗门，平日里，求都没办法成为那幸运儿进入宗门修炼。

而浮生的口气，似乎并不是很在意。

第6章 神秘的浮生

乾羽没多想，他认为凭借浮生的天赋，的确有这份资本，因为，即便放在三大宗门之首的天佑宗里，如此天赋也会被抢。

"你误会了，我只是想说，不需这个秘宝，我自己有秘法可压制天赋潜能。"

这种压制修为的功法，浮生他只要动动脑，便可随意拿出，何必借用外物呢。

正所谓说者无心听者有意，浮生语气平淡，像是在谈论一件无关紧要的事，可听在乾羽耳中，却愈加震惊。

他越发确定，此子定然身后有高人相持。乾羽是不灭宗的人，宗内有无数典术，但他还从未听闻过还有典术可以压制天赋。从此处推断，浮生幕后的高人，实力定然不凡，理应不能怠慢。

不过，他有些好奇，既然身后有高人，又为何让他耽搁如此久才觉醒武典？而之前如果自己未及时出手，在那万长天手上，浮生必然吃亏，难以抵抗，甚至有性命危险。

想不通。乾羽越想越觉得有疑点，不似其背后有高人的痕迹，可是浮生年纪轻轻，战斗经验又非凡，还懂得这等高深典术。

乾羽越看浮生越觉得神秘了，尤其是对方身上若有若无的淡定，即便是遇到自己也没有寻常年轻小辈显露出的敬畏。

此子不简单啊！

这是乾羽在一番思索后对浮生的总结评价。

既然浮生自己有典术可压制天赋，他也不好多说。收起秘宝，道："好，那你将天赋压制到橙色，明日就开始测试。"

然而正待浮生要回答时，贵宾堂外突然有声响传来。

"我们的浮生大少爷，听闻你今日终于觉醒了武典，真是令人高兴啊！只是传言你的武典是块残破木块，让我们非常好奇，便特地过来验证验证。"

以浮磊为首的几名浮家子弟，已然站在了贵宾堂外头，而说此话的便是一直看不起浮生的浮沧雨。

其实换作是以往，给他们几个熊心豹胆，他们也断然不敢公然在浮南面前如此大声叫喊。然而，此时情况有变，加上受到几位族老，尤其是大族老的支持，他们便无惧。

浮南听后，勃然大怒。这些小辈，竟然无视家主威严，大声喧哗，还直接点出残木武典，这明显是来取笑挖苦浮生的。

不过，浮南到底还是非常人，仔细一揣摩便知晓其中要害，且得到乾羽的示意后，强行压制住怒意，想看看浮生如何处理。

浮生是何人，立即就明了，他长身而起，来到了门口，一眼就看到了浮磊等五个浮家年轻一辈。

一眼扫过，最终他将目光定格在浮磊身上。浮磊，他自然知晓，在浮家同辈中，天赋排第一，当然那是之前。

往日他一直在闭关修炼，今日突然带着几名年轻一辈的浮家子弟，张口就道出自己的残木武典，这明显是在嘲讽，是在取笑自己的武典。

还想验证验证？浮生恨不得一巴掌拍过去，镇镇他们，只是他是什么人，跟一群小孩儿计较，会掉了身份。

故此，浮生只是淡笑一声，道："我没空！"

"你……"

其中一名年轻同辈没想到浮生居然会如此干脆，直接将他们准备好的计谋瓦解了。

这不似浮生以往。若是以前，他们这么说，浮生定然会恼怒，他们就可以借机提出试身手，然后一方面可出手将其重伤；另一方面，还可在乾羽大人面前表现自己，说不定能破格进入不灭宗。

这是他们一来便盘算好的计策，没想到却被浮生果断打断了，有种一口气接不上来的郁闷感。

在贵宾堂里的浮南和乾羽，也是一愣，随即相视而笑，他们没想到浮生竟然能想出这种解决他们的方式，不用丝毫气力，便将他们的计谋堵住，憋屈得很。

看来，此子不单天赋惊人，头脑更是聪慧，值得重点培养啊。

乾羽拿起白玉茶杯，轻呷了一口，暗自肯定。

此时，浮沧雨一步迈出，看着浮生，眼神中有轻蔑，直截了当道："听闻你初觉醒武典，便战力非凡，我想与你比试比试，敢下来一战吗？"

浮沧雨看不起浮生，往日暗地里没少以废物称呼浮生。即便眼下浮生觉醒了武典，但在他心中，浮生依然是以往那个废物，便是有些战力，又能多厉害，只不过刚觉醒而已，自己早已觉醒了武典，难道还能战败吗？更何况，一个残木武典，本身便是残缺的。

他故意刺激浮生，如果浮生承受不住，立即下来与他一战，那时他便可随意镇压，想想便让他兴奋得热血沸腾。

"你想与我一战？"

浮生看向浮沧雨，淡淡问道。

尽管浮沧雨不满浮生此刻的语气，但他还是点头。他在心中窃喜，以为浮生要答应他的约战，可是接下来浮生的话，让他脸色大变，滋生恨意。

"呵呵！"浮生淡笑了一声，又道，"你算什么东西？有何资格来挑战我？"

第7章 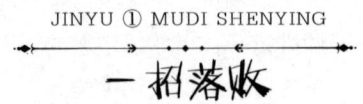一招落败

强势！绝对的强势！

浮沧雨又惊又怒，他看向浮生，觉得浮生与往日仿若不似同一个人，气质、行为举止，完全变样了，不再如往常那般任人如何嘲笑都能忍受，此刻，宛若高高在上的神主，俯视苍生。那种冷然的呵斥，好似原本就该这般。

"呵呵，莫要以为觉醒了那残破武典，就有底气了。如若一战，五招足矣。"

浮沧雨很快平息了怒火，想起此行的目的，他要拿浮生当前进的踏脚石。只要浮生肯与他一战，那暂时的忍受，便是值得。

因为，他认定，只要浮生敢跟他一战，五招便可战败浮生，这是他的自信。

"对他还需五招，沧雨，你不是修为降低了吧？一位刚觉醒武典的'老人'，你还要如此多的招数，好意思吗？"

同来的年轻一辈中有人出声，故意对浮生嘲讽，更是用"老人"二字，来形容浮生觉醒武典有多迟。

"好吧，那便三招吧。"浮沧雨轻松自若，言语懒洋洋，有强大信心，觉得三招战败浮生，也是一件极为容易的事，根本未放在心上。

"你们真当我不存在吗？是什么让你有如此自信？"

浮生觉得很搞笑，难道这些人都未曾观看自己与石轩的那一战吗？你们这些年轻同辈，能比得过石轩？石轩都被自己打败了，此刻，这些实力更差的人还敢来找麻烦，真不知该作何感想了。

浮生只是匆匆一瞥，便洞悉了浮沧雨的实力。对于他人，浮沧雨的战力一拳可达千斤，实属不错，可是在浮生看来，那便不值一提。

只因，浮生随手一击，在五千斤之上，这是得益于天赋达到五重的力量叠加。

"当你不存在又如何？我们是浮家年轻一辈的至尊，打败你如掸衣上灰尘般轻巧。"

浮沧雨眼眸冰冷，将己身修为尽数展现，故意做给浮生看，想让浮生惊悚，进行震慑。

"是吗？"浮生终是走下石级，纵然无视他们，但也不容对方三番两次小觑于

他，他要动手了。

"那便看看，你是如何将我如灰尘般掸开的吧。"

浮生站在了浮沧雨对面，他不似浮沧雨那般故意将修为毕露，而是内敛其中，平平淡淡，犹似未觉醒武典时，身上无半丝典力浮现，一如凡人。

发现此等现象，更加令浮沧雨轻蔑他了。在他看来，三招算是给足了浮生面子，只瞅眼下，说不定只用一招就可将浮生击飞。

如此一来，他更高高在上了，眼眸有精光闪烁，那是在俯视浮生。

随后，他宛若一只雄鹰，翱翔天际，从地上腾飞而起，又从空中斩落而下。那奋力踏出的一脚，似乎化作了可撕碎精铁的鹰爪，他要将浮生整个人抓起，然后羞辱一番，扔在地上，以展现自己的风采。

"沧雨的实力，看来又进步了，战力非凡啊，这一踏，会不会将那浮生踩死？"

有些人甚至开始担忧，他是否会将浮生踩死。他们用的是"踩"，视浮生为蝼蚁，才用"踩"字。

这才一开始，他们就认定浮生必输无疑，甚至还怕浮沧雨失手将浮生杀了，那就不妙了，毕竟浮南就在贵宾堂中。

"明明觉醒了武典，却全身无一丝典力迹象，难道是由于那残木武典的原因，空有其形，却最终还是未能修炼？"有年轻子弟在猜测。

为首的浮磊，观浮沧雨那一击，攻势行云流水，很是顺畅，点头颔首，算是赞赏他的身手。此刻，他也认为，浮沧雨言三招败浮生，应该并非是吹嘘。

就在几名年轻子弟低声言语之际，那浮沧雨的一脚近乎要踏向浮生的头颅，双方的距离在急速拉近。

浮沧雨的嘴角更是浮现一抹残忍笑容，宛若早已预见下一刻的画面。

便是在此时，一直驻足冷淡面对的浮生，似一把长枪立在地上，不动如松。就在浮沧雨的攻势无限接近时，他终于动了。

化繁为简，他出手了。

没有多余的招式，浮生只是提力，跨步半蹲，身躯向前倾斜，然后提拳，一拳便轰了过去。

"他难不成想用拳头抵挡从天而降的脚踏吗？"

他们知晓，手臂的力量，自然要弱于腿，更何况，浮沧雨的脚踏是从上而下，借助了天时地利，力量必然有加成。

而浮生只是简单出拳，亦没有前冲带动的力量，很平缓的一拳，如何能挡？说不定，还会在浮沧雨的那一脚之下折断了手骨。

他们在嗤笑。

很快，浮沧雨的脚掌，与浮生的拳头轰在了一起。

"砰"！

浮生身姿未动，保持着原来的出拳之姿，而那浮沧雨竟然闷哼一声，倒飞了出去。

"什么？发生了什么？"

其中一名年轻子弟，方才正在悠闲谈论，猜测浮生会以何种姿势倒飞落败，可就在那瞬间，他只觉得眼前有一道影子飞了过去，起初还以为是浮生被击飞，但仔细一想，觉得即便浮生被击飞，那方向也不对。

而后，回眸一望，他惊住了。骇然发现那倒飞的人，竟然是他们认定一定会打败浮生的浮沧雨。

一招！

仅仅一招，浮沧雨便落败，倒飞而去，在空中擦出了一道弧线。

"不可能，怎么会如此？"实力与浮沧雨相当的年轻一辈，连连摇头，不敢相信眼前所发生的一切。这与他们方才所预测的结果，相差实在太大。

他们认为，浮沧雨即便三招未能败浮生，那么五招必然也能将其击败。无论如何，他们都不曾想过，胜券在握的浮沧雨，反而被击飞落败，而且浮生居然只用了一招。

结局太过意外，令他们暂时无法反应。

"那个谁？你太弱了，如风筝一般，轻轻一碰，就随风飘走。"

浮生收拳而立，看着落在地上终于坐起的浮沧雨，轻飘飘地打趣着。

也是因此句，让好不容易起身的浮沧雨，郁闷得不行，竟然气出了一口血，脸色顿时苍白起来。

这时，修为最高的浮磊看不过去了。就在方才那一击中，他窥视到了一些，眼眸深处有一丝凝重，察觉到浮生今日的不同。

但他还是自信可以完全镇压，他脚尖轻轻一点，便落在了浮沧雨身旁，安抚了几句后，便朝浮生缓步而来。

浮沧雨的父亲依附在大族老的势力下，而浮磊又是浮家年轻一辈的至尊，是大族老的亲孙，如此一来，浮沧雨也便顺其自然地跟随于他。

而今，浮沧雨意外被浮生击伤，这等于折损了浮磊的脸面，令他动了杀心。

浮家并非一家之主掌握所有权势，家主最多有四成，余下六成归各个族老分摊，其中大族老掌握权势最多，而今，还是有几名势单力薄的族老投靠于他。可以这么说，大族老一脉，已然不惧浮南，双方就差撕破脸了。

浮磊想出手，只因从某种程度上来说，那浮沧雨便代表着他，如今被浮生打伤，他若不为其出头，往后还有何颜面收纳他人？

最主要还是因他的面子折损了，这让他动怒，有大族老撑腰，他无惧浮南，此刻即便将浮生斩杀，他也可全身而退。

"你不错，"浮磊最近才出关，身上的气血更加旺盛了，他身穿蓝衣，随风而动，肤色晶莹，器宇不凡，只不过此刻看着浮生的眼神，邪意顿生，他神色冷淡无比，面无表情，淡漠道，"但你终究还是差了火候，不是我的对手。"

浮生驻足，他看到而今出关的浮磊，的确有过人之处，如若未有夺权篡位的想法，实乃浮家之幸，不过可惜了。

"说实话，我很动怒，但不知道你如何做，才能让我平息怒火。"浮磊冷笑一声，漫不经心道，"这样吧，你自断双手，且跪下向我走来，我便揭过此事。"

身在贵宾堂一直在关注的浮南，闻言差点儿将茶杯摔碎，但被乾羽阻止了。

身为当事人的浮生终于控制不住大笑了起来。

一日之内，竟然让他遇到两个自以为是的人，前一个是石轩，现在是浮磊。他们都有一个共同点——骄傲自大，目中无人，且都愚蠢至极。

作为曾经九天十地的强者，身后有天兵神将跟随，所过之处，虚空都要崩碎。而今，竟然有一个典锻境修为的少年，竟要他向其跪着行走过去，且自断双手。这是天大的笑话，上天都要降下雷罚，将其劈醒。

"无论你身后是谁，无论你的怒火是否平息，无论你如何对我求饶，今日，谁来都无用！"浮生怒了，他是一个霸者，岂能容人如此辱没。

"哼！希望你莫要后悔！"浮磊长枪在手，眼神更加冰冷，仿若有杀意离体而出。

在他心中，浮生根本不值一提，他是浮家年轻一辈中的至尊，方才已经提出平息怒火的方式，对方竟然不为所动，且还敢大放厥词，真是活腻了。

此番，无论如何，他都要好好教训浮生一番，这是他的意志。

浮磊强势，浮生比他更强势，面对前者的话语，他只是食指一点，随后，主动向浮磊攻去。

"锵"！

浮磊将长枪化作无数枪影，洞穿长空，锁定浮生周身。浮生更是无惧，不要任何兵器，只用肉身拳头，与之对抗。

双方初碰，浮磊便收起了轻视，他没想到被视为废物的浮生，竟然有这等战力，便是他都得谨慎对待了。浮磊手持长枪，枪头擦地，溅出火花，一步横跨数米，猛地大喝："伏魔经！"

他手中长枪不断抖动，以绝妙力道，使整片天空被无数枪影笼罩。而后，一只布满鳞片的黑色大手，向浮生迅速压去。

此大手似乎从天域而降，如魔王之手，要在刹那间将浮生压碎。

身在贵宾堂的浮南有些坐不住了。因为，伏魔经可是浮家家传之法，是浮家第一任先祖所创，威力惊天，可拍碎苍宇。

当然，而今的浮家，完整伏魔经不知何故已失传。但即便是残缺的伏魔经，品阶也不凡，在浮家只有家主，以及大族老等人有权修炼。

不想，年轻一辈的浮磊，竟然修炼了此等镇家之法，应该是大族老所授。

浮南震怒，大族老显然忽视了祖训，偏向于他的子嗣。

他深知伏魔经的厉害，纵然浮生而今表现不凡，斩杀了天赋异禀的石轩，但浮南太过了解伏魔经了，只怕浮生有危险。

"无妨，若浮生有险，我会第一时间救助。"

乾羽给了浮南一颗定心丸，拜典城最强者，不容忽视。

此时，如白衣神主的浮生，当看到浮磊施展而出的伏魔经时，眼神变了。

这是一种复杂的情愫，有激动，有惊喜，但更多的是遗憾失落。

当年浮生为一代皇者时，身后有无数绝世强者跟随，与他一同乱天动地，镇压敌手，其中便有一名实力十分突出的属下。

那名属下，便是浮家的第一先祖，深得浮生器重。

可以说，浮家先祖是浮生一手培养起来的，而他的成名技便是浮磊此刻施展的伏魔经。

浮生比浮南了解更深的是，伏魔经确切而言，并非是浮家先祖所创，而是浮生观其根骨，结合万千功法，寻出了最为适合浮家先祖自身的一门功法，传授给了他。

浮家先祖，最多是在此基础上，补充了些许自己的领悟罢了。

伏魔经，首创者是浮生。

浮生有些感伤，因为，他忆起了那位当时面容还青涩的浮家先祖，随着时光渐渐老去的无奈。

"在伏魔经之下，还敢发呆，真是找死。"

浮磊看到浮生居然在此时愣神发呆，他没有手软，而是嘴角冷笑，加大了力量，他要迅速斩落浮生，要告诉后者，甚至幕后的浮南，谁招惹他们一脉，便是此下场。

那只遮天盖地的大手，迅速向浮生镇压而来，受到伏魔经气机影响，浮生终是渐渐回神。

他收起情绪，缓缓抬头，望向天空那只出自他所创的大手，淡淡一笑，用只有他自己能听到的声音，道："没想到，竟有他人用自己所创的功法来对付自己，真是令人心情复杂啊。"

浮生依然未动，只是他的嘴开始翕动，他在数数。

"三。"

"二。"

"一。"

就在那道大手落于他头顶上时，浮生动了，没有绚丽多彩的招数，他只是轻轻地伸出了食指，缓缓向大手点了点。

随即，在浮南、浮磊以及同辈年轻人的惊骇眼神中，那道大手渐渐瓦解，没有声响，有的只是无力回天的消散，任凭浮磊如何努力都无用。

他们只能看伏魔经所化的大手烟消云散，恍若从未施展过一般。

"怎么……怎么会如此？"

浮沧雨太过吃惊，嘴里发出喃喃声，他跟随浮磊，自然知晓后者修炼了浮家的镇家之法，也是因此，让他更加死心塌地忠心跟随，期望有朝一日，能让浮磊高兴，将伏魔经传给他。

然而，在他眼中无往不利的伏魔经，竟然如此被破解了，对方只是简简单单一指，这比他败在浮生手上更加令他震动。

浮沧雨无论如何都无法想通，他曾见过家中一名族老，在面对浮磊施展的伏魔经时，都得全力对付。两者相比较，他无法接受如此结果，恍若梦境。

"不可能！"几乎是同时，浮磊与贵宾堂的浮南皆喊了一声。

浮磊身为施展者，自然要比浮沧雨了解得更深。就在方才，他施展的伏魔经大手在即将要压向浮生时，也便是在浮生食指一点的时候，大手失去了控制，这是从未有过的现象。

他不止一次从他的爷爷大族老嘴里听过，伏魔经一出，不灭不休，只有硬碰硬才能化解。

可而今，他看到了不可思议的一幕。

他脸色苍白，全身似乎在颤抖，伏魔经是他的底牌，这是他稳居浮家年轻一辈中第一的凭借，是他无敌信念的根基。

可是，没想到，在他心中无敌的手段，竟然被对方轻轻一点给破了，没有什么比这更让他感到沮丧而惊恐的。

最强手段使出，都被轻松化解，让浮磊崩溃了，他的瞳孔在收缩，心脏在震颤，不知浮生是如何办到的。

与他有同样想法的是浮南，浮家现任家主。

浮磊惊骇，浮南比之更甚。

身为家主，他不可能不知晓伏魔经，且他对伏魔经的了解更是浮家第一人。他突然想起，关于伏魔经功法的祖训。

那祖训言：伏魔经一出，天地色变，不可力敌，能轻松化解的，除却浮家先祖以及先祖所跟随之人，天下无人可办到。

便是忆起这则祖训，浮南才这般震惊，手中玉杯，都被他下意识捏碎。

"生儿是怎么办到的？"浮南心脏都差点儿惊停，百思不得其解，别说浮生未曾修过此法，即便修过也不能做到这种地步，便是他浮南也不行，太过不可思议了。

他如果知晓他口中所唤的"生儿"便是他先祖所跟随的大人，不知会如何震惊。

"此子果真不简单啊。"

乾羽越发觉得浮生不凡，尽管他不知晓伏魔经，但仅凭方才，他便能窥视出这是一门即便是放在不灭宗都能列入前十的功法。他所看的还只是残缺后的伏魔经，如若是完整的，将为无上典术。

"竟然残缺了，唉！"此刻，浮生眼中没有浮磊，没有一切，有的仅仅只是对那位属下的追忆。他看到伏魔经残缺了，心中更是感慨万千。

任你功参化古，任你坐拥江山，到头来，只是那一抔黄土，尘归尘，土归土，不可长生，断在时间长河中，身前一切不可留。

多少盖世英雄，风华绝代，到头来，唯有己身独享寂寞，最终败于无情岁月，在孤寂中落寞余生。

"怎会如此轻易化解我的典术？怎么可能？"

浮磊发出一声叹息，这是一种无力感。

浮生转动眼睛，他方才数了三下，那是因为，没人比他更了解伏魔经，若单从力量硬撼，绝对达不到如此摧枯拉朽的效果。

伏魔经是他所创，仅凭这点就可解释。

"你败了！"

浮生看着眼神无光，未曾从方才那一击中清醒过来的浮磊。此刻的他，眼神复杂，饱含沧桑。

此前的战意迅速消散，他不想出手了。

他没去看那些已经愣住的浮家年轻一辈，所谓的至尊，只是淡然路过，白衣缥缈，不夹半粒粉尘。

包括浮磊在内的几个人，恍惚间，似乎听到了一道由外而内、直指深心的叹息。

愣神之际，浮生已经踏进了贵宾堂。

浮南有些震动，他发现此刻的浮生眸里有沧桑感，似那种流淌在时间长河中久远的气息。

不过只是刹那间，那种感觉就消失了。

"原本，我动了收你为弟子的念想，可而今，或许我没那资格，哈哈。"

乾羽大大咧咧笑道，的确，在与石轩那一战时，他便动了这份想法，可是他越了解浮生，就越发觉浮生的不凡，浮生身上有一层迷雾笼罩，让他都看得不真切，无法望透。

这让他震惊，不过他还是解释为，或许浮生的神秘，是因身后真的有奇人吧。

浮生莞尔，觉得乾羽倒是有几分眼力。

能收自己为弟子的，恐怕这世界上还真不多。要知道，自上古时代，他便开始传道于天下人雄。座下弟子无数，而今，历经千万年岁月的他，对修炼一途的见解，无人能比。将乾羽收为弟子还差不多，不过浮生未必看得上。

因为他就在方才发现了乾羽身上有隐疾，那是修炼一门残缺功法所导致的副作用，如果一直修炼下去，日后或许会危及性命。

乾羽对他而言，也算是有份恩情，浮生思考半刻，决定还是点醒他。

随即，他望向乾羽，问道："你数年来是不是在修炼一门功法？"

"你怎么知道？"乾羽立即收起笑容，表情十分凝重。

浮生不以为意，继续道："近日，是否有感紫府穴、任督穴等隐隐作痛，有时施展典术会有滞感，觉得不顺畅，且最近七经八脉隐有堵塞之感？"

瞬间，乾羽大为震动，心情难以平复，导致体内典力逸散而出。坐在最近的浮南，有些承受不住乾羽的威压。

"你能看见我体内？"这句话，也便是认同了浮生的话。不过，乾羽想到一种可能，典者一途，总有一些天赋异禀，自带某种神通的人，他认为浮生便是此种实力高深者，甚至可以望透宇宙本原。

浮生笑着摇头，否定了他的这种想法。

"此功法，是否为《大衍神诀》？"浮生侧头又道。

乾羽再次惊动，此刻，他看着浮生的眼光再次发生变化，不再以小辈相看。他立即点头，承认了此功法。

"残缺的吧？"

眨眼间，此时的浮生恍若成了一名智者，运筹帷幄，谈笑间，自信满满。

看着乾羽的表情，浮生便确定对方所修的是《大衍神诀》残缺版。

"这样，我送你《大衍神诀》的原始功法，《太衍神诀》，它是我偶然间所得，呵呵。"

残缺版的《大衍神诀》，已然能令乾羽修为提升加快，而完整版的《大衍神决》，自然更强。可是，要知道，即便是完整版的《大衍神诀》，也只不过是仿法，正法却是《太衍神诀》，品阶极高，就珍稀度而言，足以迈进不灭宗前十了。

浮生这么做，其实很简单，只是为了感谢他的相助。

"什么？"稳重如乾羽，在此刻终于震动了。

第8章 再现忆榴

乾羽瞠目结舌，他愣愣地看着浮生，心里翻起了滔天巨浪。

《太衍神诀》，他自然知晓，那可是而今他所修的《大衍神诀》的原始功法，他无数次寻求《太衍神诀》，却一次次失望。

从古籍中，他发现《太衍神诀》已然失传，不知流失向何处，根本无处可寻。

然而，他做梦都未曾想到，眼前的少年，竟然可以赠送《太衍神诀》给他。他起初不相信，觉得是玩笑，可是观浮生神态表情，不似玩笑。

可是，他一个十六岁的少年，何以会有这等高深典术，且还是万年前便散佚的？无法理解。

"你真的有《太衍神诀》？"

饶是强如乾羽，在此刻也难免失去了平常心，变得患得患失。

坐在一旁的浮南，眼神自然有些古怪，他可是明白，自己的儿子可未曾出过远门。尽管他不知晓《太衍神诀》如何厉害珍贵，可只要观乾羽此刻激动的样子，便可揣度。

他很疑惑，不过更多的还是担忧。他怕浮生在欺骗乾羽，毕竟对方实力如此高强，都未能寻到，浮生一直待在家中，怎么可能有此等典术。

"生儿，不可妄语。"

思前想后，浮南还是出言告诫了，相比浮生知晓《太衍神诀》而言，他更相信浮生是在欺骗乾羽。

浮生心里却在大笑，《太衍神诀》很珍贵吗？至于到自己编织谎言的地步？

不过，浮生自己也明白，毕竟他而今还太过年幼和弱小。

任何雄辩都无法胜过事实，浮生单指点向乾羽的紫府穴，后者自然明白浮生在给其传一些信息，便放开心神。

仅是刹那，乾羽眸光大盛，全身颤抖，比方才激动犹有过之。

"真的是《太衍神诀》，且是完整版！"

乾羽此等高手，只要稍作验证，便可知晓典术真伪。他是个修炼狂人，突然获得原版的《太衍神诀》，令他疯狂与兴奋，直接进入了修炼状态。

这让浮生有些无语了。

可是一旁的浮南眼神越发古怪，不过，他并没有出声询问，认为浮生不说自然有他的道理。

事实上，而今的浮生，确实不好说清。

他看乾羽竟然直接进入修炼状态，便站立而起，准备回房去用秘法压制天赋潜能，迎接明日的测试。

不过，浮南叫住了他。

"生儿，你随我来。有些事，我想，该是告知于你的时候了。"

浮南神情有些凝重，且带着难以察觉的落寞与无奈。

浮生察觉到了，跟随在浮南身后，来到浮南平时处理浮家事务的房中。

"你不是一直都好奇你娘在何处吗？"

浮南坐落于窗边，眼神望向虚空，发出了一声叹息。

纵然是浮生，此刻也难免震动，他自出生后，便未曾见过母亲，更是不知母亲的任何信息，向浮南询问，浮南只字不提，像是故意隐藏。

而今，浮南竟然主动向他阐述。

无论浮生上一世如何强大，始终都无法脱离他是母亲所生的事实，身上有她的血脉。

或许是因血脉的缘故，浮生很渴望能见她一面，获知她的所有信息。

浮南没有看浮生，他仰头看着虚空，陷入了回忆。

"天佑国有一百三十六郡，每郡又有百城，所占面积浩大无比，可是它与天域中的其他国相比，却极其弱小。如若要以级别相论，天佑国只是最低级别九级，天域中，以九级国最低。"

浮南开始娓娓道来。

浮生点头，他自然知晓这其中差距，千万年的岁月中，他在各处都留下了足迹。

"天域中，有各种级别不同的国家，号称三千国，其中更是有着四级三级的国家。那等国家，资源丰厚，典者实力强悍，远非九级天佑国可比，甚至都无法想象。

"天域便是由三千国组成。但在其中，除天域中级别最高的国家外，还有着七大皇朝神教，整个天域由他们来统筹，发号施令。

"七大皇朝神教中，有一门神教，名为拜月教，相传有着无尽岁月，门徒无数，仅是占地面积，便超过天佑国的国土，这还仅仅是拜月教的核心教廷面积，不包括附属于它的势力范围。

"拜月教中，有无数强者，随便一人走出，便可摘星斩月，令天地震颤。而你娘，便是拜月教中之人。"

当说到最后一句时，浮南身上有气机炸开，典搬境的气息绽放开来，似乎拜月教与他牵扯甚重。

"拜月教？"

浮生吃惊，他没想到他的母亲竟然出自拜月教。

如此鼎盛，传承如此久远的拜月教，自然能入他的法眼，浮生必然知晓此教。他与拜月教也算是有些渊源，他曾亲眼见证了拜月教的创立，发展，直至巅峰。

与那拜月教的创教掌门相熟，只是而今过了如此岁月，想必早已陨落了。

不可否认，便是浮生，也承认拜月教的强大。而今，他从头再起，已做不到当年那般俯视，需迅速提高修为，现在还是弱小了。

"娘是拜月教的弟子？"

浮生问道。

"是也不是。"浮南苦笑了一声，如果只是普通弟子，那也不至于如此杳无音信了。他脸色有些难看，道："你娘是拜月教的当世圣女，为当时掌教的明珠，地位崇高无比，便是低级国主，也得俯首叩见。"

此刻连浮生听闻了，也是直皱眉头。拜月教的当世圣女，就凭这层身份，便能压得人喘不过气来，可浮南却能与她联姻并生子，委实难得啊。

浮南虽然是拜典城三大家族的一家之主，可是与天域拜月教相比，便是犹如草民，甚至都不如。浮生无法想象，他们是如何结识，并相恋的。

但无论如何，仅凭这点，他便对浮南很钦佩，更是竖起了大拇指，不加掩饰地夸赞。

浮南眸中有异样，的确，换作是他人，能与拜月教圣女结识，便足以令他一辈子做梦都笑醒，成为美谈。

然而，他却越了雷池。

拜月教的圣女，宛若九天之上的神女，不食人间烟火，应高高在上，俯视众生。可她却与九级国的浮南在一起，从某种意义上讲，她也越了雷池。

因为，如果不出意外，待拜月教教主退居幕后，便是由她来掌教。可她却选择了下等国的浮南，还生下了儿子。

当时，举世震动，哗然一片。

拜月教更是觉得羞耻，拜月教教主万分震怒，只差亲自降临，欲要将浮南碎尸万段，从人间除去。

即便如此，教主依然还是派了大量强者，将两个人抓住，要将浮南斩杀。

在圣女百般请求，并且与拜月教教主达成了数条约定后，最终，浮南无事，而圣女，永世不得回拜典城，永远被禁锢在教中，与浮南、浮生更是再无任何瓜葛。

他们视浮南为孽障，痛恨于他影响了圣女修炼的心性，让其堕落。

他们视浮生为孽种，羞耻于他玷污了拜月教的神圣，成为丑闻。

"呵呵，很荒唐吧！"

浮南像是突然老了数十岁，复杂的情愫，或许只有自知。

认真听完的浮生，脸上并没有如浮南意料中的愤怒，有的只是平静。

只是他此刻的拳头早已悄然握紧，指甲都已陷入掌心，鲜血溢出，浑然不知。

"孽障？孽种？"

浮生心中冷笑，这拜月教太过分了，自恃强大，高高在上，只因浮南的身份地位，无法高攀它拜月教，便用如此手段强拆，甚至还想灭口，让人们不知晓圣女在外有这等令拜月教蒙羞之事。

呵呵，仅仅只是因为面子，便无视浮南的性命，手段真是好啊。

而且不加避讳，以孽障和孽种来命名，该死！

"放心，我会杀上拜月教，将母亲救出，到时，我们一家三口，便可团聚了。"

浮生很平静地说道，他虽然年方十六，可心性早已沧桑，不可能如年轻人一般，怒吼疯狂。

而他的这种平静，恰恰是信念的坚定体现。

"不可，拜月教太强大了，根本不是你所能对付的，远远超过你的想象。"

浮南阻止了，脸色焦急，他让浮生万万不得有此种想法，叫他立刻忘却。没有人能比他更了解拜月教的强大，它似真龙一般盘卧，如庞然大物一般，不可冒犯。

他之所以将此事告知，并非是想让浮生做什么事，只是近日，他有一些恍惚，觉得浮生已然长大，有权知晓这些，若再隐瞒，对他太过残忍。

哪家幼儿，出生没有母亲相伴？浮生是不幸的，浮南心中有愧，对浮生的疼爱更甚他人，可终究，没有母亲的那份爱，是不圆满的。

"嗯，我记住了。"

浮生活了千万年，即便而今修为尽失，可他的修炼经验无人能敌，他迟早会走上巅峰。

可浮南并不知晓，自然会担心，认为浮生如果去拜月教，那便是送死。

浮生突然有了一种紧迫感，他必须全力提升修为了，将母亲救出，全家团圆，这是他一个全新的目标。

看来，在恢复到全盛修为的目标前，还得加个目标了，而且这个目标，必须尽早达到。

血脉的缘故，让浮生似乎通透了亲情的思念，十六年已过，不能再等了。

浮南已老，时光耗不起了。

"父亲，我立刻压制天赋潜能，应对明日的测试，并且会进入不灭宗，将修为提升，相信我！"

浮南震动，他知晓浮生所要他相信的是何事。

"秦岚，你听见了吗？生儿已经长大，他说要只身前去拜月教将你救出，让我们一家团聚，你听见了吗？"

蓦然转身，浮南眼角湿润。

"就在此处吧，我为你护法。"

浮南阻止了浮生离去，将他留下，纵然他知晓压制天赋没什么危险，可总怕万一，有人守着，有任何意外，到时也能搭手相助。

看着身形消瘦，却异常挺拔的浮生，浮南心中百般安慰，相依为命的儿子终是长大了，渐渐可独当一面。

不过，身为父亲，他不允许有任何可能的危险降临到浮生身上。

浮生一愣，便立即领会了浮南的用意，没拒绝。他找了一处适合的地方便盘膝而坐。

浮南安静地坐在一丈开外，双目闪烁着父爱的光芒，紧盯着周围，不愿意有什么扰乱了浮生施法。

"轰"！

浮生没有半刻耽搁，立即催动了心中早已择定的典术秘法。

他先是将己身武典显化而出，周身便立即有一道典环缭绕，缓慢旋转，光彩夺目，颜色绚烂，宛如坐在彩色世界中的神主。

他长发飘逸，白衣翻飞，肌体发出荧光，丰神如玉，宝相庄严。

赤橙黄绿青。

武典之上的典环颜色，代表着典者自身的天赋潜能。

遂一开启，虚空中似有轰鸣炸响，在青色光芒亮起时，方才安静。

说是武典，实然只是一块朱红色残木，便是而今守护在外的浮南看见，脸色也不是很好。

因为，在这个以典者为主的世界中，哪曾见过武典是一块木头的。别说看了，只是想想，就会让人哑然失笑。

如若是敌手，甚至会以此为由嘲笑侮辱。

浮南真不知，此块变异般的木块武典，伴随着浮生一生，究竟会让他面对何种尴尬无奈的场面。

"砰"！

浮生所持的秘法，果然惊人无比，能化腐朽为神奇。

只是在浮南思考之际，浮生身上代表着第五重天赋的青色，已然消失。应该是被压制下了。此刻，只有绿色光芒亮着，如同九幽之下的冥火，诡秘而玄奥。

这番手段，令浮南震动。

尽管他听闻浮生有秘法可压制潜能，可那也只是嘴上说说，并未付诸实践。可而今，却在他眼前真实发生，且还在不断进行，便是直接令他震惊了。

这等手段，太过惊人了。

浮南想不出，浮生究竟从何处获知了这种可蒙蔽上苍的手法，太过可怕了。

他看着如同天子一般的浮生，觉得如被天地规则笼罩一般，越发神秘与不可靠近。

眨眼间，绿色光芒消逝，便只剩下黄色第三重天赋，而那此前拜典城天赋最高的晨曦，也不过第三重。

浮生额头有汗珠溢出，显然以他此番境界，施展此法，还是不易。

他突然大喝一声，随即双手捏着神秘指法，在浮南震惊的眸光中，那块朱红色残木的武典，突然飞出了一片片典文。

宛若文字一般，有横撇竖捺，但是观不透是何种字迹。

令浮南震惊的是，要将武典中的典文显化而出，必须境界超过典魂境以上。

可而今，浮生只是区区典锻境，却将典文显化出来。

太过不可思议了！

浮南惊得不敢喘息，眼眸一眨不眨地盯着那块残木不断飞出的典文。

典文如蝌蚪，辨不得其中奥义。它幻化而出，时而如翩翩起舞的神蝶，时而又如唤不出名字的灵兽。

浩瀚莫测，无法看透。

与此同时，浮生越发吃力了，他的举止不再轻松，开始艰难起来。

看来，越压制到后面，难度会越大。这还是有着专门压制天赋的秘法，要不然，将会更难。

"生儿，若太过艰难，那便压制到黄色第三重天赋便作罢好了。"

浮南看到浮生此刻肉身在摇动，似乎要坚持不住了，担忧其有险，故此连忙提醒。

浮生闭着双眸，缓缓摇头。他认同乾羽的说法，必须将天赋压制到橙色第二重，如若在黄色第三重便停下的话，那所取得的效果将大大降低。

要知道，晨曦也是黄色天赋，便引得天佑宗前来特招。

拿乾羽的话说，就是高调了，会被其他宗门抢走。

故此，浮生觉得还可以坚持，他定要将天赋压制到橙色，他是何等人，如果连压制天赋都坚持不下，如何再次走向巅峰，成为万人敬仰的皇者？

浮生皱了下眉头，在那一世，他也曾用过此法压制过天赋甚至修为，并没有而今这般为难，不知是为何。

不过，他望向了体内悬浮的残木武典，将视线定格在那儿。

他有顿悟，觉得应该是因为典脏出现这块变异武典的缘故吧。

没办法，便是浮生，他也捉摸不透这块神秘木块，而今，它竟成了他的武典，更是让他百般无法揣度。

试试催动此块残木。

"轰"！

刚一催动，这块残木立即涌出一股令人想要膜拜的气机，在一旁守护的浮南，竟生出顶礼膜拜的冲动，他立刻站立而起，眼眸震颤。

浮生也是有些吃惊，他早已料到此块残木绝不简单，背后意义绝对不凡。可未曾想过，竟然会如此莫测与强大。

仅仅是初试，便有如此强悍的气机，借助其威力，浮生绝对有信心可恢复到巅峰实力。

朱红色的残木在浮生的催动下，果然生出了一条光链，如同玉桥一般，与秘法进行了沟通。

果然，浮生看见典环上的黄色光芒正在缓缓变淡，向橙色光芒转变。

"砰"！

突然，浮生肉身一震，他突然感受到一股洪荒久远的气息传来，此种威压，令他都觉得心慌和恐怖。

紧接着，他便失去了对肉身的控制。

"什么？"

浮生用意识在心中喊出，他已经无法动口。

浮生心中惊恐，这种无力感令他畏惧，他何曾有过这般经历。可是而今他却如此真实地正在经历。

"怎么会如此？"

浮生心中大喊，这远超过他的控制范围了。他本意只是想压制天赋，那秘法他用过无数遍，极为熟悉，不可能会发生这种异变。

幸好有浮南在旁守护，不然危矣。

此刻，典脏处的那块残木突然发出光芒，且不停抖动。

这种异象，便是站在外头的浮南都察觉到了，他知晓情况不对劲，可他不敢贸然去动浮生的肉身，怕有意外。

除此之外，他又感受到一股逐渐加强的气机，似乎向他笼罩而来。

其实，不单是他，方圆几丈内的一切事物都被残木莫名的气息所笼罩。

真的是它。

残木在浮生典脏处，他自然感受最深。他怎么都没想到，在压制天赋的时候，居然会让残木产生此等变化。

此刻，没有人知晓，这种变化对浮生而言究竟是好是坏，浮生自己也不知晓，加上对肉身失去了控制力，如同雕塑一般，不可动弹。

他也只能静观其变了，只希望不是坏事。

"轰"！

一道光圈自残木中心向外炸开，如宇宙破灭一般，回归原始。

光圈虽然绚烂无比，却无危害。浮生发现此刻的残木，似乎开启了某条通道，当中传出了吸引力。

"嗯？"

想破脑袋都想不到会演变成如今这般，浮生那双布满沧桑的眸子，正在闪烁不定，他欲要看透这一切。

残木中心宛如黑洞一般的通道正在扩散，且吸力正在加强，十分迅速。

"它要干吗？"

浮生突然生出一种不妙的感觉。

下一刻，浮生心中便开始怒吼颤抖了。

越发强大的通道，宛若一挂星河，从玄天之上，沟通而下，仔细琢磨，似乎有时光碎片在破灭粉碎，而后又开始重组。

典道推演到极境之后，所产生的典道之花朵，正在通道周边绽放结果。

有异香飘处，似乎可生死人肉白骨，如同神药。

通道的源头，要贯穿出一处目的地，看似要飞出万年久远，实则在刹那间。

它竟然抵达浮南身前，且迅速化作一道光芒将其笼罩。

在浮生心神疯狂之际，他看到被神秘广袤笼罩在内的浮南，肉身正在不断变小，这是乾坤内宇，太可怕了。

浮南没有如何挣扎，他自知己身力量在这等玄幻莫测的力量前，根本无用，只是他的眸光一直未曾从浮生身上移出过。

那是父爱，那是愧疚，那是期盼，那是不舍，那是分别……

被通道笼罩在内的浮南，身躯在缩小，且被通道拉向残木，速度很快，即刻便要进入残木当中。

也便是此时，浮生的肉身正在恢复。

"不！"

浮生仰天长啸，因为就在此刻能动口之际，那被通道笼罩的浮南，亦是被吸进了残木当中，任浮生如何沟通催动残木都无法制止。

浮生立刻将意识沉入残木中，残木纵然神秘万千，但它终究成了浮生的武典。无法催动，但在一旁观摩不去触动，还是能够做到的。

灵魂意识瞬间进入残木世界中，浮生惊骇。

他看到那条通道一直抓着他的父亲，穿过了血红色的大地，避开了神秘古兽，不知横穿了多少万里，最终，它停留在了浮生此前刚去的九口棺材处。

随后，通道震动而起，再次起飞，先是在底下的八口青铜棺材前停留半刻，最终一路往上飞去，落在了第九口红木棺材上。

"锵"！

通道似与红棺为同源，它发出光芒，投向红棺棺盖上，接着，红棺的棺盖缓缓打开一角。

便是此时，一道可粉碎宇宙洪荒的杀气，幻作神兵，犹似将星辰斩碎。

其中隐约可见血滴，浮生只是一望，便感觉灵魂意识要粉碎，肌体在崩裂，不可近距离观察，即便是意识。

"轰"！

包裹着浮南的那条通道，尽数落在了第九口红木棺材当中。

红棺震动，有泥灰落下，将大地震裂，随即，那棺盖再度缓缓盖严。

在那之间，终于传出了浮南微弱的声音。

"生儿，没有父亲在身边的时候，你定要保重，好好活着。你娘的事，将其放下，一辈子都不得拾起！"

这是浮南的最后一句话，随后红棺便安静了下来。

浮生心神震动，神色哀伤。

他明白浮南言语的意思，他在让浮生一切以己身安全为重，尤其是在失去双亲的时候，要好好活着。

特别嘱咐他不要去救他母亲，甚至都不要去想，因为拜月教不是浮生能抵抗的，否则有性命之险，他不希望在自己被困时，儿子出意外。

浮南在如此境地时，从未想过己身安全，仍一心牵挂着浮生。父爱如山，在这一刻，浮生的双眸湿润了。

第9章 众人的嘲笑

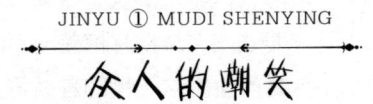

眼眶已湿,有泪珠在打转,在那泪珠中,犹似浮现了这十六年来,浮生与浮南相依为命的所有动人片段。

有激动,有高兴,有悲伤,有无助……

时光流逝,浮生的身躯逐渐长高长壮,浮南发鬓渐白,皱纹写在了脸上。

众人瞧不起浮生,唯有浮南以万人莫敌之势,展现如山父爱。

看似坚强的浮南,心里的伤痛只有自知,无人倾诉。

身为父亲,哪能不知晓没有母亲的孩子,是有多么可怜。

每每听闻浮生叫母亲时,他都心如刀割,却只能强颜欢笑。

浮南对浮生怀有歉疚,给不了他一个圆满的家庭,失去母亲的孩子,终是不幸福的。

"父亲,您无须愧疚,对我更是不需要有任何一丝歉意。这不怪你,要怪就怪拜月教,要怪就怪形势比人强。"

浮生心有悲伤,他看着第九口红棺,喃喃自语。

"轰"!

突然间,一阵轰鸣声响起,打断了浮生的思绪。

转眸望去,只见在九口棺底下竟缓缓生出了一块石碑,仔细望去,上面竟有文字。

浮生震惊。石碑上的文字,年代极为久远,必然是超过了上古时期,甚至达到远古时期也不一定。

具体年代无法推断,浮生发现,他那一世的字体大部分能从石碑上的字迹上寻出痕迹。

若是换作他人,定然无法洞彻文字的含义。

不过浮生身跨两世,凭借着无人匹敌的经验知识,他开始用秘法推演,终是让他发现了真义。

也便是如此,让浮生硬生生惊退两步,瞳孔收缩,眼眸深处更是闪烁不定,那是不可置信。

"什么?"

浮生瞪大着双眸，再度向石碑望去，确认自己所推演的没有失误。

最终，他还是确认了下来。

"要陆续完全揭开棺盖而不毁己身，方可将人救出，以第一口青铜棺为始！"

这是浮生用这一世的言语将其念出，最后一个字落下后，他的神色越发难看。

当时，浮生以残木觉醒武典，意外进入这个残木空间世界时，曾来到这九口棺前，那时他便感受到了浩瀚无边的威压与杀机。

可那时还是极其微小的，只因是首次激发，并且是残木自主带他前来，将大部分的威压减弱了，不过也差点儿让浮生的肉身崩坏。

而今，浮生根本不敢近身，靠近不得，便是远远望去，似乎都会牵扯出一种莫名的气机，伤灵魂，创肌体。

九口棺，犹如九座惊世大杀器，周身笼罩有无上杀气，不可近身，越过雷池，谁来都无用。

他忆起，方才第九口棺材棺盖打开时，有一滴血珠滴落了下来，引来无尽杀气，将星辰斩碎了，更是将大地震裂千万里，化为黑暗深渊。

倘若血珠落在人体之上，那到底要何等修为的人，才可不死？

浮生眉头紧锁，他不断推演，认为若是他恢复到巅峰修为，或许也不过能推掉两三口棺而不陨落吧。

这到底是给何等修为准备的？葬的又是何等生灵？

而今，浮生别说推掉第一口棺盖，便是近身都无法做到，他能做的便是尽快提升修为。

看来修行一途，更加遥远了。

浮生负手而立，眼眸笃定。要救浮南出来，必先达到足够修为揭开九口棺。浮南，他必然是会救的，无论如何，他必然会亲手将九口棺揭开。

一时间，浮生白衣猎猎，宛若不灭战神，心生万千豪气。九口棺，如同一座巨山横挡在前，尽管而今无法靠近，但他并未失落，心中反而有无尽战意澎湃。

给他时间，假以时日，他必将揭开九口棺，这是他的无敌信念。

故此，他在前往拜月教救出母亲的新目标上，又多了一个更为浩大的目标，便是揭开九口棺，将浮南救出。

那时，便是真正的团圆了。

九口棺渐渐没入地下，而后，浮生最后望上一眼，便将意识重新回归。

"轰"！

浮家府邸家主的书房中，浮生突然睁开双眸，有一束光射向四方。这是一种信念与意志，是方才九口棺给予他的挑衅。

他是一代皇者，岂容棺材死物挑衅？即便是来历惊人，他也无惧。

他日，必定要用无上修为，果断镇压九口棺，将浮南救出。

重新找回对肉身的控制权，浮生有些吃惊。他发现之前百般难以压制的天赋，竟然悄然间完成了，控制在天赋颜色橙色第二重，这是此前与乾羽欲要达成的目的。

明日经过测试后，便立即前往不灭宗吧。

而今，随着浮南的被困，浮家对于浮生而言，已然失去了牵挂。大族老等人想要夺位便让他们去夺吧，今后如若想要，拿回便可。

当然，对浮南的失踪，浮生早已想好了对策，自然可以应付乾羽以及家中之人。

时间飞快流逝，当晨光从窗缝隙中溜进来时，浮生与乾羽已早早站在了浮家府邸门外的练武场上。

此刻，拜典城最大的练武场，已然人满为患，此刻更是响起一片喧哗声，人们异常激动沸腾。

他们可不是因看到浮生的到来而欢呼，而是因看到此行呼声最高的晨曦，拜典城三大家族之一晨家的明珠，号称拜典城美丽与智慧双全、天赋第一的天才少女，令拜典城所有少年仰视倾倒。

"不愧是拜典城第一智慧与美貌并存的女神啊。"

有人发出了感叹，愈加热烈的欢呼声更是由此为中心向外扩散。

"此次被天佑国三大宗门之首的天佑宗招收为弟子，今后成就必然不可限量，与我等的距离，将会被无限拉远了。"

"那是必然，黄色第三重的天赋，拜典城同辈当中无人能敌，只会让其越走越远。"

无论是围观测试的人们，抑或是参加测试，抱着一丝希望的同辈，眼眸中都有希冀与仰慕，他们在不断议论。

此番议论，令走在人潮中的晨曦更加夺目。

晨曦并未侧目去看那些方才对她议论的人，她早已习惯了这种万众瞩目、时时为话题的生活。

她走在同辈们自发后退形成的中空走道上，气质如兰，心情平静无波，她的目标早已不在拜典城，而是更远的天佑宗。

"听闻晨曦与浮生有婚约，不知何原因竟毁约了，这当中必有隐情。"

"隐情如何可不是我们可议论的。你们看，浮生也来了，他站在不灭宗测试的方阵中，难不成想进入不灭宗？"

他们转头，看见了一袭白衣的浮生。而今的浮生，气质与以往截然不同，远远望去，仿若一杆长枪直冲云霄。

"不一样了,自从那日后,浮生就变得不同了。"

这当中自然有人目睹了浮生与石轩一战,甚至看到了他跟万长天的对抗,这令他们瞬间改变了对浮生的印象。

以往,浮生在他们眼中便是胆小怕事无法修炼的废物,而今,截然不同了。

此时,晨曦眉头一皱,似乎听到了众人将她与浮生放在一起议论的声音。

随即,她似是有感,侧头看到了站在不灭宗方阵的白衣少年。

晨曦有些吃惊,她也觉得而今的浮生有些别样。

至于浮生与石轩一战的事,当时,她早已离去,事后也只是听家族中人提起。天佑宗外门长老万长天人在晨家,家族人口中的评价,自然是有所偏颇。

他们只是说浮生有些战力,倒是战了几招。最后,石轩因为刚练不久的神功而自伤了肉身,让浮生有机可乘,最终才惨败。

这是晨曦听到的"事实",她只会觉得浮生胜之不武,更加不堪了。

浮生有感,突然望了过去,竟与晨曦来了个对视。

晨曦柳眉一皱,有些厌恶地立即转身。

"阴魂不散呀。"

在晨曦印象中,浮生只不过是刚刚觉醒武典之辈,便是要进入不灭宗,也是不可能的事。无论如何,不灭宗能排进天佑国前三的宗门,便是说明了其不凡。

既然没有进宗门的资格,却还站在测试方阵中,这是知晓她要前来测试,特地在她面前表现,好引起她的注意吗?

晨曦脸色很不好,觉得浮生手段太低级了,同样的手法,居然用了两次,以为她都看不出来吗?

"我既然公开跟你解除婚约,就别想他日能恢复,你便死了这条心吧!今后别在我眼前出现了。"

晨曦不想今后再被浮生纠缠,她向浮生传音。

晨曦是真的认为,浮生是故意要在她面前表现,让她回心转意恢复婚约。从晨曦的角度来看,此种做法,让她更为不屑和厌恶。

不明所以的浮生,突然就听到了晨曦的传音,令他有些莫名其妙。

不过随后,他便开始笑了。

两次了,浮生心中觉得又好笑又好气。

他真想大声说出,其实他的天赋比拜典城第一天赋的晨曦还要高个两重,不过可惜,他没这么做。

原因是他而今刚好认同了乾羽的建议,将天赋压制到了橙色第二重,如若说出此种话,说不定会引来更大的误会,觉得他在夸夸其谈。

但是浮生心中真气啊，此女心中究竟有多自傲，才会令她两次都认为他在表现给她看，让她以为自己的出现便是因为她，甚至整个人都是为她晨曦而活的。

可笑至极！

若没有我的相助，你的潜能天赋能达到第三重吗？

浮生撇撇嘴，没有出声言语，只是觉得很无奈。此事迟早会真相大白的，但不是今日。而今浮生没有足够压倒性的实力，没有几个人会相信，反而会认为他在眼红，在疯狂。

浮生没有传音回复，他觉得很无语，根本不想与晨曦再多言语。

然而，浮生的沉默表现，却让晨曦更加确定了心中想法，认定浮生在心虚，的确就是为了她而来。

"哼！"

晨曦冷哼一声，便转身背对着浮生，不愿再与他有任何接触。

浮生呵呵一笑，不以为意，既然她如此自以为是，就让她自以为是吧。随即，他将目光放在不灭宗测试地点的中心。

那里放置着一块模样有些怪异的石头。以浮生的眼力，自然知道那是典石，只不过被炼器者淬炼成了典器。

也便是此刻，这块典器陡然绽放出橙色光芒，立即便吸引了众人的目光。

躲在远处无法进来的老一辈人物，此刻发出惊呼声。

"橙色典器，品阶为二阶的典器啊。"

要知道整个拜典城，也只有那几个大家族才有可能有此等品阶的典器，尽皆是被当作镇族之宝。

当然，晨家和浮家自然有更高的，毕竟他们的祖辈显赫，尽管大部分都遗失了。

二阶典器，至少是二阶器师以上所炼。炼器师非常稀少，主要是想成为炼器师，极为困难，不仅要灵魂力量雄厚，还得知晓无尽知识，另外，财力上也不是常人所能比拟的，三者加在一起，无疑成了巨大门槛，令无数想成为炼器师的人抱憾。

任何一位炼器师，都是极受尊重与推崇的。

此刻，人们很惊讶，更是对三大宗门的底蕴感到震惊。

测试中心的橙色典器，毫无疑问便是用来测试天赋的。只是招收弟子，便随手就能拿出橙色典器，这实在是大手笔啊。

随着橙色典器的光芒亮起，凡是在十六岁以下，当然也包括十六岁的年轻一辈，认为自己有希望进入宗门的年轻人，都极为激动地陆续进入天佑宗与不灭宗的测试地。

远远望去，此处所聚集的年轻人，足有几百人，近乎是集结了整个拜典城的年

第9章 众人的嘲笑

轻一辈。

只要能通过天佑国三大宗门的测试，无疑会让他们的家族受益匪浅，这是一条通往成功彼岸的捷径。

"此次测试，有两种方式：第一种，直接将己身武典的典环展现出来，只要天赋颜色达到橙色便可达到标准。第二种，其实可算是额外宽松的要求，在天赋未能达标的情况下，只要一拳轰在橙色典器上，力量达到八百斤，也算通过测试，可成为外门弟子。测试开始！"

随着负责不灭宗测试的乾羽的一声喝下，那些目标是不灭宗的年轻一辈，立即蜂拥而上。

而另一边，由万长天负责的天佑宗，测试规矩也相仿，不过，要前去测试的年轻一辈，人数更是居多，也随着他的话语，一拥而上。

拜典城有头有脸的家族老一辈人物，尽皆站在远处，神情激动，皆希望自己家族年轻一辈有人能够通过测试，进入令他们都仰望的宗门。

"轰"！

有年轻一辈的人，率先迈步，神采奕奕，自信写在脸上。他是拜典城排在前十家族齐家的少年，他的目标是进入不灭宗。

人们的目光紧盯着他，在好奇他究竟会选择哪种方式。

齐家少年并未展现典环，想必天赋未能达到，他径直走向橙色典器，然后全身典力鼓动而起，一拳便轰向了典器。

"还不错，不过终究是差了一些，一拳只有七百斤，未能达到测试标准，下一个！"

乾羽只是点了下头，并示意下一个准备。

"蓝华，五百斤，未能达到测试标准，下一个。"

"力量还差一些，下一个！"

……

另一边，天佑宗的测试也不甚理想，到目前为止，还无一人能达标。

这令拜典城的老一辈人物眉头紧锁，尽皆认为，这两大宗门招收弟子的标准太严格了。因为，在十六岁以下，一拳就能到五百多斤，其实已然不错，可却无法入天佑宗和不灭宗的法眼，竟连门槛都跨不过去。

"我们年轻时也不过如此啊，难啊。"

有人在感叹。

然而就在此时，人群中突然响起一阵惊呼声，似乎有人达标了。

天佑宗的测试点，此刻正有一位衣衫褴褛的少年，显然是出自一个贫苦家庭，他没有用力量测试，而是在万长天面前，展现典环，以橙色天赋直接通过。

这令众人，尤其是年轻一辈的人又吃惊又羡慕。

"不错，望进入天佑宗后，不可懈怠，继续努力。"

万长天面无表情地点点头。

时间转瞬即逝，其间，倒有三名少年通过了测试，但尽数进入天佑宗，而不灭宗所收为零，但观乾羽面色，并无焦急，依然是带着淡淡的笑意。

"哗"！

人群中陡然在此刻响起一阵哗然声，只因一人从中走出，她的方向是天佑宗的测试地。

她，便是拜典城三大家族之首晨家的千金晨曦。

晨曦一步一步微移，如广寒仙子，她的眼眸淡漠，没有看向任何一人，只是定格在天佑宗的测试典器之上。

可是站在人群中的浮生，眉头在此刻突然一挑。只有他能感受到，在晨曦路过他时，脚步悄然停顿了一瞬，似是在嘲讽他。

呵呵！

浮生刹那间恢复常态，只不过在心中淡笑了一声，有些话，不用说明，日后自见分晓。

晨曦继续踏步而前，人们为她的风度与美丽所惊艳，下意识让出一条通道，使得她愈加高傲了。

天佑宗外门长老万长天自然将这一切看在眼里，心里甚是满意。

"快看，晨曦她要开始测试了，就是不知她会选择何种方式。"

在远处观看的老一辈人物，心中凝重地猜测着，只要晨曦顺利通过，进入天佑宗，那么，至少在百年之内，晨家的地位将无人撼动。

纵然不愿，那些家族也只能无奈接受事实。

就在此刻，人们屏住了呼吸，因为晨曦准备开始测试了。

"轰"！

离晨曦较近的少年，立即感受到一股强劲且高高在上的气息，那是一种武典本源的压制。

随即在人群的轰动中，晨曦典脏中缓缓亮起一道刺眼的光芒。

"她这是打算直接用天赋通过测试了。"

看着晨曦此刻在催动武典的天赋颜色，有人第一时间便如此说道。

"本该如此，晨曦是何许人，怎么可能会用蛮力去测试呢？"

有一少年双目放着炙热的光芒，望着晨曦，眼神中有浓厚的爱慕之意。

事实上，的确如此，虽然表面上谦逊淡漠的晨曦，其内心深处是高傲的，她自然不会用蛮力。

"砰"！

只见，晨曦的武典上的第一道典环突然亮起了赤色光芒，这是代表其在典锻境的第一重天赋。

只要她展现出橙色光芒，也便是第二重天赋，那么，她便顺利通过此行天佑宗招收弟子的测试。

尽管知晓晨曦是必然会通过测试的，可站在远处的晨铁等晨家一干人等皆开始紧张。而那些敌对家族，自然也是希望晨曦就止于此。

不过，他们皆多虑了。

因为，晨曦典环身上的赤色光芒，在此刻开始迅速变色。

缓缓地变浅，竟然向橙色的方向转变。

便是在此过程中，众人的心弦无一不被牵扯着，纵是那两位长老，万长天与乾羽，也显得不平静了。

在场的人，只有浮生一人显得很平静。

一是因为他早已知晓晨曦的天赋颜色，二是因为他非常人，自身所经历的一切，足以无视这一切。

"叮"的一声，晨曦的典环颜色终于稳定下来，橙色。

"橙色?！她通过了，真的是才貌双全啊。"

有人发自肺腑地赞叹，当一个花瓶有了内涵之后，自然会生出一种难以言喻的气质，会令人越看越觉得美丽。

此刻，人们望向晨曦的娇美面容，心底深处生出的那抹由衷的欣赏，便是如此。

"等等！你们看，晨曦的橙色典环颜色似乎开始波动，难不成她的天赋不止于此？"

尽管在早前晨曦的天赋颜色突破到第三重黄色时，晨家便有传出消息，可还是有少部分人不知真相，所以，在此刻才显得特别震惊。

而那些早已听闻晨曦的天赋进阶到第三重的人，当时纵然震惊不已，可毕竟并未亲眼所见，由此所带来的震惊自然比不过此刻所见。

此时，便是此时。

人潮中的鼎沸之意，瞬间达到了巅峰。

痴迷于晨曦的少年们，愈加兴奋，手舞足蹈，红光满面。在他们眼中，晨曦是他们的女神，女神更加优秀，他们自然欢喜，甚至认为能成为晨曦的追慕者，也是极为有面子的事。

反观少女们，鲜少有生出愤恨嫉妒之色，更多的是一种对美的欣赏。

对于同性而言，能令她们都生出此种想法的，只有彼此间的距离，让她们自己都无法生出超越的无奈，一个天，一个地，自然无法进行比较，成为理所当然，心中自然就没有了嫉妒。

而造成他们此刻此种想法的，便是晨曦此刻的典环颜色。

那是一种宛若水仙花的花蕊颜色，更似夕阳西下之前的光辉，那自然是顶峰的，因为光芒从白色开始凝练，直至黄色，随即才开始缓缓西下。

对于典环而言，那是一种对天赋的赞美，更是一种实力的表现。

抛开人性，浮生承认晨曦是美的，尤其是此刻在绽放出黄色典环的刹那间，甚至有一种惊艳。如若浮生未觉醒武典，在拜典城中，年轻一辈的天赋实力最强者，还真的非她莫属了。

"晨曦，以天赋第三重的优异成绩，直接通过测试，真是不错，望进入天佑宗后，再勤加练习，不可松懈！"

万长天很满意，别说放在小小的拜典城，便是在天佑宗的外门中，此种天赋，也能挤进外门前十了，随着实力的激进，极有可能进入内门，那么，他的地位也将随之提升。

哼！浮生这个孽障，还有乾羽，届时必拿尔等项上人头，为我孙报仇！

万长天转头，眯缝着双眸，冷冷地看了浮生和乾羽一眼，布满杀意。

感受到万长天的杀意，乾羽自然是不以为意的，而浮生更加无惧。

有乾羽在旁，他万长天是不敢再动手，只要进入不灭宗，给他时间，小小万长天，到时谁被谁斩杀，还两说呢。

此刻，随着万长天的那一声公布，人群中再度发出惊叹声，震撼、激动的浪潮，此起彼伏。

俨然已成为焦点的晨曦，嘴角微微扬起一个弧度。感受着众人对她的羡慕震惊，她心里是骄傲的，尽管她的神情依然显得淡漠。

"我明白了，晨曦有此种天赋，除非晨家是笨蛋，不然怎会让晨曦下嫁给浮生呢？"

在晨曦无比惊人的成绩中，有人悄然望向站在人群中的浮生，将其进行对比。

第一个人的对比，自然引发了热潮。

"那是自然。如此惊人的天赋，只要晨曦进入天佑宗，天佑宗自然会将资源倾斜，她与浮生的距离将会越发遥远。随着时间的推移，那浮生只不过是晨曦辉煌人生中的一段不愿提及的回忆罢了。"

人人点头称是，不过也有人提出了想法。

"浮生不是也觉醒了武典吗？双方差距竟如此大？"

这句话，立即遭到身旁年轻一辈的白眼。

站在远处的晨家人马，为首的晨铁冷哼了一声，对于人们竟然还在怀疑他们两个人之间的差距感到不满。

因为，在他看来，晨曦的世界很大，而那浮生兴许一辈子都只能龟缩在小小拜典城了。两者之间的差距，明眼人一看必知，竟还能说出此种不经头脑的话，这让他很无语。

"拿小姐跟那废物对比，这不是在寒碜小姐吗？"

站在晨铁身侧的族老，眼神冰冷，也是如此认为。

这一刻的晨家是高傲的，无比高傲。

他们皆以为，拿浮生与自家大小姐相比较，就是在辱没晨曦，浮生根本就没此种资格。如此比较，是让晨曦掉了身份。

竟高傲到了此种地步，只是简单的对比，便会令晨家一干人等觉得不满。

讨论在继续。

仰慕于晨曦的年轻少年，眼神万分崇拜地望着晨曦，嘴里却不屑地道："浮生？你们在说他觉醒的那个畸形武典吗？"

他嗤笑了几声，又道："难不成你们都忘记了，浮生的武典是一块残木吗？"

总有不知情的少年，此刻一听，很是惊讶。

"残木？怎么会有此种武典，闻所未闻，见所未见。"

"自然，可是放在他身上，残木这么畸形的武典，自然也是有可能的，别忘了此前，他可有个人人皆知的别号。"

在周围的少年们一听，有些人倒是愣了愣，不过那位少年稍作提醒，众人瞬间会意，更是立即捧腹大笑。

作为被议论的当事人，浮生会发怒，不过他不会出手，原因很简单，在他心里，这些多嘴的人，充其量不过是地上的蚂蚁，根本不必理会。

不会，浮生自然不会出手，这样出手，他自己都不会原谅自己。

可是站在不灭宗测试点的乾羽，却担心此刻在评论中心的浮生会忍受不住动手。尽管浮生动手打伤了人，他也可以一手抹去，可如此，浮生的心性在他心中的评分自然要降低。

他不愿意看到。

然而，令他震惊的是，他看到浮生在面对这些冷嘲热讽时，竟然不为所动，似乎有着一股敌军围困三千重，我自岿然不动的气势。

乾羽再一次对浮生另眼相看了，觉得浮生一次又一次地让他惊喜。

如此一来，乾羽倒是放心了。

浮生可不知道此刻乾羽的想法，他只不过是不想跟这些人一般见识罢了。

不过浮生的不为所动，落在那些追随晨曦的少年眼中，却又是另一番景象。

"呵呵！你们看，我们如此讽刺，他都不敢有半点儿动作，忍气吞声，便是表情都未敢出现一丝不满，真是对得起他那个称号啊。"

此言一出，在场又是一阵哂笑。

晨曦眨了眨那双明眸，向浮生望了过去，不过那也只是稍纵即逝。她对浮生早已厌恶，自然根本不会去正眼看浮生，有的仅仅只是瞥上一眼，在她看来，已然是一种高看。

"唉！"

晨曦突然叹息了一声，立即引起众人的诧异和猜测。

"女神为何突然叹气？"

"哼！那自然是可怜浮生呗。"

有人琢磨，觉得很有可能是如此，在他们心目中，晨曦是完美的，她定然是因为看到浮生所遭遇的一切，尤其是被当作废物十六年，侥幸觉醒了武典，却又是一块无用的残木，故此才叹息。

"晨曦真是宅心仁厚，对如此一个有损于她名声的人，竟然还会生出此番不忍。"

人们觉得此刻的晨曦更美了。

事实上，他们只猜对了一部分。晨曦的确是在可怜浮生，而在可怜的同时，又有些恼怒，恼怒于浮生执迷不悟，在进行最后吸引她眼球的愚蠢做法。

"受人如此嘲笑，你竟还不离开，难道就是要我对你多看一眼？这又何必呢？如此，只会令我更加厌恶，死缠烂打对我是无效的。"

晨曦眉头皱了皱，她烦透了，她认为浮生的出现，自然便是为她。可是，她认定他们间的世界早已不同，而今，她更是开启了第三重天赋，如此这般，他们的距离更远了。

难不成他以为他的天赋不错，可以吸引自己的眼球？

恰逢此时，乾羽念到了浮生的名字，叫其前去测试。

也罢，我就看看你的天赋究竟有多厉害，会令你以为可以吸引我吧。

浮生此刻从人群中缓缓走出，他可不知晓此刻的晨曦心里的想法是有多复杂和可笑，他的心很平静。

"轮到他了？有好戏看了，就是不知道他的那块残木武典是不是会让他通过测试呢，哈哈！"

浮生一出，立即令那些人兴奋了，他们皆认为好戏来了。

第9章 众人的嘲笑

此番热闹程度，都险些超过晨曦了，可见浮生在他们心中的"名头"甚大啊。

他们没有一个人认为此等畸形的武典，还会超过他们。而测试，那自然也是不能通过的。

如此言语，自然也是在反讽，他们要看浮生的笑话。

"你们认为，浮生会选择何种方式？力量测试，还是直接天赋测试？"

"那还用说，自然是天赋测试。难道你们忘了，那可是很厉害的残木武典啊，说不定会令我们很吃惊呢！"

"哈哈，所言极是。"

众人带着不怀好意的笑容，有些少年甚至极为潇洒地打开摇扇，真的做出一副看戏的姿态。

浮生在之前就决定直接用天赋进行测试，原因很简单，省事。

故此，他不顾众人，径直走向测试天赋的典器，然后在众人嗤笑的表情中，开始凝神准备开启武典。

"我猜得没错吧，瞧他那弱不禁风的身板，也就只能进行天赋测试了。"

这些诋毁浮生的少年，大多都实力一般，眼力自然也一般。纵然其间有几个人曾见过浮生与天佑宗的外门弟子石轩的战斗，也难以窥视出当时浮生的磅礴力量，自然认为浮生的力量弱小了。

随着浮生的测试，即便是站在远处的老一辈人物也都开始安静下来，老一辈人物的眼光自然不是此前那些少年可比拟的。

他们有些好奇，想看看浮生的天赋到底怎样，竟然会将石轩击败。

晨家包括晨铁在内的众人，也开始注意了，而还未离去的晨曦，此刻面无表情，她只是想看看浮生到底是凭借什么认为可以吸引自己的眼球。她自然是对浮生不抱什么想法的，只是想从侧面告诉浮生，他所觉得强大的倚仗，在她晨曦眼中也不过如此。

如此一来，浮生才会认识到与自己的差距，从此绝望，今后再也不会故意出现在自己面前，做出吸引自己的行为。

仅此而已。

每个人的想法，尽皆不同。

此刻的浮生，心如止水，他的双眸看着眼前的典器，心却飘向了远方，上达九天，下至九幽，那里有金戈铁马，驰骋沙场，宇宙乾坤，变幻无穷。

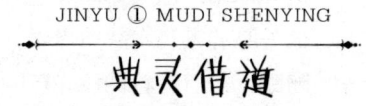

"轰"！

只见浮生的典脏位置，猛然亮起一道刺目光芒，这是在激活武典，让其显现而出。一种玄奥难以言表的气息扩散开来。武典，本是一种神秘的东西，在无数先人的研究下，才得出的一种可令自身力量达到惊人地步的修炼体系。

武典的真面目，虽未出现，但其中属于武典独有的气息已经散开，被众人捕捉。在众人点头承认是武典的独有气息后，浮生典脏处已能初窥一丝武典的头角。

那是一种朱红色的光芒，它在缓缓爬升，恍若活物，欲要挣脱枷锁，从典脏里出来，获得自由一般。

没一会儿，那朱红色的武典很快就尽数浮现在众人的视线中，震惊的人们立即反应了过来。

"果然！跟传言所说的一样，这废物竟然觉醒了一块垃圾武典。废物配垃圾，真是绝配了。"

有些人冷笑，站在远处评论。

之前那些早已嘲笑过他的少年，此刻更是捧腹大笑，不加掩饰。

"哈哈哈，笑死我了，一块残破的木块，竟然是他的武典。如果是我，我宁肯不觉醒武典，拼死都要隐藏起来，绝不在人前显露。"

"太丢人了，若是我，定当自毁武典。武典是拿来提供源源不断的典力，而非来逗趣的。如此畸形的武典，我有一些担心，它能生出典环吗？"

几个少年假惺惺地讨论着，言语中尽是嘲讽。

的确，当时浮南还未被吸入残木的神秘空间时，他就曾担忧过。因为，即便是他在第一次见到浮生的武典时，也震惊了许久，担心浮生在每次激发武典时，被人们看到后嘲笑。

人们在嘲笑的同时，也在怀疑，此等武典究竟能否有典环。如果连典环都没有，那还谈何天赋，谈何战斗？根本就是垃圾啊。

然而，事实证明，他们的担忧是多余的。

浮生在显露出武典的同时，并未理睬周遭的嘲笑以及评论。残木武典外表虽然丑陋难以见人，实则有着连他都难以窥视一二的神秘和强大。

这种神秘，也只有他知道，这便够了。

他一心沉入残木武典当中，用渐渐显露出来的典环，打破人们的取笑。

随即，一道闪着神秘光芒的典环，渐渐凝实而出。

"什么？此种畸形的武典，竟然还真的有典环？"

吃惊的话语声刚落，接下来又是一阵吃惊的声音响起。

"橙色？居然是橙色，这怎么可能？"

当典环的颜色直接停留在橙色的时候，那些嗤笑浮生的少年，一时间张大了嘴巴，全都一副怔怔的模样，不可置信。

"怎么可能？能有典环已经算是万幸，但典环的颜色怎么还可能到橙色？"

一拨又一拨的震惊，打了那些想看浮生笑话的人一个措手不及，在场未曾见过浮生典环颜色的人，尽皆被震住了。

便是万长天，以及晨家等实力强大的家族，第一时间都震惊了。

本认为无作为的垃圾武典，竟然有典环，而且天赋颜色竟达到了第二重，堪堪达到了橙色。

这意味着，浮生的天赋通过了不灭宗的测试，也达到了天佑宗的弟子招收标准，这怎么可能？

人们在震惊中醒来的瞬间，都不甘心地怀疑起来。

事实上，这的确是太过匪夷所思，令人觉得很惊悚。

"第二重很令你们震惊吗？"

此刻乾羽的心里别提多爽了，他扫视了一圈，看着众人讶异的表情，他很想笑。他甚至开始猜想，如果之前浮生未将天赋颜色压制，此刻是以天赋第五重青色的光芒出现在众人眼中的话，那众人又会是怎样的神情呢？呵呵，估计很精彩吧。

就在此刻，晨曦突然转身离开了。

"浮生，你的确令我小小地意外了一下，可惜，你只是橙色天赋。尽管只是相差了一重，却如天堑，你依然未能入我的眼。这是最后一次相见，你好自为之吧。"

晨曦临走前，再度给浮生传了一次音。

浮生没有回头，只是嘴角动了动，他在笑，一种淡淡的笑。

"浮生，以橙色天赋通过测试，进入不灭宗。"

乾羽适时开口高声宣布了浮生的成绩，让那些还处于震惊当中的人猛然炸开了锅。

测试还在进行，可人们已经无暇去顾及，他们议论最多的仍然是浮生。

浮生率先回到了浮家府邸，在等候乾羽测试完毕，一同前往不灭宗。

两个时辰后，乾羽终于结束测试。很遗憾，他此行前来拜典城招收弟子，效果不佳，只有浮生一人达标。

说是遗憾，乾羽的内心却是异常激动。他明白，一个浮生定然可以敌得过十个弟子，从此种角度而言，他此行收获最多。

一进门，乾羽就哈哈大笑，丝毫不掩饰内心的喜悦和激动。

浮生的心情也不错，进入了天佑国三大宗门之一的不灭宗，也算是步入修行的正轨了，他可以安心快速地恢复修为，将父亲和母亲救出来，全家团聚。

"浮生，你打算何时前往不灭宗？"

乾羽轻呷了一口茶水，向浮生问道。

"此刻去也无妨，我的修为实在是太低了，得赶紧提升。"

浮生不想说对而今的浮家无一丝牵挂，甚至他一刻都不想在此地停留。

乾羽满意地点点头，一个人倘若天赋极佳，但没有努力勤奋的心，也终将难成大事。

他很欣赏浮生这种有天赋，却不骄傲，还肯努力下苦功夫的少年。

"好，那你收拾一下，我们马上出发。"

浮生应了一声便起身离去，实际上，他并没有什么好收拾的，只是回他自己的房间，找了几件干净的衣服，便与乾羽一同离开了浮家。

在看不到拜典城的时候，乾羽停下了脚步，道："就此处吧。"

浮生有些疑惑，不过在他看到乾羽掏出一只很小的船时，他便明朗了。

乾羽周身典力突然浮动，随即将小船抛至半空，接着双指凌空一指，眨眼间，那只有食指长的小船竟然瞬间变大。

大到可容三四人，且悬浮在半空中，未落在地面，十分神奇。

这种船，是用来赶路的，名为虚空船。顾名思义，它可穿梭虚空，可直线驶向目的地，速度快得惊人。

然而，每一艘虚空船都异常金贵，非大宗门派不能拥有。而且，虚空船的动力——源晶，更是一种价值惊人的稀有矿石。

在拜典城中，根本不可能有谁拥有一块。由此可见，即便拥有了虚空船，没有源晶也是枉然。即便拥有，那代价常人也无法承受。

这些浮生自然是知晓的。当年，他还曾亲手制作过虚空船，那种虚空船，速度可是眼前这艘望尘莫及的。

如果他未记错的话，那艘随意之作，似乎被后人供奉了起来，当作珍宝。

乾羽之所以用上虚空船，是因为拜典城离不灭宗实在是太过遥远，之间恐怕有十万里，这还只是直线的距离。

而用此艘虚空船，七日内便可到达。

十万里，七日便到，若是凡人听到，定会吃惊不已。

就此也能窥见不灭宗的一些底蕴了。

"来，我们上船！"

乾羽话音一落，施展典力，包裹着浮生，便跳进了虚空船内。

感受着自己和乾羽二人的跳入，虚空船竟然没有半丝动弹，更不会左右摇摆，稳如平地，的确不凡。

浮生只是刚开始观察了虚空船内的一些内饰后，便坐了下来，倒是显得挺平静。这样的表现，自然难逃乾羽的眼眸。

莫非，此子身后真的有实力惊人的师尊？这虚空船常人不可见，即便是不灭宗的外门弟子，也是极少能见到的，更别说亲自坐在内部。他竟然可以如此平静，眼神中根本未见一丝惊讶，就好像是经常见到似的。

乾羽心里"咯噔"一声，很是吃惊。

尽管他在怀疑，其实他自己知晓，浮生背后定然有着一股大势力，一个人的气息波动骗不了人，加上浮生此时的修为比他低，更是难以骗过他。

所以，乾羽此时已经断定，这浮生背后定然是有一位实力惊人的师尊，或是有着堪比不灭宗的宗派。

不过乾羽稍作思考，便排除了浮生本身有宗门的可能。如果浮生真是某个大宗门的弟子，那他加入不灭宗完全是多此一举。

唯一的可能，便是浮生有一位实力强大到惊人的师尊。

看着乾羽眼眸中一闪而逝的诧异，浮生心里暗笑了一声。方才的行为，其实是他有意为之。浮生有他自己的打算和顾虑，在他未能有自保一力时，他必须想出令他人忌惮的手段。

既然乾羽之前就开始怀疑他有师尊，何不干脆让他坐实这个想法呢？

故此，浮生就稍微表现一二，如此一来，他在进入不灭宗后，多少会少一些波折，可以省很多时间来恢复修为。

"坐稳了，我们现在出发！"

"轰"的一声，虚空船在乾羽的催动下，猛然发出一道光芒，随即，虚空船发生了一次细微而紧密的抖动，便跳入了虚空之中。

虚空船宛若天外飞石一般，"呼"的一声从虚空穿梭而过，所过之处，竟能引起虚空空间的涟漪震荡，可见速度惊人。

即便如此，身在虚空船之内的浮生和乾羽两个人，仍稳如泰山。身前放置在木桌上的香酒，更是未洒落一滴，神奇非常。

两个人在虚空船中，颇为无聊，便开始闲谈。令乾羽震惊的是，不管是天文地理，还是修行，浮生竟能一语中的，字字如刀，切中要害。

　　按道理，身为不灭宗的外门长老，且修为比浮生要高两个大境界，在各方之上，定然是可以稳稳压制浮生的，甚至可以对浮生进行一些指点。

　　可事实却相反，乾羽真的有那么一瞬间，看着浮生，仿若对方不似一个仅有十六岁的少年，而是一个活了很久的长者。

　　此种感受，他只在不灭宗宗主根木也身上见过。

　　此子，当真是不凡啊。

　　乾羽知晓，眼前所见的少年，的确是一个仅有十六岁的少年，此点从血肉与蓬勃的血气上，难以作伪，骗不得人。

　　他最终只能将这一切归功于浮生背后的神秘师尊，由此，他对浮生越发客气了。

　　就在两个人相谈甚欢时，突然间，在虚空船的正前方出现了一股异象。

　　浮生率先站立而起，一直古井无波的瞳孔，在此刻出现了波动。身旁的乾羽，更是全身震动，也瞬间站了起来，双目死死地盯着前方虚空处。

　　与此同时，他们听到了一道诡异的声音。

　　那是一种空灵而又极具穿透力的声音。要知晓，虚空船之内是可以屏蔽外在一切声响的，除非声音达到了一种程度，不然，任由外界如何，虚空船之内都很寂静。

　　这是一种曲子，稍一辨认，便可知是由几种乐器演奏而成的。

　　唢呐、铜锣的声音，谱成了一首令人听了心慌的曲子，从四面八方传来，宛若穿过了时空，径直出现在耳畔。仔细感受，那曲子似乎直接在心头深处播种，即便用手去堵住双耳，也无济于事。

　　无比诡异。乾羽从未见过此等诡异现象，一位典魂境的高手，竟然出现了心慌恐惧的感觉，这太不可思议了。

　　即便是浮生，纵然未出现如此心悸，但全身的汗毛皆在此刻竖立，似乎有莫名气机窥视。

　　"那是什么？"

　　乾羽脸色惨白，双眸盯着前方，第一时间将虚空船停了下来，不敢越雷池半步，只因，前方有令他都无法解释的生物出现。

　　那是约莫二十具人形典灵，仔细观看，便可发现，它们全都穿着上古服饰，不似这个年代所有。每具典灵右手都提着大红灯笼，行动僵硬，但动作步伐整齐如一，如一条长蛇一般，欲要在他们眼前横穿而过。

　　若虚空船未停下，那么，很有可能会撞向它们。

　　看着这一幕，活过千万年岁月的浮生，在此刻猛然倒吸了一口冷气，而且在他的瞳孔中，竟然有着一抹兴奋与激动。

"典灵借道？"浮生嘴里低声呢喃了一句，但随即像是确定了又道，"对，就是典灵借道！"

"什么？"

乾羽差点儿惊呼出声，像是想到了什么恐怖的事，立即捂住自己的嘴巴。实际上，在虚空船中，对方应该是听不到的。而且一位典魂境实力的强者，听到这个词，竟然会吓得捂嘴，可见此刻乾羽是有多惊惧。

"怎么可能是典灵借道？"

在宗门的古籍中，乾羽曾在一本残卷中，看到过"典灵借道"这种隐晦的词，那本不知存在多少岁月的古籍，在描述关于典灵借道的现象时，只有寥寥几笔，似乎不敢多加评论。

但仅仅这几笔，便让乾羽心生畏惧。因为，此种异象，在他看来，根本就不应存世，只应存在于人们编写的古传中才是。

万万没想到，竟然会在此时此地见到，他不知这究竟是福还是祸。

乾羽眼神有些古怪地偷偷望了浮生一眼，十分好奇浮生怎么会知晓这种东西。要知道，他可是在宗门内藏书室的最深处才获知，且知晓的信息少得可怜。

他一个出生在小小拜典城的少年，如何得知？

难不成也是他背后的师尊告知的？

这一刻，乾羽突然生出一股肃然起敬之感。能知道此等秘事的人，身份定然非同凡响。

由此，浮生在他眼中的分量更重了。

典灵借道，顾名思义，便是一群拥有典力的生灵，如战兵一般，列着队形，步履划一，行动有致地去往某个地方。

若有人看见了它们，便要立刻驻足停下，千万不能与之碰撞。若挡了它们的路，后果不堪设想。

对于这些，乾羽所了解的定然无法跟浮生比拟。

不仅如此，浮生还不是第一次见到此等异象，在他漫长的岁月长河中，他有幸见过几次。

当时，他的修为惊天，有皇者气息，世事鲜有不知，可是对于典灵借道这种异象，依然知之甚少。

这也勾起了他的好奇心。他曾全力利用所有资源，甚至亲自前去探求。然而，即便如此，依然未获得有用的信息。

尽管有用的信息甚少，但到底还是让他对典灵借道的异象有了一些认识。

但凡出现典灵借道的地方，便是一处怨气冲天的场域。而且典灵借的那个道，不似人们眼前所见的道，尽管它们离得很近，可实际上，却隔着万里，甚至更远。

二者不在同一空间。

但又不确定，有的真的就在眼前，只要伸手，便能触到，但没有人敢去触碰。古籍中有载，称有人若真的挡住了典灵借道，不出几日，必然陨落。

犹似一种诅咒，一种尝尽万法都无法祛除的诅咒。

仅凭这一点，就会令人望而生畏，全身惊惧颤抖。

这也算是众人对典灵借道的初识，并未深入了解。

而浮生当年施展了大手段，对它的理解，定然不止于此。

他发现了几个疑点，其一，在漫长的岁月中，他发现，每次典灵借道，似乎并非只是简单地行走，它们在途中似乎押解着什么，不过具体看不真切，似乎有莫名恐怖的规则，容不得外界获悉。

它们究竟在押解着什么？生灵还是物品？

其二，它们从何处而来，又为何出现，最终要去向何处？

这是浮生最为在意的一点，也是最为疑惑的一点。

浮生叹息了一声，有一种感叹，纵然在他修为处于最巅峰的时期，世间依然有很多令他无法解释，无法窥视本原的现象。

宇宙乾坤，漫漫而求索啊。

"有传言说，碰到典灵借道后，必然会陨落，这……"

即便是典魂境的高手，在面对死亡的时候，那种胆怯可是一点儿都不含糊。世上谁人无惧死亡？

更何况这种是无妄之灾，无意间碰到的，太过冤枉，没有谁会愿意无缘无故便消失在人世间。

浮生笑了笑，道："这不是及时停下，还未挡住它们的道吗？"

只要未对它们进行干预，即便见到此种现象，最多在日后几日，血气有所影响，一般而言，伤害不大。

更何况，虽然对方近在咫尺，但说不定远在天涯呢，宛若海市蜃楼。

然而，接下来浮生的笑容立即凝固，全身肌体像是要崩坏，且行动迟缓，动一根手指都很费劲。

一旁的乾羽却不受影响，依然行动自如地看着"典灵借道"，根本未发现隐匿在暗处的杀机。

浮生看到了，只见那一队列的典灵渐渐从眼前要走过时，在末端竟然走出了一位典灵，与前方的典灵完全不同。

它全身被一件幽暗的大衣笼罩，包括头颅。一股浓稠如水一般的煞气，直冲云霄，十方只为它波动。

细看的话，它的身周有朦胧雾气，那雾气如同活物，在逸散过程中，草木竟全数枯萎。

这位典灵，明显与其他典灵不同，它只露出了一双无黑瞳的眼睛，尽数是白眼，倘若有人被看上一眼，必然毛骨悚然。

它的动作不是很僵硬，尽管也是微微弯腰，低着头颅前行，可就是令人的视线第一时间被吸引而去。

就在浮生看向这位典灵时，方才觉得差点儿要崩坏肌体的感受陡然加重，似乎下一秒就有可能直接碎裂。

然而，更令他倒吸一口冷气的一幕发生了。

就在他看向那位典灵时，对方似是有所感应一般猛然抬头，一双惨白的眼瞳径直与浮生来了个碰撞。

两个人对视了。

瞬间，极度惊惧的浮生闷哼了一声，随即身躯不断后退，与此同时，他看到了更加诡异的事。

整张脸都躲在黑色大衣里，只露出一双眼的典灵，此刻给他的感觉，异常怪异，就好像……好像在冲着浮生笑。

没错，浮生确定对方在冲着自己笑，这一发现，使他立即感觉己身冰凉如入冰窖，怎么会如此？

尽管看不到对方的脸，但浮生的感觉绝对不会有错。

一位看不到脸的典灵，居然会给浮生一种笑的感觉，而且是对着他笑，再加上对方那双惨白的眼瞳盯着他，谁面对了，都无法释怀，甚至会惊吓过度。

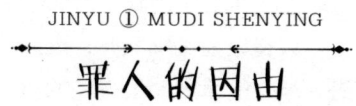

罪人的因由

浮生全身紧绷，典力在周身第一时间就无意识地澎湃而起，他发现对方尽管在对他笑，可绝不是在示好。相反，在对方惨白的瞳孔中，浮生感受到浓厚的杀机，仿若与他有仇。

毫无疑问，只要对方一个念头，浮生必然当场陨落，这点浮生再清楚不过了。

因为，就在彼此对视的时候，浮生凭借着无敌经验，断定对方的修为比他此刻高了好几个大境界，至少到了大能者这个级别，这可是宗门之主的修为啊。

杀此刻的浮生，易如反掌。

然而不知怎的，浮生突然感受到全身那股随时要崩坏躯体的难受感觉，如潮水一般突然消退，那抹杀机也消失得无影无踪，仿佛方才是一场梦境。

但是浮生望去，那队典灵依然在前方，而那位神秘的典灵却是再度弯腰低头，尾随在最后，渐行渐远，证明方才他所经历的并非是幻觉。

"怎么会如此？"

饶是浮生，此刻也百思不得其解。

坐在虚空船中，穿梭在虚空里，突然遇见传说中的典灵借道，见到一位神秘怪异的典灵，竟然对他笑，布满杀机的阴笑，且实力修为至少达到大能者。

那种杀机，如寒刀在身周弥漫，刮得肌体险些崩坏，差点儿被直接斩落。

这究竟是为何？

浮生想不出自己何曾招惹了对方，竟然会使对方如此敌视。

他早已发现，身旁的乾羽，根本就没有什么异样，似乎根本就未曾见到那位典灵。

难不成对方只是针对他？

"莫非是自己当年主动去探寻典灵借道，而无意间招惹了对方？"

很快，浮生便排除了这种可能。虽说去探寻，但对方来无影去无踪，根本不能预料，就算是遇到，那也是远远地匆匆一瞥，无从去干涉，谈不上招惹。

即便是招惹了，那么长的岁月中，对方也从未出手，又何必待到今日呢？

浮生无论如何都难以想得透彻，况且，在最后，对方那明显的杀机，几乎是快要出手了，可最终又为何停手？难道时机不对？或是对方有所顾忌？那顾忌又是什么？

活了千万年漫长岁月的浮生，此刻想得头快炸了。

只是之前觉醒武典，进入那块残木空间时所获的那本《究极真解》残卷，那日进入浮生的体内消失无踪的它，此刻躲在浮生体内一个无法察觉的角落，正闪烁着光芒，似乎被他物激活一般，异常诡异。

当然，浮生自己并不知晓体内的异变。

"浮生，你的脸色怎么如此苍白？"

当典灵渐渐看不见后，乾羽这才回过神，紧绷的心弦，在此刻总算是松弛下来，却看到此时的浮生脸色很难看。

被那位像是典灵首领的典灵锁定了气机，只是脸色苍白，已然算是幸运了。

要知道，方才仅仅是对方身上所溢出的雾气，便让周边的石块迅速融化。

"是吗？可能是惊吓所致。"

观乾羽面色，根本就不知晓之后所发生的事，浮生这才随意说个慌，搪塞过去。

尽管乾羽觉得有些不像，不过仔细想想，便是他自己，也被方才的典灵吓得不轻，加上浮生的修为比他要差上许多，他便没再多说。

经过这件事后，两个人一时无话，各自坐着休息。

全身瘫软，甚至被冷汗湿透的浮生，只能勉强坐着，提不起半丝力道。

"看来在不太久的将来，会有一场浩劫啊。"

浮生的双眸再次瞥向典灵消失的方位。他有所了解，在一些古籍中有记载，但凡典灵借道此种现象出现，那么，天地间必然会有一场灾难。

这点，浮生亲眼见过，因为他漫长的记忆的确证实了这一点。然而，此次似乎跟以往不同，他从来没见过在典灵借道的时候，还有首领护道，还对他笑。

这么说来，这场似乎更大更复杂的浩劫，跟他很有可能有所关联，就是不知是福是祸。

休息了片刻，身体好些后，浮生便站了起来，随即深吸了一口气。

紧接着，他的两脚开步同肩宽，两膝微曲，两臂曲抱于胸前，双手距离约莫三寸，十指相对。

浮生做完这些后，开始调整身形，头放正，下颌略内敛，两耳放平，双肩同高，两髋同高。待这一切完毕后，要进行精神上的调整。

随即，两眼视正前方略低一点儿，两耳听正后方略高一点儿，百会穴虚虚向上领起。

从头顶开始检查，逐一放松身体，直至双膝、双脚踝，而双脚稳稳地踩在虚空船的甲板上。

这便是典者初始境界，典锻境当中最为重要的修炼方法之一，名为站桩。

典锻境修为的典者，号称典士。跨入此等境界，才算是真正的典者。别小看这人体修炼的第一个大境界，在此境中修炼得是否圆满，直接关系着日后的修为高度，是一个非常重要的基石。

初期修炼，多为搬石练力、站桩、吞吐等。

这些都是典者修行中，较为普遍的方法。

其中，站桩是最难、最不容易坚持下去的。

只要修炼者动作稍有点儿不标准，其功效不仅会大大减弱，还会伤体。

浮生的站桩姿势，以及气息、精神都十分标准，甚至可以当作这一境的教科书。

本来也在闭目养神的乾羽，在听到浮生发出的响声后，立即睁开双眸。

方才浮生站桩起式的一幕，令他暗暗点头，仅凭这一标准的姿势，就胜过不灭宗大部分的外门弟子了。

乾羽会心一笑，心里更加满意了。

能让他挑选到这么一块良玉，只要稍加雕琢，日后成就不凡啊。

可是正待乾羽也想修炼的时候，他的视线再度定格在浮生身上，心弦波动，他很震惊。

"命门后撑，跨根内缩，臀犹如钟摆悬挂……"

乾羽右手一拍，人便站了起来，迅速来到浮生的近周，双眸突出，比方才还要震惊。

他嘴里念叨的这几句，便是形容修炼者在站桩时，所体现出的一种可遇不可求的完美姿势。

命门后撑……臀犹如钟摆悬挂，说起来容易，但做起来，没有长年累月的积累，断然不可能，除非是那种百年一见的天才，或许可以。

乾羽自问是断然达不到此种姿势的。

然而，浮生似是打算让乾羽惊讶到底，方才稳定如钟的身躯，此刻突然变得像是摇摇欲坠的样子。

但仔细观看，又有一种变化，浮生的身躯似乎在放松，但不颓，而在松的同时，肌体又在展开。

"莫非……莫非此乃传说中站桩最高境界的'似松非松，将展未展'？"

乾羽倒吸了一口气，心中的惊讶到了无以复加的程度。看着浮生的姿势，他的心里万分惊骇。脸色更是连连变化，不知是惊还是喜，已然忘乎所以。

身为典魂境的高手，乾羽的眼光自然了得，即便方才有所迟疑，但在他的再三观察之下，他终是确认了浮生此刻的状态，的确是那传说中的"似松未松，将展未展"。

此刻，强如乾羽，看着浮生的眼眸，也恍若在看怪物一般。

此种状态，实在是太过罕见了。而且，即便是有人偶然捕捉到，达到了此种状态，也难以保持，只会稍纵即逝，令人追悔不已。

可是，眼下的浮生，在这种状态下，已然坚持了半刻，且还在坚持。

要知晓，在此等状态下的站桩，所得益处，一息要赶上十日，那半刻自然能赶上数月。赚取的是时间，时间是最令人无奈的，不论是否愿意，时间依然在流逝。

而此状态，却可以忽视这一切。

也难怪乾羽此刻会大惊失色。但他不敢发出声响，生怕惊扰了浮生。尽管观其娴熟度，似乎不是初次踏入此状态，但以防万一，乾羽选择退后几步，耐心等候。

随着时间不断推移，乾羽眼底神色愈加惊骇了。只因，陷入此种无敌状态的浮生，并未退出，依然处于此等完美状态中，且姿势、精气神都在升华，趋近圆满。

这说明，浮生还能在此等状态下，继续保持，并未退出。

一息便可达十日功，珍如天宝。

接近半个时辰后，浮生这才缓缓醒过来，渐渐退出此种状态。

随即他便看到已然有些发呆的乾羽，正瞪着眼盯着他看。

"咳咳……长老，我的脸上难道有脏东西吗？"

突然练功醒过来，就发现有一个人一直在盯着自己看，还是男人，便是浮生，此刻也显得有些不好意思。

乾羽可不在意这些，他迅速蹿来，开口大声急道："浮生，你可知道你方才进入了何种状态？"

"状态？"浮生皱了下眉头，随即领悟了一般，语气有些平淡道，"你所说的是'似松未松，将展未展'的状态吧？"

"对对对，便是此等状态。"乾羽立即颔首，可是下一刻，他猛地抬头，不可思议道，"咦，你竟知晓此等状态？你难道不知道此等状态来得有多不易吗？怎么一副平淡处之的样子？"

乾羽在发现浮生在知晓这种状态下，还一副很冷静的模样，差点儿被气到不行，第一时间便不满了。

可是，就在他欲要给浮生解释此种状态的益处时，突然停下了，围绕着浮生走了几圈，他愈加看不懂浮生了。

因为，乾羽绕了几圈，发觉眼前的浮生，不论是姿态还是神情，都未因为进入此种传说中的状态而兴奋雀跃，有的只是淡淡的自若。

这说明了什么？说明了他进入此种状态，并非是偶然。

这又说明了什么？更是说明此子天赋异禀，绝非常人。

如此一来，乾羽的心中猛然翻江倒海，这实在是太令他惊讶了。

可是他又有些难以想通了，既然有如此天赋，那又为何到十六岁才觉醒武典，这不是自相矛盾了吗？

无法想明白，却恰恰让浮生在乾羽的心中披上了几分神秘色彩的外衣。

浮生根本没去理睬乾羽此刻的心理，在他看来，此种状态，并非是多么难得与无敌。故此，也并非说是他故意要在乾羽面前露这一手。

想来，是因为他由十方精气化胎之前的巅峰修为吧，才使得他的见识与经验远超世人。便是因此，他才没有多在意这种状态的不易。

实际上，在他看来，这种状态并没什么。

若是浮生此刻的想法，被乾羽知晓的话，不知他会怎样，至少会哭笑不得吧？

看浮生并没有想要停下站桩的样子，乾羽也就不敢贸然去打扰。尽管浮生显得很淡然，乾羽可不敢有任何松懈，如临大敌一般，小心翼翼地逐渐退后。只因，此种状态实在是太过难得了。

一息十天的功力增长，谁见了都得眼红与忌惮啊。

浮生继续保持在那种状态中，只感觉腰椎处不断发热，不断地溢出典力，升腾进典脏处的武典当中，从而滋养武典。

武典的强大与否，直接关系到实力的水平，它是典者的本原。典者一途，大半辈子，几乎都在修炼武典，武典越强，实力便越强。

此刻，在进入此种状态下的浮生，典力增长得很快，原本是典锻境一星的修为，此刻竟隐隐有着接近二星的趋势。

这才半个时辰啊，进度堪称神速了。

尽管，典锻境只是典者修炼一途的初阶，初识修炼进展比后期快，但也要有个度。对普通人而言，要进步一个星的修为，快的话，也要至少一个月或者几个月的时间。

简单对比，便会令人吃惊浮生的速度了，也便是因此，才更能理解乾羽心中的惊骇。

"似松未松，将展未展"的状态，的确惊人无比。

"尽管在此种状态下修炼，令我的境界提速加快，可惜在没有资源的提供下，人体的机能被提前激发，有可能会伤了本原。"

浮生是何等人，一眼就洞彻了其中要害。

虽然，在此等状态下，进步飞速，看似完美，但也有它的弊处。倘若没有资源的帮助，一直用此种状态修炼，纵然进步神速，但人体最终会不堪重负。

说通俗点儿，便是人行动时，即便用了特殊的办法，让办事效率提高，但是在一直没有吃饭的情况下，便会伤身。

而食物，便相当于修炼者的修炼资源，例如典石，便是一种典者普遍使用的修炼资源。

通常而言，典石又分好几个品级，与典者的境界等级相仿。

如赤色典石、橙色典石，以此类推。

而一个大级别典石中，又分四个小级别，如赤色初品典石、赤色中品典石、赤色高品典石、赤色极品典石。

典锻境修为的典者，可使用赤色典石当中所有品级的典石，亦可跨更高等级去吸收典石，跨品级去吸收高品阶的典石，其中的典力自然愈加纯净。

但是，典者一般不会去吸收低品级的典石。因为，此种情况下，低品级的典石对高境界的典者来说，效果甚微了。

除开典石外，世上还有许多珍贵的修炼珍宝，典药、典兽的血液……为人知，或不为人知的也有很多，皆是有缘人才能得之。

浮生此刻身上可没有什么典石，尽管他是拜典城三大家族浮家的大少爷。虽然每个家族子嗣每个月都能分到相应数量的典石，可随着家族没落，典石也逐渐减少了。

更何况，浮生因为久久无法觉醒武典，即便有浮南在，分给他的典石数量也比其他子嗣要少。

此前因为要觉醒武典，多多少少也有用到典石，故此，他身上的典石，完全可以忽略不计了。

没有典石来及时补充，在这种传说中的状态下，浮生也不敢保持下去，伤了身体和本原，那便是本末倒置了。

希望进入不灭宗，能分到足够的典石以供修炼啊。

这也是浮生答应乾羽加入不灭宗的最主要原因，他想恢复己身巅峰修为，前提是需要足够多的修炼资源。

不过，浮生想到此处，突然想到当日在浮家府邸时，那万长天可是直接呼唤乾羽为什么罪人。

敏感的浮生，立即捕捉到了一丝问题，可别因为这个因素，影响了自己的修炼啊。

心中有想法，绝不耽搁，这是浮生的性格，干脆利落。

随即，他便停下站桩，来到乾羽身周，将心中疑惑说了出来。

"乾羽长老，浮生有些疑惑，不知当讲不当讲。"

即便是浮生，也知晓"罪人"这个词语所带来的沉重。没有犯下滔天大罪，断然不会给他人冠以如此大的罪名。

况且这种罪名，便是天佑宗的万长天都知晓了，那就不简单了。

故此，浮生还是不敢太过贸然提及，先提前打个招呼为好。

"关于什么的？"

乾羽皱了下眉头，不知这浮生葫芦里卖的什么药，不过，在看到浮生方才的表现后，他更加不敢小觑浮生，如若不是太过敏感的问题，他也就说了，也当作跟浮生搞好关系。

乾羽是个聪明人，知晓凭借浮生如此天赋，只要半路上别夭折，那么进入不灭宗内门易如反掌，甚至日后修炼有成，进入长老阁中，那便对他真正有益了。

浮生看着乾羽的眼眸，沉疑了半息，这才道："关于'罪人'。"

语毕的刹那，浮生瞬间感到一股刺骨威压，此是乾羽直接对其施加的。

这并非是其故意，而是浮生突然的言语，触及了乾羽心中的一根刺，令他瞬间不由自主地释放出己身气机。

远高于浮生两个大境界的乾羽，此刻长发飞扬，双眸瞪得像要裂开，长衣鼓动，周围澎湃的典力，恍若成了一袭自主旋转的旋风，好似刹那间便要出手。

若换作与浮生同等修为的人，必然会瞬间吐血重伤。然而，浮生却只是脸色苍白，流下了几滴冷汗，身躯依然挺拔，不曾弯腰，这盖因他身为绝世强者的气势。

"唉！"

叹息声传来，随之，宛如高山压顶般的威压瞬间消失，那张长木桌上的茶水，停止了涟漪波动，静如镜面，恍若无事。

乾羽神情落寞，他也没有去思考浮生为何能在自己如此强大的气势前毫不畏惧。他侧头，看向虚空，似是在回忆，一盏茶后，缓缓说道："十年前，天佑国三大宗门之首，还不是天佑宗，而是不灭宗。尽管那时，天佑国早已暗中开始扶持天佑宗，不，确切地说，天佑宗便是天佑国皇室亲建，欲要平衡天佑国宗门之内的势力，怕江山不稳，被不灭宗把持社稷。于是便用绝顶力量与资源，倾向天佑宗，历经数年，倒也令天佑宗如期进入天佑国三大宗门之内，但也仅此而已，越不过不灭宗之首这项荣耀。"

言到此处，身为不灭宗长老的乾羽，双眸深处自有那抹无人能挡的傲然。

不过，接下来，乾羽话锋一转，显得很是无奈。

"若不是不灭宗自身发生了变故，便是让它天佑宗在皇室的支持下，再过五千年，也难折三大宗门之首的桂冠。"

"是何变故？"

浮生知晓接下来的变故，必定是最为重要，也是不灭宗会从三大宗门之首掉落而下，乾羽长老成为"罪人"的直接原因了。

乾羽望了浮生一眼，继续道："之所以不灭宗经久不衰，那是因为宗内有守护典兽，庇护不灭宗，才使其不灭不倒，始终屹立于世，成为天佑国三大宗门之首。只是那一日……"

浮生看到乾羽在言到此处时，停顿了下来，且深吸了口气，他能感受到乾羽此时心中的懊悔愧意。

"那时，我还未能成为长老，只是如往日一般，受宗门命令，每个内门弟子，都要轮流进入守护典兽的洞天之内，送资源珍宝给它老人家。此刻说起来，也算是运气不佳，我如往日一般，在那日进入了守护典兽的洞天之内，正要开口时，却发现它老人家气息不稳，且有愈演愈烈的趋势。

"守护典兽，可是我宗的根本，它若出了问题，在皇室虎视眈眈以及其他宗门势力的窥视下，我不灭宗岂能岿然不动？此番道理，我自然知晓。但也因此，令我急昏了头，在慌张时刻，无意触动了禁忌，使得守护典兽气机更加紊乱，似乎出现了走火入魔的状态，情况紧急到了顶点。

"事后，我才知晓那禁忌是它老人家为自己布下练功所用，却被我弄坏了。随后，守护典兽它老人家，状如疯癫，如山如海的典力四处肆虐，很快便引起宗门长老甚至正闭关的宗主的注意。

"他们很快赶至，但为时已晚，守护典兽它老人家尽管最后性命保住，但一身修为近乎失去，而我，成了导致这一切的根源。没有了守护典兽的强大实力镇压，我自然成了让宗门从三大宗门之首下落的罪魁祸首，名副其实的罪人。"

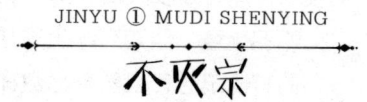

乾羽低下了头，万分懊恼："我不仅害了宗门，还害了守护典兽，我真是罪人，这一切都是活该。"

原来是这么回事。浮生心里想着，但还是出声安慰了几句，尽管他知晓这并无用处："冥冥中自有定数吧，你也无须太过自责了。"

乾羽没回答，只是沉默，即便而今，宗门给他贴上了"罪人"的标签，但他心中却并没有一丝对宗门的愤恨，有的只是浓浓的自责和后悔。

突然，乾羽抬头望着浮生，神情有些歉意："我这罪人的身份，或许会给你带来一些不好的影响。"

浮生愣了愣，知晓前者有些不明白，乾羽继续开口道："宗门中，每位长老都有着前往全国各地招收弟子的任务，即便是我这罪人，也一样。每位长老所选的招收区域，各不相同。而我，选的便是拜典城，也只能选这类小小的城池了。故此，每位长老所招收的弟子，从某种程度上而言，都算是长老这一脉的……"

"所以，我虽然不会被宗内其他人打上'罪人'的标签，但也好不到哪儿去吧？"不等乾羽说完，心智成熟的浮生，便提前道出了乾羽的顾虑和歉意。

沉吟了半刻，乾羽虽然很想否认，但事实便是如此。

他能做的便是让浮生小心注意一些："进入宗门后，你最好……小心行事吧。"

乾羽本想叫浮生低调行事，可想到浮生背后有位神秘强大的师尊，让其龟缩一角的话，想必浮生办不到。而且，乾羽觉得这样做，怕是会给浮生留下不好的印象，最后才婉转地说了一句。

浮生点点头，表面上没露出一丝表情，可是心里却早已知晓洞悉了。

他能明白此刻乾羽心中的矛盾，遇到一个天赋超过晨曦的弟子，自然心中热切，可是跟随他去宗门，又受他"罪人"名声的影响，不说每月所拿到的月俸跟其他弟子相比肯定少，便是常人的眼光，就够呛了。

看来，天佑国三大宗门的不灭宗，也不是很好待啊。

不过，浮生是何许人，他自有他的打算，这些，他并不会太过放在心上，自然是兵来将挡水来土掩。

既然将会面临这些境况，浮生不会打无准备之仗。随即，他便开口问道："乾羽长老，能否为我大概介绍下宗内的情况？"

乾羽会意，他知道浮生这是在做准备，免得招惹到一些不该惹的人。

他有愧于心，自然是尽数详细地解释给浮生听。

"整个宗门，除了宗主外，还设有长老。其中，长老又分内阁长老和外阁长老，共有两百多位，分别负责各个堂口。

"至于堂口，共有十个，如修炼武典的典武堂，锻造典器的炼器堂，负责奖罚、维持宗内秩序的执法堂，等等。

"十个堂口的堂主，皆是内阁长老，权力巨大，只对宗主负责。接下去，整个宗门，分内门和外门，内门便是由无论修为天赋都远超外门弟子的内门弟子组成，外门自然便是由外门弟子组成，泾渭分明。

"其中，内门当中，实力称雄的弟子，便会进入内门实力修为前十的榜单，名为日榜。外门修为前十弟子的榜单，为月榜。日榜的整体实力，定然凌驾于月榜之上。

"除了这些能进入榜单的弟子，一些天赋不错的弟子，实力修为也不弱。"

乾羽三言两语，便将不灭宗内的情况说得清晰透彻，令浮生立即就有了直观的了解。

"对了，千万别小看外门弟子，要知道能进入不灭宗的弟子，第一典环的天赋至少都是橙色起步，加上宗内的资源以及教导，修为底蕴远超常人。月榜排名最末的叶修，也已修炼出了两道典环，进入典搬境，至于具体是典搬境几星的修为，还不知晓。"

浮生心里并没有多吃惊。因为，他早已知晓能排进天佑国三大宗门之内的不灭宗有如此底蕴。

整整比他的修为高一个大境界，浮生不是很在意。给他资源，他很快会修炼上来，若是比战斗经验，这些弟子，即便再娴熟，能比得过他这么一个活了千万年的人？

"好了，你趁这段时间，多加修炼，望早日能去冲一冲外门的月榜，那么，我也脸上有光，能扬眉吐气了，哈哈。"

乾羽知晓自己说了这么多，浮生肯定心里有数，剩下的就看他自己的努力了。

的确如此，要想恢复巅峰时期的实力，救出父母亲，必须努力，尽快提高修为，或许真的可以冲一冲月榜，不是为了名声，而是若能进入外门前十，资源肯定不会落下。

修为实力越高，宗门越重视，对其培养所付出的自然越多，这是常理，任何人都知晓。

"好，我这就开始修炼。"

浮生握了下拳头，他有他的目标和想法，必须争分夺秒。

乾羽笑了笑，便转身离去，闭目养神去了。

浮生便开始修炼，他没继续站桩，而是换了另一种也适合典锻境的修炼方式，吞吐。

盘膝而坐，吞吐大自然中的典力，尽管速度很慢，但聊胜于无。这种一般是没有资源没有典石可吸收修炼的人所常用的。

其实除了站桩、吞吐，还有练力。顾名思义，便是锻炼肉身气力，强身健体，这些都是常规修炼。

然而有一种，非常人所能用的，便是去杀害典兽，夺取兽骨，熔炼进己身典骨。这种修炼收益巨大，也算是典者在此阶最为重要的修炼。

在无数先人的努力下，他们逐渐整理出了一整套严谨又完整的修炼体系。

人的躯体，先天上要弱于典兽，以形补形，最终达到完美。

人族是智慧的，懂得取其精华去其糟粕，哪里是弱项，便去打磨。众所周知，典兽的骨头，坚硬无比，远非同境界的典者可比。

那么，他们就想出干脆将典兽的骨头，融入典者的体内。如此，人体的骨头必然跟典兽一般坚硬，不仅实力提高巨大，且对今后的修炼道路，更有帮助。

而如何去融入典兽的骨头，便是典者在典锻境所要面对的头号难题。踏过，便是典搬境，成为另外一个层次的强者了，那是另外一个世界。

典兽修为级别的不同，兽骨的强弱自然有别。越强大的典兽，兽骨越好，但相应地，熔炼的难度也会提高无数倍，稍有差池，便会陨落当场。

故此，典者一途，非大毅力者难为也。

浮生没有去寻找典兽，而今，他的修为境界还不够，只有将典锻境修至圆满了，才会着手，这是通向典搬境的必经之路。

没有典石的吸收，进行强有力的辅助修炼，浮生这几日所提升的修为，并不可观。

转眼间，他们待在虚空船中的时间，已悄然过了六日，只需一日，便可抵达不灭宗了。

此刻，浮生依然在修炼，提高己身的力道，磨合体内的典骨，令它坚实。

"虽然这几日我一直在修炼，收效甚微，但起码也让我的境界达至典锻境二星了。"

在没有足够资源的补给下，只是六日，便从一星提至二星，说出去，定然会令人吃惊不已。按这个速度，几个月的时间，典锻境这个境界便会修至圆满了，可以进入最后的冲刺，熔炼典骨了。

实际上，这还得归功于之前浮生的站桩，进入了那种传说中的状态，这才迅速无比。那一次之后，他的修为已经靠近典锻境二星了。

只是这几日，才堪堪正式达到罢了。

在那几日之后，浮生根本就不敢再进入那种状态，没有典石的补给，就是在伤本原，他虽然很急切地想恢复修为，可不能因此伤了身体，那便纯属本末倒置了。

不过，只要给他充足的资源，他相信，他的境界会很快提升。

"趁这个时候，抓紧把境界巩固吧。"

进入典锻境二星的境界，浮生没有半丝高兴，他很冷静，认识比谁都要深刻，根基一定要打牢打实，方可建造天梯。

淡淡的典力在其身周弥漫、波动。典脏处的武典，那块残木，隐隐显露而出，看似难看寒酸，实际上却有无上气息，只有识货者，才会骇然。

已有十六岁的浮生，青丝无风飘动，面目俊朗如刀削，身躯挺拔，气血方刚，全身的朝气蓬勃而出，远远观之，宛如太阳神子。

修行无时间，在浮生看来，只不过是一眨眼的工夫，又是一日过去。与此同时，他感受到虚空船开始抖动起来，这是准备跳出虚空的前奏。

果不其然，耳畔已响起乾羽的声音。

"我们到了，虚空船马上要从虚空当中出来，到现实世界中去，做好准备。"

这几日过得实在是太过无聊，尽管浮生的灵魂有着千万年的记忆，可他毕竟进行了另外一种生命延续，肉身只有十六岁的他，仍保持着少年所应有的好奇心。

他们到了，就意味着，他们到不灭宗了。很快就可以看到天佑国三大宗门的不灭宗，便是浮生，心中也难免有些激动和好奇。

当虚空船一震，两个人从当中踏出时，浮生当时就被震惊了。不是胆战心惊，而是一种对美的事物的惊叹。

不灭宗，从名字上来读，便有一种肃杀的气息，会让人联想到整个宗门的建筑风格，应该是那种冰冷铁铸，透露着肃杀庄严。

然而，事实却完全相反。

浮生此时此刻，只觉得在虚空船中待了七日无聊沉闷的感觉，刹那间一扫而空，转而，变得轻松舒坦，念头都通达了。

只因，映入他的眼帘的是一片看不到尽头、宛如花海的桃花林，在此处，粉红娇滴滴的桃花，刚好绽放，当真有意境。

问余何意栖碧山，笑而不答心自闲。

桃花流水窅然去，别有天地非人间。

虽然寒风冷冽，但顿觉神清气爽，好不快活。如海一般的桃花林，层层绽放，一株接着一株，空气中飘散着桃花独有的香气，闻者悦，观者愉。

乾羽很满意浮生此刻的惊艳表现，因为，从他认识浮生以来，后者很少表现出惊讶的神情，大多是宠辱不惊，一派老成。

即便是乾羽，常年居住在不灭宗，但每次见到眼前的景象，都会心生惊艳之意。

浮生没有克制心中对美的一种向往，随心所欲。典修者，要念头通达，可炼心。

就站在桃花林前，细细品味的浮生，此时感受内心对大自然的造物，多了一种亲切感。

一切存在，必合理。

万物存在，总有不曾见到的，不可思议的。

"来来来，我们进入这桃花林吧。"

乾羽淡笑地看着浮生，知晓后者看得差不多了。

"进去？不是要去宗门吗？"浮生有些疑惑，随即抬头看了看，指着天际，恍然道，"那个想必便是不灭宗所在了吧。"

乾羽笑了笑，不置可否。

在桃花林的尽头，犹见得一座恍若九天之上掉落而下的巨大山峰，远看的话，形状甚似三角，却是倒过来的。

两角在上，其中一角，堪堪抵在大地之上。一个倒三角的锥体，竟然稳稳当当地竖立在大地上，不熟悉的人，一眼望去，都会心生担忧，担忧这座倒三角的山峰会倒下。

"不灭宗建宗以来，宗内地址便是此座山峰，那是开宗老祖以大手段，将其竖立在大地之上，数千年来不倒，更不曾有丝毫晃动。"

带头穿过桃花林，走在前头的乾羽，像是知道浮生的疑惑一般，率先解释道。

"的确不凡。"

浮生心里琢磨着，要是以他的巅峰修为，将一座山峰削成倒三角，自然不在话下。可是要将其固定，那必须得用秘物才可以。

事实上，这座山峰能屹立不倒，大部分功劳都归于扎进地底的那根万年玄铁，也算是借用了秘物的特性，才造就了眼前的异象，倒也算是鬼斧神工了。

两个人向那座山峰前进，尤其是从桃花林深处穿梭，那抹桃花清香，更是令浮生感到心旷神怡。

早已成熟绽放的花瓣，自然会脱落而下，落在地上。久而久之，地上便似铺上了一层粉红花毯，恍若人间仙境。

幼鸟在欢快鸣叫，蜜蜂寻出，在桃花蕊中翩翩起舞，一派和谐景色。

随着两个人愈加靠近代表不灭宗的那座山峰，他们感到的厚重与气势越加强烈。大地山河，太过浩大，生出一种威势，甚至一种天然意境，久久观之，能助典道。

即便是此刻的浮生，也会生出这种厚实的感觉。有一种惊恐，担心此山峰突然倒落，该如何是好的念头。

这便是一种势，不过，浮生能有这种念头，只是因为修为降落到了极点，这是一种自身实力的比照。

过了许久，两个人终于立在山脚下，可看到方才远观到的与大地接触的山峰一角，此刻竟然并没有多么窄小，至少也有十丈宽。

它会随着高度上升，越来越广。

不灭宗的宗门必然是处于最高处，最高处也便是面积最大的地方。那唯一与大地接触的一角上，仔细观看，便可发现那里有一道天梯以供攀登，但异常陡峭，这也是不灭宗用来考验弟子修为与毅力的手段。

初次来不灭宗的弟子，几乎都是由所负责的长老用典力包裹，助其登上。天梯共有一万级，每上一级阶梯，难度与压力必然增加。就是说，爬得越高，越难爬。

通常，新晋弟子能登五千阶梯，便数不易了。

"上去吧，我在后面护你周全。"

新晋弟子必须走在最前头，如此，才能考验出修为与毅力，再者，长老在最后，如若发生意外，也好在下方接应。

"好！"

浮生只是点头应了一声，便率先登了上去。

刚开始他倒并未觉得什么，与往日登山一般，并无出奇之处。只是当他登了上百阶梯后，立刻便觉得压力在数倍加持，而且，人的身躯竟然有着倒悬的感觉。只因山峰不似正常的三角，而是倒过来的三角，底下面积最小，越往上就越大，所以便有了失重的感觉。

不过这一切，倒是难不倒浮生。有着第五重青色天赋的浮生，至少目前无事。

他继续攀爬，越爬越高，随着高度上升，山峰周遭的冷风，刮得愈加厉害，呼呼声不绝于耳，温度也在随着高度的增加而降低。在第二百级阶梯时，浮生所观之处，都已见白。

到处都是结成的冰块和降落而下的雪花，浮生只好运转体内典力，来祛除寒冷，保持身体的正常温度。

浮生并不着急，不似往常新晋弟子那般，急于表现自己，在最开始时爬得很快，后面便后继无力了，最后甚至不超过一千级阶梯。

他只是一步接着一步，不追赶，循序渐进，稳扎上前。这点，让暗暗观察的乾羽，称赞点头。

古往今来，神童不缺，缺的是沉着冷静、心思成熟的天才。如若能成长起来，那将是惊世之才。

在乾羽心目中,眼前的浮生,外表仅有十六岁,但心灵成熟得甚至都超过了他,他也不晓得为何会有这种感受。

浮生继续攀登,很快便通过了一千级阶梯。这是通过心浮气躁的分水岭,很多有实力的新晋弟子,便倒在此处。

自始至终,乾羽都没用典力相助浮生,他想看看浮生在无须帮助的情况下,能到多少阶梯。

到了第三千级阶梯的时候,浮生能明显感受到周围的重力以及严酷的天气,宛若一个气罩一般,一直阻挡着他。

不过他的脚步并未停下,依然保持着原有的速度,匀速前进,他的目标是五千级阶梯。这倒不是因为他无法靠己身实力登顶,只是他有自己的盘算。

无论何时何地,都要多少隐藏自己的实力,这是浮生一直以来的习惯。从某种程度来看,表现得太好,也不尽是一件好事,反而会遭人妒忌。

能攀上五千阶梯,也已经算不错,但也不会显得太过惊艳。

故此,浮生稍微减缓了点儿速度,故意制造出有些力乏的姿态。

果不其然,身后的乾羽长老立马发现了,认为浮生力有不及。不过,他对此也算是满意了,毕竟浮生的修为还算是低,仅有典锻境二星的实力。

按照浮生自己的比较,要不借助乾羽长老的相助,直接登顶的话,也很不易。但也不是不能办到,只不过会很累罢了。

如果换作是他人,借用这个来锻炼心境,倒也不错。可惜,浮生两世为人,心境早已磨合得接近完美,故此,这种磨炼,已然失去了必要性。

浮生全身典力弥漫,他已经踏过了第五千阶梯,即便他想隐藏实力,但这个高度,即便是他,也得用典力尽数护住周身。因为,周围的温度实在是太低了,如若没有典力加持,很可能直接冻裂。

"差不多了,我助他一把吧。"

眼看浮生跨过第五千阶梯后,身形便有所不稳,为求安全,乾羽决定出手。随即,一股浑厚的典力,犹如温暖而坚固的大手一般,托着浮生的身躯。

如此一来,浮生顿时觉得轻松了许多,前进的速度也开始上涨。

能轻松点儿的话,那又何不轻松点儿呢?

浮生心中笑了笑,既然没有锻炼心境的必要,那就多保留点儿实力也好。

有了乾羽的相助,浮生的速度便快了许多,抬头望去,已然能见到一块巨大的字匾,赫然写着"不灭宗"三个大字。

这三个大字,显然是用典力施展的,观其三字,浮生甚至能捕捉出玄奥的意境,应该是位高手所写。

登顶便是要登上山峰最顶，沿着天梯直上，便是字匾所在的通道口那儿，这便是不灭宗的大门了。

浮生此刻离那大门也不过百级了，按照这个速度很快就可以登上。

然而就在此时，不灭宗大门所在的附近，有一座雅亭，里头有五六位少年俊秀，举手投足间，倒显得非凡。

他们正在饮酒闲谈，其中坐在最首的少年，实力最高，隐约是在典锻境三星的境界。身形修长，长相英俊，但眉宇间偶尔一闪而过的阴鸷显出此人绝非善类。

原本典锻境三星的修为，是不足以吸引那些实力与他差不了多少的弟子来拥护奉承的，这一切只因他有一个实力高强的表兄，名为叶修，此人乃是外门月榜排名第十的高手。

有了这么一个实力高强的表兄，这让原本就嚣张跋扈，喜欢用鼻孔看人的叶黎更加肆无忌惮了。

在外门中，外门十大高手，也便是月榜十大高手，他自然是不敢招惹，但除了他们，不管实力如何，他都无惧。

比他强的，打不过，他可以找来救兵，或者直接搬出他表兄的名头，那些人只能有苦往肚子里咽，实力比他差的，那自然是哑巴吃黄连，有苦说不出，只有挨揍的份儿。

此时的叶黎心情倒也不错，听着身旁几位依附在他身边的弟子阿谀奉承，拍着马屁，倒是也乐哉，不过听久了，也显得无新意。

"有些无聊啊。"

叶黎将酒杯拿在手中，从石凳上站了起来，有些兴趣索然，他站在石亭前头，遥望着天际，看着几只大雁在空中翱翔。

一名叫宋柯的少年，灵机一动，走到叶黎身后半步的位置，笑着说道："大人，不如我们拿箭去射大雁吧，比谁的准头好，您坐着看。"

叶黎神情明显意动，觉得是个好的建议，他转身拍着宋柯的肩膀，称赞道："好，就依你说的办吧。"

得到叶黎的认同，宋柯满是斑点的脸上，陡然绽放出光彩，他立即转身去准备弓箭了。

没一会儿，宋柯就抱着几把弓箭飞速跑了过来，并分发给了其余几名少年。

"好，你们开始比试吧，谁若是最先射中大雁，我重重有赏。"

叶黎大马金刀地坐在石凳上，神情自傲。

听到有赏赐，那几名少年犹如吃了补药一般，兴奋了起来，纷纷开弓，调度着准心，欲要率先第一箭便将大雁射落。

可惜，大雁飞行速度太快，再加上他们的修为欠佳，轮流射了几次后，都未能射中，最好的一次，便是那宋柯，竟然射中了一只大雁的羽毛，看来这几个人当中，箭术还是以宋柯为最了，怪不得他会主动提出射雁的建议。

"没趣，你们停下吧。"

叶黎看了半天，都没见一只大雁被射落，顿时有些不满了。

这时其中一位少年也不甘示弱地提议道："大人，不如我们改射其他？"

"射什么？"

叶黎双眸都未曾瞧上旁边的少年一眼，自顾自地饮酒。

这名少年眯缝着双眼，道："以人为靶，那射中的可能性，不是大大提高了吗？"

"射人？"叶黎皱了皱眉头，如若是在宗门外，射杀那些普通凡人，倒也无所谓，欲要射几位就几位。

可眼下，他人在宗门，总不可能用弓箭去射宗门弟子吧，这即便是他叶黎，也不敢如此做。

第13章 随意射杀

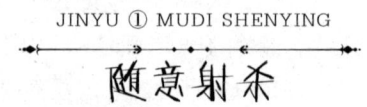

看着叶黎有些不满的样子，那名提建议的少年，赶紧给叶黎斟上了一杯香酒，解释道："当然不是宗内的弟子，大人，你可知晓，今日便是那'罪人'长老乾羽带新晋弟子进宗门的日子吗？"

"的确，那罪人确是今日带弟子前来。"

叶黎似乎捕捉到了一丝意味，眼眸有光芒闪过。

"射他人不行的话，那射这罪人的弟子，又有谁会怪责呢？"

这名少年嘴角斜斜挂起，淡淡地笑着。

叶黎听后，仔细品味，缓缓点头。用弓箭去射宗门弟子，的确要被问责，即便是他有表兄庇护，也不好逃脱责任。

但要是罪人的弟子，那就另当别论了。罪人，便是戴罪之人，自己本身便有罪，又有何资格令他人来维护呢？射杀了他新带来的弟子，也便射了，没有谁会为了这罪人长老出头的。

"那个人在何处？"

叶黎如是问道。

听叶黎如此问，那名少年兴奋了，甚至看了一眼宋柯，好似在比较双方谁更能受叶黎大人的看重。

"想必，那罪人等人正在天梯，即将要攀登上来了吧。"

看来这名少年早有算计，或者说，为了奉承叶黎，私底下必然做了很多苦功与准备，才会在这随意的言谈中，都能应答自如。

"好，那便等他登上来的刹那间，看看你们谁的箭术出众吧。"

叶黎淡淡说道，根本未将人命当回事。在他眼中，玩偶也不过如此吧，他在意的只是他手下谁的箭术更为厉害，其心如何，一见便知。

他根本未将那"罪人"乾羽放在眼里，甚至觉得，如果他的实力够强，敢亲自弯弓去射那罪人，也算是替宗门做一件功德事吧。

话音一落，包括宋柯在内的几名少年，立即摆好射箭姿态，将准心放置在登顶通道口的位置，他们皆知晓，走在最前头的必然是弟子，而长老肯定是在最后防护着。

所以，率先登顶的弟子，便是他们此刻所要射的靶心了。

至于被箭射中后，那弟子会如何，可不是他们要考虑的，当下，他们只考虑能否率先射中。

弓箭在手，五名少年呈一字排开，全身修为施展开来。观其气势，倒也不弱，至少都在典锻境二星的层次，他们全身的气机凝练到自身巅峰，锁定住通道口的位置，只要有人出来，便立即放箭。

与此同时，正在攀登天梯的浮生，自然是不知晓这一切。

他抬头看了看，目测一下，差不多也就相差十级阶梯了，只要登上这十级阶梯，他就算是真正到达不灭宗，成为不灭宗的弟子了。

"浮生，要不要休息休息？"

乾羽抬头笑看着浮生，心里的确是满意的，纵然在后面他相助了这么久，可是浮生并未休息过一次，一直攀到现在，也算是不易了。

可是他不知晓的是，原本靠己身实力便可登顶的浮生，如果在得到乾羽的相助时，中途还需休息的话，任凭浮生心境再稳，也难免脸红。

好歹，他前世是功高盖世的皇者。

"不用了，直接登上去吧。"

浮生的声音很平静，这落在乾羽耳中，听得自然又是一阵满意。听人声自然也能辨别实力，实力高的人，声音宏达而厚实稳定，相反亦然。

而且，声音中夹藏着气息，也能断定人的修为。

此刻，浮生的声音很稳定，并未出现气息乱的样子，乾羽自然是满意了。

"那就一鼓作气吧。"

乾羽点头笑道。

浮生直接用行动表示，他奋力一抓，身体便快速向前攀登，所剩的阶梯数正在迅速减少。

"最后一级阶梯了，我也算是入了不灭宗，成了不灭宗的新晋弟子了。"

浮生看着眼前最后一级阶梯，心中想着。

他右脚往前重重一踏，配合着手臂的力量，终于，他从这一万级台阶的天梯里走了出来，可是正当他从通道口出现要站立而起的时候，全身的汗毛立即竖起，这明显是被人锁定气机，极为危险的征兆。

不等浮生思考到底是谁，他便听到五道划破长空的冷冽声响，不用去仔细辨认，浮生便知晓，那是弓箭射出所独有的声音。

这五道声音，便是叶黎那五名少年所射出的箭。这五支箭，所瞄准的位置都极为刁钻，角度纵然不同，但最终目的却相同，那便是浮生的头部。

为了讨得叶黎的欢喜和看重，他们竟然如此狠辣。

也就在这个时候，包括宋柯在内的几名少年，相继开口了。

"哈哈，这回必然是我赢了。"

"哼，那未必吧，要知道我的箭术在我们当中可是最好的。"

宋柯冷哼一声，看着急速而去的箭。

"呵呵，箭术好又能如何，没能瞧准先机，先发制人，最先发箭，有准度又有何用？"

"等着瞧吧！"

宋柯冷哼一声，静待结果。

而那叶黎，却是端坐着，捧着一杯酒，面带着淡淡笑意，倒也是想看看最终结果是谁赢。

就在宋柯等人争吵时，那五支箭，离浮生已然近在咫尺。

这里倒是不得不说，这五名少年兴许是经常以箭比试，故此，箭术都远非常人所能比拟。他们很会选择时机，选得刚好是浮生刚爬出天梯，周身气力还未能调节的空隙，这个时候，动作以及警惕性必然是最差的时候，只要瞄准了，必然能射中。

可惜，浮生是什么人？曾经横跨星河，纵横天地的皇者，岂能被眼前五支箭给难倒？

浮生当时便是冷哼了一声，他的心没有一丝的惊慌失措，有的只有强者的沉着冷静。

在那万分之一秒不到的刹那间，他早已洞悉出哪支箭能最先到达，会射向哪个部位。在那期间，他的身躯更是以非自然的动作，避开了率先的那几支箭，但这还没完，他发现最后一箭，比前四支还要来得狠辣。

竟是以螺旋的方式，穿过长空，目标在空中陡然转变，直指浮生的典脏，这不仅是要毁掉他的典脏，毁掉他的修为，更是要让他命丧当场，手段狠辣，让浮生的心头越发地冷。

浮生终究非常人，况且他的天赋极高，有着第五重青色天赋的他，实力修为的增幅达到了惊人的程度，加上他明面上的修为是典锻境二星，与射箭的人不遑多让，加上天赋加持，要接下如此狠辣刁钻的箭，不是什么难题。

随即，他一个侧身打滚，典脏处的武典悄然浮现，紧接着右手光华大作，五千斤力道立即起了作用，在众人震惊的目光中，单手抓住了射来的箭。

看似随手一抓，但眼神犀利的人，定能知晓这得对身躯的把控以及心态上的调整入微到了何种程度，才能做出的刹那反应。

"出了什么事？"

此刻，还在下方的乾羽也听到了声响，立即蹿了上来，一上来就对浮生关心地问道，不过，当他发现石亭上的叶黎等人后，脸色就有点儿难看了。

浮生没有回答，眼眸冷冷地注视着叶黎等人的方向，心头的火，开始燃烧。

自己与他们无冤无仇，刚一露面就以弓箭射杀，这也就是他，如若换作他人，面对着突如其来的五支箭，必死无疑。

这几个人的心，太过狠辣了。

难道在他们心中，人命真的比草贱吗？

浮生很愤怒，对方是多么无视生命，才能做出如此行为？他奋力向前踏步，欲要问个明白。

"这是为何？我与你们素不相识，为何出手如此狠辣，要置我于死地？"

浮生怒视着前方，全身的肌肉如虬龙凸起，这是他极其愤怒的表现。

然而叶黎等人的表现，令浮生握紧了拳头。

叶黎自始至终都未正眼瞧过浮生，便是宋柯在内的五个少年也是如此，而且他们像是根本未曾听到浮生的质问似的，反而开始不满地交谈起来，似是对没射中浮生而感到懊恼。

"箭术退步了，如此近距离的突然射杀都没射中，实在是令人遗憾啊。"

又有一名少年，转身捧了一杯酒过来，饮了一口，无奈摇头。

"多半是因为太过仓促了，如果我们再来一次，叫那新晋弟子站着给我们射一次，想必会射中的。"

宋柯几个人讨论着，依旧没去看浮生一眼，更是没去理浮生的话。

"那好，先说好了，我要射那新晋弟子的右手臂，因为方才那一箭是这小子的右手接的，呵呵。"

"好，那左手臂交给我吧，哈哈！"

他们商讨完毕，让宋柯对浮生吩咐。

宋柯居高临下地俯视着浮生，说道："你站好别动，我们要开始弯弓放箭了。"

浮生此刻脸色早已铁青。他是什么人？刚从天梯冒头，就无缘无故被人轮番放箭，欲要置自己于死地，还对自己的质问置若罔闻。

这还没完，此刻竟好意思叫他别动，站着给他们射杀，轮流挑选着要射自己身上哪个部位，当自己是什么了？

"哼！你们真当我是天上飞翔的大雁，任由你们射杀吗？真当自己是绝世强者，想杀就杀？"

浮生剑眉竖立，怒火中烧，对方根本就没将他当作人，从他们的眼眸中，可以看出，对方最多将自己当作动物，随意射杀，不讲人道，其心险恶阴毒，显露无遗。

第8章 随意射杀

宋柯有些意外地看了浮生一眼，兴许是震惊浮生竟敢公然反驳，不过他根本不在意，随即上前，食指一指，轻描淡写地道："呵呵，我们就是当你是禽兽，给我们带来乐趣的动物又如何？放心，你站着别动，我保证不会真的让你丧命，最多流点儿血罢了。"

最多流点儿血罢了？浮生的眼眸流转中冷意尽现，对方这种轻描淡写的样子，令他动怒。

草木都有生命，更何况人了。在他们的眼中，定然是视浮生为随便揉捏的软柿子，又或是地上爬行的蝼蚁，断一只手或一条腿，根本就不算什么。

他们甚至还会觉得没要其性命，已然是一种莫大的恩赐了。

什么逻辑？

浮生此刻，心中有杀意浮现。

不过正待浮生要出手时，站在一旁的乾羽开口了。

"叶黎你们不要太过放肆了，好歹我也是宗门长老。"

在乾羽登顶后，叶黎等人不是没看到他，而是根本就无视他。故此，对浮生的言语，自然也就无所顾忌了。

但无论如何，浮生毕竟是乾羽招来的新晋弟子，乾羽自然不会冷眼旁观，如何都得出言阻止。

可惜，叶黎似乎不领情。

"放肆？呵呵，我没听错吧？我们的'罪人'长老竟然向我们摆起长老的谱来，真是好大的口气啊。"

叶黎嗤之以鼻，更是冷笑了一声，根本就没将乾羽放在眼里，如他之前所想一般，若他实力足够，与乾羽亲自动手，也不是不可能的事。

故此，对于乾羽的言语，根本就未多加理会，更是没有丝毫畏惧，有的只是冷嘲热讽。深知，如此言语，谅他乾羽也不会拿他怎样。一个罪人能如何，还能对他出手不成？

的确，在乾羽听完叶黎的话后，尽管脸色显得很难看，可正如叶黎所想，他的确不敢对他如何。只因，他对不灭宗忠心耿耿，加上当年那件事，令他心中有愧，甘愿承受宗门对他的惩罚，甘愿当一个人人鄙视的"罪人"。

如此，乾羽只能有苦往肚里咽，张张嘴欲要说话，但最后合上了嘴，欲言又止。

乾羽没去反驳，浮生可不会让叶黎如此讽刺乾羽长老。

再如何，乾羽也算是招他进入不灭宗的长老，在这之前，还相助于他，他不会眼睁睁地看着乾羽被一个小辈如此指责。

原本，对叶黎等人很不满的浮生，心中的怒火更甚了。随即，浮生周身发出宛如刀剑碰撞所产生的金属碰撞之音，气血涌动，三千青丝浮动，典力澎湃而起，吹得周遭的草木向四周倾倒。

"慢！"

乾羽右脚在地上轻点，身躯便到了浮生身边，他再一次阻止了浮生。

浮生眉头一皱，他很不解，也很愤怒。

"你初来乍到，最好能多忍让一些，行为处事也最好能低调一点儿，如此对你是有益处的。叶黎这人，睚眦必报，加上其背后有所依靠，能忍则忍吧。"

乾羽低声说了几句，他是在为浮生着想，想叫他在初来不灭宗，根基不稳时，最好是少与人为敌，减少不必要的敌人。

为浮生着想是没有错，可惜，他不知道浮生是何种人。身为一代皇者，即便此时的修为很低，但又怎会甘愿被如此欺凌？

更何况此种欺凌，是那种视其为飞禽走兽的随意射杀，无冤无仇就要将其当作玩物欺凌，浮生不可能忍得下。

纵然，他想低调，但对方不给他这个机会，那也不能说其他的了。

浮生看着乾羽劝阻的目光，最终还是摇了摇头，拒绝了他的好意。随即，他的眸光变得坚定，他继续向叶黎等人的方向迈步，准备出手。

浮生如此动作，乾羽只能在心中叹气了，认为浮生还是太过年轻了，年轻气盛，血气方刚，即便修为不及，但碍于面子还是会选择出手，过不了面子这一关，某种程度也能反应今后在典者一途的成就长短了。

叶黎原本以为浮生会在乾羽的劝阻下，如乾羽一般胆小怕事，自动选择当一个靶点，讨取他们的欢心，没想到驻足不前的浮生，居然再度迈步，向他们走来。

这令嘴角挂着自得笑容的叶黎，神情瞬间变冷了。

在不灭宗外门当中，他依靠着表兄的威势，那些人哪个不是他想欺压就欺压，何人敢不遵从他的意愿？

原本在他看来浮生也一定会如往常那些"老实人"一般，选择默默忍受，不料竟然敢不合作，这让叶黎多少有些意外，便是宋柯等人也是一副吃惊的样子。

不过，叶黎倒没有半丝担忧，尽管他有些吃惊，但那也是吃惊于浮生的反应。很快，他便露出玩味般的笑容。

往昔，那些外门弟子，都太过老实了，叫他们站着就绝不敢跪下，虽然听话，但一成不变，倒也显得无趣了。

眼下，浮生这个新晋弟子，看上去竟然有一些硬气，倒也让他生出几分玩弄的乐趣了。

自始至终，浮生在他叶黎眼中，就是个被他握在掌心的玩物。

"小子，你名为何？挺有意思的嘛！"

观叶黎的神情，似乎被浮生勾起了些许兴致，宋柯第一眼便有所发觉，当下便开始指着浮生的鼻子，开始琢磨着以后可以多让浮生来陪叶黎玩。

如叶黎一般，宋柯看到浮生一步一步前来，根本不会想什么，担心什么。

"你想知道我的名字吗？"

浮生双眸望去，平淡问道。

宋柯双手背负，颔首道："不错，你快报上来。"

浮生看了宋柯一眼，顿了顿，道："哦，你没资格知晓！"

语气平淡，好似在说着一件理所当然的事。事实上，一代皇者的浮生，名讳岂能随意言出，即便此刻修为不济，但对于只是叶黎手下的一个弟子而言，浮生根本就没将其放在眼里，没资格就是没资格，直指本心，并非是故意刺激，只是说着一件很寻常的事罢了。

"你……"

宋柯脸色一变，很想呵斥浮生，却被一道掌声打断了。

原来是叶黎，他此刻倒是有些欣赏浮生的胆量了，他坐在石凳之上，夹了一口菜，然后接过身旁人递来的丝绸手巾，轻轻地擦拭了下嘴角，运筹帷幄一般，将目光望向浮生，饶有兴趣地说道："那若是我问的话，是否有这资格？"

他自信，浮生即便胆子再肥，也绝不敢违逆他的意愿。这一手，也是想显摆一下他的威势，在他的几个附庸弟子面前，倒也是一件难得的趣事。

"你吗？"浮生微微抬头，看着故作优雅的叶黎。

"是我。"叶黎依旧是挂着笑容，一副自信满满的模样，颔首回道。

浮生笑了，随后，他连连摇头道："你也没这资格。"

此话一出，叶黎还没有什么大反应，可那几个依附于他的外门弟子，立刻喧哗而起。

"混账东西，此话是你该说的吗？信不信我立刻斩了你？"

宋柯早已对浮生不满了，此刻他恨不得飞身而下，一掌将浮生劈死。

叶黎看了宋柯一眼，宋柯会意，立即不敢再开口，身躯更是退后了一步。他知晓，此刻的叶黎大人，算是动怒了。

"呵呵，有胆魄，这的确不错，可是，你要知晓，这胆魄面对的是谁。否则，你绝对没有什么好下场的。"

叶黎的意思再明显不过，他是在说，他叶黎是什么人，必然是不能够招惹的人，意指浮生意气用事，弄错了对象。

"虽说初次犯错，可以原谅，但也要看对的是何人。"叶黎转头看了宋柯一眼，又道,"既然做错了事,还是要小小惩罚一下的。"

在宋柯等人看来,方才浮生对叶黎言语不敬,如此实在是再平常不过的事。

当下,宋柯也没有丝毫迟疑,便走了下来。此举,也正好如他所愿,宋柯的双眸冷意剧增,摩拳擦掌。

双方的距离还有一段,纵然浮生一直在走,可还没走到,此刻听叶黎的言语,心中只是简单冷笑一声。

浮生对此腹诽不已,这叶黎真以为自己是乾坤主宰吗?随意对他人进行惩罚?

看到宋柯冷笑着朝他走来,浮生也不再多语,直接催动武典,只因,这种欲要立即出手的意愿,已经随着方才的几句言辞,推向了巅峰,此刻不出手更待何时?

"还敢反抗不成?"

宋柯眼看浮生身周有典力波动,冷哼了一声。

可是,当他看到浮生在典脏处浮现而起的武典时,几乎是愣了愣,随即便爆发出震天的笑声。

"哈哈哈,这是何武典?一块残木吗?"宋柯捧腹大笑,手指着浮生的武典,嘲笑道,"你是来丢人现眼的吧,此种畸形的武典,也敢展现出来,难不成,这就是你的依仗吗?"

不仅是宋柯,便是叶黎等人,也是第一时间仰头大笑。他们从未见过如此畸形的武典。典者一途的武典,再如何变异,也不可能离开典书的造型,而眼前的那一块残破的木块,是那样突兀,让他们都看傻了眼。

 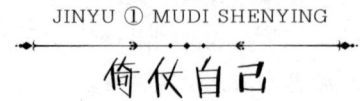

第14章 倚仗自己

站在一旁的乾羽也是苦笑了一声,尽管他知晓此块作为武典的残木,其中有令他都觉得恐怖的莫名气息,但外表实在是太过难看了。

叶黎突然指向乾羽,声音陡然洪亮起来,喝道:"乾羽,这便是你新招的弟子?如此畸形的武典,也能招入我不灭宗?不灭宗招收弟子的门槛,何时变得如此低了?还是你乾羽自作主张,滥用权力?说不定此子还是你在外的亲戚吧?哼!"

"没有证据别乱说。"

面对此种欲加之罪,纵然是乾羽,也第一时刻进行了反驳。

"畸形的武典,降低了门槛吗?看看不就知道了。"

浮生在这一刻爆发了,既然你如此鄙夷、小觑我的武典,那就让你瞧瞧它的威力吧!

"砰"!

浮生表面上所展现的修为,只是典锻境二星实力,第二重天赋橙色,宋柯的修为,看上去要比浮生要高一个星,天赋颜色也是橙色。

故此,看浮生突然奔来,宋柯自然是无惧,境界修为已然比他低,再加上浮生的畸形武典,恐怕都使不出典锻境二星的实力,那击败浮生,定然是不费吹灰之力。

可事实却并非如此,浮生在两个人约莫还有一丈时,悄然施展咫尺天涯,缩成寸般出现在了宋柯身前。

接着,单脚点地,身躯陡然腾空而起,一道飞旋踢,在宋柯的惊讶和猝不及防之下,立即命中。

宋柯的胸骨立刻响起断裂的声音,随后,他的身躯往后倒飞,在地上划出了一道人形痕迹。

"你敢!"

叶黎怒视,大声一喝。

他万万没想到,浮生竟然真敢动手,而且是如此干脆利落,不拖泥带水。尤其是身法,更是不错,突然间出现在宋柯面前,此种身法,若能要来,那己身修为定然能更上一层楼。

随即，震怒的叶黎，眼眸中闪过一道贪婪的光芒。

浮生一击便将宋柯踢得倒飞，居然没有停手的意思。听到叶黎的呵斥，他顿时转身，立即向叶黎飞蹿而去，嘴里更是吐了一句话。

"有何不敢？"

浮生的速度飙升，宛若神骏，奔踏于乾坤之间，围拢四方典力，凝聚于一身。几个闪腾间，他已然落在叶黎身前，却在出手时，被叶黎身边的几名外门弟子挡住了。

那几名弟子依附在叶黎之下，定然会保护他，他们的修为也着实颇佳。

其中修为最低的也与浮生等同，在典锻境二星层次，而其余三名外门弟子，有两名在典锻境三星，最后一名实力最强，为典锻境四星的高手。

他们的天赋颜色均为橙色，这若是一下子放在拜典城中，定然会引起喧哗。

如此高手，刹那间要一同对付浮生，只要稍作比对，便知浮生定然不可能是对手。

然而，事实却并非如此。

浮生的天赋与他们对比，实在是太高了。青色天赋，第五重的天赋，当初可是令身为长老的乾羽吓了一大跳。

修为境界等同的情况下，天赋层次越高，实力越强。

有着第五重天赋的浮生，随意一击，便是五千斤，何人能挡其锋芒？

便是那修为最强的典锻境四星高手，出手一击，也不过三千多接近四千斤的力道。

典锻境与典搬境，此两层初始境界，战斗时，力量便是其中最为重要的因素，谁力量大，谁便赢。

这些人早就看到浮生的天赋也是橙色，如此一来，他们便认为自己能稳赢浮生。因为，在他们当中实力最差的也与浮生相当，尽管不知晓，为何在典锻境三星的宋柯，竟然不是浮生的对手，但眼下，情况紧急，容不得他们多想。

只因，浮生的攻势已至，虽然方才出手被四个人挡住，他们对浮生的力道感受不深，也只是觉得颇强罢了。

可是，当浮生瞄准一个人，抛开其余三个人，直接展开猛烈攻击时，那被浮生选中的外门弟子，心中立即大骇了。

这根本不似典锻境二星的修为啊。

那个人在心中狂吼。只是第一击，他的手臂骨头便被打断了，这得是什么力道！

可浮生好似有用不完的气力，根本未见力竭，宛如狂风暴雨一般，一拳接着一拳，用的都是极其简单的拳法，未见丝毫典技的痕迹，好似心血来潮，想往哪个方向打就往哪个方向打一般，根本没用任何招式。

这是这位弟子的感触，可是在全场修为最高的乾羽眼里，却多了一丝凝重。

他发现，表面上看似毫无章法可循的浮生，在随意地出拳出腿时，却有着特殊的轨迹。

浮生的攻击是极有目的的。

乾羽经过多次验证才确定，浮生并非是无的放矢。他在攻伐之间，如先知一般，总能提前知晓对方的攻势在何处，甚至还能洞悉对方典技当中的漏洞，一巧化十力。

他看到，就在方才，那名有着典锻境四星修为的外门弟子，一拳轰至的刹那，浮生恍若看透了一般，只是轻轻伸出一指，便轻松瓦解了对方凝聚半刻的气势，使其瞬间崩塌，被浮生抓住机会，一脚踹飞。

浮生在将其踹飞的同时，将典力灌注在脚尖，然后用一种螺旋的运转方式，直接作用在这名弟子身上。可以看见，在这名弟子被踹飞的时候，已然失去一战之力，落在地上时，已经无法动弹。

诸如此般，那四名弟子便一一被浮生战败，躺倒在地，显然失去了战斗力。

浮生转眸，气息调转到了巅峰，青丝飞扬，宛若太古战神，加上破败畸形的武典，那块朱红色残木，使他看上去诡异难测。

那叶黎早已被惊得愣住了，他比谁都要清楚包括宋柯在内的五位外门弟子的实力，他不明白，为何对方仅仅只是典锻境二星的修为，竟能如此轻松战败他们，凭借的是什么。

向来认为自己非凡的叶黎，自信心受到了打击，他看着一步步走来的浮生，怒吼道："你敢出手，你敢击伤我的人，你死定了！"

"是吗？"

浮生宛若掌控众生的神祇，一脸和善地问了一句。

"今日，谁来都无用，你的倚靠若是那'罪人'乾羽的话，你就等着后悔吧。"

叶黎站立而起，全身散发出一股冰冷的气息。

"你错了，我的倚仗便是我自己，不是他人。"

浮生笑了笑，霸气十足。

站在后方的乾羽，眼神有些恍惚，眼前的浮生，仿似一位征战于天下的霸者一般，不可一世，唯我独尊。

"呼"！

寒风冷冽，在四方肆虐，唯独在浮生身前停止不前。此刻，浮生长发飘扬，典脏处的那块残木武典发出璀璨的光芒，武典上有一道橙色光环，徐徐旋转，那是天赋层次。

浮生步步逼近，虽只有典锻境二星的实力，却宛若真龙重生，有一种恐怖的气息弥漫于虚空，令人看不真切，好似眼前的人，并非只有如此修为。

伟岸挺拔的身躯，全身的肌肉如虬龙纠缠，只是简单的一步，便能勾起隐藏在肉身深处的血气，远远望去，犹如血海沸腾而起，似乎都能闻到一股血腥味。

这是血气强大到一定境界的表现。

浮生原本由四方精气而生，无人区当中所埋葬的生灵，是何等恐怖的存在，诞生那一日，不知几万里的生灵，尽皆衰败。

其所吸收的精气，尽纳入体内，成就了而今的浮生。其血气强盛，自然可俯视众人。

人体血肉之躯，为万法的根基，血肉强，则一切强。

宛若一棵苍天之树，盘踞地下的树根及树干，便是血肉。树根强，树则壮。法与道，才能锦上添花，化成茂盛的树枝，撑开天地，独霸乾坤。

怎会如此？此人的修为明明只有典锻境二星，且天赋还只是橙色第二重，为何会给我一种无法对抗的感觉，这怎么可能？

叶黎心中大骇，他想不通，眼前的少年，给他的感受太过矛盾了。明明实力低微，给人的感觉却恍若沉睡了万年的战神一般，在悄然苏醒，太过瘆人了。

浮生一步又一步踏去，叶黎在此刻心中早已萌生出无法对抗的退意，如此一来，他也跟着一步一步后退。

浮生嘴角一扬，他在笑。

他身上的异象，是故意催动己身血气而为。目的在于，要在叶黎的心中种下无法对抗他的念头，如此，无论叶黎今后修为如何，只要遇到浮生，便再难生出对抗之心，从而必败无疑。

然而，浮生要做的并非只有这些。

"狗仗人势！哼！"浮生冷哼一声，声如天雷，恍若在天际劈开一般，"你不是叫我站着别动，任由你们射杀，把我当作禽兽吗？"

压抑许久，终是要爆发。叶黎早前的行为，真正触怒了浮生。只因，在他们心中，他人性命比草还贱，为了心中乐趣，居然玩弄他人生命，这种人与禽兽又有何区别？

若不是初来乍到，若不是浮生想低调行事，叶黎等人早已死上千万遍了。

不过，死罪可免，活罪难逃！

全身气势浑然一体，浮生猛然一喝，速度更是暴涨，单手化爪，欲要擒住叶黎。叶黎惊惧，立即喊道："你不能动我，你会后悔的。"

浮生冷笑一声，根本不想理睬，用行动来表示他的决心。

叶黎的修为尽管也到了典锻境三星的实力，但此刻面对血气如龙的浮生，心里早已畏惧，根本提不起半丝力气来抵抗。

再者，有着第五重天赋的浮生，力量上完全可以镇压他，浮生无须施展典技，

第⑫章 倚仗自己

一把抓住了叶黎的衣襟，然后另一只手出拳正中他的心口，还没完，拳头在击中的瞬间，那拳头的手指关节居然向前凸出，恍若匕首一般，又是一击重重击在叶黎的心口上。

血液迸溅如雾，但依然没完。浮生在两击后，拳头又再化掌，一掌又拍在了叶黎心口，就在叶黎要倒飞的间隙，浮生冷冷一看，一个反手巴掌，拍在了叶黎的脸上。

"啪"！

叶黎苍白的脸上，陡然多了一道五指掌印，接着，更是狠狠地摔在地上，挣扎着暂时难以起身。

"初来乍到，我不想高调，引起太多人关注，今日这只是给你一个小小的教训，希望你收拾好玩弄人命的想法，否则，下次就不止如此了。"

浮生低头淡淡地看了叶黎一眼，随即回到乾羽的身边。

"走吧，乾羽长老，带我去参观参观不灭宗吧。"

浮生一脸和煦的微笑，如沐春风，如此看去，这才是一个只有十六岁的少年，那一口大白牙，看的乾羽长老一愣一愣的，宛如方才战神一般的人，并非是他一般。

回过神来的乾羽长老，点点头，看了叶黎以及宋柯等人，走在前头的他，还是难免摇头叹息，这还不算高调，那要是高调起来，又会是如何一番景象呢？

那叶黎的身份可不一般啊！

有一件浮生等人都不知晓的事，此刻在宗门门口附近，正有几个外门弟子，目睹了浮生发飙的一幕，也就在此刻，蓦然闪身离去。

这是浮生都没办法把控的了，毕竟在宗门口，进行了一场战斗，尽管波及范围很小，但多少还是会发出一些动静的，也算是意料之中。

浮生跟在乾羽后头，路过叶黎等人的时候，根本就没去多看一眼，好似方才动手的不是他，这是一种真正无视的心境，叶黎根本无法与其相比。

然而，当浮生路过后，叶黎怨毒地望着浮生的背影，嘴里狠声道："小子，我会让你后悔的，我会把今天你如何对我的，尽数告诉我表兄叶修，让你尝尝月榜第十高手的报复。"

浮生和乾羽一直向前走去，并未停下，不是因为他没听到叶黎口中的威胁，只是他并未放在心上。

今日之事，非他主动找的，而是别人招惹，如若这样还选择忍气吞声，甘愿受他人欺凌，必然有违心中念头的通达，令身心郁闷，影响今后修炼成果。

再说了，他的灵魂乃一代皇者，又怎会如此任人宰割呢？

至于叶黎口中的表兄，那是今后的事了。实在不行，浮生动用秘法，也可以将其击败，但确有损坏本原的可能，不到最后，决不宜用。

为今之计，浮生已经开始琢磨着如何快速提高实力了。

凭借着无敌的经验和学识，浮生无惧于一切，只要有足够的包括典石在内的一切修炼资源，他就可以超越常人的速度，如雨后春笋般迅速崛起。

实力啊，典石啊。

浮生心中暗暗念道，当他跟随在乾羽的身后，路过一片蜿蜒曲折的碎石小道后，心里的确是微微吃惊了一番。

早在来不灭宗之前，浮生心中自然认为不灭宗肯定很大，可亲眼所见，还是被惊了一下。

整座倒立的三角山峰，最顶端宛若平地，竟然一眼望不到尽头。在其上，建着无数个肉眼可见的建筑物，阁楼、宗祠、居住所用的房屋，以及学习所用的红墙高楼，无不彰显着不灭宗历经数千年屹立不败的底蕴。

如若仔细感受，定是会发现，在不灭宗的上空周围，有着一股淡淡的危险气息，那是护宗大阵，抵御外来进犯。

接近大能者级别的强者所布。

浮生一眼望去，心中立即有所觉，也知晓是什么级别的大阵威力。

大能者级别的强者，修为等阶为典涅境，武典身上有五道典环，实力通天，翻手为云覆手为雨。如乾羽典魂境三道典环的修为，这等人随意一脚便可镇压，将其碾成肉泥。

仅仅一个九级，最为低级的国家，居然会有这等厉害强者，实属不易。难怪，这不灭宗能在天佑国立国之前，就早已存在，也是有些道理了。

"这小子灵感居然如此强？"

乾羽心中一惊，他发现浮生似乎察觉到不灭宗的护宗大阵，这令他觉得不可思议。要知道，这道大阵，隐没在虚空之中，便是他的境界，都无法只凭六感就能捕捉，他还是听往昔前辈诉说，才知晓的。

他发觉浮生方才就好像看到了大阵一般，显得有些吃惊，并且头微微抬起，这分明就是有所察觉啊。

可是，他还只是典锻境二星，如此初级的修为，怎么可能发现？

打死他都不敢相信，浮生仅凭如此低微的实力，能够发现如此高深玄奥的阵法。但是，如若浮生没有发觉，也不可能有那种波动。

如此一来，乾羽看着浮生的目光，更是复杂与古怪了。

他的师尊究竟是何方神圣，竟能培养出如此高徒？

想不出所以然来，乾羽也只能把这一切归功到浮生的幕后师尊身上了，只有如此才能解释这一切。

"来，往这处。"乾羽拐了一个弯，然后又对浮生解释道，"不灭宗，共有几百位长老，每位长老类似于师尊一般，对弟子进行教授。而且，每位长老都有属于他自己的一块区域，他所招收的弟子，都归他，吃住之类，都在对应长老所管辖的区域。"

浮生点头，心里还是挺称赞的，想不到区区九级国当中的宗门，竟然会如此井井有条，各司其职，极为符合人理。

"我所管辖的区域，名为羽境，有上百位弟子。"乾羽苦笑了一声，道，"却是宗门最小的一块区域了。"

浮生了然，这必然是跟"罪人"这件事有关，不过反过来想想，不灭宗还算理智，并没有浪费乾羽这么一个长老，让其荒废着不用。

能成为典魂境的高手，天赋至少都是黄色第三重级别，也算珍贵了，不可能不加利用。

有乾羽亲自带路，一路自然是百倍顺利，乾羽刚回来，必须得到上头通报一声，故此，在分配好浮生所要居住的住所后，乾羽也便先行离去。

浮生一人便先在属于他的房屋里，歇息了下来。

然而，等乾羽刚离去，归乾羽所负责的羽境，便显得有些热闹了起来。

乾羽身为"罪人"不仅所分管的区域最小，且弟子的实力天赋也是最差的。却因为浮生的到来，显得有些不同了。

原因，便是之前在浮生出手对付叶黎等人时，那暗中偷窥的其一弟子，便有在羽境修习的，那个人看到了浮生将叶黎在内的所有人打败，尤其是不惧叶黎背后势力，直接一巴掌盖过去的一幕，立刻就被此人在羽境里传播开来。

第15章 锤炼室

身在屋中的浮生，自然是不知晓这一切的。只因，他的眸光被一本关于不灭宗的书吸引住了。

其中一则信息介绍了宗内的修炼场所，他发现了一处可快速提高典力的地方，是叫作锤炼室的空间。

锤炼室，顾名思义，以外在物质，锤炼人体，使肉身坚实，孔武有力。另外，还有一个好处，便是祛除体内的杂质，有洗涤的功效，令今后的修炼走得更远。

浮生，自然是知晓锤炼室的。

在他巅峰时，那锤炼室才是雏形罢了，他也没想到，而今的锤炼室居然会延续到现在，应该会完善许多吧。

典锻境，乃锻造体质，以万物熔炼己身，使其万法不侵，为人体修炼第一基石，必将要将肉身练就到无法言表的境界，往后的修炼，才会事半功倍，更加坚实。

除开吞吐、站桩等，锤炼委实是一个不错的修炼方式。

浮生淡笑一声，不过他又皱起了眉头，他发现书中的介绍，也谈及了关于羽境锤炼室的情况。

羽境是乾羽长老所管辖的，因为"罪人"标签的缘故，使得羽境当中的弟子是最少的。如此一来，宗门所给配用的锤炼室，自然也是最少的，只有十间。

十间啊，一百个弟子，也就是说，十个人去争夺一间锤炼室，的确算是拥挤了。

锤炼室虽好，但人太多了，恐怕不好排到吧。

浮生自语，很快便起身往门口走去，他还是决定先去锤炼室那里看看，说不定不会那么紧张呢。更何况，他不想浪费时间在屋里睡大觉，想起自己的母亲还被关在拜月教，不知死活，还有父亲莫名被体内的残木吸进了神秘空间，这都令他如热锅上的蚂蚁一般，着急得很。

实力，只要有强大的实力，这一切都不是问题。

走吧，去看看。

然而，待浮生来到门口，欲要开门时，便依稀听到了一些激动又兴奋好奇的声响。

像是在议论着什么，浮生耳朵一动，他似乎听到了自己的名字，这令他眉头一挑，带着疑惑的心思，便推门向前迈开了步子。

"铁华，你确定你没看错？"

"千真万确，乾羽长老我还能看错？他带来的新晋弟子，跟个愣头青似的，竟敢出手教训了那月榜高手排第十的叶修表弟叶黎，这实在是太过惊悚了。"

铁华斩钉截铁的话语，令四周立刻响起了不大不小的倒吸冷气声，想来，议论的人，很受震动。

原来在议论此事。浮生一走出房屋，便看到了在他住处不远的地方，正有数名外门弟子，交头接耳，不时地往他的方向瞅过来看上几眼。本想进入不灭宗后低调行事，看来结果有些不尽如人意啊。

当浮生彻底从屋里走出后，立即就吸引了周围正在议论纷纷的弟子的眼球。

"快看，就是他！"

名为铁华的外门弟子，有些八卦地摆着嘴型，指着浮生。

"就是他？很平凡嘛！"

有人看着浮生的模样，感觉除了长得有些英俊外，倒也没什么出奇的，凭什么敢动手打叶黎？

"我也很奇怪，起初，我见到他出手的时候，那修为应该也是处于典锻境，但让我好奇的是，他的天赋也只是橙色，刚过进入宗门的招收门槛。既然没有绝强的修为，那到底凭借什么，竟敢对叶黎这等背景的人出手，难道不惧报复吗？"

"天赋只是橙色？挺一般的啊，也没比我们好到哪里去，说不定修为境界还没我们高呢。"

"莫非，他有什么背景不成？无惧叶黎？算了，我们还是跟着他去，远远观察。"

铁华眼神复杂地望了一眼浮生的背影，也与其余数名弟子一起跟了上去。

走在前头的浮生，心里自然觉得好笑。

自己对叶黎出手，哪有这些人想的这么复杂，无非就是对方无缘无故要找麻烦，难不成自己还真的站着跟靶子一般，随他射杀玩耍？

按照浮生的心理境界，他可不是很在乎这些"背景"的。

对于自己已然成为几名外门弟子的焦点一事，浮生也没放在心上，他一路按着书中所标注的位置走去，他要去感受下而今的锤炼室，有何完善。

尽管羽境有百名弟子，看上去数量很多，但实际上大家都彼此熟悉。浮生到来，几乎所有见到他的外门弟子，都露出诧异的目光，毕竟这百名弟子都互相认识，突然一个陌生人到来，自然能引起不少注视。

"听闻，新人是在一个小小城池招来的。"

有些人表情冷淡，但语气却显得有些轻蔑。

说话这人，显然是在一郡之中的人。认为自己是郡里的，浮生只不过是一座小小城池里的，自然是看不起，同时，也不会认为浮生在那等小小城池里有如何好的天赋和修为。

"信息应该无误，似乎是来自一个叫作拜典城的城池，天赋较为一般吧，只是第二重橙色，修为境界在典锻境。"

铁华之前的谈论，立即被传到了一些人的耳里。人言是最为可怕的，有心传播，速度自然惊人。

"呵呵，小地方便是小地方，理所当然的事。"

有人更是发出一声嘲笑，十分不屑。

"那是自然，哪能与我等来自郡中的俊秀相比？"

"的确的确，所言甚是。"

周围那些发出冷笑的外门弟子，个个自恃出身富贵，都极为嘲讽地附和。

可惜，那名叫铁华的外门弟子，却隐瞒了浮生其中一条信息。那便是浮生不惧叶黎身份，将其击伤的一幕，这些人都没听到。眼下，他们只不过认为浮生是一名新晋弟子，来自小小的拜典城，天赋只是橙色第二重，仅此而已。

想必这叫铁华的弟子，也是不简单啊。

宗门与国，一叶而知秋啊。

浮生既然知道了自己方才在宗门的事，被传了出来，索性不去观他人议论。他的目的很简单，便是加强实力，管他人议论什么。

遇到一个还算和善的对他报以微笑，浮生自然有礼相还，如若有人对他冷笑置之，他自然不放在眼里，选择无视。

根据书上的标注，浮生很快便来到锤炼室所在。

十间锤炼室，呈纵向分布，最里头的一间自然是最好的，最外头的自然最差。这锤炼室放眼一望，会给人一种充满力量的感觉。

它，全身由唤不出名字的黑色金属浇筑，由六面约莫三丈大小的金属构建而成的四方形围起，面向他的那一面，有一道可容一个人进入的门。

锤炼室周围，自然有典力波动，还有些许炙热的感觉，偶尔仔细听的话，甚至还能听到几阵轰隆声。

看第一间锤炼室，显然是有人在里头，外面还有几名弟子在排队，人潮涌动。浮生继续往里走去，来到第二间时，尽管看不到锤炼室里头的模样，但就论大小的话，第二间锤炼室，要比第一间大上一圈。

第二间锤炼室，门口依然站着数名正焦急等待着进入修炼的外门弟子，很显然，第二间锤炼室也被人占据了。

继续往前走,浮生皱了皱眉头,他看到第三间锤炼室也被人占据了。他干脆驻足,往旁边退了几步,方便自己能望得更远。

这一望,浮生就发现此刻的十间锤炼室,只剩下一间似乎还是空的没人占据,其余九间尽数被人霸占了。

看看是不是还剩一间。

浮生方才定睛一望,的确看到第三间锤炼室周围的人很少,故此,让他一眼就发现了。

能排在第三间的锤炼室,在羽境当中自然算是颇为不错,怎么着也是第三的层次,想来,也足够让自己锤炼了吧。

怀着期待的想法,浮生更是加快了步伐。随着距离变短,浮生确定第三间没有被人占据,这令他心情大好。

不过,他顿时就有些疑惑了,为何其他弟子,宁肯排着长队焦急等待浪费时间,也不愿去此刻还空着的第三间锤炼室呢?

暂时想不通,浮生干脆不去多想,反正眼前有一间没人在用的锤炼室,而且是排在第三,想必效果会不错,何不快些使用?

浮生如此一想,更是径直朝第三间锤炼室走了过去。

可是,这一幕,却令周围还在排队的,或是在周边休息的弟子一阵诧异,脸色更是显得有些古怪了。

"不是吧!他竟然去第三间……"一位满脸胡子,看上去很显老的弟子,瞪大着双目,似乎看到浮生去第三间,是一件匪夷所思的事情。

不说是他了,便是周围那些知晓浮生要进入第三间的弟子,尽是快速跑了过来,一脸震惊,有些人,甚至看好戏一般地望着浮生的背影,双臂交叉,抱在胸前,饶有兴致的模样。

众人的反应,此刻的浮生自然没有发现,他此时已然驻足不前。

只因,他发现这第三间锤炼室的门边,居然贴着一张金黄色的纸,上面还写着八个字。

穆聪所属,禁止踏入!

其上亦有浓厚的典力波动,更有一股犀利的意志,看来此字必然是这位叫穆聪的人所写。从字迹上的意志波动来看,此人的修为倒也不赖,与叶黎不相上下,倘若他们两个人比试,实战上,叶黎自然不敌他。

因为,穆聪此人是凭借苦修得到的修为,与叶黎那种靠着典药等手段修炼的人,自然不同了。

呵呵,此人倒是霸道,居然在宗门的锤炼室用了此等手段,就是摆明不让其余弟子进入修炼，等于是第三间锤炼室属于他了。霸道，太过霸道了。

从第一间锤炼室，一路走来至此，浮生一路所见，有诸多弟子很是焦急地等待，期待着在锤炼室锤炼的弟子能早些出来，让他们陆续进入锤炼，提高修为。

对于提高修为的迫切，没有人能比此刻的浮生更深刻与急切。

可是，这穆聪，居然霸占着第三间如此高级的锤炼室。倘若他穆聪正在里头锤炼，那也还好说，可实际上，却非如此。

第三间锤炼室，此刻正空着呢。

在空着的情况下，还不允许他人进入修炼，这就太过了，简直是强盗作为，太过可恶了。

如此一琢磨，浮生的脸色就立即冷了下来。

哼，既然如此，我就来伸张正义吧！

显然，浮生是动怒了，对于这么一个宁肯空着，也不愿让他人使用的人，他实在是看不下去。

"轰"！

浮生站在门口，无视门上贴的警告，触动了锤炼室的门，随即这道黑色金属门便缓缓升起，浮生没有丝毫的迟疑，一步便迈了进去。

也便是此时，周围在看好戏的弟子，更是骚动了起来。

这当中，自然有好事者，还打起了赌，赌浮生不敢进入，可是最终结果，却令他们大为吃惊。

至于站在一旁的铁华等人，尽管吃惊，但依然能够理解，在他们眼中，这新来的弟子，那可是敢出手教训叶黎的狠人啊。

不过也是因此，多少会让铁华等弟子心中多了一丝忌惮。要知道，穆聪可是有明文贴上的警告，他还敢无视，难道他不认识字吗？

他们很快就否定了此等想法，能被招入不灭宗，天赋在一个城池中都算是佼佼者，不可能连这等事都不知晓。那如此看来，此人必然是有所倚仗，应该不惧叶黎、穆聪等人的报复了。

倚仗又是什么？来自小地方的人，不可能会有何势力可以强势到影响不灭宗，难道是乾羽长老？

铁华等人的眸光，一直闪烁不停，他们总觉得浮生不太简单。

与此同时，已然进入锤炼室的浮生，突然感觉周身似乎有一种无形的压力，施加在他的身上，不，确切而言，而是周身的所有。那种压力，好似他根本就不应该存在于锤炼室中，他对于锤炼室而言，便是外在，无法融入进来。

锤炼室催发出来的力量，从四面八方，欲要将浮生压缩成一个点，最终消失于无。

但是力量，还没那么大，最多就让浮生整个身子都压低了下来，反观浮生的表情，此刻却一点儿都没显得惊慌失措，好似常来一般，早已习惯。

好熟悉的感觉啊，不知有多久没体验了。

早在千万年前，在锤炼室刚造出时，浮生便已不陌生。尽管过了如此久，但重力、压力等这些属性，他还是很熟悉的。

而今的锤炼室，依然延续着这些属性，这令浮生多少有些陷入了回忆里。对他人而言很难熬的引力，可对浮生来说，却显得很亲切，似乎自己又回到了那个年代。

亲切归亲切，那引力所带来的压迫感，依然还是存在的。

好在浮生的体质本来就比常人要好很多，倒也显得轻松。

就在此时，锤炼室内突然发出了好几道轰隆之音，好似巨锤一般，在虚空之中挥起。第一时间，浮生在抵御外在压力的同时，立刻摆出了一种玄而又玄的姿势。

此种姿势，粗看最多只是觉得好看，可细看的话，却有一种难以言表的感觉。似乎，当中至高无上的道感，很是高深莫测。

这是浮生纵横千万年后，自然而然总结出来的一种攻防姿势，随心所欲。

也便是在此时，锤炼室中，突然发生异动，浮生蓦然出手，一个横肘突然挡在了胸前，"砰"！

在重力的攻击下，浮生竟然后退了几步，眉头显然是皱了皱，抬起胳膊，他看到自己的手肘处有一道浅浅的锤子印记。

"到底是发生了改变。"

浮生发出了一道感慨，这一刻的他，眼眸深处的那抹沧桑感，恍若打开了尘封在千万年历史中的古籍。这种古老，超过万物轮回、生老病死的更迭，那种沧桑带着厚重，似乎有乾坤宇宙在破碎。

他不似在感叹眼前锤炼室里的改变，似乎在感叹时光的流逝。

任你如何英雄万世，到头来也难敌时光的无情，一切终究会改变。

这是一种无奈，更是一种挫败感。浮生深有体会，此刻的沧桑眼眸，有怒火浮现，这种怒，谁人一见，必然会惊悚后退。

"吼"！

浮生像是想起了什么，情绪异常，他怒火中烧，奋力朝四方挥掌砸拳。

锤炼室似乎为了体现它的威严，居然也在此刻发作了。

如火一般颜色的锤炼室空间里，一道道突然出现的锤子，开始了暴风骤雨般的锤打，从各种刁钻的角度，锤炼着浮生的肉身。

浮生在怒吼，亦是在宣泄某种情绪。他不断挥着拳头，在空中发出"噗噗"的声响，似乎忘记了疼痛。

那无数道锤子，是锤炼室独有的，它们是幻化出来的，不但力量超越现实，而且它是无法被击坏的，除非将整间锤炼室破坏。

只有到了规定的时间，它才会停止。

方才，浮生在进锤炼室前，便设定了四刻时间，也就是说，在这四刻时间中，那幻化而出的锤子不会有丝毫停歇，更不会听从指令停止下来，只会一直锤打到四个时刻结束为止。

这第三间锤炼室，本来强度就很高。一般自恃非凡的弟子，能坚持一刻，已然算不错。便是那霸占了第三间锤炼室的穆聪，也超不过两刻，可见，若超过两个时刻，即便是穆聪，也有危险。

人力有尽时，即便是修为高超者，也有极限一说。穆聪的修为，也仅供他可在第三间锤炼室里锤打两个时刻，如若超过，他己身便再无他力，无力反抗锤炼室的疯狂锤打，轻则重伤，重则陨落。

故此，在浮生看到有关宗门的书后，便有一条关于使用锤炼室量力而行的警示。

莽撞冲动者，在锤炼室只有死路一条。

在此处，只有谨慎再谨慎。

浮生既然知晓，却将时间设定得远远多于穆聪，这便说明他自有盘算，有信心可以挨过。

"什么？他竟然设定了四个时刻，这是在找死。"

在浮生进入锤炼室后不久，那些想看好戏的弟子，也尽数围拢而来，一来想看看等穆聪过来后，这新晋的弟子该如何招架的有趣场面。二来呢，便是想看看这小子究竟有何实力，能坚持多久，竟敢无视穆聪的警告，霸占他的第三间锤炼室。

当他们来到第三间锤炼室的门口，将目光注视在那设定的时间上后，皆倒吸了一口冷气。

他们在惊恐，是对死亡的本能恐惧。

只因，在他们看来，这浮生即便再厉害，也绝不可能挺过四个时刻。更何况，在此前，就有人故意传言，将浮生的天赋都说了出来。

橙色的天赋，兴许在外界，实数不易。可此处是不灭宗，随手一抓一大把的存在啊。他们不认为这是能让浮生挺过四个时刻的优势。

既然如此，他们就认为这新晋弟子，真是不知天高地厚，在自取灭亡。

有人在叹息，也有人面无表情，更有甚者，竟带着丝丝笑意。

"哪个混账东西，竟敢抢占我的锤炼室，想下地狱吗？"

远处突然传来一道怒吼声，只听得这道声音后，那些围观看热闹的弟子，像是看到什么可怕的事一般，立刻作鸟兽散。

声音传至，人影已然可见。

这是一个穿着血色长衣的青年，年龄二十出头，身形高大健硕，一把长剑，倒背在后面。

那长剑有两米多长，背在后背，居然不会触碰到地面，这身高可想而知。然而，他身躯虽高大，速度却犹如豹子一般，极为迅速敏捷。

几个闪跃，便落在了众人眼前。当人们看清来人面目时，才发现眼前的人，赫然便是霸占着第三间锤炼室的穆聪。

此刻落地的穆聪，脸色难看至极，显然是知晓了有人抢占他的锤炼室。想必就是他不在此处，此地也有他的人紧紧盯着，当浮生一踏入他的锤炼室，他自然就知晓了。

穆聪愤怒无比，在羽境中，他何曾受过如此挑衅，以他的修为实力，可排进羽境前三名，也是因此，他才能霸占第三间锤炼室。

羽境中的弟子，谁人不知他的凶名，往日，有一个新晋弟子，不知晓事由，还没迈进他的锤炼室，就一把被他给扔了出来，一拳轰去，直接晕死在地。那之后，便多了一条不成文规定，第三间锤炼室成了禁地，当然是除他们三个以外。

故此，第三间锤炼室，穆聪即便不在此修炼，也无人敢进去，显然，穆聪是那种宁肯自己不用，也不会让别人用的主儿。

然而，今日他突然收到自己的锤炼室被一个新晋弟子给用了的消息，而且无视自己的警告。

这如何不令他动怒？只是几息间，他就火速赶至，定要让那个不识相的新人尝尝他的怒火，他认为有必要下手狠些，杀鸡儆猴，看日后谁还有这胆子。

穆聪所至，围观的弟子，自动让道，他所过之处，甚至都能闻到几丝煞气和血腥味，令那些实力低微的弟子，脸色严峻起来，看来，穆聪这段时间的修为，恐怕又是精进了些许。

穆聪眼眸冰冷，直勾勾地盯着第三间锤炼室的位置，似乎想吞噬那里的一切。

"吼"！

距离第三间锤炼室还有三米远，穆聪已然显得急躁难耐，宛若一头金毛狮子一般，发出了震天怒吼，心中怒气，只能依托这一吼来宣泄几分。

"不管你是何人，都要死！"

穆聪须发皆张，血红色的长衣飘拂而起，一拳轰向了锤炼室的大门。

他怒极了，恨不得砸烂这扇门，但凭借他的修为，最多只能让其震动一二，便是浮生出手都没办法。

穆聪愤怒又着急，当他看见大门边儿上的设定时间后，发出了震天的笑声："四个时刻，好，好，好，难道这新人是个笨蛋不成？便是我都不敢设定如此长的时间，这分明就是找死，哼，可即便你死在里头，我也要将你碎尸万段。"

等候，他直接席地而坐，将那把锋利如霜的长剑，横放在两膝之上，只要那大门一开，他便冲进去，活要见人，死要见尸。

穆聪此刻已然将那抢占了他锤炼室的新人，视作死人，这是有原因的。

因为，只要进入锤炼室当中进行锤炼，提高人体肉身力量，如若活着出来，身体也会进入一个虚弱期，这是尽人皆知的。

故此，进入修炼的弟子，通常都有好友护道。别看宗门之内，并未瞧见什么危险，但人心不可知，尤其是某些弟子，侥幸获得什么宝物、典石，被有心人惦记，那这段虚弱期就危险至极了。

穆聪想得很简单，如若侥幸，让那新人坚持了四个时刻活着出来，那个人也必然是虚弱无比。将其镇压，必然是轻松自如。

打的是一个如意算盘，然而正处在锤炼室当中的浮生，在方才穆聪那一拳的轰击之下，自然也是捕捉到了震动。

"想必是那叫穆聪的人来了吧，看起来有点儿脾气嘛！"

浮生在如狂风暴雨般的锤炼中，居然还能保持着自如，如一叶扁舟，入狂涛大海中，不偏不倚，独守于一域，嘴角挂着淡淡笑容。

他早有预料，敢如此行事之人，自然是有属于他的底线，自己抢占了对方的锤炼室，按照此人的性格，如若不立马前来，那他便不会霸占着不用，也不允许他人使用了。

呵呵，我等的就是你。

浮生虽然是想锤炼肉身，但遇到此种事，也就想顺手做个好人。毕竟，那穆聪实在是太过分了。

你在外面慢慢等着吧，我先修炼。

浮生轻笑一声，根本不把门外堵着的穆聪放在眼里。

兴许是接收到了浮生的心意，锤炼室当中的锤子，陡然增加，似乎瞧见浮生的小觑而发怒了。

此刻，如若仔细观看浮生的周身，定然会惊骇发现，他的全身近乎布满了无数道重叠的锤子印记。

周身通红，宛若岩浆浸泡，但是仔细感受，他的肌肤之上，竟溢出丝丝黑色如泥丸状的物质。偶然间，一颗汗珠滑落，将那黑色物质也冲了下来，那露出的肌肤，居然更加细腻，透着光泽，柔嫩了很多。

类似这种的物质，很多很多，通俗而言，这便是人体内的诸多杂质。只要将体内杂质尽可能地祛除干净，那肉身自然会越发强大，富有生机，如真龙翱翔天际，力大无比。

"轰轰轰轰"！

锤炼室中幻化而出的锤子，形若真锤，带着冰冷的气息，不断无情地锤击着浮生的全身，便是头颅也不放过。

此时，已然过了一个时刻，凭借着强悍的体质，浮生只是有些疲劳罢了，并未有伤势。

站在锤炼室外看热闹的弟子，有部分人暗自点头，有些吃惊，如若是排名前三间以外的锤炼室，坚持一刻钟，大部分人都能办到，可现在是排名第三的锤炼室，这一刻钟的含金量，自然要高上许多。

可以看见，有些弟子，都皱起了眉头。只有那铁华等弟子，并无太多震惊的表情，见过浮生出手击伤叶黎后，想来心脏的承受力无形中也增强了许多。

"这新人，还是有几分实力的嘛！"

众人都发现了，自然难逃穆聪的双眼。锤炼室能延续至今，自然有诸多禁忌，自然能显示锤炼室里头生灵的生机情况。

其他人，也是看到了反映生机的禁忌，才得知浮生在一刻钟后，至少还保有生机。

穆聪的眼眸越发冰冷了，只因，他发现周遭诸人，多少对他开始低声议论起来，这在他看来，是一种耻辱。

自己的锤炼室，被人抢占，自己却只能坐在门口空等，对方至今还反而无性命之忧，这是赤裸裸的打脸。

"混账东西，看你还能坚持多久？"

在他看来，浮生恐怕此刻已然是强弩之末，他绝不会认为浮生会跟他一样厉害。

可惜，包括他在内的众人，都失算了。

时间过得飞快，在一刻钟后，浮生又挺过了一刻钟，总共是两个时刻，生命气息依然存在。

"什么？"

有弟子惊呼一声，显得很震惊。两个时刻的时间，说长不长，说短不短，更何况这是第三间锤炼室，其锤击的强度比其他锤炼室要高许多倍。

那新人弟子，竟然可以坚持如此久，此刻才令他们开始真正震动。

"这……怎么可能？绝不可能！"

便是那穆聪，在此刻陡然起身而立，眸中闪烁着不可置信，在其深处，更是夹着震怒。这是一种被他人比下去的耻辱，想起对方仅仅只是一个新晋弟子，穆聪眼眸中的冷意更甚，暗中握紧拳头，指甲已然插进血肉之中，鲜血顺着掌纹在流动。

他觉得锤炼室当中的新人，在挑战他的尊严，威胁他的地位，是无论如何都无法忍受的。

"轰"！

穆聪的武典突然浮现，全身气息瞬间达到巅峰，冷如霜的长剑，"锵"的一声，煞气弥漫天际，此刻的穆聪，宛如太古魔主一般，见者生俱。

"这穆聪，显然是动了怒，那新人得遭殃了。"

有人看着此刻全身煞气的穆聪，下意识地后退了一步，显然在穆聪典锻境三星的实力下，有些招架不住。

"嗯，穆聪是何许人，怎能容忍一个新晋弟子抢占他的锤炼室？"

"我倒觉得那新人弟子有些不简单,竟然能在第三间锤炼室中坚持了如此之久，两个时刻了。"

有人冷笑一声，反驳道："不简单亦能如何？难不成他能坚持在锤炼室门开而出吗？即便他能坚持出来，那也早已筋疲力尽，还能在穆聪的手上全身而退吗？"

众人都表示认同，皆觉得浮生危矣，对其不看好。

在浮生进入第三个时刻的时间中，锤炼室当中的他，显然没有了早前那般自若。冷汗淋漓，喘息间的气息，也显得不大平稳。

但无妨，浮生的双眸，依然古井无波。

笑话，身为一代皇者的他，历经千万年的困难险阻，这区区一间锤炼室，还难不倒他那如磐石般的意志。

这股无敌的自信与意志，是修炼者征战人体极限的最强大倚靠。

更何况，他在锤炼室刚研发出后，便早已了解通透它的特性，在这如此长远的时间内，进行了很大的改进。

可这都难逃浮生的犀利眼力，他在起初的两个时刻时间内，也摸清了七八成，这已然足矣。

当下，浮生身躯往后迅速一退，他的双眸深处，那种布满时光的沧桑感和深邃，再度呈现，他的眸光似乎有亮光射出，这是在寻找锤炼室锤击的漏洞。

他要做的并非是坚持，而是迎难而上，主动去破了锤炼室的锤击节奏，将其主导而来，想锤炼己身何处便是何处，这种效率自然会成倍增加。

此等手段，若是被外人得知，必然会惊愕得合不拢嘴。

然而，浮生便是如此做了。

锤炼室尽管高深，又得到后辈无数人的改进，却难逃浮生的双眼，他自然瞧见了弱点。

他这一退后，自然是有意为之。

第16章 《究极真解》再现

纵然锤炼室里的锤击如同暴雨一般疯狂，看似如网状一般，没有破绽可寻，但若有绝强的灵感去仔细感受，依然能寻到那一丝空隙。

而浮生这一退，要做的便是找出那一空隙。

好，就是此时！

浮生眸光大盛，身上的典力大作，甚至精血在此刻凝聚，被压制住的青色天赋，突然如光圈一般向四方扩散。随即，他猛地一喝，身躯的筋骨，如炒豆一般嘎嘣作响，这是在调度肉身最深处的典力，要打出最强一击。

"轰"！

一拳挥出，宛若真龙出巡，刹那光华迸溅，击在了所有锤击当中力量最为弱小的那一锤，也便是其中正在往回蓄力的那一锤。

"砰"！

准确无误，浮生这一拳果断地击中了。

这一拳，更是击断了整个锤击风暴的节奏，在霎时间，似乎整个锤击都暂停了。

实际上，这并非是真的暂停静止，只是一种感受和体验。

就趁现在。

浮生一拳以迅雷不及掩耳之势，迅速收回，且站姿一变，上半身往前倾，标准的马步前倾，两臂举起，高于头，双拳有举天之势，猛然向上顶了出去。

"砰砰"！

两道震天响声，顿时在锤炼室中炸响，那本来暂停的锤击，再一次停了下来。

此番景象，太过不可思议了，锤炼室里的锤击，从来都是主动出击，来者只能被动防御坚持。哪曾有过如浮生这般，居然主动去迎击，倘若被人看到这一幕的话，不知会如何惊悚骇然。

但这一切，的确发生了。

然而，就在浮生心中欲要松懈时，锤炼室陡然发生了异变。

什么？

浮生大惊，他看到原本快要被他压制住的锤击，竟然做出了反应，整个锤炼室当中的能量，开始蠢蠢欲动，它在调用，太过人性了，企图用更强的力量破开被浮生击断节奏所带来的暂停，并且欲要展开更加疯狂的锤击。

延续了如此久远的锤炼室，到底还是进化了，有着更加成熟和完善的力量体系。

原本，按照之前的锤炼力度，以浮生吸收四方精气淬炼而成的肉身，加上青色第五重的天赋加持，他完全有把握可以压制住，从而顺利挺过第四个时刻。

然而，经过长久以来无数人雄的研究和改进，而今的锤炼室变得更加深不可测。

忽地，锤炼室陡然安静了下来，死一般的寂静，如同暴风雨到来之前的宁静。

浮生收势，立于中央，凝神静气，屏住了呼吸，饶是他都在此刻谨慎了起来。只因，他在此番的安静中，捕捉到了一股危机，如同毒蛇盘起，在安静中爆发。

一息，两息……

他们在对峙，谁也不敢轻举妄动。

气氛凝重到了极点，这是一种难得的默契。

不知过了几息，就在浮生眼睫毛上悬挂的一滴汗珠，滴答一声从睫毛坠落而下时，也便是浮生转动眼眸下意识用眼眸余光看那滴汗珠的瞬间，宁静的锤炼室终于暴动了。

"轰"！

固如金汤的锤炼室，竟然剧烈抖动起来。只见，在浮生侧目的瞬间，其身后陡然浮现出了一把锤子，对，只是一把锤子，那是一把由无数锤子凝练融合而成的锤子。

宛若山头一般大小，那抹浓重的金属气息，扑面而来，厚重、坚硬无比，给人一种无法抗衡的错觉。

似乎，只要被砸中，定然变为肉饼。

刹那间，浮生脸色大变，显然此刻的巨锤，力量急剧上升，远远胜过此前了。

猝不及防之下，浮生勉强转身，双臂提起挡在胸前，如盾牌一般欲要挡住自上而下砸落而来的巨锤。

可惜，经过激发后的巨锤，力量真是太大了。

浮生只是坚持了不到一息的时间，他的身躯被巨锤一砸就倒飞出去，直接撞向锤炼室坚硬无比的墙上。

然后，缓缓滑下，浮生更是"噗"的一声，吐出了一口血。

上半身的衣服，瞬间变成粉末，并且他的肌体几乎快要溢出血来。

怎么变得这么强？

浮生眉头直皱，眼眸在闪烁，惊疑不定。

而外界，此刻正骚动而起。

自然也是因为浮生所在的锤炼室，在锤炼室的能量蓄力调度时，产生了前所未有的剧烈抖动，吸引住了外头围观的所有弟子。

他们都未曾见过锤炼室居然会有此种现象，好似发怒的狮子一般，随时要暴起，做出致命一击。

接着，锤炼室里的锤子幻化成巨锤，将浮生击飞的瞬间所产生的剧烈震动，更是再一次令人们大骇了。

"怎么会如此？锤炼室到底发生了什么变故？"

有弟子甚至慌忙退后，不敢再靠近浮生所在的那间锤炼室。

"这怎么可能？要知晓，锤炼室从未有如此巨大的震动，难道此间锤炼室老化了？"

有人不明缘由，不断地议论。

尤其是那穆聪，他的脸色显得很凝重，看着眼前的锤炼室，嘴里自语道："第三间锤炼室一直以来，从未发生过此等现象，怎么会在此时突然暴动了？"

转眸之间，穆聪似乎有些迟疑，因为，他猜测到了一件可怕的事。

"哼！锤炼室有如此巨大的震动反应，明显是受到了强力威胁，自主激发进行反抗！"

说此话的人，有一头及腰的红色长发，头戴羽冠，腰缠紫金坠腰带，身形修长，正是方才从第二间走出的纳兰杰，他器宇轩昂，英俊倜傥，仔细看来，其头颅之上，竟有精气冲天，一步便迈到了近前，狭长的眼眸，一如穆聪一般显得凝重。

这是一位比穆聪修为还要强上几分的年轻一辈，显然，他的眼力更为犀利，一眼便洞悉了其中一二，知晓锤炼室受到了巨大威胁，才会有如此反常表现。

周围的众人，一听更是吃惊不已，皆看向纳兰杰，开始了更为深层次的讨论。

也便是此刻，第一间锤炼室也打开了门户，从中走出一位年轻女子。

她名蓝燕，是羽境中修为最强的外门弟子。

穆聪，纳兰杰，蓝燕，为羽境，也便是乾羽长老所负责的外门弟子当中，实力最强的三位。

蓝燕自然也感受到了第三间锤炼室的异样，她动着性感红唇，道："看来，羽境又来了一位年轻强者，恐怕我们三强的排位，得换换了。"

吐气如兰，话音在空气中缓缓飘荡，蓝燕在说此话时，竟然有意无意地瞥了穆聪一眼。

众人自然知晓其话中意思，倘若三强的排位要换的话，至少可以保证她蓝燕与纳兰杰的位置不会动，动的只有穆聪。

只因蓝燕和纳兰杰的修为尽皆在穆聪之上，再如何变动，他们两个人依然能在三甲当中，屹立不倒。

"哼！那可不一定。"

穆聪冷哼一声，眼眸冰冷地看了蓝燕一眼，又道："事到如今，我承认这小子的实力不错，可要说威胁我的位置，那就另当别论了。他能否活着出来，还两说。"

即便那小子能活着出来，那估计也剩半条命了吧。

这是穆聪藏在心中，未说出的潜台词。

蓝燕只是银铃般一笑，不再言语，将那双明眸定格在第三间锤炼室，似乎要透过大门看出里头的人，到底是何方神圣。

她心中也是凝重无比，身为羽境中的第一强者，她比此地的任何人都更要了解锤炼室的属性。

以她的战力，要驱使锤炼室自主激发，她还没有此番自信。

"已经快度过三个时刻了。"

纳兰杰脸色严肃，眉头紧皱，心中也是一阵凝重，他想不到居然来了一位实力似乎不错的新人。

"他也就到此为止了。"穆聪冷笑，全身散发出冷冽刺骨的杀气。只因，围观的人越多，他的威势愈加受损。人人都会知晓，属于他的锤炼室被一个新人霸占了，必然会令他尊严扫地。穆聪恨不得轰破锤炼室，将那霸占的新人粉碎。

事实上，正在锤炼室的浮生，情况的确不乐观。

他此刻狠狠地朝地上吐了一口血沫，全身痛得无法动弹。方才那猛烈一击，近乎将他的肉身筋骨锤碎。

如若不是他的肉身强悍，恐怕换作他人，早就成肉饼了。

自己的修为，终究还是低微啊。

典锻境二星的修为，的确很弱，要不是靠着体内如海一般的血气，以及天赋，仅仅方才一击，他恐怕就要身死道消。

"咣"！

消失的巨锤，再一次幻化而出，没有半丝疑惑和迟疑，很干脆地又向浮生砸了过去。

不过，这一次浮生多少有了一丝戒备，但便是如此，他的肩膀依然被擦中，身躯再一次被撞向墙壁。

浮生痛得龇牙咧嘴，肩骨欲裂。

"天哪，这么生猛！"

浮生开口大骂起来，捂着肩膀，痛得他眉头直皱，倒吸着冷气。

纵然他有万法齐聚于心，可没有足够的典力支撑，也断然施展不开，眼下只有挨揍的份儿。

话音刚落，那巨锤似乎挥出了兴致，不断砸落下来。

浮生鼻青脸肿，好在肉身强悍，并未出现龟裂的迹象。但饶是如此，也令浮生难受不已。

"哼，待我日后修为进展，我定要把你给拆了。"

浮生威胁恐吓，手段尽出，但迎来的却是更为厉害的狠揍。

到最后，浮生都快痛哭了，这简直不是人能承受的，人没被砸死，都快要痛死了。

"你又来！"

浮生眼皮一跳，他看到巨锤居然以比上一次还要快的速度，又幻化而出，追着他不断砸落。

然而，就在浮生上蹿下跳，无路可逃时，隐匿在他体内不知何处，一直没有动静的《究极真解》，终于动了。

它如一道金光飞出，挡住了砸来的巨锤，又转了一个方向，没入了浮生典脏的位置。刹那间，浮生只觉得全身一股凉意，这股凉意，并非那种冰凉难受，而是一种给人温暖的错觉。

从头至脚，洗濯得很通透。

紧接着，异象呈现。

那抹凉意很快就开始作用，原本被巨锤重伤的躯体，竟然以肉眼可见的速度恢复、痊愈。

金光在他身上不断地扫过，每扫一遍，他的伤势就立刻好上几分。不仅如此，他筋骨的柔韧性，居然在增强。

与此同时，浮生突然有种明悟，全身金光陡然大作，他盘坐于虚空，双眼紧闭，进入了悟道之境。

坤乾宙宇，须弥沙粒，是为真解。

万法总纲，唯有其一，是为真解。

一切表象，直至本心，是为真解。

九九之数，整合破戒，是为究极。

诸般有极限，究极无极限。

……

虚空中有无数典文，化作神秘光泽的符号，形成一种圆形光环，将浮生笼罩其中，并缓缓旋转。

过程中，有玄妙之音传出，更有至高无上的气息，自虚无之间，悄然溢出。

仿若从太古，或是更加久远的太初年代，一瞬之间，传达而来。

氤氲之气，不断升腾，迷蒙似雾，看不真切。若仔细观看，当中似有真龙在摆尾，龙吟声劈裂长空。雷泽闪电，奇形怪状之兽，不断奔腾。

在那更远的地方，有一株常青树，枝叶遮天蔽日，生命气息浓重到化作液体，如大河汩汩而流，奔腾于野。

诸如此类，闻所未闻的事物，一一呈现，不过，只是露出了一角，并未尽数展出。

浮生似有所感，缓缓睁开了双眸，刹那间，眸光成束，射向朦胧显化的场景。

"这都是什么？"

浮生惊醒，饶是有着千万年见识的他，在面对眼前所显化的事物后，竟显得如孩童一般懵懂。

很显然，这一切都是体内残木的武典空间中，所遇到的那本古黄色残卷《究极真解》所透露出的一丝半角。

如此高深莫测又玄奥无比的异象，即便是他都震动骇然了。

浮生终究是一代皇者，即便眼前的一幕太过玄奥晦涩难解，但终归还是知悉了几分。

"有《究极真解》残卷的气息！"

当日，他在残木的空间中，惊闻到九棺之下的古黄色残卷那种穿梭古今、跨越时间的气息，让他深有印象，于是便在心中有了烙印。此际，在自己周身缓缓旋转的光幕，以及那神秘的典文符号，分明就是那种博大而又透露着沧桑感的气息。

"《究极真解》，怎会突然出来呢？"

想不透，浮生显得很疑惑。

他浑然不知己身为何突然悬浮于虚空，且《究极真解》居然跑了出来。要知晓，在《究极真解》那日进入他的体内后，消失了踪迹，根本无处可寻，完全销声匿迹了。

不过不管如何，此刻的他，觉得头脑一片清明，十分透彻。而且方才被巨锤轰击所受的伤，正在快速愈合。不仅如此，肌体之中的筋骨也在变得柔韧，富有生命力。

时间在不断飞逝，而那幻化而出的巨锤，居然失效了。无法去轰击《究极真解》化出的光幕，巨锤腾空停在那里了，这是始料未及，更是从来没有过的事情。

尽管被《究极真解》的光幕所遮挡，无法被巨锤锤炼，但浮生丝毫都没觉得有任何损失。相反，他心中却很激动。

只因，身在光幕之中的他，无时无刻不感受着《究极真解》的气息，甚至开始陷入悟法的状态，而且，《究极真解》对他浑身的锤炼修复，更是锤炼室无法比拟的。

也就是说，在光幕中的浮生，所受到的好处，远远大过在锤炼室。

眼前的巨锤，也就显得可有可无了。

《究极真解》目前给浮生的好处似乎还不止于此。因为，浮生就在此刻突然有所感悟，但要仔细言来，还无法说透，只是在悄然间萌生的一种感觉。

有了《究极真解》的光幕，浮生完全可以一直待在锤炼室中，坚持很长时间。然而，浮生是多想了。

因为，就在时间过了第四个时刻后，在其周身旋转的光幕，居然也在那一刻，化作一抹光，再度躲进了他的体内，而他也从空中回到了地上。

脚踏实地，浮生通体金光大作，宛若战神附体，气息暴涨，修为提升，即将要进入典锻境三星。

经过锤炼室的巨锤锤炼，以及《究极真解》突然幻化而出给予的洗涤，浮生明面上虽是典锻境二星圆满的修为，实际上可跨阶战五星左右的典者了。

"轰"！

便是在此时，锤炼室中方才被《究极真解》震慑住的巨锤，重新获得了自由，再一次自主向浮生轰击了过来。

"呵呵，恰好！"

浮生信心十足，迎头而上，简简单单的一拳便轰了过去。光芒陡然大作，浮生须发皆张，血气翻涌，但是他却觉得酣畅淋漓，感觉内心的战意，在躁动沸腾。

宛如真锤的巨锤，与浮生的拳头撞击在了一起，浮生不觉得疼痛，只是有些微麻。实力的提升，让浮生底蕴十足，力量更是暴涨，他好似有着无尽的气力。在此间，更是再一次挥拳砸了过去。

"铛铛铛"！

如同打铁的响声，不断响起。

接着，浮生越战越勇，双拳发光，双腿更是如同长鞭一般，不断地甩击过去。巨锤开始有些不支，周身开始抖动。然而，就在浮生想进一步发狂时，整间锤炼室突然响起了一道警报声。

那由数道锤子幻化成的巨锤，顿了顿，便缓缓消失，随即，锤炼室的门户打开了。

"喂！还没打够呢，怎么就临阵退缩了？"

浮生嗤之以鼻，很不满意。

他知晓定然是自己熬过了四个时刻，不然锤炼室不会自动开启门户。然而，他却依然不满，因为，方才他可是被巨锤追着上天入地地狠揍，那双熊猫眼，依然存在着，不知怎的，《究极真解》居然漏过了此处，未将它修复。

太丢脸了，浮生觉得自己一世英名就要毁在熊猫眼上，想起马上要从锤炼室出去，要见到那么多名弟子，浮生的心情就更加不好了。

"出来，给我滚出来！"

锤炼室外，突然响起一道怒吼声，极度愤怒。

原来是穆聪，他异常愤怒，妖艳的血红色长衣，仿若毒蛇一般飞扬而起。他在锤炼室打开的瞬间，便立刻来到了门口，想看看究竟是哪个不要命的小子，敢霸占他的锤炼室。

他自然是不相信在第三间锤炼室当中待了四个时刻的浮生还能活着，本着死要见尸的想法，他也要第一时间上前。

他认为，即便浮生万般侥幸，最终未死，但最多也就只剩一口气在，他刚好也可以狠狠揍下，来发泄颜面尽失带来的恼怒。

可是，身在锤炼室中还未出来的浮生，笑了。

他咧着嘴，露出一口雪白的牙，很欢快地笑了。

竟还送上门来，休怪我不客气。

浮生冷冷一笑，便迈步向门户走去，他倒要看看穆聪到底是何方神圣。

不过，穆聪显然心急无比，率先出现在了门户中，挡在了浮生身前。浮生只看到一个身形壮硕、一身血红色长衣的年轻男子。

"什么？你还没死？"

穆聪震惊，双眸瞪大，满脸的不可置信。

纵然想到对方有可能不死，但亲眼所见，却依然令他震动，要知道，他都不敢保证自己能在第三间锤炼室安然度过四个时刻。

不仅是穆聪，便是外围那些刚好能看到浮生的弟子，也是一阵吃惊，他们没想到浮生度过了四个时刻，竟然没有陨落，这太过生猛了。

看不到的弟子自然不相信，故此，便迅速往前靠了过去，想目睹一番，这是奇迹啊。

一名新招进来的新人弟子，居然这么强？太过不可思议了。

便是那纳兰杰与蓝燕，两个人亦相视一眼，心中越发沉重了。

此时的浮生，可不知晓外面的情况，他只是很郁闷。浮生看着穆聪，道："你便是那穆聪吧，你很希望我死吗？"

浮生自然郁闷至极，换作是他人，在努力熬过锤炼后，听到的第一句话便是被人诅咒，心情自然会不好。

穆聪眼神闪动，突然伸手一把欲要将浮生擒出来，因为在锤炼室里没办法动手。

"这么迫不及待吗？"

浮生眯缝着双眸，杀意浮现，反手挣开穆聪，不过他还是从锤炼室里走了出来。

浮生这一出来，众人终于看清了浮生的真面目，然而很快便听到一道道倒吸冷气的声音。

原因无他，便是浮生方才在锤炼时，引起锤炼室自主激发，幻化成巨锤后，被狠揍的惨状。

上身的服饰早已消失，裸露着上半身，尽管伤势被《究极真解》治愈，可受伤时所流的血液，依然留在身上，看上去异常刺眼。

"太凶残了，第三间锤炼室竟会如此凶险，看来我等还是选择低等阶的锤炼室吧。"

有人下意识打了个冷战，觉得在第三间锤炼室锤炼己身，简直是跟自己过不去，找虐受。

"的确，不过此人的伤势，应该很重，即便达不到身死，恐怕也不远矣。"

有弟子认为浮生受伤很重，甚至离死不远了。

连那双眼眸，都漆黑一片，衣衫破烂如乞丐，看上去要多寒酸就多寒酸。

穆聪心中大定，其他弟子能看到的他自然不会遗落，在他心中，自然也认为浮生受伤很重，正好可以当着在场这么多人，狠狠地教训下浮生，杀鸡儆猴，看看今后还会有哪个不开眼的人，敢去他的锤炼室。

"小畜生，是谁让你如此大胆，敢擅自闯入我的锤炼室？"

穆聪眼神带着冷意，他很想马上动手斩落浮生，只是在场诸人，他必须有个冠冕堂皇的理由。

浮生冷哼一声，没有丝毫惧意，反问道："你的锤炼室？"

"不错，第三间锤炼室一直都是我用的，从某种程度上来看，说是我的也不为过。"

穆聪承认，没有一点儿心理负担，因为，他一直都是这么干的。

"脸皮真厚！"

浮生瞥了穆聪一眼，脸上有嘲讽。

众人哗然，觉得浮生胆子太大了，不仅擅自闯了穆聪的锤炼室，还敢当众耻笑穆聪，这是找虐的节奏啊。

浮生根本不在乎周围人的看法，他继续道："锤炼室，不仅如此，此地的一石一草一木，都是归不灭宗的吧，竟然有人会如此厚颜无耻地称是他的，脸皮太厚，我都替他感到脸红。"

"你……"

穆聪竟然一时气结，被浮生说得无法反驳。事实上，浮生的确说得有理。

这令穆聪恼羞成怒，心中对浮生的恨意迅速攀升，恨不得立刻出手。

"不言其他，不管如何，你闯入了我的锤炼室，总得给我个说法，不如你自废双手，以此谢罪，如何？"

穆聪轻描淡写地提出了一个他认为满意的解决方式。

浮生看着穆聪，表情很古怪，最后才道："这话送你才对。"

 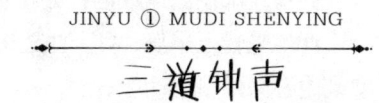

穆聪闻言,眼眸瞬间冷了下来,盯着浮生,眼神狠毒如同蛇蝎。

"你这是在找死!"

穆聪发出低吼,宛若蛮兽,他有自信,便是随意一击,就可将浮生击败,他很了解锤炼室的特性。

只要成功熬过锤炼室的锤炼,从锤炼室走出,自身的修为将会降低,这一点,穆聪深有体会。故此,每次他要进入锤炼室锤炼的时候,身上必然会备上充足的典石,来补充典力养分。

看浮生从锤炼室出来后,并未拿出典石来吸收,弥补修为的损耗,或许他根本就没有什么典石吧,是一个寒酸的"穷人"。

穆聪血色长剑在颤抖,在无法第一时间补充典力的基础上,对方还受伤不浅,怎么看,浮生都不是他穆聪的对手。

"他为何如此激怒穆聪?这真的是在找死啊!"

便是早前对浮生有所了解的铁华等人,也是皱眉不解。因为,他们皆知晓成功熬过锤炼,从锤炼室中走出,有一个虚弱期,需要典石等资源补充,这个时候最为危险。可浮生却像是一点儿都不在乎的样子,如此作态,倒是有些愚蠢了。

倘若,浮生未进入锤炼室锤炼,铁华等人还是会认为浮生至少能挡住穆聪的攻击,而今,在进入一个虚弱期的间隙,依然出言不逊地招惹穆聪,实为不明智。

站在周遭旁观的纳兰杰与蓝燕两个人,显然是羽境当中的核心弟子。此时,他们倒是饶有兴致地看着眼前的一切,想知晓这位新晋弟子会如何应对。

四方弟子,目光全都定格在穆聪与浮生身上,尤其是后者显得有些狼狈的样子,与穆聪妖艳的血红长衣,形成了鲜明对比。

"这位新人倒显得有些不明智。此刻有伤在身,处于虚弱期,而且初来乍到,理应委曲求全,没必要如此硬抗!"

纳兰杰与蓝燕并肩,侧头低语了几句,他如大部分人一般,认为浮生所作所为,不明智。

"看看吧,这新人性子挺烈的。"

蓝燕眨动着那双明眸一语不发。

许多人都在低声细语，如在看一出好戏。

浮生光着上半身，身上血迹斑斑，如同沐浴血海而归，他表面上没有什么表示，实则内心深处早已动怒。

他是什么人，乃一代皇者，金口一开，乾坤破裂，星河倒转，何曾被人呵斥，要其自废手脚？

"你太过霸道，视锤炼室为自己私有，宁肯空着，也不让他人使用，并且张口闭口无视他人性命，一言不合，还要让他人自废手脚，真当自己是无上至尊吗？"

浮生一步一步迈来，眼眸冰冷地盯着穆聪。

"锵"！

穆聪长剑挥出，指向浮生，他更是俯视着，眼神不屑，冷言道："你擅闯我的锤炼室，这便是罪责，只是简单让你自废手脚，没让你自刎，已然算是一种莫大的恩赐，你不但不感谢，还敢对我不敬，谁来了都无用。"

"恩赐？"

浮生心中越发冷了，他不再多言，内心的战意，已然攀升到最高点，他需要发泄。

随即，他单脚跺地，典力弥漫，典脏处的那块残木武典，显现而出，亦是令众人哗然。

如往昔那般，浮生特殊的武典，再一次成为人们的笑谈。

"哈哈，这是何畸形武典，也敢施展出来，观其天赋颜色，也只不过是橙色，如此武典，竟也能踏进不灭宗，成为新晋弟子，莫非走的是后门？"

这些嘲笑，来自一些老弟子，他们很高傲，自恃身份非凡，不灭宗是高高在上的，而今却让一个武典如此畸形的人进入，显然是在拉低不灭宗的显赫地位，他们觉得这是在贬低他们的身份。

穆聪大笑一声，心中再无任何顾虑，认为即便是浮生不在虚弱期，也断可轻易斩杀。

他的目光更加轻蔑与冷淡了，长剑指向浮生，冷声道："看来你根本是没达到入宗门槛，想必是用了旁门左道的手段进入宗门，这会败坏宗门的名声，理应驱赶，我便做这个好人吧。"

穆聪话语刺耳，视浮生如鸡鸭一般驱赶，根本未将其视作人命，甚至还觉得浮生是脏物，言辞高傲无比。

起初饶有兴趣的纳兰杰与蓝燕两个人，此刻也相继皱眉，心中有疑惑，认为能进入第三间锤炼室锤炼四个时刻的人，天赋不应该如此低微，可浮生的武典以及典环，却是摆在那儿，很矛盾。

浮生无言，直截了当地道："你很啰唆！"

早就该出手了，穆聪居然一直说个没完，浮生失去了耐心。

"呵呵，这么急着被我镇压？"穆聪淡笑，"这样吧，观你修为只是在典锻境二星，我便勉为其难出手指点你一二，为了不落个欺负你的名头，我自动压制修为，也降到与你一般吧。"

身为羽境外门弟子排名第三的穆聪，自信满满，加上他认为此刻的浮生，身受重伤，且处于虚弱期，他即便压制修为到二星，也可稳稳镇压于他。

可惜，浮生似乎不怎么领情，他一脸不耐烦地说道："快快，来吧，废话连篇！"

"你……好！"

穆聪终于出手了，武典浮现，果真将修为压制在了二星，他很自负，竟连他的随身兵器长剑都收了起来，只是赤手空拳攻了过去。

"让你尝尝我的血破拳，放心，我会控制力道，不会让你立即死去。"

穆聪咧嘴笑着，原本正常的拳头，恍若充血一般，通体血红，离得近了，似乎都能闻到一股血腥味。

这是他的常用典技，同阶当中，鲜少能有力敌的。他自信，仅凭此拳便可将处于虚弱期的浮生击飞，最终轻松获胜。

"血破拳？"

浮生看着对方一拳轰了过来，自然不以为意，要拼典技，他身怀万千，要拼肉身强度，他更是吸收万里精气，自然无惧。

"好，你居然用破拳，那我也用拳头吧，不过我这不是破拳，就叫它无损拳吧。"

浮生故意打趣着穆聪，他很无言，什么名字不取，居然取个破拳，这哪里还有攻伐杀气，一点儿都不正经。

"哼！"

穆聪冷哼一声，脸色再次变化。

心中发怒，穆聪的拳头威力更增，且轰击速度也在飙升，他欲要将浮生轰飞，以泄心中之恨。

血气似乎在扩散，轰隆作响，典脏处的武典急速运转，所带来的典力，支撑着穆聪的拳势。

这血破拳果然不凡，看得众人一阵心惊。

"看来穆聪真的很是愤怒，一上来就用了血破拳，想来这浮生是挡不住了。"

了解穆聪的弟子，心里如此想着，觉得浮生不能在穆聪的血破拳下走过一招。

事实上，他们却看走眼了。

浮生口里所说的"无损拳"只是他悠久记忆中的一个很平凡的拳法，可无奈他真正的天赋所叠加的力量,以及他的肉身强度还不够,只能发挥出拳法一部分的力量。

"砰"!

众人预见的场面没有发生,反而看起来稳操胜券的穆聪,却发出痛苦的闷哼声。

"什么?"

人们震惊,瞪大着双目。

只见浮生的拳头与穆聪对轰在了一起,血气弥漫,真正有了血腥味。

只因,浮生的拳头太硬了,竟然直接将穆聪的拳头轰裂,指头关节近乎碎了,血肉模糊,血液在滴落,刺目无比。

"不可能!"

穆聪发出怒吼,伴着疼痛,他十分愤恨,不可置信。

从来没有如此过,竟有同阶一辈,在与他比拼拳头的时候赢了他,而且他输得很惨。

在穆聪预见中,完全可以一拳将浮生击飞,血流大地,从未想过,如此的场面竟然发生在他身上,他感到羞愤难耐。

接着,他忍痛,不愿就此罢休,另一只完好的手,再次施展血破拳而来。

"放弃吧,早跟你说过了,你那个是破拳,我是无损拳,自然不敌我了。"

浮生嗤笑,身形飘动,无半丝慌乱。

穆聪更加愤怒了,他认为浮生是故意的,故意取笑他,因为怎么可能刚好有无损拳?

"方才是我大意了,并未完全施展出。"

穆聪的确有所保留,并未将血破拳尽数施展。他相信,只要自己全力施展的话,浮生必然不敌,会被镇压。

"好,给你时间,全力施展。"

浮生依然是一副淡然自若的模样,但便是如此样子,令穆聪愈加震怒。

穆聪通体肌肉如虬龙缠绕,精气神归一,猛然大喝,将典锻境二星的修为,尽数化整至拳法中,他自信此番准备充足的一击,浮生必然抵挡不住,会败落。

一拳轰出,吸引了众人眼球,雄浑的典力,包裹着拳势,如一匹白练,横穿了长空,誓要击穿一切阻挡之物。

可惜,便是如此来势凶猛的一拳,依然被浮生破解了。

不仅如此,穆聪的身躯在不断后退,他感受到一股极其霸道的力道从对方的拳头钻入己身拳头中,从而进入体内,他压制不住,居然在众人骇然的目光中,"噗"的一声,喷出了一口血。

"什么?穆聪受伤了?依然不敌吗?"

尽管此次穆聪另一只手没有受伤，可明眼人看得很清楚，穆聪伤得更重了，因为，浮生的力道钻进其体内，在胡乱肆虐。

"呵呵，别压制了，你还是用全力吧。"

浮生看着面色苍白的穆聪，淡淡说了一句。

全场震动，一片哗然，他们尽皆没想到这位新晋弟子竟然会有如此身手，修为当真是不凡啊。穆聪乃是羽境中实力修为排名第三的年轻强者，且进入不灭宗已有一段时间，虽说他将典锻境三星的修为，压制到二星的境界，可毕竟他的战斗经验依然是三星强者，但便是如此，依然败了，而且败得挺惨烈。

"早就说此子有些不凡了，果不其然啊。"

铁华低声呢喃，但依然有些震动。

身穿华服，头戴羽冠的纳兰杰，眸光闪烁，同样也有些惊讶。修为排在羽境第一的蓝燕，红唇微启，依旧淡淡地笑着，没人知晓她在思考什么。

"啊啊……"

穆聪此刻发疯怒吼，其音当中，有羞愤，有痛苦，更多的则是惊怒。

他不是没想过浮生的修为不弱，但而今他可是刚自锤炼室熬炼而出，进入了他自身的一个虚弱期，修为理应要降低很多，不该是他的对手才是，可竟然将他击伤了。

人们看到穆聪状若疯癫，气息狂暴，更是吃惊。

同时，他们更是忆起了最为关键的一点，便是浮生此刻正处于虚弱期，在虚弱期居然都将穆聪击伤了，这太过匪夷所思了。

"怎会如此强？"

人们很好奇，有着如此畸形的武典，而且天赋颜色只不过是很普通的橙色，身处于虚弱期，居然还会如此强，那倘若要是过了虚弱期，会强大到何种境地？

不敢想！

"轰"！

穆聪通体气息疯狂暴涨，他决定不压制修为，以巅峰状态，全力镇压浮生。他暴怒了，失去了理智，根本不管方才早已定下的规矩。

他的一只手依然在滴血，在地上发出沉闷而又刺耳的滴答声，看着地上的血液，穆聪愈加愤怒。

只因，他流血了，受伤了，这是他耻辱的证据，异常刺眼。

在场如此多的人在观战，他穆聪无论如何一定要找回脸面，不然，他再无颜面待在羽境之中，那第三间属于他的锤炼室，自然再也无法强势霸占。

这一战，穆聪必须赢。

气息在怒涨，似乎压制了疼痛，穆聪的双眸逐渐变红，宛若杀神，盯上谁，就会让谁觉得如入冰窖。

典锻境三星的实力展露无遗,与叶黎的三星相比,自然是有过之而无不及,穆聪的修为战力,自然是经过血与火的淬炼,根本不是叶黎那种借助典药典石等外力提升可比拟的。

这不算完,巅峰状态的穆聪,更是将他的兵器长剑握在了手中,这表明他要全力以赴,将浮生愤怒镇压,甚至斩杀。

从某种程度上而言,穆聪用上全力,反而衬托出浮生修为的不凡,代表浮生已然有着令穆聪全力一战的修为实力。

"快看,穆聪真的要用全部修为了,能将其逼到此番地步,那小子也不简单啊。"

有弟子发出感慨,此话一出,众人虽有发愣,但最终还是点头称是,默认了下来。

然而,身为当事人的浮生,闻言后表情显得有些怪异,随后便笑了,笑容很古怪。但还是被有心人看到了,他们分析出浮生笑容的用意,最后得出,浮生居然在不屑。

"什么?你们是说此子居然在不屑穆聪的全力以赴?难道说他根本不在乎穆聪对他的慎重看法吗?"

如此一幕,显然让他们炸开了锅,纷纷开始议论。

"这小子很欠扁啊,虽说他修为不凡,能击败穆聪,那后者也是因为压制了修为,降到了二星层次,凭什么如此不屑一顾,如此就高兴骄傲了吗?"

有人不满,觉得浮生高傲了,最起码,面对穆聪这等强者,绝不该有此等轻蔑表情嘛。

不过,很可惜,浮生的想法,他们是万万不晓得的。

如若被他们知晓,他乃千古一代皇者,曾战天乱地,徒手抓星,一拳轰爆一座城池,自然就会明白与体会此番浮生无意中流露出的表情。

一个典锻境三星修为的年轻一辈,打算用全力对付曾是一代皇者的浮生,如此对比,分明便是蝼蚁硬撼真龙,仅仅只是不屑的微笑,已然算是一种荣耀了。

纵然,浮生而今的修为不在,但他的灵魂依然是那位皇者,皇者的威势不容侵犯。

更何况,即便是如今,实际上有着青色第五重天赋的浮生,明面上修为虽然还是典锻境二星层次,但天赋叠加的力量,已然凌驾于穆聪之上,即便不屑,那也是理所当然。

"杀!"

穆聪自然看到了浮生那微妙的表情,他愈加愤怒了,长剑一挥,狂暴的身躯便飞蹿了出去。

远远望去,犹如一道血色飞箭,狠狠射向浮生所在的位置。

在这当中,穆聪长剑在空中劈出数道玄奥的剑芒,这是他的成名典技,归去来剑法。

顾名思义，此剑法以绝快的速度与无敌的锋利，迅速刺穿生灵而过，又以极快的速度再度回刺，在敌人猝不及防之时，来回穿刺，斩杀敌手。

现场剑芒如虹，刺眼夺目，令很多实力低微的弟子心惊胆战，下意识用手遮挡。

实际上，实力低微的弟子，大部分便是因为刺目的剑芒而用手遮挡，慌忙间丧命的。

"小道尔！"

浮生冷眼相看，根本不见任何惊慌，更未曾见他的眼眸眨动。他的战斗经验何等丰富，众人重视的剑法，他根本未将其放在眼里。

原本他初来不灭宗，在实力未能迅速提升的情况下，他不愿太过高调，可眼下，遇到穆聪，说不得都得破例了。

还有一个原因，便是他的灵魂终归是一代皇者，令他有些矛盾。

不过到底而言，穆聪的行为实在是太过令人愤怒了。以绝顶霸道做法，霸占着锤炼室，随后，看浮生成功熬炼而出，又高高在上地命令浮生自废手脚，恍若是他对浮生的恩赐。

最后，明言要压制修为指点浮生，可最终却被浮生击伤，然而，又无视自己定下的规矩，要以比浮生高境界的巅峰实力出手。

观其似显化的杀气，以及长剑所指浮生的要害部位，这分明是要下杀手。

以高境界战低境界，这分明不公，而且还用全力出死手，一切都表明，穆聪的心太狠太霸道。

倘若浮生不是有着一代皇者的灵魂，又倘若浮生的天赋真如表面上所看到的橙色第二重，仅凭此剑，浮生必死无疑。

心太狠了！

浮生与他只不过是初次见面，并未有深仇大恨，竟然会下如此狠手。

浮生不退反进，直接攻了上去，以正常思维，面对穆聪如此蓄力的一击，且有利刃在手，常人必然会第一时间选择暂避锋芒，但是，浮生却非常人，行为自然也不能以常理而论。

从他人的视角来看，浮生是直接向穆聪的长剑冲了过去，好似自杀一般。

穆聪面上自然浮现残忍的笑容，露出方才因喷血导致血液渲染的牙齿，模样狰狞。此刻，他可是巅峰状态，在修为上必然能碾压浮生二星的实力，加上他的成名典技归去来剑，浮生这是在找死。

可惜，他再一次错了。

因为，下一刻，穆聪的笑容凝固了，眸光有惊异，如是见了鬼一般。

只因，浮生在向他的长剑冲去时，便在剑锋即将插入他的肌体的瞬间，浮生竟然以无法解释的身法，避开了要害，身躯更是侧了一些，尽管侧移的距离很微小，远看的话，极似被长剑插入，但实际上，便是这极小的距离，恰好躲过了长剑的锋芒。

与此同时，浮生的身躯再度向前，在穆聪惊骇的目光中，他左手画圆，右手画方，典力在其手上绽放出光芒，宛若一道光圈。

炫目的光华，构建成一个神秘的图案。紧接着，浮生右手成掌向穆聪握剑的手关节拍了一下，同时，又反手，用手背拍在了同一位置，姿势优雅，犹如一代宗师。

还没完，浮生的身子再一次逼近。随即，他的左手臂猛然夹住穆聪握剑的那只手，身子进一步逼近，紧贴穆聪。在浮生迅速靠近穆聪的瞬间，他的左手肩膀犹似匕首一般，猛然撞向穆聪的肩膀。

"轰"！

尘土飞扬，穆聪身下的巨石，呈蜘蛛网状不断龟裂，向四野散开。

最终，穆聪只是抬抬头，随后便晕厥了过去，显然已废。

浮生站定，身躯挺拔，寒风吹起了他的长发，但身躯却如洪钟，定在大地之上，有别样的风采。

人们半天才幡然醒悟，眼前的一幕太过震撼了。

从来没想过身为羽境第三的穆聪，会败得如此干脆利落，他只出了一招，然后就如落水狗一般被浮生痛打，连绵不绝的狠辣招式，令众人倒吸冷气。

并且，招式的行云流水、娴熟无比，更是令众人吃惊。

这起码得修炼很多年才会显得如此老练，根本不是眼前这位看上去约莫十六岁的少年所应有的。

而且看浮生事后的表情，如老僧一般沉稳，瞧不见有任何一丝激动的涟漪，好似长年累月活在战斗中似的。

尤其是羽境修为排在前两位的蓝燕和纳兰杰，他们的眸中透露出的凝重更甚了。

此刻，他们已然真正将浮生放在与自己对等的地位上，他有这个资格。

每个人的想法都发生了变化，气氛沉寂，甚至都能听到寒风吹落树叶的落地声，死寂！

没有人想第一个打破这种默契的沉默，只因，外表看上去人畜无害的浮生，太过凶残了。

简直不敢招惹啊，好似一头绝世凶兽藏在他的体内，绝不敢因动弹而让浮生锁定发现，要不然，下场就跟穆聪一样。

然而就在人们敬畏的时候，浮生却动了。

他接下来的动作，却令众人面面相觑，一阵无奈。

因为，在全场气氛冰冷到极点的时候，浮生完全没有营造气氛的觉悟，竟然直接走向穆聪，伸手在其身上乱掏。

那模样，分明就像是一名……一名小偷，趁人睡觉时，顺手牵羊拿走他人的贵重物品。

而且，令人捶地的是，浮生的动作真是太过娴熟了，比之前攻击穆聪的狠辣招式，亦要熟练数倍。

怎么会如此？

有人难以接受一般捂头，这与方才的浮生截然不同，他现在的样子，太过……太过猥琐了。

"他在干什么？"

有人在疑惑，他们难以将方才的浮生与而今的他相比较，因为，这太古怪了。

最为重要的是，浮生还真的在穆聪身上掏出了一些物品，其中便包括典石。这也落实了众人心中的猜测，可也便是因此令众人啼笑皆非。

"怎么只有十块下品典石，太寒酸了吧，还亏他是羽境第三！"

浮生很不满，还在嫌少，根本没有一丝感到羞耻的觉悟。

"天哪，他这是什么表情，居然在嫌少，难道他不知此番行为会招恨吗？"

便是蓝燕与纳兰杰两个人都觉得不可思议，以往所见的年轻一辈，哪个不是君子风范，行为举止，恍若书生，或缥缈侠客，或冰冷如霜？

哪曾见过浮生这种，完全不加掩饰的"小偷"行径！而且，最重要的是，人家居然一点儿都不觉得有什么不妥，似乎本应如此。

万幸的是，浮生最终还是有所察觉，发现周围的人似乎在议论，他反而有些不满地说道："很稀奇吗？不就是洗劫一个人而已，身为我的敌手，就该有这种觉悟，只是有些遗憾，他终是太穷了。"

浮生嗤之以鼻，最后将他能看得上的物品，统统掏了出来，放在手上，一点儿都不避讳。

在他眼中，晕厥过去的穆聪，只是他获取"财物"的来源。

要是穆聪醒着，多半会气晕过去。

"咚"！

"咚"！

"咚"！

在浮生洗劫干净后，众人突然听到了钟声，那是一种仿似从遥远的天际传来的钟声，古朴悠远，浩大正直。

整整三道钟声，如若雷霆炸响，众人大惊。随后，有知情的弟子，立刻向不灭宗外门主殿方向飞奔。

随即，越来越多的人加入了队伍，只有浮生一个人显得有些懵懂。

跟着去看看。

浮生也加入了队伍，不过一些弟子看到浮生在旁，下意识便离远一点儿，且用双手护住藏有"财物"的袋子，生怕被浮生洗劫。

浮生很想翻白眼，不过这有损于他一代皇者的威势，他不会去做。

有了这十块下品典石，想来能破入典锻境三星了吧。

因为，经过锤炼室的锤炼以及《究极真解》的帮助，浮生的境界已然无限接近于三星了，现在有这十块下品典石，应该是有望突破。

不过看这突如其来的钟声，想来不简单，浮生决定将提升修为的事压后，看看不灭宗的外门究竟发生了何事。

浮生灵感何其敏锐，在他思考的时候，他就发觉旁边有一名弟子在不断观察着他，这让他很不满。

"砰"！

浮生速度陡然激增，一把就抓住了偷窥他的弟子，吓得那名弟子全身哆嗦，脸色苍白，似乎下一刻就要死去。

"吓成这样，难道我会吃了你不成？"

浮生瞪大着双眸，很不乐意，纵然他不算英俊倜傥，但也生得很有气质，对方怎能一副见鬼似的模样，这简直是在侮辱他。

然而，下一刻这名弟子的动作，令浮生气得不行。

只见被浮生抓在手里的弟子，居然率先护住自己的胸口，那眼神很谨慎，似乎在防贼一般地看着浮生。

"你这姿态，好似在防贼？"

浮生咬牙切齿。

"对啊，"这名弟子一时口快，直接承认，不过看浮生的脸色逐渐变青，他吓得上下牙齿直打架，连忙改口道，"不是不是，我说错了。"

浮生低头看着这名弟子的双手，哼道："那你为何双手护在胸前？"

这名弟子简直快哭了。因为他省吃俭用了许久，终于获得了一块下品典石，就藏在他的胸前暗袋中，太过害怕被浮生洗劫，才有了此地无银三百两的举动。

他急疯了，不假思索地说道："我胸疼，才护胸。"

"你这分明就是借口！"

浮生发怒，一拳轰在了这名弟子的眼睛处，随后，原本正常的眼睛立即变黑，成了货真价实的熊猫眼。

浮生这才满意地松手，然后问道："你们这是要去向何处，这三道钟声有何意义？"

他问出了心中疑惑，觉得这三道钟声响起必然有要事，要不然绝不会如此劳师动众。

这名弟子被揍得很配合，根本不敢反驳，他真的怕浮生洗劫了他。

当下，他便开始解释："三道钟声，只有宗内大事才会鸣响。不过此次之事，我们很早便知晓了，宗内早有命令，当宗门响起三道钟声，必先要前往外门主殿，一年一度的试炼马上要开启了。"

"试炼？"

浮生皱了皱眉头，陷入疑惑。

然而这名弟子眼尖，看到浮生在发呆，瞅准机会，立即溜走了。

"我有那么恐怖吗？"

浮生很郁闷。

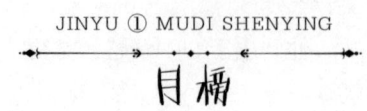

浮生没想到自己居然成为羽境外门弟子眼中极为畏惧的凶残人，他很无奈。在他看来，此举是为民除害，助大部分弟子取回他们的锤炼室，他们理应感激才是，怎会如此？

可惜，浮生忽略了自己在最后，居然洗劫穆聪的事实。因为若只是简单获取便算了，可看浮生当时那娴熟的手法以及眸光，分明便是老手。

身怀"财物"的人，不怕小偷来偷，但最怕小偷惦记。

很显然，浮生成了他们眼中可怖的"小偷"，随时会去洗劫他们的贵重物品。可以望见，在浮生的四周两丈之内是中空地带，羽境的弟子根本不敢靠近，如躲瘟神一般，离得远远的。好在浮生不会在意太多，只是有点儿不乐意，倒也没多理睬，自顾自地跟随大队前往不灭宗外门所属的主殿。

纵然是不灭宗外门，管辖范围也是颇广，他们从羽境走出，更是看到各个地方的弟子也相继汇聚向着主殿的方向奔跑。

羽境的外门弟子只有百名，为最少。不灭宗外门有诸多境，外门弟子众多，他们也听到了钟声，知晓所谓何事，尽皆赶至。

浮生藏在人群中，终于在此刻多多少少知悉了不灭宗的实力。

"能在天佑国宗门中排在前三位，这不灭宗还是实至名归啊。"

浮生发出感叹，因为，他看到从各个出口走出的诸多弟子，实力都不低，有的天赋更是惊人。他的眼光自然独到，一眼便能望出他人的修为以及天赋，其中，他倒是发现了几个少年，天赋异禀，气血冲天，差点儿将虚空云朵冲散。

外门弟子个个器宇轩昂，男的身躯伟岸，女的缥缈如神，这是天佑国三成的年轻一辈精英，必然为天佑国日后的中流砥柱，朝气十足，潜力巨大。

"轰轰轰"！

破空声不绝于耳，不断有人影冲出，去往主殿方向。

凭借众人的实力修为，饶是走了半个时辰，这才望到一座耸入天际的殿宇。

殿宇千丈大小，高不可测，青楼黄瓦，龙凤和鸣，各种典兽雕刻其上，美轮美奂。殿宇更是以金刚大理石堆砌，光滑如镜，几根擎天大石柱，撑起大殿，当中容万人足矣。

众人不断进入主殿，殿宇空间浩大，人进入一点儿都不觉得拥挤，按照方位所属站定，一切有条不紊。

属于羽境的方位，排在最末，地位可想而知。每个境域的方阵排位，与所属长老的地位相关，从此处也能窥视出乾羽长老的地位，的确不容乐观。

身在羽境当中的浮生，此刻却感到有些尴尬，饶是他脸皮够厚，也有些不好意思了。

因为，即便是此刻如此严肃的气氛下，羽境所属的弟子，也不敢太过靠近浮生，个个如防贼一般防着浮生，那眼神分明就是在看"贼"。

"你们这是什么表情？"

浮生翻了翻白眼，觉得他们审美与常人相反，太过奇葩了，自己如此伟岸，他们居然一副防贼的模样，浮生感到自己受到了严重鄙视。没想到的是，浮生话音一落，离他最近的诸多弟子，竟然再一步退后，个别夸张的居然护兜，这令浮生顿时咬牙了。

发现浮生有动怒的趋势，羽境的众位弟子顿时显得更加不安，人潮涌动。

严肃安静的主殿，突然被打破了宁静，羽境这边的嘈杂声立即引起周围离得较近的其他境域弟子的关注。他们一眼便发现了浮生，原因无他，只因以他们的视线角度，看到羽境所在中央有个空圈处，在此当中赫然站着一脸无奈的浮生。

因为众人都畏惧浮生，所以都自动躲开，这便让浮生异常显眼，才能让其他境域的弟子一眼便发现了浮生。

"咦？为何羽境的其他弟子都一副很畏惧他的样子，此人莫非很凶悍，实力惊天？"

其他境域的弟子开始疑惑，他们误会了，以为羽境的弟子躲着他，是因为浮生是羽境中的强者，怕无意招惹了前者，会有大事发生。

气场太过强大了，仅仅只是这么一站，周围的弟子都不敢靠近。

有不明真相的弟子发出感叹，在他们看来，浮生的确不凡，或许是因为一代皇者的灵魂影响，使得浮生看上去，的确有着莫名的气质。

更何况，羽境的诸多弟子，表情分明是在畏惧惊恐，这更加确定了其他境域的弟子的猜想。

"此人实力应该颇为不错，要不然，那些弟子也不会如此畏惧。此人定然杀伐果断，经过血与火的洗礼，观其蓬勃生气，应该很年轻。"

令羽境诸多弟子与浮生都不曾想到的是，众人的无意之举，居然令其他境域的弟子对浮生的看法悄然发生改变。在他们眼中，浮生已然是一颗升起的新星，或许说是羽境最强者也不为过。

因为，羽境的弟子都在害怕他，不是最强者那是什么？

正是此时，空中突然响起了好几道破空声，其音撕裂长空，宛若陨石划过。

"什么？月榜十大高手降临，他们是约定好最后一致前来的吗？"

有人惊呼，眼光犀利无比，一眼就望出那十道身影分明便是不灭宗外门当中实力最强的十位年轻一辈。很快，更多的弟子眼眸不约而同地锁定那十位年轻强者，心中自然震惊。

因为便是在不灭宗，也有很多弟子未曾目睹这月榜十大高手的风采，有些人都是第一次见到，所以很惊讶与震撼。并且这月榜十大高手的年龄与他们相仿，是为同阶，然而，他们的修为居然远远高于他们，其中有几个人更是高他们一个大境界。

他们感受到一股强大的威压，从月榜十大高手的个别强者身上散发而出，压制得他们气血不稳，典脏处的武典自动运转，主动护体。

率先映入眼帘的是一名年轻男子，眉心有痣，体形消瘦，但没有人会小觑他，只因，他只是简单一站，人们便能听到他体内的精血汩汩而动，伴有响雷之音，气息悠长，举手投足间，有莫名奥义流转。

他名叶修，为月榜十大高手第十的存在。

他手持一把橙金虎头钩，乃橙色典器，是有着典搬境三星修为的典师，已然可俯视众位外门弟子。

叶修属于另一个强大的境域，根本不是羽境所能比拟的。他出现后，便缓缓走向属于他的境域，随即，所属境域弟子立刻簇拥着他，他恍若九天神子，受万人拥戴。

几名附庸在他之下的战仆，立即给他搬了椅子。除了月榜十大高手外，其余外门弟子，尽皆站着，根本无法享受座椅的高规格优待。

这是属于月榜十大高手的荣耀！

战仆，不灭宗是允许拥有的。一些强大的家族，将族中拥有绝世天赋的年轻一辈送进宗门修炼时，怕族中天才因为一些不必要且浪费时间的琐事，而影响了修炼，便会挑选一些天赋修为也不错的族人，成为族中天才少年的战仆，照顾其生活起居。

然而有的天才，更多的是用来震慑，甚至欺凌实力低下的弟子。

叶修在叶家，自然是此等惊才绝艳之辈，而他的战仆实力更是不低，百分百听从他的指令。

叶修神色冷淡倨傲，理所当然地坐在战仆安置的椅子上，神态自若。随后，几名战仆更是站在他的身后，眼神犀利，扫视着四周。

"不愧是月榜十大高手排名第十的存在，此次出现，叶修的修为明显又涨了几分，修为进步得实在是太过迅速了，令我等心生惭愧啊！"

人们看到叶修的气息，开始议论起来，更是有感而发，两相对比，自惭形秽，令诸多弟子黯然神伤，甚至失去了追赶的信心，只因是太过打击人了。

"这便是那叶黎作恶的靠山表兄叶修吧。"

浮生自语，身为月榜第十高手的光环，的确耀眼，吸引着众人的目光，便是浮生，也下意识望了过去。

只不过他并没有他人那般崇拜与追崇，与他人相比，他显得很平淡。

看着诸多弟子，尤其是羽境这边的众位弟子，一脸的崇拜，甚至那些女弟子，满脸桃花相，只差流口水了，这令浮生很无语。

故此，他发表了意见，嘴动了动道："天赋还算不错，不过，比我还是差了许多，应努力才是。"

声音不大，但刚好被羽境的弟子听到，瞬间就有了反应。尤其是爱慕叶修的女弟子，立刻对浮生展开了强有力的反击，口沫横飞，皆忘记了浮生洗劫穆聪的事，所谓色能壮胆，大概便是如此了。

"你脸皮还可以再厚一些吗？"

一个体态丰腴，事实上可以称为胖的女弟子，看着浮生一脸鄙夷，她早就知晓浮生的畸形武典以及橙色天赋，十分清楚两者之间的差距，故此很果断地出声，实在是看不过去了。

此言一出，周围的诸多弟子，尽管迫于浮生洗劫的威势，但还是点头默认，认同叶修的天赋不凡，觉得浮生太厚颜无耻了。

然而，实际上，浮生所言并非妄言，他的天赋极高，乃青色第五重，完全可力压叶修，可惜他早前压制了，若要尽数展露，需要一些复杂的手段，更何况，浮生还是想要低调，不会为此大动干戈。

"我说的是实话。"

浮生大为冤枉，很无辜的感觉，明明说真话，却没人相信。

"实话？分明就是在吹牛！"

终于有男弟子鼓足了勇气，说出了心中憋了许久的言语。

然而，浮生的眼眸瞬间投射了过去，露出邪气的笑容，嘿嘿笑道："你是否身上的典石足够多？"

那名男弟子起初是愣了愣，可随后便倒吸了一口冷气，惊魂未定，瞬间便消失无踪。与此同时，周围的弟子，包括方才对浮生出声的女弟子，皆再次退后了一步，蓦然惊醒，发现眼前方才出口反驳的那个，可是会洗劫他人财物的主儿啊。

之前还未挑明就那么凶残了，而今他自己主动承认，那还不完蛋！

看那弟子消失，浮生眼神古怪地扫了一圈，其实他心中的确还想洗劫所有弟子，如若此番想法被羽境弟子知晓，估计会噤若寒蝉，立刻消失。

浮生的确是太穷了，虽然万法倾身，但苦于没有补充的典石作为后盾，巧妇难为无米之炊，也是没办法。

不过，眼下近乎集合了不灭宗外门的所有弟子，他不好动手，多少有些顾忌。

便在此时，又有弟子惊呼了。

"此位白衣少年，便是排在月榜第九的安默吧，果然不凡，气息比叶修还要强烈。"

被称为安默的白衣少年，宛若一名书生，气质淡雅，肤色白皙，如同美丽女子一般，他看上去并未给人一种雄浑霸道的感觉，反而有一种弱不禁风的单薄气息。

模样俊俏，棱角分明，两道眉宇如剑划过，他这一出现，立即能听到比叶修来时更加热烈的拥戴声。

其中大部分还是女弟子，她们热情地高喊着安默的名字，只希望能让安默回头看上一眼，便心满意足。

主殿气氛浓烈，异常热闹。

"娘兮兮的，有必要如此吗？"

浮生皱了下眉头，他很不喜欢一位男子男不像男、女不像女，这成何体统？

幸好此话没被那些疯狂的女弟子听到，要不然，估摸着那些女弟子分分钟会用唾沫淹没浮生。

随着安默的入座，又一名天才少年进入属于他的境域方位，这名少年，看上去很随意，如若放在人群中，估计也看不出特别，可便是此种随意收敛浑身气机的修为，更令众人震动。

他名为白道，排名月榜十大高手第八，典搬境五星的惊人修为，力压前面叶修与安默两大高手。

接着，不断有天才少年走入属于他们的方阵，令浮生都不得不注意的便是最后一位少年。

他便是月榜十大高手之首的温然，不是因为他的容貌外表，而是惊于他的修为天赋。

全场似乎都感受到了他的特别，瞬间安静了下来。

便是那九名高手，也纷纷将眼眸投了过去，眸光中有慎重，但也有一股战意。毕竟他们都是天才少年人物，正处于不服输的年岁，如若没有天堑一般的差距，他们不会心服认输。

十六岁，当豪气万丈，血拼一切！

"观其气息，应该还未破入典搬境，还在典锻境吧！"

浮生眼中一亮，尽管是第一次见到此人，但凭借火辣的眼力，他看出了与那九名少年不同的区别。

"天赋应该比他们都高。"

浮生再一次自语，收起了此前的轻松玩笑，开始严肃对待。

其余境域熟悉温然的弟子，道出言语，证实了浮生的猜测。其实从某种角度而言，浮生的猜测，基本上就是事实，很少出错。

"月榜十大高手之首温然，同时也算是整个不灭宗外门当中实力最强的人了。"

没有人会去质疑，因为温然的修为，在外门所有境域的弟子心中，是公认的强大。

"他的境界依然处在典锻境，此前就听闻他早就可晋升境界，顺利进入典搬境了，为何而今还是处于典锻境？"

有弟子不解。当然，这些弟子实力低微，根本不知晓其中奥义，所以此刻不断开始谈论。

修为强一些的弟子，冷哼一声，道："尔等不懂，莫要瞎评论，因为这是对温然不敬！"

这些自然是拥护温然的人，众人震惊，没承想，温然的地位如此之高，拥护他的人，已然到了盲目的地步。

"抱歉，我等只是好奇，想获悉其中原由，兄台可否告知一二？"

有些弟子很谦逊，抱拳问道。

那名强大弟子冷哼一声，尽管不愿，但最终还是解释道："温然大人目光长远，野望甚远，所图很大，自然不会就局限于区区典锻境。如若愿意，瞬间便可进入典搬境。然而，他却不愿，自然是有原因的。"

"愿闻其详！"

人们眼眸有惊骇，弯腰致敬，希望对方能详细解释。

前者冷笑一声，神情高傲，道："因为温然大人，对己身要求很高，不愿在典锻境时，以橙色第二重的天赋，破入典搬境，这会限制他的修炼路途，他想走得更远。"

众人哗然！

对于典道一途，典者自然知晓，修为境界多高，是取决于天赋的强大与否。在此之外，根基打得越牢，日后走得越远且越稳。

天赋便是根基，典锻境也便是根基。

典锻境为人体修炼武典的第一大境界，在此境中，天赋几何，直接关系日后的成就。

如若典锻境的天赋，只是橙色，那么，最多只能修炼到典锻境，橙色是第二重天赋，至多走到第二大境界。

倘若在典锻境时，天赋越高，如第三重，或是第四重，那么只要修炼顺利，理应可破入第三第四大修炼境界，成为高高在上的大典师、大典将，受万人敬仰。

天赋是天生的，但也有例外，是靠后天激发的。

如在拜典城时的晨曦，便是后天将天赋激发到了第三重黄色，她原本的天赋是橙色。

天赋可激发，但如登天之难，万中无一，非大毅力者、大气运者不可得。

上天有好生之德，有人天生天赋异禀，令万人羡慕。也有人天赋一般，此等人甘愿吃非常苦，比天才者多千倍万倍的苦，上天自然会松开一丝裂缝，给予嘉奖。

故此，在典锻境此境中，放松了一些条件，允许典者激发天赋，但只有在此境中起决定性作用。典锻境好比木桶中最为短小的一块木板，它的高矮决定容纳水位的高低。如若破入典搬境，此生天赋如何，便是如何，再无可能激发提高，已然定性。

从某种程度而言，还处在典锻境的典者，无人敢随意轻视，因为说不准，天赋被激发提高了，那么，日后的路途将会走得更远，可赶超很多人。

故此，有些人很快修炼至下一个境界，并非是一件好事，相反，他已然固定，一辈子就到此。

当然，有些自恃天赋足矣的人，认为即便不再激发天赋也足矣，以及不愿再待在典锻境，要进入下一大境的除外。

月榜十大高手，除开温然外，九位少年高手的天赋颜色皆为第二重橙色，他们都不在典锻境，成功破入典搬境，最低都是典搬境四星的修为。

典锻境为第一大境界，典搬境为第二大境界，二者相比高低显而易见，自然是典搬境的境界高。然而，月榜高手排名第一，却是修为境界还停留在典锻境的温然。

这已然能说明一些问题了。在这个世界，境界不一定能绝对衡量修为，决定性的还是天赋。

温然的修为只在典锻境九星层次，可他原本橙色第二重的天赋，被他成功激发，进入黄色第三重，他的修为自然整整增加一倍。

成为月榜第一，自然不在话下。

不说实际上的战力，温然比那九名已在典搬境的少年高手强，便是日后的成就也比他们高。其余九名少年高手，今生只能停留在典搬境，除非有绝世气运，不然此辈固定了。

修炼武典还需注意的便是，不过也只是针对天赋至少在第三重的天才，倘若在典锻境中，天赋为黄色第三重，破入典搬境后，武典之上多了一道典环，天赋颜色体现在典环上，天赋颜色便是典环颜色，第二道典环的颜色会重新根据人体的天赋潜能显化而出。

  运气好的话，会显化橙色第二重，如若运气不好，也有可能直接成为赤色第一重天赋。如此，即便在典锻境中为第三重黄色天赋，理应可晋升到第三大境界（典魂境），可因进入典搬境后的天赋太低，最终止于典搬境。

  如若还想破入典魂境，必须在典搬境九星时，开始激发天赋，如若提高至第二重橙色天赋，才可破入典魂境。当然，这种很难。

  实际上，每个大境界修炼至九星圆满时，便可着手激发天赋。

  从此处也能看出温然的不易，真的堪称天赋异禀，在既定的天赋上，居然还能强制激发，提高了一个天赋，难怪会令众人惊呼，且力压九大高手，成为十大高手之首。

  当然，九大少年高手，自然是清楚的，否则也不会将十大高手桂冠让给温然。即便如此，有个别几位天才高手，也有些坐不住，气血在涌动，有遗憾，有失落，他们知晓，温然与他们的距离更远了，他们被甩在了后方，追不上了。

第19章 缺一个战仆

得知月榜十大高手排行第一的温然,而今的天赋竟晋升到了第三重黄色,这令本是对他极其崇拜的弟子双目愈加放光,几乎全场的目光都聚在了他的身上。

温然神态自若,如九天神子,一步一众生,眸光有金束,通体黑色甲胄,如远古战神,沐血而归,溢出的典力,如碧波涟漪,扩散开去,影响周遭的弟子。

他的确很不凡,气息远超那九大年轻高手,举手投足间,有金属碰撞之音,爆鸣炸响,这真的是一位天才人物。

就是不知他而今成功激发了一个天赋,终于爬升到第三重黄色之后,是否要一举突破至典搬境,抑或心存抱负,还想继续激发天赋,往第四重逆天而上?

没有人知晓,但人们都深刻地认识到,此人日后成就必然不一般,只要他成功保持,日后至少是一位不灭宗长老级别的人物。

故此,那些原本讨好他的弟子,便更加热衷了。

一位准长老级别的年轻高手,日后对家族的影响力,真的是太大了。很有可能整个家族都因他而崛起,成为天佑国举足轻重的王族。

温然此次的天赋晋升,温家对他的资源,第一时间便倾倒了,整个家族的视线都放在了他的身上,不光如此,便是不灭宗外门的长老,对他也是寄予厚望,资源自然也倾斜,这将大大有利于他的修炼。

温然不以物喜不以己悲,兴许早就习惯了人们对他的注目与关注,他并未展露出任何表情,自顾自地走向属于他的境域方阵。

黄色天赋,后天能激发,实属不易了。

浮生暗自点头,没有人比他更知晓这其中难度,尤其是后天激发的。要知晓,当初他可是亲手帮晨曦成功激发了天赋,险些伤了本原。他是何等人物,都遭受过如此境况,这其中有多难,立刻明了。

随着温然的进场,不灭宗外门的弟子尽数到齐,不过,大部分的弟子,目光依旧停落在那月榜十大高手身上,他们理应享受此等关注。

他们是不灭宗外门弟子中天赋以及修为最高的天才俊秀,不可否认,他们是此刻主殿中的主角,光彩照人,其他弟子在他们面前,都失去了往日的神采,变得普通多了。

浮生很冷静地看着，他没有丝毫的想法，他来到不灭宗，自然是寻求修炼资源，尽快提升修为，本意上是能不高调便不高调，尽量低调便宜行事。

然而，浮生的如意算盘，很快就要被打破了，他想低调，有人可不想让他如此。

月榜十大高手排名第十的叶修，此刻他身旁的战仆，冷笑着看了浮生一眼，随即便向浮生迈步走去。

这是两名年龄也与叶修相仿的战仆，皆是来自叶家。叶家是一个大家族，财大势大，来自一个郡，暗地里实则把握着一郡的一切。

故此，即便身为叶家的战仆，他们也是异常高傲，眼眸深处有冷意流转，分明未将众人放在眼里。

他们此刻从叶修身旁走出，立刻便引起了有心者的注意，只因身为月榜十大高手的叶修，实在是太过亮眼了，顺带着他的战仆也引人关注。

故此，叶修的那两名战仆的行为举止，自然也引起众人的注意。

"咦？叶修的两名战仆为何突然离去？他们要去何处？"有弟子立即疑惑了。

"好像是向羽境方阵走去，观其神态，不像是什么好事！"

有人皱眉，发现那两名战仆神态冰冷，犹似有杀气外散，难不成羽境之中有哪个不开眼的弟子招惹了他们？

没一会儿，众人也发现了此苗头，那两名战仆越发靠近羽境了，自然也证实他们的目的地。但也因此，令众人疑惑。

与此同时，羽境之中的所有弟子也是疑惑不已，一些胆小者更是紧张退缩，第一时刻开始回想自己是否曾招惹过叶修。

之所以如此畏惧，一方面是因为叶修名声在外；另一方面则是因为叶修绝非善人，万万不能招惹，如若招惹，下场绝不会太好。

羽境中，便是纳兰杰与蓝燕等人，也是面色一变。不过，他们倒也不会太过畏惧，尽管他们身后的家族，无法与叶家相比，但他们很清楚，他们从未与叶修有关的一切有过任何接触，井水不犯河水，此时那战仆走来，自然不是来寻他们的。

可如此，对方过来，到底所为何事？

他们的疑惑，自然也是羽境之中众位弟子的心声。能成为叶修的战仆，替他办事，修为自然不会低，相反，那战仆的修为，比大部分弟子都要高很多，他们也是为数不多的战仆中，有望正式成为不灭宗弟子的战仆。

家族与不灭宗有规定，即便是战仆，只要天赋超常人，修为不错，也是有可能洗脱战仆身份，成为正式的学员，享受不灭宗的修炼资源的。

如此，战仆们更加卖力，更加忠心于家族，因为要洗脱身份，家族在后面所起

JINYU

第⑩章 缺一个战仆

的作用最为重要。

那两名战仆很有希望，因为他们帮叶修做了很多事，深得叶修的看重，是叶修最为器重的战仆。叶修甚至还答应他们，在不久的将来，会亲自提笔给叶家写一封信，亲荐他们，助他们洗脱身份，成为正式的不灭宗弟子。

这令他们更卖力了，恨不得挖出心肝，以证他们的耿耿忠心。

"他们……他们不是来找他的吧？"在羽境大部分弟子惊惧的时刻，人群中的铁华睁大双目，好像想到了一件恐怖的事。

那个"他"自然便是浮生。因为，在当日，他可是目睹了浮生的霸气与果敢，动手将叶黎击伤，而不顾"警告"。

要知道，叶黎可是叶修的亲表弟，同为叶家子嗣。而且，叶修冷酷血腥，但唯独对叶黎宠爱有加，平日里，哪曾让叶黎受半点儿委屈？

也便是因此，令叶黎的性格发生了变化，变得异常跋扈飞扬。

铁华的眼神变了又变，他结合浮生所在的位置，以及那两名战仆的路线方向，更加确定他们的目标便是浮生。

"太有可能了，想必是叶修得知了自己表弟被打的事，此刻来报复了。"

铁华如此推测道，他差不多可以确定，叶修是出了名的护短，叶黎被一个新晋弟子打得吐血，叶修不可能不出手的，能憋到而今，已然算是一种奇迹。

只不过，令铁华想不到的是，在主殿中，外门所有弟子都在场的场合下，叶修竟然敢公然派战仆出手报复，这实在是超出了他的想象。

战仆不断逼近，眼眸泛冷，不顾他人。他们一直在行走，直到离浮生两丈时，终于停了下来。

"什么？他们停了，而且还停在那个陌生弟子面前！"

这是一名刚刚看到羽境诸多弟子都畏惧浮生一幕的其他境域的弟子，那时，他看到羽境中的弟子皆躲着浮生，觉得浮生很不凡。

接下来，其他境域的很多弟子，也是很震惊。他们此前也是认为浮生是羽境之中修为很强的一名弟子，因为他们都看到羽境当中的弟子，尤其是浮生周遭的弟子，他们的眸光透露着惧怕，似乎恨不得远远躲开，不想出现在浮生近前。如此现象，自然会引起众人的注意，也便是因此，浮生一个初来乍到的新晋弟子，这才能进入其他境域诸多弟子的视线里，给他们留下一些印象。

当叶修的那两名战仆站在浮生近前后，刹那间引起人群的大爆炸，原本一个新晋弟子，一个近乎没多少人知晓的弟子，瞬间进入了人们的视野中。

人们震动，安静，随后有条不紊的主殿，瞬间嘈杂起来。

"发生了何事？叶修的两名战仆为何与那名弟子对峙？"

"那战仆通体散发出的煞气,让人如坠冰窖,常人无法靠近,那弟子究竟做了何事,竟令他们如此?"

一些熟络于各个境域,号称百晓生的弟子,更是发现了不寻常点,直接点出道:"不对,这名弟子,很陌生,应是此次对外招来的新晋弟子吧,否则,我不可能没见过。"

此话一出,立即得到众多弟子的呼应。但是如此,却令他们更加疑惑了。按理,若是新晋弟子的话,应该是不可能在如此短暂的时间内,与叶修有什么瓜葛才对啊。

"先关注关注!"

他们最后决定看接下来的发展,在此处乱猜也不是办法。

叶修的两名战仆很年轻,气血旺盛,隔很远都能闻到一股血气,周身肌肉膨胀似要爆炸,一股强悍的力量,席卷而来,普通人望去,很难生出抵抗之力,只能远观。

然而,此刻的浮生,神态却很平静,最多皱了皱眉头,便无其他。

他自然知晓来者不善,仅凭对方散发的冷漠气息,便可读出。

此时,其中一名战仆,眼眸冰冷,嘴角衔着冷笑,他朝浮生更近一步走了过来,高傲脸庞俯视着浮生,干脆直接地说道:"我家大人而今缺一个战仆,你很幸运,被我家大人看上了,随我去吧。"

"收战仆?"

人们吃惊,但也有一部分人露出羡慕的目光。实际上,宗门内一些无根基的普通弟子,天赋有限,而家族又很普通,便会另辟他途,在宗门内攀附关系,期望日后在俗世间建立强有力的家族以及事业。

从某种程度上而言,能成为一名鼎盛家族的战仆,是一件极为有益的事,很可能会让自己的家族因利益捆绑,踏上一条大船,从此顺风顺水。

为了利益,即便不大好听,但一切都是值得的。

很多普通弟子很希望叶修的那名战仆是对着他们而言的,他们必然会第一时刻答应下来。

然而,浮生却是在心中冷笑一声。他是何等人物,便是他当年的手下,哪个底蕴不是超过叶家百倍的?

听对方口气,将浮生纳为叶修的战仆,反而成了恩赐,是浮生的运气,是一件很荣幸的事,浮生很想仰天长啸,他嘴角咧开,笑了出来。

"的确够幸运,你们看,这名弟子心里铁定乐开花了,都笑得合不拢嘴了。"

有弟子眼尖,第一眼就看到浮生咧嘴在笑,误会他是高兴。

不过,在不灭宗外门当中,最为了解浮生的铁华等人,此刻面容倒是显得有些古怪与复杂。

"这位新晋弟子挺有趣的，看他竟然高兴成这样，呵呵！"

终于，不灭宗外门的月榜十大高手有人注意到了这一幕。原本，在他们心中，外门当中大部分的弟子，自然是无法入他们的法眼，他们的睇光在内门，甚至内门的十大高手身上。

外门当中，他们根本无暇去注意，除非有大事。

眼下，叶修手下的两名战仆突然前去要收一名新人弟子为战仆，对于他们而言，也算是一件新鲜事，恰逢在主殿中，他们便是当作饭后无聊，瞥上几眼，解解乏。

"叶修为何突然要收战仆，有那么多战仆了还不够指使吗？且，那新晋弟子又不是叶家子弟。"

月榜十大高手排名第九的安默，身坐在木椅上，显得很悠闲地看着浮生那处。

排名第八的白道，甚至有些疑惑地望了叶修一眼，不过，这类事，终究不是什么大事，至多比较新鲜，他们不会放在眼里，更不会去多看浮生一眼。

在他们眼中，浮生如大众一般普通，不值得关注。

此刻，那名自傲霸道的战仆，更加骄傲了。如他人所想，他也认为浮生此刻笑了，是因为高兴激动。

这令他更是高高在上了，近乎用鼻孔对着浮生，他没有去想其他，在他心中，叶家很强大，被收为战仆，理应激动才对。

"好了，你平复下心情，成为大人的战仆，日后有的是机会让你高兴和激动。此刻，随我走吧。"

这名战仆看了浮生一眼，转身后露出一种莫名的笑容。实际上，他奉令前来收浮生为叶修的战仆，用意并非如此单纯，但前提是得事先将浮生收走。

另外一名战仆看到同来的那名战仆转身欲要离去，也便转身往叶修的方向走了过去。然而，他们走了片刻后，却有些意外地发现，后方并没有任何动静，于是他们有些吃惊地转身回头望去，却发现浮生竟然跟笨蛋一般站着一动都不动，根本就未跟他们前去。

方才与浮生对话的那名战仆，皱着眉头，空气在凝固，他显然有些不乐意，因为浮生没听从他的言语，跟随在后，主殿当中，弟子如此之多，多少让他有些颜面无光。

"还不快快跟我走？"声音冷酷无情，显然有些动怒。

"你有病吗？我有答应过你吗？自始至终都是你一厢情愿吧。"

浮生憋不住，终于发作了，清脆冰冷的声音，在空旷的主殿中回荡。

众人暮然看向浮生，皆是一副不可思议的神情，全然没想到一名新晋的弟子，竟敢说出此等言语，而且是公然面对着整个不灭宗外门的弟子，语气竟然还能够如此平淡无波，似乎在对着普通人呵斥，根本无视其为叶修战仆的这层背景，胆魄惊人。

尤其是羽境中的所有弟子，瞬间炸开了锅，人声鼎沸。叶修的战仆是何等人，从某种层次上来说，这些战仆代表着叶修，等同于他，辱骂战仆，等若是在辱骂叶修，更是在打叶家的脸。

谁人有如此胆魄？

很多人在扪心自问，最终，在心中暗自摇头，承认自己是没有此番魄力的。

第一时间，这名战仆怒了。

起初他的确是愣住了，全然没想到浮生竟然会反驳拒绝，更没想到会骂他。实际上，成为叶修的战仆后，在不灭宗外门中，已经许久未曾受过如此不敬的对待了，人们都对他敬畏有加，哪有如今这番境况？

更何况，对方还是一个新晋弟子，根基甚浅。而自己居然在大庭广众之下，被一个小子给骂了，这位战仆脸色很难看。

"你这是嫌命长了吗？"此名战仆眼眸冰冷如寒刀，如蛇蝎般盯住浮生。他在强行控制情绪，毕竟此处是主殿，是严禁动武的，即便他是叶修的战仆，也不能无视。

该战仆逼近一步，浑身的气势在瞬间攀至巅峰，即便无法动武，他也想要用气势将浮生压至跪下，以缓解他心中的怒火。

"纳你为战仆，是你百世修来的福分，是一种恩德，你莫要自误。"

另外一名一直沉默的战仆，冷冷地望了浮生一眼，看似温和的语气中，实则杀气弥漫。

"呵呵，收我为战仆，是一种恩德？"

浮生觉得很好笑，叶家人必然是仗着势大，才让他们天生有一种优越感，会觉得将一个人收为战仆，是一种恩赐，是一种恩德，更是一种荣耀。

战仆，从某种程度上而言，毕竟还是仆人。不遵从他人意见，肆意决定他人的命运，将其收为战仆，反而还觉得对方得去感激他，此种想法太过荒谬了。

"我知晓你的来历，不过是出自一处不知名的小小城池，你要明白，能成为我家大人的战仆，对你的家族很有益，只要有此层关系，你的家族地位将迅速水涨船高，整个家族会以你为豪，真的不能自误，身在福中而不知福啊。"

这名最早与浮生对话的战仆，实力很强，竟然在典锻境五星的层次，甚至比羽境中修为最高的蓝燕还要高上一分，这也是他的底气，寻常弟子，很少能在此年纪达到这番修为。

他名叶奴，是叶家旁系子弟，因天赋尚佳，被破格收为叶修的战仆，改名为叶奴。兴许是因为名字的关系，叶奴此人奴心很重，对叶修忠心耿耿，只要叶修的一个命令下达，无论对错，必将执行。

也是因此，他手上不知沾染了多少鲜血。

他得到叶修的命令，无论如何，必须将那浮生带过去，收战仆只是一个冠冕堂皇的借口罢了。

浮生同样早已洞悉，知晓对方不去寻找他人，只针对他而来，必然是有目的，感受到对方若有若无的杀机，自然不是什么好事。

故此，他一早就拒绝了。不过，纵然不是如此，他人要收他为战仆，他也是嗤之以鼻，绝不会干的。

"自误又如何，你们要收战仆就去收他人吧，我没这个兴趣，你们走吧。"

浮生独对两大战仆，浑然不惧，面色平静，便是周遭的议论声，他也浑然不在乎。

叶奴闻言，杀机顿现，隐约间更是能看到他的典脏处有武典浮现，这若是不在主殿，想必他已经出手，将浮生斩杀。

主殿严禁动武，叶奴只能压制心中杀气，以至于浑身的气息有些紊乱，似乎下一刻就要爆发。

离得近的弟子，心中吃惊。震动于叶奴的修为，又惊惧于叶修的强大，因为，仅仅只是叶修的一个战仆，修为就如此之高，那他的主人呢，岂不是更强大？这令他们在心中形成对比，觉得叶修更加高不可攀了。

同时他们也很好奇，一位新晋弟子，竟然敢当面拒绝叶修的战仆，简直胆大包天。难道他不知叶修是何人吗？

有弟子看着浮生平淡的样子，突然有些着急，一些人更是开始同情浮生了。很显然，对比叶修的强大，浮生势单力薄，根本无法对抗，此番拒绝，自然不是很明智，定然会落得一个不好的下场。

便是月榜十大高手的几个人，对于浮生的拒绝，也显得有些吃惊。随后，便是饶有兴致地看着接下来有可能发生的一幕。

其中几个人甚至捧着战仆递来的茶杯，轻轻呷一口，坐观好戏。

事实上，在他们几个人眼中，浮生至多体现了一些硬气，让他们觉得有趣以外，其余便没了。

"锵"！

叶奴逼近一步，怒视着浮生，他奉叶修的命令，要将浮生纳为战仆，他必须办到，叶修在他心目中是神一般的人物，他的命令不能忤逆。

武典在其典脏处悄然浮现，最终凝实，武典身上有一道典环，典环呈橙色，却是很不错的天赋以及修为，此等条件是足以进入不灭宗的。

但是他身在叶家，且是旁系，族中关系复杂，容不得独自踏上修途，只能成为战仆，清扫阻挡在叶修前方的障碍。表现好的话，兴许可以破例成为不灭宗弟子。

 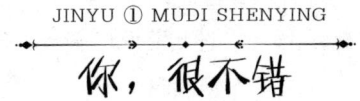

"收你为战仆,是一种荣耀,也是一种命令,容不得你愿意与否,便是不愿意也得愿意,大人的命令,岂容尔等意愿?"

叶奴手指如剑,指着浮生的鼻子说道,眸光冰冷。

典锻境五星的修为,尽数展露,他凭借修为,将浮生压制,纵然在主殿无法动武,那么只是气势压制,别人也说不得什么。

他有自信,典锻境五星,天赋第二重的实力,定然是能将浮生全面压制,最好是能将浮生压制得承受不住,最终跪下,拜服于他,也算是一件长脸的事。

可惜,想象中的场面并未发生。

浮生一直平稳地站着,如无事一般,甚至发丝都不见得有半点儿飘动,恍若叶奴并未出手。

"怎么可能?"叶奴瞳孔收缩,显然很震动,觉得很不可思议,他已然催动己身修为,锁定眼前的浮生,怎么可能对方会没有任何动静,他不是一个新晋弟子吗?怎么可能会如此?

叶奴怒吼一声,他不相信,再一次将修为升到巅峰,甚至抬起右臂,以手臂为媒介,将杀机转至浮生周身。

可以看见,主殿中刮起了一股强风,以叶奴为中心,向浮生逼迫吹去,仅是狂风边缘溢出的风力,竟让周围的弟子连连后退。

人们皆在关注,神态不一,有的甚至在猜测浮生接下来会怎么做,会最终选择当叶修的战仆呢,还是会选择其他?

毫无疑问,原本站在人群中,无人知晓的浮生,而今已然出现在所有人的视野里,人们知道了羽境中有这么一位,敢公然拒绝叶修的"好意",甚至与战仆叶奴对峙的新晋弟子。

月榜十大高手,皆眼眸转动,关注力落在了浮生与叶奴身上。此番风波,很显然超过了方才他们进场的关注度。

经过加持的压制,典锻境五星的修为,的确对浮生造成了一丝影响,他的黑色长发飘扬而起,将他的容颜进一步映入人们的眼眸中,面庞看似平凡,久望的话,却又显得异于常人。

尤其是浮生的那双清澈干净的瞳孔，此刻仔细盯着的话，人们会惊讶地发现，恍若有一丝时光流转的意味，不似他这番年龄所该有的岁月感。

"此子似乎有些不一般！"

有年长的弟子，紧锁着眉头，托着下巴，露出一副思索的样子，他也觉得浮生看似很平凡，却又不普通，可要具体说出不凡在哪里，又无法言出，感觉很矛盾。

然而就在此时，浮生却动了，同样还是古井无波。

他动了！

浮生在迈步，往叶奴的方向迈步。

如巨山压顶的气势化成狂风，向其呼啸而至，将浮生的衣衫吹得往后飘动。消瘦的身子，如一叶扁舟，在狂风暴雨中极有可能被淹没吞噬，人们开始担忧。

可观浮生的神情，一种如磐石般的坚毅，写在脸上，任万古岁月更迭，任万物踏顶，都毫不变色，怡然不惧，有一种莫名的气势。

这股气势，随着浮生的每一步迈出，而相应叠加。

自由摆放在身边的手，悄然展开，浮生眼眸开始变冷。

到底而言，浮生非常人，一代皇者的威严不容侵犯，更何况还是一个战仆，竟欲将他收为战仆，这本身就是一种侮辱。

如若不是为了低调，浮生早在此前就会动手。

对方典锻境五星的修为，又有何惧？

主殿中严禁动武的规定，又有何妨？

照样一巴掌扇过去，谁来都无用。

没办法，叶奴实在是太过霸道了，在言辞中说，无论浮生愿意与否，都要收为战仆，高傲专制而独断，令浮生真的动怒了。

故此，他选择出手。一步一步朝叶奴的方向走去，此番举动，自然又令众人愕然，他们自然不会想到浮生此刻竟然想动手，只是在猜测浮生向前走去的目的和想法。

"他在做什么？"

场面很怪异，在人们眼中，浮生是蚍蜉，叶修的战仆叶奴自然是大树，绝不会想到浮生已经在考虑出手了。

叶奴的眼眸里仿若有冰川在坠落，冷到了极致。他没有去想浮生会动手。然而，浮生在被压制的形势下，居然还敢向他走来，在他看来，浮生这便是在抗拒他，在扫他的颜面，这是绝不容许的。

他心中自然有些惊讶，惊讶于浮生在典锻境五星的修为压制下，居然还能迎头而上，但惊讶只是刹那，它很快就被内心的怒火替代了。

"怎么？我劝你真的不要自误，因为，那种后果是你无法承受的！"

事到如今，叶奴依然有恃无恐地威胁，如往昔那般，眸子冷淡地俯视着浮生，让后者最后仔细考虑。

"轰"！

在叶奴话音一落的刹那间，浮生暴动了。

他离叶奴已然很近，身躯瞬间一弹，早已准备好的手掌，高高扬起，一巴掌直逼叶奴的脸颊，狠狠扇了过去。

这一刻，浮生恍若九天神主，霸气又凌人，坚毅的脸庞，令他看上去更显得冷酷。

叶奴震动，眼眸深处的讶异一闪而过，他真的没想到，自己瞧不起的浮生，居然敢扇他的耳光，这……这太过古怪了。

浮生那一巴掌扇过去，速度真的骇人，实在是太快了，在叶奴的眼中，那道巴掌在迅速放大，似乎眨眼即至。

主殿中所有人安静了下来，这一切真的发生得太过迅速了，根本就是迅雷不及掩耳，人们根本没想到浮生居然会主动出手，去扇叶奴的耳光，这一巴掌若真的被扇实，引发的后果不敢想象。

叶修会怒，那一怒，必然鲜血长流。

可惜，在浮生的巴掌即将打在叶奴的脸上时，主殿的上空蓦然响起一道厉喝，如九幽传至，回音九荡。

"大胆，主殿严禁动武！"

一只大手如磨盘一般，直接向叶奴与浮生头顶上笼罩而去，一股令人惊悚的灵魂威压陡然密布笼罩住所有人。

大手看似缓慢，实则迅速无比，飞去挡在了浮生的手掌前。

"砰"！

一种打在金属上的声音，爆响在主殿之上，随即一道肉眼可见的光圈在所有弟子的头顶上方，向四面八方散开，威势无匹，令人畏惧。

挡住了！

浮生的一巴掌竟然被突然打出的大手印挡住了，紧随而来的他，竟然噔噔噔地不断向后退去，在坚硬的金刚大理石上留下了一串脚印，触目惊心。

气血翻涌，浮生的胸腔起伏不定，他的脸色有些苍白，显然对方的修为要比他高很多。

与此同时，浮生猛地仰头望去，在刹那间，他眸光大盛，杀机密布，一代皇者的霸气，席卷四方，非常不一般。

便是打出那大手印的主人，在空中也轻"咦"了一声，显然被浮生刹那间的气势惊到了。

很快，那股如战九天的气势，如潮水般迅速消失，同来时一般，突兀且迅速，令众人讶异万分，突至的高手也是眉头一皱，心觉奇怪。

待得那强者落下，他先是将眸子在叶奴的身上扫了一眼，最终定格在浮生身上。

他心里有疑惑，奇怪的是浮生仅是典锻境二星圆满的修为，天赋区区第二重橙色，竟然能挡住他典魂境大典师的一击而不伤，只是连连后退。

再者，让他更加好奇的是，在对方后退停住的刹那间，气质有变，尤其是浮生的眸子浮现出一种久远的沧桑感，那种沧桑感，便是他望上去，自己都觉得变成了孩童，不敢正视。

不过，后来瞬间就消失了。

这位大典师强者，皱了皱眉头，无法解释，最后只能将方才看到的异象归为错觉，也只能如此了，毕竟浮生的躯体肉身年龄，的确只有十几岁，这欺骗不了别人。

"恭迎九长老！"主殿所有弟子看向突然到来的大典师强者，在眼尖的弟子带动下，整齐划一，异口同声地高声喊道。

此位挡住浮生一巴掌的强者，便是不灭宗外门中第九长老，名为霍光，实力绝顶，比乾羽长老还要强上一些，位列不灭宗外门长老第九。

实际上，乾羽长老的实力很强，只是因为做错了事，被惩罚，权力被架空到最小，否则，他的长老排位绝不低。

"嗯！"霍光长老点头，摆摆手，又望向浮生，他总觉得浮生有些不简单，这是他的感觉，但又说不出哪里不同。

最终，他开口道："你，很不错！"

此话一出，全场再一次震动了。

一个新晋弟子，居然当众被声名响动天下的九长老称赞，足够成为美谈了。

也是因此，九长老的话迅速起了反应一般，诸多弟子看着浮生平凡的样子，似乎也觉得不简单了。

霍光的称赞，是由衷的，是发自内心的。

典魂境为大典师，高典锻境整整两大境界，前者是巨人，后者是婴儿，一巴掌可以横扫典锻境的典者，无人能挡。

可，便是如此，霍光的一个大手印，居然没将浮生震伤，至多只是脸色苍白，气血不稳，在坚硬的金刚大理石上留下了一连串的脚印。

的确，很不错了。

霍光长老这一声让众人蓦然惊醒，尤其是那月榜十大高手，刹那转眸，朝金刚大理石上落的那一连串脚印望去。长空荡漾，那是因心中震惊,猛然发散的法则力量。

月榜十大高手，果真不凡。仅仅只是这单纯的定睛，就会引起此番异象，令诸多弟子惊骇。不过，异象之大，也是因为十大高手心境同时翻涌所致。

他们望了望脚印，最终又看向浮生，此时的浮生，在他们眼中的印象，再一次发生了巨大改变。不似普通弟子！

扪心自问，一位大典师的一击，他们其中一个要挡下，也是有可能的，但要做到浮生这般无损，至少明眼中看不到伤势，很难，很难！

"此人不曾见过，是新晋弟子？"这时，月榜十大高手之首的温然，也注意到了，他目视着浮生，语气略有惊讶，问着身旁站立的战仆。

"嗯，应是新晋弟子，看他的所在方阵，应该是乾羽长老此次招收的新弟子。"战仆立刻回复，十分恭敬。

"哦！"

温然点头，"哦"了一声，便不再出声，谁也不知晓他心中的想法。他永远都是这般平淡，好似任何事都无法引起他的强烈兴趣。

此刻，浮生怒火瞬间消失无踪，仿若从未怒过。

起初，他真想一巴掌扇飞叶奴，可没想到半路被霍光长老挡住了，这令他很愤怒。遥想当年，他心中有意，谁人敢挡？

可而今，他实力低微，不复从前，做不到往昔的霸气。但依旧无法令他不动怒，这便是在霍光长老挡住他后，突然感受到一股沧桑悠远的气息。

实际上这是浮生动怒时，本能发散的气息，最本源的气息。不过，他瞬间察觉到，今时不同往日了，能收能放，方为人上人。

故此，那股异样的气息，再度消失，如梦似幻。

听到霍光长老的夸赞，浮生并未觉得如何惊喜高兴，如若换作他人，定然三日都无法平复心情。而他，只是很平静地面对，无喜无悲，他的眸子望着霍光，很平静，没有半丝激动，或者说，无半丝过多的情绪波动。

霍光皱了下眉头，他总觉得眼前的这个新晋弟子跟其他年轻弟子有所不同。似乎……太过稳重了。

根本就没有普通弟子的激动，有的只是经历过一切的坦然。

尽管如此，霍光长老还是严肃地说道："主殿严禁动武，对众位弟子有效。"

此话一出，坐在椅子上的叶修，嘴角微扬，夹着冷意，他知晓霍光长老后半句，必然是要对浮生进行惩罚了，他很乐意看到这样的一幕。

他的战仆们自然如主子一般脸上布满笑意，尤其是那险些被浮生扇耳光的叶奴，更是幸灾乐祸，眸子闪动着别样的光彩。

"在主殿竟敢动武，连我都不敢，你一个乡下来的土鳖，也敢犯禁，这是自找惩罚！"

叶奴眸子更冷了。

可是，霍光长老再度说出的话，却是令所有人都吃惊了。

"不过，念在你是新晋弟子，初次来主殿，不知晓主殿的禁忌，此次就免了。但，若是有下次，绝不轻饶！"

霍光通体释放雄厚的气息，一种属于典魂境独有的灵魂威压，瞬间笼罩整个主殿下的所有弟子。

实力低下者，甚至开始瑟瑟发抖，愈加明白典魂境的高深与不凡。

"轰"！

月榜十大高手的眼眸更是爆发出别样的光芒，那是对力量的渴望，而俨然正式进入人们视野中的浮生，眼眸却是深邃了起来。

"好了，霍老，快收起你的威势吧，有些弟子快要承受不住了。"

一道破空声突然袭来，另一位不灭宗外门长老到了。这是一位白发白须的长老，排位第八，名魏须，修为亦要比霍光强上一些。

他身躯刚落，立即便发觉了霍光的灵魂威压，且更是发现了有几位实力低微的弟子，脸色难看，显然是在典魂境大典师的威压下，有些不支，便第一时间叫霍光威压内敛。

想来，霍光与魏须很熟悉，也察觉到一些弟子难受，迅速撤走了威压。与此同时，破空声不断响起，此起彼伏，不断有长老降至。

整个不灭宗长老数百，分别管外门与内门，外门长老的数量也颇多。然而，此次前来主殿的长老并非全部，有些长老正在闭关修炼，或是外出不在宗门内。

数十位长老居于主殿之上，乾羽长老也亲自前来，他们皆俯视着底下所有弟子，威严无比。无与伦比的气势，宛若战神重生。

有的身负甲胄，头戴黄金锻造的头盔，金光璀璨，夺人眼目。更有甚者，手持二丈长枪，如同枪神，粉碎虚空，霸气凌人，那是一把黄色典器，只有典魂境强者才能使用。

将众人的视线瞬间吸引而去的，便是居中的一位男子。他很年轻，看上去只比底下弟子大上十多岁，风采迷人，丰神如玉，肌体通透无瑕。

他一步站出，虚空都似随他转动，犹似有黑洞诞生，说不出的奇异。他没有穿甲胄，更未持任何典器，只穿浅色布衣，如凡间农夫，可是观其容貌，尤其是那双精亮的眼眸，定然会觉得不凡。

他是不灭宗外门大长老长宫，实际上，他比在场所有长老的年龄都要大，只是他战力绝世，修为惊天，将他的肌体血液，修炼到了一种莫名境界。

长宫大长老引领众位长老，缓步而出，隐约间可见他的武典，有四道典环浮现，但很快便消失无踪，看不真切，很模糊。

"四道典环？典摹境？"

浮生低语，他在方才也看到了长宫大长老典脏处的武典，在其之上的典环数量，如若是真的话，那不灭宗的总体战力，他需要重新估量了。

天佑国只不过是一个最为低级别的九级国，一个宗门，即便是天佑国的三大宗门之一，单单一个长老的修为，也很少会是典摹境大典将级别层次的，太少见了。

浮生所经之事无数，他觉得有些反常。

不过，很快，他就被长宫大长老接下来的言语打断了思考。

"众位弟子，我是不灭宗外门大长老长宫，长话短说，此次将尔等召来，除了让尔等参加不灭宗一年一度的试炼，还有一件重中之重的事要宣布。"

长宫大长老眸子扫向众人，想起即将要言出的要事，饶是强如他的心境，也难免有些波澜起伏。

只因，此事不仅对外门，乃至对整个不灭宗都是关乎存灭的要事，纵然希望渺茫，也得试上一试了。

所有弟子自然很震惊，因为他们只被自己所负责管辖的长老透露过试炼一事，除此之外，并未听说过还有一件比这更为重要的事，但观大长老神情，此事关系应该很大。

"唉！"

长宫心中叹气，看底下诸多弟子疑惑的表情，他才高声道："尔等应该都知晓我不灭宗有护宗典兽，它庇佑了不灭宗数千年，功劳惊天，可以说，如若没有它的存在，不灭宗早在数千年前便不复存在，这是血与汗的付出。可是，这数年它因修炼，伤了根基，修为大不如前，以至于天佑宗虎视眈眈，可即便如此，他们也不敢放肆，依然对它有所忌惮。

"然而，就在近日，我们发现这位老祖宗，居然神秘'失踪'，也就是说，在它所盘踞的地方，我们联系不到它，这太过恐怖。"

长宫大长老眼眸中有惊恐之色闪烁，可以想象，如若失去护宗典兽，将会对不灭宗乃至整个天佑国产生何等严重的影响。

这还是其次，主要是他们担忧老祖宗的安全，因为如果它的修为受损严重，大不如前，恐其会陨落。

老祖宗何其强大，而今居然连它的气息都消失了，不灭宗所有长老惊惧，怕它有恙。毕竟，它对不灭宗的恩情，宗门永世无法报答，如若有任何闪失，他们上下无法安心，会悔恨至死。

长宫大长老的话音一落，全场一片哗然，尤其是老弟子，更是惊慌失措，也是怕它有损，怕最为担心的事会出现。

"我们长老早已去寻找无数次，但最终结果很不理想，甚至佐证了心中最为担忧的猜想。但便是如此，也不能放弃。因为，宗主经过无数次推演，推断出老祖宗暂无性命之忧，但情况也万分危急。并且得出在尔等诸多弟子当中，或许有人与老祖宗有缘，能获得它的信息，即便是一丝，也是万幸了。"

长宫大长老说得很明白，就是说在这群弟子中，或许有人能找到有关老祖宗的信息。故此，他才集结众位弟子，在试炼的基础上，主要去寻找失去踪迹的老祖宗。

"只要获得关于老祖宗的信息，无论大小，宗门答应尔等，可提出任何一个要求，宗门必然会满足。"

任何要求，都能满足。

人们甚至觉得惊悚，这种报酬太过惊人了。可也是由此，体现出护宗典兽对不灭宗的重要性，如若有人找到，便是要当不灭宗的宗主，也可以满足。

想想就令人激动与兴奋，长宫大长老以及众位长老相信，重赏之下必有勇夫，说不定真能寻到关于老祖宗的一丝信息，也便值得了。

"我们定当全力以赴，万死不辞！"

所有弟子，像是商量好的一般，异口同声，高喊而出。声音撕裂长空，久久无法平息。

长宫大长老眼中欣慰之余，又闪过一丝黯然，只因，希望实在是太过渺茫了，他没抱太大的期望。

所有人都进入那种亢奋但也忧虑的状态中，只有浮生一人，显得很平淡，嘴巴更是在此时微微开启。

"啰唆了一大堆，连关于那个护宗典兽的外表体征等信息都没说，还找个什么啊？即便碰到还不知道呢。"

不是浮生对不灭宗的护宗典兽不敬，他也很敬佩，可在一代皇者的他看来，经历了千万年岁月洗礼，便是号称老祖宗的典兽，依旧还是他的晚辈，故此，他比较平淡。

兴许是听到了浮生的抱怨，长宫大长老竟然再一次开口，声音浩大，主殿当中所有弟子皆能听到，从此处，也能体现出大长老的修为。

"老祖宗本体是一株扶桑树，因历经无数岁月，诞生灵智，后来无意中获得修炼法门，逐步强大而起，离而今最近一次相见，它老人家的躯体已然枯瘦，枝叶甚至都失去了往日的光华与生机。"

众人无比哀伤！

第21章

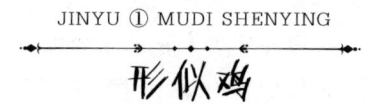

扶桑谷，离不灭宗不算太远，拔高望去，两两呼应，彼此联系。

它是一座山谷，但很大，起码无法望到尽头。

扶桑谷，多扶桑，也是因此得名吧。

一眼望去，遍地都是扶桑树。一株株不到丈长的扶桑树，无视季节一般开着颜色不同的花，花蕊欢快地冒出头，骄傲地随风摇摆。

浮生随同不灭宗外门众位弟子前往不太远的扶桑谷。扶桑谷，虽称谷，但实际上广袤无垠，不能以常理来衡量。

原本，有几名年轻弟子是跟浮生走在一拨的，都属于羽境，随即便被告知进扶桑谷得分散开来去试炼，甚至是寻找传说中未曾见过的老祖宗。

但在起初，还是会有几名弟子形成圈子一起行走。然而，当那几名羽境弟子发现同行的是浮生后，脸色陡然一变，一改之前对扶桑谷的新鲜感，显得紧张与畏惧。

他们瞬间停住了身子，紧张兮兮地护着兜儿，防着浮生。

不用多说，浮生立刻就明白了，有些无奈地苦笑，只好孤身前行了。他未曾想到，此前的无意举措，居然会让羽境的弟子对他如此畏惧。

"唉！有必要这么防着我？"

很郁闷，相当郁闷，好歹他曾是高高在上的一代皇者，而今，居然被那些小毛孩如此防范，这要是被曾经并肩战天地的属下知晓，不知……

浮生突然顿了顿，长长叹息，那些人恐怕早已消散在这天地间了吧，毕竟已过了千万年。

尘归尘，土归土。

任你生前，英雄盖世，战力惊天，丰功伟绩，到头来，依然要化作一抔黄土，成了草木的栖息地。

无奈又能如何，这世间无人能与世长存。便是他浮生，也是经过了生前诸多准备诸多原因，尝试了不知多少次，这才侥幸延续，成了而今只有十六的少年模样。

浮生的眸子浮光流转，宛若望透了虚空，忆起了往昔岁月那些刻苦铭心的事与沉重的伤痕。

最终，他收回心思，握紧拳头："长生纵是绝望，不争争又怎能知晓！"

豪气干云，一股绝强的自信，萦绕胸怀。

既然那些弟子不敢跟他走在一起，他也乐得清净。

扶桑谷的风景优美，扶桑花开尽，虽不是开花季节，但扶桑谷的气候自然不俗，有独特的气息弥漫。

放眼望去，有苍天大树遮天蔽日，但不多。飞鸟啁啾，花蝶起舞，宛若仙境。浮生觉得心胸开阔，极为舒坦。

体内的典藏武典以比平常要快的速度运转，从这片特殊的地域，饥饿般地汲取典力。仅仅只是燃尽一根蜡烛的时间，他发现自己典锻境二星的实力，竟然提升了一些，实力的提升离不开此地的环境。

不断往前走去，漫无目的，如侠客在游行，心态悠闲。

既然此行称为试炼，自然是有一定凶险，此番凶险，包括扶桑谷中的典兽与植物、陷阱等，当然，还有最险的人心。

在宗门主殿时，长老们尽管没过多阐述试炼的要求与注意要点，但事后浮生还是听闻了一些。

将扶桑谷定为此行的试炼地，必然会有瑰宝、典石、典药，甚至典器，可以从中获得，这令浮生很是兴奋。

现而今，他最缺的便是典石，虽然他此前在穆聪身上"收获"了十块下品典石，但还是太少太少了。

要将典锻境二星提升至三星，他至少需要十块下品典石。因为，他已至典锻境二星圆满，故此，只需十块下品典石，凭借着他举世无双的修炼经验，还是有可能办到的。

但纵然提升至三星，可那还远远不够，他依然还是一个弱者，在典者一途中，依然是手无缚鸡之力的新手。

如何能孤身直捣黄龙，自拜月教将母亲救出，并要从身体内的那块神秘残木空间里将父亲救出，一家团聚呢？

不够，远远不够，他需要更多。

来路注定艰险困难，浮生并不畏惧，但他需要快速提升修为，壮大力量，不然他会后悔一辈子。

在典者最起始的第一个境界——典锻境，所需的典石是最少的，但即便最少，对于而今无强大家族背景的浮生而言，依然是一个不小的数量。

通常而言，二星提升到三星，至少需要二十块下品典石；那三星至四星呢，则需四十块下品典石；四星提升至五星，则需要八十块下品典石；五星至六星，就更多了，需要一百六十块下品典石。

越到后面，数量将会越加惊人。当然，如若获取一块上品，或者更高级别的典石，那自然是事半功倍，而且从中汲取的典力，自然会更为纯净无瑕。

当务之急，浮生便是要试图在扶桑谷中，凭运气看看能否遇到典石矿脉。换作他人，即便遇到典石矿脉，如若没有强盛的家族做后盾，去将其开发凝炼，也是无法直接享用的。

然而，浮生在此没有丝毫问题，他有着身为一代皇者独有的手段。

当然，若碰到典药，自然更好，对提升典力，改善自身体质必然更佳，这种概率更低。浮生可不会自大到认为自己的运气会逆天到在此等境界里遇到典石矿脉。

要寻找典石矿脉，自然得不断去奔波寻找，独守一处，概率自然更小。

令不灭宗外门长老头痛的是，此刻的浮生早将此行最为重要的事，寻找有关不灭宗护宗典兽老祖宗行踪的信息，抛诸脑后了。尽管寻找到的报酬非常丰厚，但那不是可遇不可求吗，不是说了要看缘分吗？故此，浮生觉得不切实际，还不如己身提升修为来得容易。

浮生走进一条比较幽静的蜿蜒小路，仔细查看着土壤下的岩石分布，并没有什么发现。倒是看见了一只青蛙，冲着他呱呱乱叫，两只大眼，骨碌碌乱转着，还挺可爱。

微微一笑，浮生弯腰低头，穿过前方横着的藤条，藤条之上竟有手指长的尖刺，方才若是没注意，被刮到还是得痛上一会儿的。

湿润的草地，有芬芳袭来，有些猝不及防，算是一种小惊喜吧，浮生愉快地闻着。

不知已有多久，纵观身为绝世强者的岁月，尽管风光无限，却少了而今的这几分常人能懂的休闲和自由。

潮起潮落，高低起伏，兴许，只有如此，才能捕捉这其中难以言表的感受。

坐拥万里河山，肩负重担，如若能走下来，体会一下寻常人最为寻常的事，这何尝不是一种另类的体验与放松？

上者，必能上能下！

浮生的确是从高高在上的一代皇者，降至而今的新手，心境最开始自然是难以适应的。但此刻，他有种明悟，知晓这对他是有益处的。

从人生最高点，降至最低谷，这番体验，常人根本没法体验与经历。

有些事与人，若真没经历，便是去猜想与思考，终究还是无法与真实体验比拟。

思想上的碰撞，正从此刻开始，悄然影响着浮生。

将心境放得很平，浮生无视湿漉漉的泥土，年轻的脸上，露出一种莫名又坦然的笑容，一步一步走了过去。

靴子被泥土包围，陷进，留下一连串的脚印，一深一浅，宛若一种符号，也是属于此时此境，浮生独有的符号。

愈走愈远，消瘦而又挺拔的背影，逐渐放小。

他走了很远很深，放空自己，漫无目的，想往哪儿走就往哪儿走，经过一片灌木丛，又蹚过一条溪流，停下，喝了几口自高山而下的溪水，清甜可口。

心满意足后，再度前行。

身下的影子，自长到最短，而后又变长，夕阳的光辉黄灿灿，好不美丽。

白衣猎猎，有点儿凉了，浮生下意识紧了紧长衣，继续前行，就如人生的道路一般，路是往前走的，停下来就没路了。

又不知走了多久，路上浮生倒是发现了几处疑似典石的矿脉，不过，还是没什么收获。浮生并未沮丧，知晓这东西，之所以值钱，必然是罕见的，物以稀为贵嘛。

有些时候，期望越高，失望可能就越大。

有些累了，浮生伫立在一处高点，站在石头墩下，遥望远方。

夕阳余晖，橙红铺满天际，晚霞如纱，同含羞的娇女一般，半遮半掩。有不知名的鸟儿飞过，盘旋，翱翔，将落日切割成了两半，然后做滑翔状，缓缓降落在一株通体笔直又如白玉的杨树枝丫上。

那上面，是它的巢穴，是它的家。

接着，它张开比小鸟明显要大得多的喙，小鸟们争先恐后地欢快起来，看起来饿了许久，鸟儿的喙里，有从远方的某一处，叼来的小虫子。

兴许是因为太急切了，一条小虫子幸免于果腹之难，万幸无比地从高空落下。

小鸟们顿时叽叽喳喳叫了起来，显然很心痛的样子。不过好在鸟儿的喙中依然还有剩余，这才打消了个别小鸟欲跳下巢穴，抓回那条可怜虫的念头。

将这一切都纳入眼底的浮生，此前颇为享受的心境，猛然发生了变化。

他的眸子此刻闪烁着精芒，他发现了异样。

方才，那小虫子落下巢穴的一幕，浮生目睹了，并且视线下意识地跟随那条小虫子，直到小虫子降至坚实的戈壁石头上。小虫子痛苦地扭着身子，不过无大碍。

这都不是重点，重点却是在这戈壁石头堆上。石头纷乱无比地摆放着，缝隙中早已草木横生。

有异样！

不是发现了疑似典石的矿脉，而是浮生发现了这堆石头有着莫名的气息，但当他仔细感受时，这种异样又消失无踪。

很奇怪的感觉，浮生脸上有疑惑，难道是错觉？

不应该，身为一代皇者的他，即便眼下的修为只不过是个新手的水平，但经验与眼力依然还停留在巅峰时期。

他坚信，那不是错觉，那石头堆上定然有什么东西。

浮生决定过去一探究竟，当他刚向前迈步时，那种无法言喻的感觉，再度袭来。如此，更是令浮生迫不及待了。

临近石头堆后，终于可以看清了，但是那股感觉又消失不见，让浮生很是着急，到底是何物，连浮生都无法捕捉？

定睛一看，眼前的石头堆，很显然并无其他特殊与不同，最多丑了点儿，浮生咧嘴笑了笑。

等等！

浮生发现石头堆的右侧边角露出的一块石头，似乎有些不同。稍微判断下，感觉颜色不同，色彩的程度明显与周围的石头截然不同。

尽管它身上也沾染了一些泥土沙砾，但掩盖不住它本身的那种通透雪白，如珠玉一般。

"不是玉石吧？"

浮生原本猎奇的心，渐渐减弱了下来，显然发现那很有可能是一块玉石，价值就很一般了。

纵然他身上没有，可巅峰时期的他，什么玉石没见过？

"不对，即便是玉石，那也不是寻常的玉石。"

想起方才那种异样的感觉，竟然能引起他的注意，却又能逃脱他的灵感，显然表明了它的非凡。

浮生决定再度向前仔细看看，在他逐渐绕过去后，不由得吃了一惊。

他发现方才所见到的只是石头的一角，此刻正面面对，石头的所有一切皆暴露在浮生眼前。

仔细看去，这块石头的长相怪异，形似鸟，但比鸟大，头上有通红的冠，如鲜红的花朵绽放。

有眼，如鹰隼般的喙一看就觉得很尖锐。再往下看，其身布满梳理整齐的羽毛脉络，但色彩是方才展露一角的纯白，两只黑色的爪子伸开，有真龙抓破虚空的感觉。

红冠，白羽，黑爪，栩栩如生，宛若最完美的雕琢之品，令浮生看得有些发怔。

"这……这模样怎么这么像一只鸡啊？"

此刻的浮生，才像是十六岁的懵懂少年，抓挠着后脑勺儿，皱着眉头。

"哼！你才像鸡！"

一道好似鸭子被踩到脖子发出的声音，自四面八方传了出来，只闻其音，自然不凡。然而，却被其中气急败坏的情绪，破坏殆尽了。

浮生大惊，扭头到处张望，寻找声源。因为，此道声音，透露着与他很相似的沧桑感，只是在程度上还要差上一截，这便令他吃惊了。

再者，更令他吃惊的是，对方口中的话语，实在是让人不敢恭维，与它的沧桑感严重相悖，委实是一位不符年龄的怪人。

查找无果后，最终，浮生将目光定格在眼前的形似鸡的石头上，表情古怪不定。

"方才出言的是你这只……鸡吗？"

实在想不出怎么称呼对方，又看前者极似家养的鸡，浮生只能皱着眉头如此说道。

接着，浮生明显看到眼前的石头鸡，身躯竟然剧烈颤抖了起来，随之就响起对方快要崩溃的声音。

"不是鸡！你个乳臭未干的臭小子，究竟要本凰重申几次，本凰是高贵无比的凰，不是鸡，记住没？"

石头鸡此次真的很恼怒，宛若艺术雕琢一般的它，似乎有了表情，只不过是一种异常愤怒的表情，恍若要奔向浮生，狠狠啄一口似的。

浮生突然很认真地端详了它一眼，头有红冠，白羽，两只鸡爪，根本不信地说道："可是，你……长得怎么这么像鸡啊，骗人的吧？"

不能去怪责浮生，实在是石头鸡太过像鸡了，他敢保证随便揪出一个人来，也会觉得石头鸡是一只鸡，而不是它自称的凰。

"你！我怒了。"

一股浩瀚的声波向四野扩散，宛若一个远古巨人，自远方奔来，大地居然剧烈震动起来，尘土飞扬，狂风呼啸。

浮生眯着双眸，连忙后退了几丈，眼眸惊疑不定，分明没想到眼前的这只石头鸡，居然能量不小，一愤怒，居然有如此异象，显然很不凡。

看到浮生很震惊的模样，石头鸡终于停歇下来，有些得意扬扬地道："害怕了吧？知晓本凰的威势了吧？再把本凰跟那种最低级的鸡相提并论，下次本凰就不客气了。"

"好吧！"

浮生只能昧着良心暂时不去管它的形象问题，不过，他倒是发现了一个问题，方才石头鸡发威，威势的确很不凡，把他都吓了一跳，然而，浮生的眼力何等敏锐，立即就发现了异常。

此刻的石头鸡，言语尽管高傲非常，但浮生还是发现了对方在微微颤抖，不似之前的愤怒，倒更像是乏力的样子。

发现此点，浮生知晓，自己差点儿被突然出现的，而且会说话的石头欺骗了。

"你好像很累的样子,外强中干吧?"

浮生打趣道,向前走了几步,再度靠了过去。

"什么叫很累?什么叫外强中干?本凰是在呼吸好不好?"

石头鸡虽是石头,无法动弹,但竟有一种脉动,令人看过去,觉得它很生动,甚至可以看出它表情很不屑的样子。

浮生觉得对方更不凡了,可是,想到对方是一只鸡,就如何都没办法跟神秘不凡联系在一起。

"嗯,我知晓,那是喘息,同样是因为很累很疲劳导致的。"

浮生倒是跟石头鸡杠上了,其实并没有恶意,只是觉得这颗长得很像鸡的石头很好玩很有趣。

要是此番想法,被眼前自称为本凰的石头鸡知晓,不知道会如何气急败坏。

尽管不晓得浮生心中的想法,但听浮生的话,还是令石头鸡气不打一处来,紧接着,如方才那般的威势欲要压来,可惜,在浮生欲要连忙后退的瞬间,泄气般地停了下来。

石头鸡长在侧脸的一只眼珠子转了转,很灵活,真的很像鸡眼。它无精打采地叹了口气,极具人性化的神情,令浮生看后一阵愕然。

"好吧,本凰承认的确有些乏了,不过,你也别小觑本凰,若是惹怒了本凰,我照样可以一爪将你踹飞,不费吹灰之力。"

石头鸡甩着红通通的鸡冠,高傲地扬起它的鸡头。

浮生觉得很好笑,都累成这副模样了,还装呢。

"别装了,若是我没猜错的话,想必你都无法动弹吧。"

石头鸡一怔,鸡头立即转过来盯着浮生,成了名副其实的斗鸡眼。

浮生此次并未避让,直接与其对视,并且故意将眸光中的沧桑感展现而出。

随即,一股远比石头鸡浩瀚且沧桑得多的气息弥漫开来,那抹异样,宛若宇宙逆转,时光碎片在更迭。

石头鸡瞬间就成呆若木鸡状,半晌才反应过来,与此同时,与此前老顽童样子截然不同的严肃写在了脸上。

"你究竟是何人?"

仔细观察的话,尽管石头鸡依然无法动弹,却在此刻能看出它的白羽中的绒毛瞬间竖起,这显然是受了大刺激,甚至感受到一股无法抗衡的威胁,下意识地处于战斗阶段的自我防护。

浮生却在此刻笑了,他是故意的,试试这只石头鸡到底有多不凡,最终的结果,令他很是惊讶。

对方摆出一副严阵以待的凝重，还能立刻对他的身份表示疑惑，至少表示着它洞悉了浮生身上的沧桑感，此种感受，只有活过了漫长岁月，才能敏锐察觉。

同样地，石头鸡自然是发现了浮生的不凡，它自己活了多久只有自知，也是因此，才更令它凝重。只因，它从浮生的眼眸中捕捉到了一股远超过它的沧桑和浩瀚。

在其面前，石头鸡恍若成了婴儿，在仰视着眼前的巨人，自以为是的聪明行为，在对方眼中都显得稚嫩和拙劣。

惊骇！

石头鸡长在侧脸的两只大眼，因为震惊不断地眨动着，好似要将浮生看个透彻，可是那股沧桑感一闪而过，站在它眼前的赫然是一个乳臭未干的少年。

可是，方才那种感觉，它不会忘记，也绝不相信是错觉。

到了它这种境界，不存在错觉。

"你是何人？"

石头鸡第二次发问，它越发凝重与震惊了。只因，它是一个特殊的存在，已经活得够久了，可是没想到突然不知在哪个角落冒出一个怪物。

似乎活得比它悠久许多，那种沉重的沧桑感不可能出错。

浮生笑了笑，并未因为石头鸡的戒备，有半丝的畏惧，反而显得悠然自得，像是变了个人似的。

这令石头鸡愈加确定，眼前的少年恐怕不似表象这般简单。

"我是何人，这并不重要，重要的是你需要我。"

自信的笑容在浮生的脸上绽放，而今的浮生根本不似一个只有十六岁的少年，运筹帷幄、洞察一切本原的自信，便是石头鸡都能深切感受到。

石头鸡这一次真的震动了，开始重新打量起浮生来。

它并未立刻回答，在此瞬间，它那只有鸡蛋般大小的头颅，不知在电光石火间运转了多少个想法。最后在浮生淡笑的注视下，它还是颓然了，最终选择了坦露心声。

同时，浮生心中还是松了口气，显然，他并未如外表看上去那般淡定从容，毕竟石头鸡不凡，想必身份定然很神秘。

饶是强如浮生，用了多番举动，从最开始的懵懂少年，取得石头鸡的信任，接着拌嘴，逐渐消除对方的警惕，最后用唯一还能用的沧桑气势，令石头鸡震惊，更令它觉得浮生神秘了。

如若浮生只是以一个平凡少年的身份，绝不可能赢得接下来的对话。

而今，在对方看来，笼罩在神秘光环下的浮生，俨然有了与石头鸡平辈交谈的资格，在如此基础上，所言才为真，才能获取解答浮生心中疑惑的答案。

"不知何种原因，抑或是本凰何处露出了破绽，但无论如何，本凰得承认，的确需要你。"

石头鸡望着浮生，承认了。

"那先让我猜猜，你需要我做什么？"

浮生眼眸闪烁着睿智的光芒，不等石头鸡郁闷出言，便继续道："当我路经此处时，有一股时有时无的声音，引导我过来，那想必便是你吧？你需要我，但是你又只能用引导的方式，这恐怕与你无法动弹有关，不然早就直接奔走过来擒拿我了吧？哦，忘记了，你无法擒拿我，尽管不知你身上发生了什么，但能肯定的是，你不仅被限制了自由，且自身的修为似乎也没了，十分虚弱。"

浮生瞅了一眼有些发愣的石头鸡，继续道："你很虚弱，此点在方才你第二次恐吓我时我便察觉到了，尽管你努力伪装，嘿嘿！"

顿了顿，浮生露出一口白牙，又道："你需要我，大概有两点缘由，一是，你只是将我视作一个无意闯入此处的外来者，你引导我过来，最有可能是因为你太无聊了，想找个人聊聊天。"

说到此处，石头鸡高傲地抬起它的鸡头，此前浮生的言语，的确令它很惊讶，对方分析的与它心中想法无差。

可此刻浮生的猜测，显然不对，它松了口气。

然而，浮生接下来的话，算是彻底打败了它。

第22章 你究竟是公鸡还是母鸡

浮生向石头鸡伸出两根手指，道："第二个可能性，便是在我偶然闯入的基础上，你又发现我真的是你需要的人，也就是说我能帮你脱困，重获自由，能行走，抑或是其他，无论如何，你觉得我是能改变你此刻处境的人，对吧？"

石头鸡的表情阴晴不定，似乎打翻了五味瓶，脸色古怪复杂得很。

"好好好，臭小子，我真怀疑你的年龄，这根本就不似一个小屁孩该有的推断能力啊。"

石头鸡眨动着大鸡眼，狐疑地打量着浮生。

它还真没遇到过在浮生此番年龄如此冷静、睿智的少年。而且，它看浮生在推断的时候，那种自信，好似石头鸡心头所想，早已被他洞悉。

此种感觉一冒头，石头鸡就打了个寒战。

浮生没去顾及石头鸡的心理波动，反问道："如此说来，你引导我过来，是何种可能？"

石头鸡望着浮生，心中却在琢磨着，对于那种可能性，它起初自然是绝不相信的，可以说是万万不可能的。

很显然，它不需要有人陪它解乏，刚一出现就透露着不凡的它，孤独、寂寞这些因素，早已可以忽略不计。

它需要的是帮助它脱困，对，就是脱困。

它身上有隐疾，此种隐疾，便是强如它也心生绝望之意。多少年了，它不是没找过途径来解决，但最终的结果，只会让它徒增绝望。

在发现浮生之前，它已然绝望，甘愿做一块无法动弹的石头，在岁月中，逐渐风化，最终尘归尘，土归土，自哪儿来，回哪儿去。

可未曾想，它在绝望之际，突然感受到了一股奇怪的气息，那是一种令它兴奋和激动的气息。

宛若将要枯萎的芽，在干燥龟裂的土地上，久未尝到春雨之际，突然电闪雷鸣，欲要来一场酣畅之雨，令它重生。

但是它又患得患失了，生怕这种是绝望前的回光返照，抑或是幻觉。

可随着浮生的到来，它心中兴奋地欲要呐喊，终于确定了此种气息，的确是它所迫切需要的。

只是，它如何都无法理解，它用尽无数办法都无法解决隐疾，眼前的这位消瘦少年，竟然能带给它希望。

想不到，很惶恐，生怕这一切真的只是梦境，让它白高兴一场。

然而，事实上，那种能解救它的气息，随着浮生的靠近，愈加猛烈。

它本不凡，加上活了无尽岁月，尽管艰难，依然还是平复了激荡的心绪，试图找出浮生身上的秘密，也便是对方身上能解救它的某个东西。

不过，很遗憾，它只能感受到那个东西就在浮生身上，但无法感知在何处，究竟是何物。

绝望后的希望，令它放下了一切尊严。

只得与浮生对话，希望对方能帮助自己。

"本凰身上有隐疾，导致修为大减，甚至到了无法动弹的境地，本凰的确需要你的帮助，你身上有能助本凰的东西，很可惜，本凰无法知晓是何物。"

石头鸡耷拉着脑袋，低下了它高贵的头颅，它的确很渴望自由。

"这样啊！"浮生皱了下眉头，实际上心里却觉得好笑，眼前的石头鸡既然需要自己帮助，却又不晓得何物能帮它，这让浮生很无奈，因为，他肯定也是不知晓的。

石头鸡红着老脸，觉得很不好意思，但又怕浮生一走了之，那肠子必然会悔青。

于是乎，连忙道："虽然如此，但本凰能确定你身上确有什么东西可以助我，你可……不可以将你身上的物品拿出，一一尝试，应该就能确定下来。"

话音一落，石头鸡两只鸡眼干巴巴地瞅着浮生，可怜又可笑。

它知晓自己的话，肯定会令浮生不满，毕竟两者初识，对方根本不可能立刻打开心扉，任由他人查看宝物，它说的话，定然会让人觉得过分。故此，它有些羞赧。

不过，浮生只是愣了愣，心中却是想起了其他。

他身上并无宝物，清贫得一塌糊涂，故此，可以推断出，能帮助石头鸡的并非是外物，可能是某种法则心法。

等等，浮生眼眸一亮，他想到了一个对他而言也很神秘的东西。

在石头鸡疑惑的注视下，浮生直接闭目，然后催动典力，仔细感受着那卷极为神秘的《究极真解》的存在。

如果说，有什么可以帮助石头鸡的话，而且又在浮生身上，恐怕只有神秘万分的《究极真解》有可能了。

"轰"！

一道金光，自浮生身躯由内自外，扩散开来，如同被巨锤打了一下，天地都震颤了。

不凡的石头鸡，脸色苍白，可是还没缓过神的它，那双鸡眼便被万分的激动覆盖了。

"就是它！"

石头鸡大吼一声，惊喜之色溢于言表，如若它有手的话，定然会激动得摩拳擦掌。

果然，浮生心中也确定下来，但是他更疑惑了，这《究极真解》究竟是何来历，竟然有如此功效，太宝贵了吧。

见好就收的浮生，立即又停了下来，将《究极真解》的气息掩盖住，石头鸡一脸的幽怨。

"你要我助你，不是不行，但我要你回答我一个问题。"

浮生笑嘻嘻地看着石头鸡。

这令石头鸡突然拘谨起来，一脸的紧张和凝重，它可不想在这关头掉链子啊。

故此，它立即如小鸡啄米一般，不断点着鸡头，连忙道："好好好，无论什么问题，只要是本凰知晓的，定然如实回答。"

"好。"浮生很满意石头鸡的态度，他立即收起笑容，也很严肃地看着石头鸡，这令石头鸡愈加紧张了，觉得接下来的问题必然关系甚大。

"我问了。"浮生道。

"嗯，你问吧。"石头鸡眨着鸡眼。

"你究竟是公鸡还是母鸡？"

"废话，我自然是公……"石头鸡原本大松口气，没经过脑袋就回答了，可是说到一半，它就立刻感觉不对劲了，随后它白羽竖起，发怒道，"本凰要杀了你！本凰不是鸡！本凰不是鸡！本凰不是鸡！难道重要的事，非得说上三遍吗？最后重申一次，本凰是高贵无比的凰，不是那低级的鸡，啊啊啊！"

浮生笑痛了肚子，看着实际年龄定然很大的石头鸡，在那里气急败坏，也是一件享受的事。

以浮生的了解，《究极真解》是不可控的。有时，它会自主溜出来，然后又无征兆地躲了进去，根本无视浮生的意愿，俨然不屑讨好提供"巢穴"给它的浮生。

这令浮生多少有些无奈和尴尬，然而此次，他只是抱着试试的态度，居然主动唤醒了《究极真解》，浮生还是很兴奋的。

因为，便是浮生，都无法看透《究极真解》，也无法给其一个定论，究竟是有何功效。目前他摸索得一知半解，大概便是它能帮助浮生，在境界上超越巅峰，走向究极，彻底地挖掘潜能，锻造体质。

而今，很显然浮生又知晓了一个功效，那便是能治疗石头鸡身上的"隐疾"。

但这种功效，究竟是不是偶然的，就不可知了。

《究极真解》遗落在残木武典空间中那九口棺材的位置上，定然意味着不凡和神秘。

"好了，跟你开个玩笑，别介意啊。"

浮生看着石头鸡因为动了真怒，使得原本就红通通的鸡冠愈加鲜红，几乎要滴出血来。

"跟本凰开玩笑？"石头鸡的怒气原本要消去一些，在听到这句话后，再度飙升，而且愈演愈烈，"臭小子，你这是活腻歪了吧？拼了老命，本凰都要将你打得屁滚尿流，跪地求饶！"

实际上，石头鸡有求于浮生，外表上尽管像是气得七窍生烟，但也只是大声嚷嚷。

这点，浮生还是能看得出的。不过，他定然不会受石头鸡的威胁而无动于衷，他开口笑道："肚子有点儿饿了。"

"饿了？你肚子饿关本凰何事？自己去找吃的！"

石头鸡翻了翻白眼，有些无法应对浮生的跳跃思维，本凰还在生气呢，居然无视威胁，转眼还敢说肚子饿了，这究竟是什么和什么啊？

浮生一脸无辜的神情，看着石头鸡，道："我想吃烤鸡，味道应该很不错。"

"烤鸡？"

起初，石头鸡怔住了，完全不明白浮生的意思。可是，自它发现浮生那双眼眸极为渴望地望着它，就差流口水般地擦了下嘴角。

石头鸡瞬间炸了，如白玉一般的羽毛瞬间竖起如针，那双鸡眼都瞪直了，与此同时，比之前还要猛烈的威势爆发了。

以它为中心，周围的石头瞬间成为粉末，虚空有着崩塌的迹象，在沉沦起伏。离得近的参天大树，被莫名的力量连根拔起，向长空飞去。接着，四方仿佛有数只大手，拉扯着大树，眨眼时间不到，宛若房屋大小的大树，被撕得粉碎，最终又被虚空吞噬。

天地暗淡下来，电闪雷鸣，恍若末日到来，飞禽走兽，惊恐逃窜。在石头鸡头顶上的虚空，呈锥形连接着某种力量缓缓旋转。

浮生甚至听到了某种玄奥的梵音，直摄心灵。此刻，他的眸色越发复杂。看来，这石头鸡比他想象中更要不凡，身份自然也要更加神秘。

"看来这只鸡动了真怒。"

眼前的异象的确是惊到了浮生，比此前第一次见到的还要来得猛烈。实际上，石头鸡身份定然不凡，更何况不知活了多久，本身有属于它自己的高贵尊严，此点自它自称本凰便可见一二。

很可惜，浮生是何许人也，自然不会被眼前的表象所震慑住。

遥想当年，他一怒，天崩地裂，十方虚空化成黑洞，无人撄其锋芒。眼前与之相比，小巫见大巫罢了。

当然，这只是在浮生看来，如若常人见到眼前石头鸡一怒引起的异象，定然会惊骇异常，因为能使浮生感到一些震惊的，足以见得非凡了。

"轰"！

石头鸡真的很愤怒，从来无人小觑于它，而今居然被人视作食物，更是当作那低级的鸡，这如何能忍得过去？

可惜，浮生并未有此觉悟，而且带着淡淡的笑意，这让开始傲然得意的石头鸡看到后，差点儿气到吐血而亡。

石头鸡心中在怒吼，它真的郁闷至极。它真的不知晓，这天杀的臭小子，究竟是从哪个角落冒出来的，怎么生得如此变态，看到自己拼了命施展的异象，居然一点儿都不害怕，还在淡淡地笑，笑你个头啊。

啊啊啊！

石头鸡本来想吓唬吓唬浮生，可没想到对方似乎识破了它的用意，还在那里嘲笑它，这令石头鸡红了鸡眼。

接下来，它的鸡冠陡然抖了几下，一道强悍的威压，隐隐扩散了出去。

这次，真令浮生惊讶了，也收起了笑容。

不过，浮生这次有了动作，他觉得差不多了，再玩就闹大了。

于是，就在石头鸡憋大招的时候，浮生轻描淡写地再一次催发被压制的《究极真解》。

随即，一股在石头鸡看来犹如甘露般的气息，瞬间让它愣住了。

"呵呵，方才在跟你开玩笑，气大伤身，你本来就生病了，不能如此淘气了，喏，我给你治病吧。"

慢条斯理，恍若方才真的跟石头鸡在开玩笑。并且，浮生望着石头鸡的神情，就如长辈看淘气玩闹的晚辈一般，用玩具安抚着石头鸡。

愣住的石头鸡，突然觉得自己对世界的认知，因眼前的少年而发生了惊人的变化。

脸色不停地变换，最终"噗"的一声，吐出了一口血。

直接被浮生气吐血了，真是太难为石头鸡了。

石头鸡此刻真的好想找个地方，痛痛快快地哭一次。这遇到的少年到底是何怪物啊？本凰憋了如此久的大招，他突然跟本凰说是在开玩笑，本凰憋个什么大招啊，开个鬼玩笑，这是开玩笑吗？开玩笑是如此吗？

气大伤身？如若没有你，本凰会如此大动干戈吗？真是气死本凰了，还有那是什么眼神，淘气？淘气个鬼啊！

越想越气，石头鸡再一次"噗"的一声，又喷了一口血出来，鲜血如雾，都染红了它的白羽。

偏偏此时，浮生又用那种懵懂无辜的表情，做关心状地望着石头鸡，道："你为何一直噗噗噗地喷血啊？很好玩吗？"

很好玩吗？

石头鸡侧着鸡头，整只鸡如钉住一般怔住了，通体在颤抖，那肥硕的鸡翅膀，真像是在握着拳头，瑟瑟发抖。

石头鸡觉得今日定然气运不顺，要不然偏偏让它遇到这么一个怪物，活了多久养成的心境，在此刻如何都无法绷住，毁于一旦了。

它很奇怪，这小子轻描淡写说出的一句简单的话，为何会令它如此动怒，实在无法想通啊。

吐了两口血后，石头鸡觉得自己更累了，心中盘算着，决计不能再去理会，不能听那臭小子的话，要不然，还得被气得吐血，已经吐不起了。

于是乎，石头鸡别过头去。

然而，石头鸡的此番动作，落在浮生眼里，却又是另一番景象。

那动作，恍若一个受委屈生气的姑娘，撒娇使小性子，不去理睬他人。

浮生看着就觉得好笑，这种动作被一只鸡做出来，看着既别扭又好玩。

见好就收，浮生觉得差不多了。

不过还是撂下一句话，又令石头鸡气得全身一抖。

"好了好了，别淘气了，我现在就给你治病，别固执了。"

说完，浮生此次真的将《究极真解》的气息笼罩在石头鸡的身上，尽管知晓石头鸡需要《究极真解》，但浮生可不知晓如何帮助。

本来又要发作的石头鸡，这次真切地感受到《究极真解》的气息笼罩了它，只好强压下愤怒，只因，它的确太需要他的帮助了。

它转过头来，不好对浮生发作，只能用侧面的一只鸡眼幽怨地看了浮生一眼，算是接受了，强压下方才的怒气。

"我好像不知道怎么帮你！"

浮生皱着眉头，有些无奈地摊摊手。

石头鸡差点儿摔倒，敢情吐了那几口血，算白吐了。怎么会遇到这种人啊？它觉得头突然疼了。

"咦！"

就在浮生话音刚落时，《究极真解》像是感应到了浮生的窘迫，居然开始变化，自主施展开来。

金光闪耀，以浮生的躯体为点，连接向石头鸡，一座金光桥梁浮现于两者之间。与此同时，石头鸡只觉得心头一颤，一股浩大古朴的气息，席卷其心头。

那是一种宛若初始的气息，氤氲之气弥漫，尽管无明显的威压，却令石头鸡难以生出半丝抵抗心理，只有最为诚恳的臣服。

从未遇见过这种情况，石头鸡心中翻江倒海，骇然到了极点，不相信这世间竟有此物。它看着浮生的神情古怪到了极点，只因此等宝物竟被浮生握在手中，此子究竟是何人，又有何来历？

一瞬间，石头鸡觉得浮生更加神秘了，此前其眼中释放出来的一闪而逝的沧桑感，更是比它的还要浓厚得多，这种气势竟然会出现在一个少年的身上，这太不可思议了。

一个人的眼睛，是心灵的窗户，亦能体现出这个人最为本质的东西。

可是，怎么可能？

他到底是什么人？如此神秘的人，还怀有如此神秘的宝物？

饶是非凡的石头鸡，稍微琢磨下，心头就震颤了。

不待石头鸡想出个所以然来，它便很明显地感受到自身通体舒坦。它激动地知晓，定然是那宝物发挥了功效。如若照此下去，还真有可能将其身上的隐疾治愈。

很可惜，浮生在此刻突然大叫了一声，脸色苍白，一脸的骇然。

这一刻，《究极真解》突然自石头鸡体内回转，冲进了浮生体内，并非简单的回归，而是改造。

第25章 优势已失

金光冲天而起，光雨升腾，如真龙飞舞九天，翱翔于天际，此等异象若是被人窥视，人们必然会瞠目结舌，恍若惊天瑰宝出世。

若不是扶桑谷中有耸天之树遮挡其光芒，想必进入整个扶桑谷的弟子都会在第一时间知晓了，那引起的恐怖后果，必然震惊于世。

然而，倒是有一些人比较幸运。

更加巧合的是，这些人与浮生有着无法抹去的联系。

如众星捧月般被围在当中的一名年轻男子，身形消瘦，眉心有痣，身穿华服，闲庭信步，但隐约又有淡淡威压传来，以至于周围靠得近的人，被迫催使典力进行对抗。

他气血汩汩，消瘦的身躯内，恍若有无尽的力量。然而配上他脸上偶尔一闪而过的玩味笑容，会给人一种复杂矛盾的感觉。

这是一个充满邪气的年轻男子，他手持着普通弟子绝无仅有的橙色典器橙金虎头钩，冰冷锋锐的气息传至四方，镇压八荒六合。

方才冲上天际的金光，瞬间就被他察觉到了。

不仅如此，在其身旁拥护他的众人，尽皆震动，抬着头，欲要望穿虚空，将那金光看透。

"大人真是洪福齐天，此金光绝不寻常，似乎伴有光雨，自扶桑谷深处向天射出，莫非是未出世的旷世典器？"

如若浮生此刻在此，必然会吃惊，说出此句的赫然是叶奴，不灭宗月榜排名第十叶修的战仆。

如此便明朗了，居中的那位眉心有痣的年轻男子，必然就是叶修了。

他们居然在此刻看到了天际处的金光，而此道金光，其实并非典器，只是浮生体内跑出的《究极真解》，为石鸡治疗所散发出的异象罢了。

叶修那两道细长的眉头挑了挑，随即眉心处的痣也跟着动了动，看上去多了一丝阴气。

"此等瑰宝，想必也是感受到大人的不凡，这才主动展现的。"

另外一名战仆俯身对叶修奉承恭敬道。

"哈哈,叶兄果然不凡,这才刚踏入扶桑谷不久,便有瑰宝自主寻来,真是令我辈惭愧和羡慕啊!"

这是一名与叶修交情不浅的年轻弟子,纵然无法与叶修相比,但在月榜前十外,也较有名气。

此言一出,与叶修同属一个圈子的年轻一辈弟子,皆竞相附和着,眼眸深处难掩对金光的渴望,只不过都被很好地掩饰住了。看得出来,众人对金光自然是怀有浓厚的兴趣,认为此等必然不凡的瑰宝,得之有幸。

只是与叶修相比,无论是后者的天赋修为,抑或是后者背后的势力,都不是他们可比的。

争不过,倒不如热情相送,也算是一种讨好。

叶修神色傲然,摆了摆手,道:"那我等就前去看看,究竟是何宝物,竟会有此等惊人异象。"

他根本无惧有人半途抢夺了宝物,叶家此等庞大家族,立在云端,身边等人的背景尽管也不错,但还无法与之相比。

叶修很自信,也如身边的人那般认为,觉得金光瑰宝与之有缘,欲将其收纳。

随后,数十人向金光大抵所在的位置前进,他们的神色尽显激动。

无论那金光是典器抑或是典药,都必将是他们的囊中之物,外人无法去夺。

就在叶修等人奔赴金光所在位置的同时,浮生与对面的石鸡,表情尽不相同。

石鸡一脸享受,仔细观察,它此前如玉石一般的身躯,竟有着化开向真实肉身变化的趋势。鸡头之上的红冠,愈加鲜红。

其爪锋锐无比,有剑芒闪烁,且其身上的气息,一改之前萎靡不振的状态,一股愈加浓厚庞大的气势在逐渐形成。

立于对面的浮生,觉得眼前体形如普通鸡大小的石鸡,如同巨山一般,赫然压顶,并且气势在《究极真解》的帮助下,愈加厚重。

羽毛栩栩如生,越发光亮,如丝绸般光滑柔软,鸡眼炯炯有神,灵动的气息在形成,非同寻常,这才是石鸡的本来面目吗?

石鸡在进行着令它自身都骇然的治愈与蜕变,而自《究极真解》从石鸡体内出来,蹿进浮生体内后,浮生本以为如往昔那般,《究极真解》会回归它的"巢穴"。

可是,他想错了。

《究极真解》在浮生愕然的神情中,直接进入他的泥丸宫中,那是灵魂思想所在之处,重中之重。

浮生面色突然凝重起来。欲要阻止,可是《究极真解》太过神秘与霸道了,根本不给浮生任何机会。

径直冲进了泥丸宫中，霸道如主宰。浮生最终叹了口气，既然无法阻止，那就干脆放松心弦，看看这神秘的《究极真解》究竟要做什么！

虽说是放任处之，不过，浮生依然是留了一丝注意力，护着泥丸宫，最起码的保护措施还是要有的。

势如破竹，《究极真解》霸气凛然，一路过五关斩六将，速度飞快地直接冲了进去，不过，它又很快冲了回来，真正诠释了什么叫来也匆匆去也匆匆。

浮生皱了下眉头，看着《究极真解》变作一抹金光，再度悬浮在浮生与石鸡之间，像是最后一击似的，将自身的金光尽数照射在了石鸡身上。

"啊啊啊！"

石鸡舒服得羽毛颤抖，全身颤抖，口中大喊。每根羽毛，宛若金属锻造一般，变得刺目且冰冷坚硬。

毫无疑问，必然锋利无比。

它舒坦地张开了双翅，欲要腾飞，虹霞弥漫，法则力量爆发，天空幻化出无尽刀光剑影，无规则向四野炸开攻击。

"轰轰轰"！

葱郁草木，只是在一击之下，化成灰烬，消失于尘世间。丈大巨石，冲天山峰，一刀斩下，没入虚空，消失于无垠。

难以形容的气息，笼罩在十里内。飞禽走兽，哀嚎一片，残血汇成河流，草木凋零，枯枝烂叶漫天飞舞。

如此异象，当真是恐怖！

浮生表情倒未出现何等震惊，倒不是说他很平静，实际上，此刻的他，心中早已沉到了极点。

只因，他骇然发现，自方才《究极真解》从泥丸宫内飞出后，他的体内发生了令他都心凉的变化。

"怎么会如此？"

浮生脸色顿时苍白，好似有什么重要的东西，在《究极真解》飞出的同时，亦被带走消失，某种重要的东西，在此刻失去了。

严重的失落感，使得浮生踉跄了一步。要知道他曾是一代皇者，麾下一百零八天兵天将，征战九天十地，乱天动地。

全天下都留下了他的脚步与传说，可便是他，在此刻心弦竟会如此震荡，可想而知，情况是何等严峻。

连忙护住心神，浮生惊慌地开始自查，他很害怕，灵魂到了此番境界，他的感受不会有误。既然察觉到有某种非常重要的东西，悄然失去，就必然发生了。

很快，浮生将体内的骨骼血肉检查了几遍，惊疑地发现，自身体内并未出现什么变化，也没有失去什么。

"奇怪了，但不可能，我的感觉不会有误，而且失去了的必然是重中之重。"

不信邪，浮生再一次进行检查，但最终还是未果。

最后，他猛然抬头，像是想到了什么，眸子深处的恐惧一闪而过，便再度将心神沉了下去。

他想到了某种可能，或许自己的肉身并未出现变化，变化的兴许是更虚无缥缈，甚至有关于灵魂的东西。

如此一想，也难怪浮生惊恐了。

要知道，便是肉身某块骨骼，抑或是血肉经脉失去，凭借着他的无敌经验，问题并不算很大。

这属于外在，有解救之法。

可是，倘若是灵魂某种东西失去，那事情就大了。

浮生脸色凝重，开始一一探查。

咯噔！

在后面的探查中，浮生的心猛然一沉，脸色比此前还要白了些许。因为，他发现了问题所在。

"怎么会如此？"浮生惊疑不定，且惶恐不安。

最终的问题，的确是出在了与灵魂有关的方面。再具体点儿而言，是关乎他巅峰一世所拥有的宝贵典术，是那种随意拿出一本，必然就会被大教视作镇教之宝的典术。

并且偏偏都是浮生觉得异常珍稀的典术，全部都从脑海中悄然消失，宛若从未存在过。

为何会如此？

浮生喃喃自语，此种现象，令他战栗不已，实在是太过匪夷所思了，令他惊了又惊。在他心中都觉得重要的典术秘法，是何等重要与珍贵。随便一种，都将会引起天下震动。

这种失去，直接令浮生心痛不已。

也就是说，他本想凭借着上一世藏在脑海中的无敌典术，在起点上，就令同辈难以望其项背，占据优势。

他无须去辛苦寻找典术，只要灵思一动，就能找出最为合适的珍贵典术，而今，他失去了此种优势。

可以说，拥有着无尽珍稀典术的他，在修习一途中，自然要轻松许多，而且，所能达到的高度，必然很高。

这是他日后达到前世巅峰，乃至将父母亲救出，一家团聚的根本。

而这根本，居然不复存在！

最大的底蕴，就此消失，任谁都无法坦然接受。这定然会让人崩溃，可以理解浮生此刻的心情，怎会如此。

浮生再次发问，有过千万年岁月经历的他，哪曾想过脑海中所修炼过的典术，居然会莫名失去，而且其间并未有所察觉，要不是他非常人，感知敏锐，到现在还未有所觉。

心神再度下沉，浮生发现，那些中下级别，以及不是很重要的典术，居然并未失去，依然是思维一动，就能完整浮现。

这令浮生愈加疑惑了，为何只是失去最为重要的典术，其余的也不尽数消失？竟然可以单独选中般地抹去记忆痕迹，手段惊人哪。

此番发现，也令浮生的脸色稍稍好看一些，毕竟并非是所有一切都失去，终究还是留下了一些。

不，实际上而言，失去的只有最为重要的典术，其余包括不是太过重要的典术，巅峰经验、修炼经验等都依然存在。

唯独最为重要的典术，从记忆中消失了。

这也算是坏事中的好事吧，浮生也只能如此安慰自己了。

起码事情还未到最为严重的地步，大不了，重新去寻找那些重要的典术，好在无敌经验还在，只是多浪费些时间罢了。

思绪回转，浮生倒是疑惑了，不过很快他就将令他部分"失忆"的罪魁祸首，指向了那个神秘又古老的残卷。

《究极真解》，想必它的可疑之处最大，要知道，方才便是它直冲浮生的泥丸宫深处，它要是逃得了干系，浮生是万万不会相信的。

而能做到令浮生瞬间"失忆"，且未能被明显察觉，估摸，也就只有它了。

因为，《究极真解》，本身就太过神秘了，便是浮生都无法看透。若是凝视观察，会发现在其身之上有一种无法言喻的气息。

恍若天宇之始，贯穿了时间长河，看透了生死轮回，太过玄妙，无法参透半丝。

要知道，浮生的灵魂可是一代皇者，无论谁在它面前，都恍若是一个乳臭未干的毛孩，生不出半丝的抵抗之力。

可是，若真是《究极真解》干的，它所图为何？

浮生不觉得自己跟它有什么仇啊，它凭什么在不知会一声的前提下，就让自己

"失忆"？

浮生嗤之以鼻，对其很不满。

无法猜透其用意，但又无法对《究极真解》做出不满的动作，那还能怎样，只能接受事实了。

"唉！"浮生叹了口气，心情很不好。

其实已经开始后悔了，后悔为何要来扶桑谷，为何要让他碰到眼前这只鸡，为何他又鬼使神差地居然答应帮助石鸡。想起来，浮生又郁闷了。

如若未曾答应相助，那些极其稀珍的典术，恐怕也不会失去吧。

很惆怅，把一年的气都叹完了还不够。

看着前方的石鸡，一副享受的模样，浮生就很想拿块板砖砸过去。

此刻，《究极真解》刚好进行到了最后，石鸡看上去，根本不像石头，每个动作都不生涩不坚硬，完全没有石头的呆板。

灵气十足，浮生甚至都看到石鸡身上的毛羽纹路，还有血脉，如同重生般，祛除了石头的体质，血肉之躯重生，石鸡成了一只真鸡。

倘若被石鸡知晓浮生此刻的想法，不知道它会不会跺脚爹毛。

然而看过去，石鸡的变化真是翻天覆地，气息与此前不可同日而语，便是浮生，都感受到一种凝重感。

"轰"！

悬空的《究极真解》，猛然一震，释放出刹那光华，比此前更加刺眼，犹似最终一击。随即，石鸡仰头狂叫，虚空碾碎，瑞霞飞腾，最后的治愈完成。

而后，《究极真解》再度蹿进浮生的体内，浮生自然是极不情愿的。

"这天杀的，还有脸跑到我体内，害人不浅啊！"

浮生还是对典术的莫名消失耿耿于怀，可是对《究极真解》没辙。总不能自己挥拳自残吧，估计会被石鸡笑死。

此刻，石鸡收敛气息，翅膀瞬间收拢缩小，只是眸光更亮了，恍若能看透一切。

它在迈步，尽管看上去，是一只鸡在行走，可在浮生看来，与此前石鸡的气息，当真是截然不同。

不似简单的迈步，而是一步迈出，时空流转，大地更迭，步步生华，异象横生，完全变了。

"怎么样？本凰是不是很帅啊？"

发现浮生震动的模样，石鸡极为自恋地臭美问道，还摆弄着毛羽。

的确震动的浮生，听到此句，立即就不爽了，联想到自己的"失忆"，还不是拜它所赐？立即就开口反击了。

"不错不错，鸡毛的确漂亮许多，富有光泽！"

浮生龇着牙，眼睛一眨不眨地打量着石鸡的羽毛。

石鸡愣了愣，崩溃道："跟你重申了几次，本凰不是鸡，是最为尊贵的凰，什么鸡毛啊！"

"喊！不管你的鸡毛变得多漂亮，都无法改变它的本质，鸡毛终归还是鸡毛！其实，你就承认了也没事，不就是一只鸡嘛！又不会多丢脸，切勿忘却了鸡的祖宗，这可不好！"

浮生此刻看石鸡，怎么看都不爽，怎能还会让它嘚瑟？所以不断提醒石鸡的身份。

浮生心中郁闷，自然不会让石鸡爽快，他没法将自身的变化告知石鸡。身上的秘密绝不能透露，他总不可能对石鸡说，因为帮它，将自身最为重要的典术都弄丢了，别说石鸡不相信，即便相信，也会觉得很怪异，引发对他身份的猜想。

因为，浮生只是一个十六岁的少年，怎可能拥有那么多珍稀典术？

不能说出因为石鸡而导致自己出了问题，恰恰令浮生非常郁闷。

吃亏的苦，只有自知，想想就能令浮生吐血。

"本凰真的不是鸡，不相信算了。"

石鸡很无语，它也看出浮生的情绪有些变化，也不好再在这件事上辩论，毕竟它能摆脱石头的体质，重获自由身，体内的伤势几乎痊愈，它还是很感激浮生的。

看石鸡败下阵来，这多少令浮生郁闷的心情明朗了一些，也不在这个问题上过多计较。

"谢谢！"

石鸡看了看浮生，半晌，郑重地向浮生道了谢。

被束缚如此久，能重获自由，这对于石鸡来说，异常珍贵难得，当中辛苦，只有自知。故此，它还是决定开口道谢，尽管这臭小子，老是张口闭口把它叫作低贱的鸡。

"客气个鬼！"

浮生摆摆手，无所谓的样子。

石鸡笑了笑，并未因为浮生不尊老的语气而动怒，相反，浮生还是很对它的胃口的。没有那些人对它一板一眼的尊敬，都太过正经了，一点儿都不好玩。

"对了，石鸡，你的伤势怎么样了？痊愈了吗？"

纵然因为石鸡，浮生失去了很重要的东西，但事情已然发生，他还是希望石鸡的伤势能够治愈如初，至少不会让他白受损失，也算是值得了。

石鸡的鸡眼瞪了瞪，随后无奈地直接对浮生的称呼选择无视，它知道这小子是故意的，谁叫自己承了对方那么大的情呢？

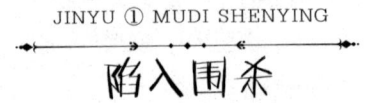

第24章 陷入围杀

"外伤痊愈了,只是内在的伤势还存有一些,没办法在短时间内治愈,不过还好,在一日之内,本凰可有三次巅峰修为的出手机会。"

石鸡得意道,尽管未能痊愈,但它已然恢复自由,且还能在一日间有三次巅峰修为的攻击力,实属不错了。

"巅峰修为?什么层次?"看石鸡得意扬扬的模样,浮生就不爽,他倒是想看看这只鸡的巅峰修为究竟达到了何种层次,希望别让他太过失望。

"巅峰吗?"石鸡眸中有着激动和兴奋。

自从它身体受损后,修为便从巅峰下滑,再也回不到从前了,而今纵然无法恢复到巅峰,但三次施展出巅峰修为的机会,真是不易与幸运了。

石鸡带着笑意与自傲,看着浮生,挥着翅膀,做出形似五根手指头的动作,缓缓道来:"武典五道典环,步入典涅境将要圆满,号称大能者。"

石鸡生怕浮生不知晓典涅境背后所蕴含的定义,又连忙说出"大能者"在典者一途中的封号别称,希冀浮生能知晓其中的天堑差距。在浮生目前的修为典锻境面前,大能者强者,而且是即将要进入圆满,可再跨入下一个大境界的大能者,释放出的气息,便能令浮生受损。

典涅境的强者,别号大能者,才真正算是一代强者,翻手间,可裂山填海,手段震世,很多大教的教主都不一定有此等修为,堪称绝世强者了。

更遑论石鸡还是典涅境后期,即将要进入圆满的大能者了,此等修为,震古烁今,光耀大地,可庇护一方天地。

"嘿嘿,是不是很强?"

看浮生怔了怔,石鸡愈加自得了,鸡屁股上的尾羽都差点儿翘上天了,尽数抖动着。

看得浮生很想伸手给它拔光,让石鸡光着屁股,看它还嘚瑟不!

典涅境大能者,很强?很强吗?

浮生心中笑了笑,要是他恢复巅峰修为,便是石鸡施展出巅峰手段,他浮生照样可以一只手将石鸡捏起来,然后拔毛、烧水、炖着炒着烤着吃掉。

这点儿修为不足为惧！

然而，在级别最低的九级国天佑国中，有典涅境的强者，实属不易。可以这么说，在天佑国中，大能者的强者凌驾于一切之上，算是最强控制者。从某种程度上而言，天佑国中，大能者可俯视一切，是最强者，超过皇权。

在九级国中，有着超然的地位，是只可仰视的存在。

也难怪石鸡会如此自傲，这番实力，可笑傲天下了，而且，它还极有可能再进一步，成为人们口中的禁忌———代王者！

说白了，在浮生眼中自然不强，那是因为浮生非常人。可是，此种层次的强者，放在九级国中，乃至八级国都是巨擘级的强者，供千万人瞻仰。

从此番程度而言，石鸡的巅峰修为，很强很强，足以俯瞰整个天佑国。

此处也可以理解，难怪石鸡在道出它己身修为时，脸上有着难以抑制的自豪。

"嗯，的确很强！"

而今的浮生，只有经验还停留在那等层次，肉身的修为只不过是刚踏入典者一途的新人，典锻境与典涅境的实力相差，足足有如天堑一般的四个大境界，要跨过这四个大境界，才能立足在大能者阶层，与石鸡平等对话。

尽管，浮生承认了，但神情并未表现出如何的惊叹，泰然处之。

这倒令石鸡有些不解，毕竟换作他人，在知晓石鸡的修为后，必然会吃惊骇然，可预想中的一幕，还没有出现。

不过很快，石鸡便释然了。

能有着如此瑰宝，居然还能治疗困扰了自己多年的旧疾，石鸡自然不会将浮生视作普通人，说不定他的背景很不凡。

再加上此前与浮生的对话中，石鸡偶然间还能从对方眸子中瞥到那一抹远超同辈人的睿智与成熟，这绝不简单。

"典涅境的强者，这放在八级国中都是令人仰视的存在，绝不是无名之辈吧？"

浮生顿了顿，饶有兴致地打量着眼前的这只鸡。

石鸡一听更加傲然，鸡脖子伸得老长，看得浮生恨不得一刀将其切下，然后拿去腌制，撒点儿辣椒粉，想必味道很好吧。

想着想着，浮生感觉口水就要流下来了。

本来欲做出尘高人模样的石鸡，看到这一幕差点儿急眼了。

"你这臭小子脑袋里是不是动什么歪念想了？赶紧给本凰打住！"

石鸡双眸瞪视着浮生，它感觉很无语，真不知道眼前这小子脑袋到底是什么做成的，在明知自己的修为后，竟敢还想着把自己当作食物，要吃自己，也太不知天高地厚了，胃口也"太好了"吧！

一代大能者居然被一个黄毛小子视作食物，想想就让石鸡郁闷到了极点。

而且，石鸡还不能动他，毕竟对方可是解救了它，恩将仇报不符合它尊贵的身份。可是，要动口骂他，石鸡显然有自知之明，天知道，等会儿会不会张口闭口都是"鸡"的言语，再度从这小子的狗嘴里吐出来。

石鸡陡然将脖子耷拉了下来，一副败下阵来的颓然。

"嘿嘿，只是想想，你又不会真掉块肉。"

浮生撇撇嘴，实际上在掩饰方才流下的口水，也有些不好意思，好歹他曾经的身份非凡，有两世的灵魂，或许是因为这一世年少，性子多少受了一些影响吧。

哼！你要真想了，那我估计就不是真掉块肉那么简单了。

石鸡心里愤愤地想着，未曾说出口，憋在心里，真想给浮生一巴掌。

就在浮生欲要开口之际，他眉头一挑，听到了一些动静。与此同时，一道声音传了过来。

"大人！我们到了，那瑰宝想必就在附近。"

没想到，叶修等数十人，还真找到了地方。浮生定睛望去，已然发现了前方不到百丈距离依稀可见的人影。

"快看，那里有人！"

话音一落，叶修等人立即加快了步伐，速度太快，使得葱郁的草木发出簌簌的声响，他们还真害怕被人捷足先登了。

从此前天际所观望到的异象来看，那等威势很不凡，金光的品级绝不差。

"快，跟上！"

他们赶紧跑了过去，身为数十人中心的叶修，并未显得如何焦急，要知晓，这扶桑谷属于不灭宗管辖，很少有外人敢进来倒插一脚，即便有，也没有与不灭宗弟子对抗的实力，不足为惧。

而且，若是不灭宗的弟子，此行前来的只是外门弟子，在外门弟子中，谁人敢不卖他个人情？不考虑他是月榜前十的高手，也得掂量掂量叶家的势力。再者，对方只有一人，即便是高手，己方数十人，难不成还怕他吗？

故此，叶修倒是显得不紧不慢，让他的战仆等人先行赶去。

走了一段，叶修已经能确定方才天际所展露的异象，应该就是此地了。

他看到浮生和石鸡所驻足的区域，一片狼藉，到处是因为强横的外力破坏而留下的粉末。

因为浮生在扶桑谷的跋涉，使得他的外貌脏乱，不离得近还是很难一眼就分辨出他的身份。

故此，便是叶修也没在第一时刻将浮生认出，只是扫了一眼，发现一个脏兮兮的少年站在那儿，仅此而已。

眼前明显是被恐怖巨力造成的异象，叶修等人自然也不会往浮生和石鸡身上去联系。一位少年而已，不可能有此番能力，他更相信是瑰宝出世所导致的。

思及此处，叶修嘴角上扬，更加确认此地必然是那金光发出之地。

"看住那个野小子，别让他跑了！"

叶修发出了一道命令，既然确定了金光位置便是此处，而此处出现了一个人，无论对方有没有将宝物取走，不检查检查就把人放走，可不像他的风格。

叶修的四名战仆，其中包括叶奴，飞奔在最前头，很快就来到了浮生近前。

叶奴眯缝着双眼，看清是何人后愣了愣，随即冷哼了一声，露出一道令人捉摸不透的笑容，他认出了浮生。

"居然是你，真是上天助我啊，没想到这么快就让我碰见你了。"

叶奴冷笑，眼神冰冷到极致，在不灭宗外门主殿上，他奉叶修之命前去收浮生为战仆，不料被浮生果断拒绝，且最后，还欲要抬手扇他。

叶奴虽然只是叶修手下的战仆，但因为叶修在叶家的地位高贵，且便是在不灭宗内，因为天赋异禀，人人都尊敬叶修，这也使宗内那些极具天赋的弟子与他叶奴平辈结交，并未因他是叶修战仆的身份而怠慢他，反而对其礼遇有加。

加上叶奴的修为颇佳，位于典锻境五星，叶家家族中已传出近日将去除他战仆的身份，让他正式进入不灭宗修炼的消息。

此等消息一出，那些平日里对他就尊敬的弟子，愈加客气和热情了。

然而，上次在主殿中，所有外门弟子都在场的情况下，他居然被一个新晋弟子弄得威势扫地。

叶奴哪曾受过此番侮辱，如若当时不是主殿禁武，后来又有长老阻止，他必斩浮生。这股怒气，宛若附骨之疽，一直缠绕在他的心中，难以释怀。

而今，上天助他，竟然能让他在此地遇见那个令他颜面尽失的人。此处可不是宗内，动手的话也无人插手阻止。

此行为试炼，自然难免发生弟子间的战斗，而不小心用力过猛，某些弟子出了"意外"死了，也不能怪责到他身上。

即便有，那也是过失，不痛不痒的惩罚，他叶奴还是可以承受的。

与此前的耻辱相比，这一切都不算是事。

再者，此地只有他一人，杀了便杀了，无人知晓。

很明显地，浮生察觉到叶奴身上对他的杀气，知晓叶奴必然不会放过他，只是眨眼的时间，浮生便被叶修带来的数十名弟子包围了，显然失去了后退的可能。

浮生无惧一切，却因为叶奴刚一照面说的第一句话，动了真怒："敢这么说，想来是考虑好后果了？"

"哈哈！小子，如此境地，竟然还敢出言不逊，真是不知死活啊！"

叶奴看到己方的人马已然将其围住，便一点儿都不焦急，更不担心浮生能逃走，仿似浮生的小命早已被他握在掌心，如何都无法逃走了。

听到浮生的反击，叶奴自然愤怒，但他强压了下来，他改变了主意，要好好地玩玩。他认为，只是简单地将浮生斩落，那太便宜他了。

其心如蛇蝎般恶毒！

实际上，叶奴等人一直都是如此处事，早已成了习惯。

"咦？这野小子，不是主殿上那小子吗？"

围拢过来的那些弟子，也有人认出了浮生，对其评头论足，话语无礼，嘴角带着冷笑与轻蔑。

"这野小子名声很大嘛，此前我便听闻过他，将叶修兄的表弟打伤了，真是吃了熊心豹子胆。"

这些人与叶修的关系很好，与叶修站在同一战线，因为地位的不同，他们自然得讨好叶修。眼下知晓浮生的身份后，倒开始跃跃欲试，要对浮生出手。

身处中心的叶修，此刻姗姗来迟，眼里泛着冷光，盯着浮生。

当时在主殿，之所以特地叫叶奴过去收浮生为战仆，真实目的便是为他表弟叶黎被浮生击伤一事，进行报复。

倘若浮生是个愣头青，不知所谓极为兴奋地答应成为叶修的战仆，那么，等待他的便是无尽的灾难。

叶修果真不凡，只是表露出其怒意，便有一股威势，笼罩而来，长衣无风自动，气血在涌动，典搬境三星的修为，显露无遗。

"将瑰宝交出吧，可保你全尸！"

语气平淡而冷漠，在叶修眸中浮生的性命由他做主，冷血而霸道。言语中，甚至有一种高高在上的俯视感。

"呵呵！我是不是还得感谢你的恩赐，让我留有全尸？"

浮生转眸，望向面色冷然的叶修。

想来，那叶黎无视他人性命的作风，便是从他表哥身上学来的，同样的自以为是，同样的高高在上，自以为可以随意掌握他人生死，将自己对别人的迫害当作一种恩赐。

叶奴逼近一步，冷声道："你可以如此理解，从某种程度上而言，赐你全尸，的确是一种荣耀般的恩赐，你应该庆幸！"

站在浮生旁边的石鸡，显然被众人无视了。不过，石鸡倒是饶有兴趣地望着眼前的一幕，干脆匍匐在地，转动着鸡眼，兴致勃勃的样子。

浮生自然发现了石鸡的作为，差点儿吐血，这家伙居然在看戏！

"那谢了，我不需要你的恩赐！"

浮生笑了笑，一点儿都未有大难临头的惊慌。

"叶奴，别与一个将死之人多言，让他速速交出瑰宝吧！"

叶修最后扫了浮生一眼，眼神很平淡，或许在他眼中，被数十人包围的浮生，想必是插翅难飞，已然可视作死人了吧。

他不再言语，显得不耐烦，估摸是怕有他人也如他这般发现了天际的金光，此刻正在赶来的路上。

至于浮生的生死，他不会有任何在意，死了就死了吧，他的目标是那瑰宝，且志在必得。

叶奴点头，随即向浮生伸出手，冷笑道："你是自己交出来呢，还是要我动手？"

"什么瑰宝？"

浮生皱着眉头，对他们口中的瑰宝不明白。

"怎么？还跟我装什么蒜？"叶奴显然失去了耐心，冷喝道，"交出来！"

浮生的确不知晓什么瑰宝，他也根本没拿过什么瑰宝，这个瑰宝之说，根本不知从何谈起。

跟随着叶修的那些弟子，认定瑰宝必然在浮生身上，在他们来之前，此地就浮生一人，不是他拿走了，那还有谁？

"我警告你，这等瑰宝，根本不是你等小人物能觊觎的，识相的话就快点儿拿出来吧。"

叶奴摇着头，朝浮生走近了一步，大有随时出手的架势。

"我不知晓你所言的瑰宝是何东西，我没拿，便是拿了，也不可能交出来给你们，呵呵！"

浮生在叶奴等人的逼迫下，能忍受如此之久，实在是难为他了。

纵然对方人数很多，从整体实力上来看，无法对抗。但浮生是何许人，对方突然冒头，一言不合就要浮生的命，留下全尸还是一种恩赐，伸手就要他拿出什么瑰宝，而所谓的瑰宝，浮生他根本不知晓，却硬要他拿出。

太过霸道强横了，好似自己是主宰一般，任意决定他人的生死，践踏他人的尊严，无论如何，浮生宁肯拼着受伤，也绝不低头。

此言一出，等于是摆明了他的态度，十分强硬。

"哟！还挺有骨气的。"

叶奴桀桀怪笑了一声，迈步直接走到浮生的面前，伸出巴掌想在浮生的脸颊上拍打，这可是叶奴在欺凌弱者时，最常用的手段。

只因，在拍打别人脸颊的时候，那种满足感与凌驾于对方之上的高高在上的感觉，可以弥补他身为战仆的自卑。此刻，他笑容扩散，仿佛已然看到浮生的脸在他的拍打下，露出屈辱但又只能忍受的表情，想想就令他兴奋。

众人看热闹一般围观着，而那叶修，默许了叶奴的做法，反正是将死之人，给众人发挥最后一点儿作用，逗逗乐，不也是一种价值吗？

叶奴自信，自己的手伸到浮生脸颊前，对方也绝不敢反抗，更不敢躲避。要知道，倘若躲避开，那么迎接他的将是暴风骤雨般的惩罚。

一名毫无根基的新晋弟子，又能凭借什么？

侮辱了便侮辱了。

成王败寇，典者的世界，便是如此。

呵呵！

叶奴离浮生很近，近到可以看到浮生眼眸深处的瞳孔变化，他伸出的手掌已然离浮生的脸颊很近了。

"呵呵，主殿之上，你居然想打我耳光？"

想到此处，叶奴突然狰狞起来，离浮生脸颊很近的手掌，猛然加速，他改变主意了，要先狠狠扇浮生一巴掌，让他后悔，后悔当时竟敢当着那么多人的面，对他不敬。

"轰"！

叶奴的武典猛然亮起，一道典环，从光泽浓度上就可看出，是典锻境五星的修为。全力以赴，将体内的典力尽数加持在手掌上，倘若这一巴掌打实，浮生头颅必然直接爆碎。

典锻境五星的修为，一招既出，可是有着五六千斤的力道，这抡在脆弱的脸颊上，想想便可怕至极。

手掌因速度极快引起了空气的震荡，发出了轻微的响声。在此刻众人注目安静的空间中，异常刺耳。

然而，微微低着眼睑的浮生，瞳孔在瞬间凝聚，几乎是瞬间，他上半身向后仰去，在避过这一巴掌的同时，右手直接探出，犹如真龙摆尾，速度之快，令人咋舌，竟然刚巧抓住了叶奴扇来的手腕。

嗯？不单是叶奴怔住了，便是包括叶修在内的数十人，也是大吃一惊。

他们根本未曾想到一个底层的新晋弟子，竟敢躲避，而且，还敢反击将叶奴的手抓住，人们已然无暇去思考以浮生的反应以及力量如何能抓住叶奴，叶奴可是有着典锻境五星的实力，而那浮生只不过是新晋弟子，实力低微。

他们想得更多的便是浮生怎么胆敢反抗，是什么让他如此作为的？难道他不知道这么做会更加惨吗？后面的怒火，可不是他能够承受得住的。

浮生在这一刻，神情变得非常可怕，眼眸冰冷，如寒刀匕首一般刺进叶奴的心中，竟让叶奴生出畏惧的感觉，这是一种来自心灵的压制。

"你算什么东西？竟有胆扇我的脸？"浮生面孔冰冷无比，一字一顿地逼问着叶奴。

"轰"！

叶奴还在疑惑，为何此刻的浮生像是变了个人似的，神色如何会变得如此恐怖，气质完全不同了。

可浮生根本不给他任何思考与解答的时间，杀气惊天，抓住叶奴手腕的那只手，猛然用力。

"咔嚓"！

"我要用尽一切残忍的手段，让你后悔来到人世……啊啊啊……"

叶奴长发披散，双眸猩红，周身的典力，被他疯狂运转。完好的那只手，早已握拳向浮生砸了过来。

他要爆掉浮生，疯狂的怒火令他的牙关都被自己咬裂。这一拳，达到了叶奴有生以来的巅峰，无论力道抑或是速度，都达到了令人望而生畏的程度。

冷漠，依旧是冷漠，不夹杂任何情感的眼眸，转向了叶奴轰至的拳头，浮生身躯扭转，如绞着绳索一般躲过这一击后，竟然撞进叶奴的怀中。

双拳握紧，坚硬如磐石，如雨点一般，富有节奏地尽数捶打在叶奴的胸膛上。刹那间，近百拳抡完，在施展最后一击的时候，浮生嘴角一斜，像是在淡笑，但眼眸依旧冷漠。

浮生单脚一踏，飞身而起，一个膝击，叶奴整个身躯被抛起一般，往后飞了出去，自空中完成了一个旋转后，最终落回地上，已再无反抗之力！

全场寂静！

一片槐树的叶子在不知何处来的冷风的吹拂下，飘落了下来，如扁舟一般，忽快忽慢，左右摇摆地落下，而众人的视线似乎尽数被吸引了过去，跟随着槐树叶摆动。

令人惊悚的是，按照槐树叶目前所飘动的速度以及方向，居然是已然无丝毫生机、趴在地上一动不动的叶奴的背上。

槐树叶，最终不负众望般地落在了叶奴的尸体上。

只能听到极其细微的声响，可就是这种难以察觉的声音，成了唤醒发愣的众人的契机。

叶修等人，在同一时间反应了过来，神情复杂，带着不可思议，还有令他们都无法理解的惴惴不安。

其实，在场要说第一个反应过来的，还是躺在浮生身后，一副看热闹模样的石鸡。

石鸡"扑腾"一声站了起来，看了一眼地上已然死去的叶奴，然后将眼眸定在了浮生消瘦而挺拔的背影上，神色古怪。

不知活了多长岁月的石鸡，什么人没见过，什么凄惨的经历没看过，可就是眼前这位消瘦少年，却令它觉得古怪又突兀，那是一种很特别的感觉。

它觉得方才浮生的表现，尤其是在使叶奴手腕折断时的淡漠，有那么一瞬间，石鸡恍惚觉得他根本就不像是一个只有十六岁的少年，杀伐果断，且神情中并未出现一丝的畏惧与紧张，相反，却带着一种冷到骨髓的淡漠。

只有一种解释，那便是此子经历过无数次生死，是在一种血与死的历练中，磨砺出来的随意与轻松。

只有这种才能有着方才那种淡漠的眸意。否则，或多或少都会有一丝慌张的，但在浮生的脸上，全然未见。

石鸡是何等强者，号称接近圆满的大能者啊，眼光犀利，也只有它方能捕捉到如此细微的特点。

石鸡越发好奇浮生的身份，究竟他经历了什么，在战斗的时候，整个人的变化会那么大，判若两人啊。

远超同辈人的成熟，面对死亡的处变不惊，还有身怀可以治愈石鸡自己都无能为力的旧疾的神秘瑰宝，这一切联系在一起，足以让浮生变得非凡，也让石鸡生出古怪的想法。

然而，浮生给它的惊喜，似乎没有尽头。

因为，就在方才浮生与叶奴的战斗中，石鸡又有惊人的发现。

从浮生的出手，身为大能者的石鸡，自然就窥视出了浮生的修为，仅仅只是典锻境二星圆满的修为，纵然只差半步便可进入三星。可即便如此，那也要比叶奴整整低上两个小境界。

他是凭什么击败叶奴的？

石鸡摇摇头，无法想通。观浮生的天赋，也与叶奴相仿，只是橙色第二重。它的确很疑惑，根本没去想浮生将己身的天赋进行了压制。

除此之外，尤其令石鸡凝重的是，浮生在战斗的时候，经验的娴熟老到，根本不似十六岁的少年。

方才的战斗，实际上无法做到摧枯拉朽的，外人看上去，叶奴根本就不是浮生的一合之将。

实际上，是浮生的无敌战斗经验，起了最为主要的作用。

强悍的战斗经验，使得浮生有了如同未卜先知的预判能力，知晓对方的攻击轨迹，甚至能做到对力量程度的准确判断。

故此，在方才的战斗中，时间才显得非常短暂，似乎只出了几招，就结束了战斗。

这与浮生凝练招式，集中全力欲在短时间内奏效的想法、强悍的预判与战斗经验自然也是脱不了干系的。

在石鸡心神不断转动的同时，叶修等人终于反应过来，数十人的眼眸依然尽显震动，久久未散。

其中一人深吸了一口气，一脸震惊地望了浮生一眼，目光在浮生还沾有血迹的手上停留了半刻。随即，迈着沉重的步伐，走到一动不动的叶奴身边，伸手探了探，感受叶奴的生命气息。最终，他面色一变，脸色愈加苍白。

"死了！"

就这样死了？

此人蓦然惊醒，望着浮生的眸光，犹如望着魔神一般充满恐惧。他的实力尽管不错，但比叶奴还要弱上几分。他设想，若是方才换作是他，想来结局比叶奴更惨吧。

双手颤抖着收了回来，在退回的时候，居然因为太过震动，差点儿被石头绊倒，心神有些恍惚。

不轻不重的言语，宣布了叶奴的结局，更是令在场的数十人心中一震，便是叶修，瞳孔在刹那间猛然一缩。

他们有着非常的背景与实力，在不灭宗外门中，除却几人不算，近乎可以横着走，平时没少做坏事。可是，谁也没有如浮生这般，一言不合之下，就手刃他人。

这等杀伐果断与浮生的年纪不符，他的狠厉甚至犹如一把匕首，狠狠地插进了他们的心脏，让他们意识到生命的脆弱，以及现实的残酷。

反观浮生，此刻的神情，依旧漠然，似乎没有多余的情绪。

这是杀人狂魔啊！

有人在心中呐喊，欲要崩溃。现场有还未成年的弟子，目睹了这一幕，想必在今后的岁月中，会留下一道无法抹去的阴影。

"你，杀了他？"毕竟是月榜第十的年轻高手，叶修脸色尽管难看，但依旧打破了沉默，脸色无比阴沉，宛若蛇蝎一般阴毒地看着浮生。

浮生缓缓转眸，淡漠的眼神落在叶修身上，面无表情地说道："那又怎样？"

尽管是亲眼看到浮生杀了叶奴，问出此句，叶修只不过是在平息心中的怒气与震动，他需要时间。因为，眼下发生的一幕，即便是他，都无法在短时间内接受。

他需要时间缓冲！

"你可知我是不灭宗的弟子？你可知，他是我的战仆，是叶家的战仆？你如此杀了他，没考虑过，我的怒火、叶家的怒火是你能承受得住的吗？"

眼神淡漠、如杀神一般的浮生，令叶修骄傲霸道的心，多少发生了变化。

兴许，行为处事一直跋扈骄横的叶修，的确是因此多了一丝害怕。也因此，令他万分恼怒，他是什么人，叶家年轻一辈最耀眼的明星，更是不灭宗外门弟子中月榜第十的高手，此刻居然被一个新晋弟子吓到了，他只能用怒火来掩饰心中未曾体会过的恐惧。

"哼！"浮生眼眸冰冷地看了叶修一眼，鼻腔中发出一道冷哼声，"那在你的想法中，我就应该任人宰割？你可曾想过，方才你的战仆那全力的一巴掌打过来，倘若我实力不支，抑或是依尔等想法，我只能站着不动，等着这一巴掌到来，那我的结局，我的下场又如何？"

浮生很清楚当日在主殿之上，叶奴为何会突然向他走来，要收他为叶修的战仆，无非是因为叶修的表弟叶黎被他击伤。可是，当时他在刚踏入不灭宗时，与叶黎无冤无仇，更是平生未见，却被他们视作动物，用弓箭随意射杀，心肠歹毒冷血，浮生出手教训是理所应当的。

自始至终，浮生都并未主动惹事，反而一直都是叶修这一派的人，一而再，再而三地招惹他。如今，手刃了叶奴，也是叶修等人咎由自取。

叶修眼眸中的冷意更甚，蛮横无理道："废话少说，我只知晓你伤了我表弟，且在主殿上公然拒绝我欲收你为战仆的好意，令我脸上无光。而后，居然还想动手扇我的战仆耳光，如今，你又杀了我的战仆，今日，你便是有十条命都无用了。"

杀意冲霄，霞光笼罩其身，叶修沐浴在光辉中，整个人的气息变了，有数十道虹彩竞相呈现，典搬境三星的修为，尽显无遗。

比浮生高一个大境界还有余的实力差距，让叶修十分自信，这是他的底牌之一。

能走到这一步，叶修自然有其过人之处。战斗经验，以及身上的瑰宝底牌，自然不是战仆叶奴所能比的。

这一刻，危机四伏。

不敢托大，倘若只是叶修一人的话，手段尽出，或许浮生能硬扛下来，多少能全身而退。但要想击败叶修，还是不大可能。

毕竟一个大境界的等级差距放在那儿，很难跨越过去。而今的浮生，只能凭借过人天赋，在同一大境界中，进行小境界的越级战斗，才拥有胜算。

更何况，眼下叶修那一边，可是有着数十人虎视眈眈，呈包围状。尽管除叶修外，那些人没有一个达到典搬境，都停留在典锻境，但修为其实跟叶奴相差不多。

数十人的力量，可不能小觑，便是典魂境大典师，都要忌惮几分。

此刻，浮生心中唯一的想法，便是逃！

第25章 掌掴

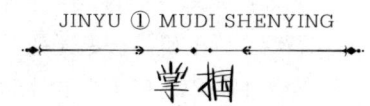

明知不可为而为，那是傻瓜，浮生第一时刻想的便是从哪个方向逃跑，一点儿都没有因为感到丢人而脸红。

这可是经历无数次生与死的磨炼，才得出的生存法则。

浮生知晓，方才出手杀了叶奴，或许在短时间内，使得那些人不敢轻举妄动。可是时间一久，加上有一个典搬境高手压阵，他们的胆量，很快就会被调动起来。

数十人的队伍，宛若大军一般步步逼近，澎湃的典力波动将虚空震得模糊不清。他们知道自己方才被浮生的那一手震住了，己方可是有着数十个与之实力相仿的高手，更有一个跨越一个大境界的叶修压阵，竟然被吓着了。

想想就觉得羞恼，于是乎，他们眼里的杀意更甚。己方人数这么多，用人海战术，都能让浮生好看。

每个人脸上凶光乍现，皆动了杀念，恨不得撕碎浮生。

越来越近，他们将浮生包围了起来。

在叶修等人看来，浮生此次是插翅难飞了，谁来都没用。他们的脸上露出残忍的笑容，要为战仆报仇，更要让浮生知晓冒犯他们的后果，可不是谁都能承受得住的。

情况尽管危急，但浮生脸上依然未现惊慌之色，他在心中快速计算，眼眸在周围数十人的身上不断扫过。

他要在最短的时间内，计算出众人的实力大小，再结合距离长短，以便让他能冲出重围，逃出生天。

"就是他！"

最终，浮生锁定了目标，看到了一个年轻一辈的弟子。他的实力尽管不是最弱，但胜在距离最近，只要浮生瞬间爆发，突破此人，那么，他就可以逃出包围圈，迅速离开。

就在浮生欲要暴起之际，一道懒洋洋的声音，打断了他的行动。

"喂！你们聊了这么久，还真的当本凰不存在啊？"

原来是一直躲在浮生后方的石鸡。此刻，它终于收起了看戏的心情，毕竟眼下的情况，在它看来，浮生是没办法处理了，它必须站出来。

不过，待它发声后，叶修等人的言语，令它很无语。

"谁？鬼鬼祟祟的，快给我站出来！"

石鸡之前的确是被人无视了，如今它开口说话，并且走了出来，依然被忽视了。

原因很简单。只因它的外形真的跟一只鸡太像了，不仅如此，就连身形大小都跟鸡相仿，从浮生后方走出，加上有膝盖高的草丛遮挡，石鸡很倒霉地被淹没其中。

人们只能闻其音，而无法见其形。

只能怪石鸡自己太矮小了，直接被人无视！

气得石鸡差点儿直接打鸣报晓，很郁闷。故此，它只能满脸不快地用翅膀扒开两边的草丛，而后，才出现在人们的视线中。

浮生在心中早已笑得前俯后仰，只是被他抑制住了。此前石鸡开口说话，他便分辨出了，只是没想到石鸡被人无视，只因为它太矮了。看它还敢不敢装？

当石鸡从草丛中走出，出现在人们的视野中时，叶修等数十人，差点儿没惊掉下巴。

"这是鸡吗？"有人瞪大着双目，一副很吃惊的样子，低着头看着石鸡。

"废话，这不是鸡，难道还是鸟啊？"有人立刻替石鸡表明身份。

"你们才是鸡。"第一时间，石鸡就不满了，以与它身形完全不相符的大嗓门吼了起来，如同雷霆炸响，震耳欲聋。

浮生心里都快笑疯了，他很乐意看到这样逗人的一幕。

叶修等人愣了愣，相互一视，觉得有些莫名其妙，暗叹这世界太过奇妙了。

"这只鸡居然会说话，莫非是难得一见的典兽？"

有人表现出惊喜的样子，要知道便是他们都未曾目睹过典兽，只有在书籍或者长辈口中听闻过，倘若这只长得很像鸡的动物，真是典兽的话，说不定都得抓来研究研究，很稀奇啊。

如此一来，众人反而对浮生失去了兴趣，都望向石鸡，并且竞相向其围拢了过去。

石鸡满脸不快，鸡眼不断变白，这是在翻白眼，它怒了。

看他们的眼神，分明是没把它当回事，根本没出现过惊慌和畏惧，好歹它是一位有着大能者圆满修为的强者。

"你们做什么？快给本凰站住！"石鸡大声嚷嚷，一脸严肃地命令道。

这可与它的样貌完全相悖，构不成足够的威胁让他们畏惧，反而让他们觉得很有趣。

"我们做什么？哈哈，自然是想抓鸡呀！"

人们面面相觑，随后哈哈大笑，根本未当它是一位手段惊天的大能者。

"这只鸡真是有趣，可以捉回去逗那位我爱慕已久的姑娘，想必她会很开心的。"

根本没人将石鸡的话当作一回事，自顾自地联想着将石鸡抓到后能如何如何。

"你们注意到没？这只鸡居然自称本凰？哈哈，还本鸡呢！"

有听力敏锐的弟子，第一时间大声打趣道，随即，人群里响起一阵哄笑声。

"本凰怒了！"

石鸡气得鸡毛颤抖而起，如同斗鸡时，战意十足导致羽毛竖立的模样，根根如针。

"哈哈，你们听到了吗？这只鸡说它怒了，真是太好玩了，你们别跟我抢啊，这只鸡我势在必得，定要让给我，真是太喜欢了。"

喜欢？本凰是公的好吗？

石鸡气得要参毛，继而抬起它的翅膀，吼道："本凰决定了，定要将尔等一翅膀通通扇飞。"

"快看，这只羽毛亮丽的鸡，连抬起翅膀的姿势，都显得如此有趣，我也决定了，这只鸡，我汪伦要定了。"

自称汪伦的弟子，直接选择无视石鸡的威胁，表情中对石鸡的喜爱，更加明显了，双眼在放光。

这时，叶修缓步走过来，自然也对石鸡颇感兴趣，心想将石鸡抓回去当宠物，也是一件有趣的事。

"羽毛油亮富有光泽，双爪乌黑如玄铁，鸡冠鲜红如花，与白羽相映成趣。特别是鸡尾那里的毛羽，色彩更是鲜明，我要了。"

确实，在经过《究极真解》的修复后，石鸡那原本不长的尾羽，长了一些，且色彩更加明艳了，形似山鸡。

可是，叶修对货物的评判，差点儿而令浮生笑喷。而作为当事"鸡"的石鸡，心情可不这么好。

它突然觉得一阵恶寒。

因为，方才叶修打量它的时候，竟然将它全身欣赏了个遍。那眸子里的热切，让石鸡连连打了好几个寒战。

可是这寒战，却恰恰让它的尾羽挺立而起。挺翘的样子，瞬间将叶修的目光引到了它的鸡屁股处。

任何人被他人打量屁股，必然是难为情的。那种感受，可想而知，也难怪石鸡一阵恶寒，心里作呕。

"忍无可忍，无须再忍！"石鸡觉得自己要是再忍下去，再任凭他们评头论足，估计会先气晕在地，到时说不定真会直接被抓走，想想就可怕。

故此，它出手了，不，是挥动翅膀了。

起初，人们看到石鸡将比巴掌只大一些的翅膀挥动了起来，并未有任何担忧。

可当石鸡的翅膀在挥来的瞬间变得如同房屋那般巨大时，叶修等数十人怔住了。如果仅仅只是翅膀变大，那就错了。

气急之下的石鸡，将一日内只能施展三次的巅峰修为，给用了出来。大能者圆满的气息，贯穿天际。

恐怖威压瞬间笼罩众人，叶修等人彻底傻了眼。直到此刻，他们才知道自己踢到了铁板。观那威势，便是自家家主都会脸色惨白，难以抵抗。

恍惚间，星河倒挂，五彩匹练凭空出现，搅乱九重天，大地在起伏翻滚，江泽翻涌，虚空传出低鸣之音，异象频出，恍若灭世。

此等气势一出，叶修等数十人根本生不出任何抵抗之心，忘记了一切，只能眼睁睁地看着那只翅膀所幻化成的大手，如蒲扇一般，向他们扇了过来。

在那一刻，即便是叶修在面对那只大手时，也觉得自己宛若蝼蚁一般弱小。同时，苦笑了一声，觉得自己太傻，方才居然还与他人争抢着要抓石鸡，要将其当作宠物饲养。

可没想到，对方竟然是如此震天动地的强者，可怕至极啊。

石鸡幻化的大手，速度很快，如同闪电一般，迅速扇在了叶修等人身上，尽数包裹，一个不漏。

"啊啊啊……怎么会这样？"

随后，众人尽数被石鸡一巴掌扇飞，真正意义上的扇飞。

想必他们在空中坠落时，都无法理解，随意走出的一只鸡，居然这么强，他们竟然被一只鸡的翅膀扇飞了。

浮生望着叶修等人在空中逐渐变小随后消失不见，心情一阵愉悦，主要是因为方才的对话，叶修他们居然真的把石鸡当作一只普通的鸡，玩笑开大了吧。

不过，在看到石鸡的脸一阵变色后，浮生心情大好。毕竟，他知道石鸡的修为，居然会被十多个初入典者一途的新手小觑，想想就觉得好笑。

对于石鸡方才出手所产生的异象，浮生自然是没有太过惊讶，因为，他毕竟是过来人，经历过这一现象。故此，表面上并未展露出多少讶异。

石鸡本来想看看浮生对它的表现是不是很震惊，是否会对它崇拜有加。最终，它还是被打败了，只能将浮生的这种淡定理解成无知者无畏。

它不会知道浮生曾经是比它还要厉害得多的强者，只是以为浮生的背景非凡，仅此而已。

"方才尽管气势很足，但实际上，你并未动用力道，用的只是缓劲将他们扇飞，这是为何？"浮生想了想，将心中的疑问道出。

"嗯？"将一只翅膀背在身后，做出一副高人姿态的石鸡，突然一惊，很不可思议地看着浮生，如同在看怪物一般，"如若不是看过你的体质，我还真的会误会你是哪个老怪物呢。"

　　同阶之人，或者只是跨越一个大境界的人，能看到这些细微的动作，当然眼力强悍的也是能够办到。可是，浮生只是典锻境接近三星，而石鸡巅峰修为是典涅境大能者，第五大境界啊，差距如天堑。而且称号为大能者，手段自然大能，无法用常理推断。

　　此等层次的强者，更是稀少无比，常人甚至一生都未能遇见。更别说只用一眼就能察觉出其用意，这太过匪夷所思了。

　　也难怪强如石鸡，也会生出一种怪异的想法。

　　石鸡眨巴着鸡眼，看着浮生，越发觉得浮生不简单。在他看来，浮生只是一个乳臭未干的小毛孩，除开此前的不同外，在看到它这么一个圆满境界强者出手所产生的惊天异象后，居然不怎么震惊？这还好，起码可以理解成对方太过迟钝了，一时反应不过来。

　　可是，他在典者第一个大境界的时候，居然能看透第五大境界强者的细微动作，这该作何解释？

　　石鸡感觉很头痛，它早已探查过浮生，后者的血肉气息，无一不显示着这只是一个十六岁的少年，这个不可能有误。

　　那又该作何解释呢？眼力很刁钻吗？

　　石鸡猛烈地摇着鸡头，它决定不去细想，不过也是因此，它直接将浮生视作奇葩，认为在他身上所发生的事，是无法用常理去推断的。

　　对于石鸡的猜测，浮生自然不可能承认，说自己的身体里的确是住着一位活了很久远的老怪物。

　　浮生只能摊了摊手，不去做解释。有些时候，不解释，反而更能让人觉得自己深不可测。

　　石鸡看了浮生一眼，说道："的确，他们没有生命危险，我只是送他们去了很远的地方。"

　　"为什么？"浮生有些不解地问道。

　　"因为他们都是不灭宗的弟子。"说完顿了顿，石鸡没去看浮生，只是将眸光定在不灭宗的方向所在，问了一句不太相干的话，"你不好奇我的身份吗？"

　　浮生点头，知晓这其中必然有什么关系。

　　"方才看你与对方的对峙，没猜错的话，你应该也是不灭宗的弟子。"这是肯定句，石鸡又道，"你们或许应该听闻过关于不灭宗的一些故事，关于护宗典兽的故事！"

石鸡饶有深意地看了浮生一眼，似笑非笑。

浮生瞪大双眸，他对石鸡的身份立即明了。他是何等聪明，联想着石鸡的实力，以及扶桑谷的所在，稍加推测，得出的结论已然跟事实相差无几。

"你便是不灭宗的护宗典兽，长老口中的老祖宗？"

尽管心中已然有了猜测结果，浮生依然还是很震惊，这毕竟太过离奇和巧合了。他何曾想过，自己就这样误打误撞，还真遇到了不灭宗的老祖宗。要知道，他当时在主殿之上，根本就把长宫大长老的吩咐当成了耳边风，不去理睬，并且认为这种完全靠运气的事，太过缥缈了。

故此，他根本就没放在心上，可就是如此，却让他碰上了。

浮生都不知道该如何言语了，或许有些时候就是这般，无心插柳柳成荫吧。

听到浮生的询问，石鸡昂着头，双翅负在身后，摆出一副高手风范。而后，用沧桑味十足的语气说道："嗯，就是本凤，是不是很高深莫测？"

浮生点点头，不置可否道："的确很高深莫测，但是……依然难逃你是只鸡的悲惨事实！"

"嗯？"石鸡愣了愣，鸡眼眨巴了几下，怒火中烧，使得半边天的云彩就如火烧一般赤红，"你能不哪壶不开提哪壶吗？"

好不容易摆出一副高人风范，又被浮生给轻易破坏了，一点儿都没有尊敬宗门护宗典兽的觉悟，这令石鸡很头痛，偏偏它又不能把浮生怎样，毕竟它能恢复自由，治愈旧疾，完全是拜浮生所赐。

浮生似乎并没有看出石鸡的郁闷，变本加厉道："对了，长老不是说，你的本体是株扶桑树，活过久远的岁月，开了灵智，继而修炼有成，如今怎么变成鸡了？"

起初，石鸡听着暗自点头，可是听到后面，它又开始郁闷了，怎么老是离不开鸡啊，这真让它老泪纵横。

石鸡扑棱着翅膀，真的很想像扇叶修等人那般狠狠地给浮生来一下子。最后因为一日只有三次出手的宝贵机会，只好一脸幽怨地望了浮生一眼，选择咽下这口气。

石鸡还是道出了原委，解释道："本凤的身份何等高贵，是世间绝无仅有的真凤，必然不能以此等面目对外，只好化作一株扶桑树面世，不要太高调！"

浮生"哦"了一声，调侃道："实际上是不好意思以鸡的样子面世吧，只好化成一株扶桑树，掩人耳目。"

"臭小子，你是不是皮痒了？"石鸡全身鸡毛参开，跟只刺猬似的，显然气得不行。它的身躯一闪，速度之快令人咋舌，它迅速靠近浮生。而后，鸡头一动，远处的山峰有一道亮光一闪而过，那是石鸡的鸡喙，锋利无比，可啄透神铁。

"噗"！

浮生汗毛突然竖起，这是一种本能的警觉。可惜，即便不使用巅峰修为的石鸡，大能者圆满的实力依然存在。猝不及防的攻击，浮生还是躲避不过，然而，却因为他移动了少许，让已经被怒火弄得差点儿疯魔的石鸡啄在了不是很雅观的部位上。

那是浮生的屁股，只听浮生哀号一声，一脸痛楚地摸着屁股，瞬间蹿到了远处。

他皱着眉头，喊道："你这只鸡，亏你还是活了无尽岁月的护宗典兽，没想到还有这种嗜好，我真是看错你了。"

此次，轮到浮生一脸的幽怨和扭捏。

石鸡石化了，满脸的不快。半晌，它突然"啊"地大叫一声，随后转身就跑。还别说，那两只鸡爪，跑起来速度忒快。

"扑通"！

石鸡在最短的时间内，凭借着对此地的熟悉，很快寻到了一条溪流，一头便扎了进去，然后一边干呕一边猛洗它的鸡喙。

还嫌不够，随后又将它的鸡喙放在鹅卵石上，不断地磨着，以求洗净，最后将石头都磨坏了，依然难减石鸡恶心反胃的感觉。

躲在远处的浮生，捧腹大笑，方才他的扭捏是故意做给石鸡看的。

此刻，望着全身湿漉漉的石鸡在疯狂地洗着嘴，感觉到一种恶趣味油然而生。

"啊啊啊，我快恶心死了，臭小子，我跟你没完！"

石鸡以一个完美潇洒的动作再次钻进了溪流中，势必要洗刷个干净。

半个时辰后，石鸡筋疲力尽地从溪流中走了出来，耷拉着头，无精打采的样子。它一直在做着吐口水的动作，眼睛恶狠狠地盯着浮生道："臭小子，你干吗要躲啊？"

"我傻啊，站着不动给你啄？"

浮生以一副看笨蛋的眼神，望了石鸡一眼。

石鸡的心情糟糕透顶："原本本凰只是想啄下你的腰眼，可没想到你躲了下，结果就……"

它说不下去了，只因它开始恶心了。想它一世英名，还是天佑国排名前三的不灭宗的护宗典兽，受万人尊敬，高高在上，没想到居然亲吻了一个毛头小子的屁股，这倘若被人知晓，后果不堪设想。

看着石鸡难受的样子，浮生多少有些于心不忍，道："放心，我不会跑过去跟长老们说你有恶趣味，尤其喜欢亲别人屁股的。不过你刚才啄我那一下，真的好痛。"

浮生痛苦地摸了摸自己显然有些肿的屁股，可他的话却让人听了感觉怪怪的。

石鸡两眼一黑，差点儿晕倒在地。

"臭小子，我要杀了你！"

随后，石鸡猛然吼道，四野皆震，飞禽走兽，惊慌飞奔而去。

第26章 阴谋形成

浮生终究是不敌石鸡,但他也不是好惹的,纵然全身乌青一片,他还是从石鸡身上拔下了一根鸡毛,当令箭。浮生咧着嘴,向石鸡示威,却迎来了石鸡的一翅膀,哀号一声后,浮生皮外伤又多了一道。

"好了好了,你的气也该消了吧!"

浮生止住石鸡的攻击,连忙说道。

事实上,浮生觉得的确有对不住石鸡的地方,因此,才故意被石鸡追着打,有让石鸡消气的想法。否则,石鸡要想在浮生身上落下如此多的青痕还是不易的。

"不行,你个毛孩子,竟然拔本凰尊贵的羽毛,今日跟你没完!"

石鸡红着眼,一副要吃人的模样。可以看见,石鸡尾部漂亮的毛羽上,居然少了一根羽毛,很显然,浮生手上正挥动的毛羽,便是自此处拔出的。

浮生真是太熊了,居然将石鸡的尾羽给拔了,难道想报方才屁股被啄那一仇吗?

下手真是太狠了,好歹石鸡是不灭宗的护宗老祖宗啊,这要是被长老们知道,他们的老祖宗被新晋弟子拔了屁股的毛羽,不知会作何感想!

石鸡的身份摆在那儿,它没想到浮生在知晓它的身份后,居然依旧我行我素,并没有多尊敬它,还是如往常一般,把它当作鸡。最后,在它猝不及防的情况下,居然动手拔了它的尾羽。

当时,石鸡就傻眼了。而后,它再次发狂了,到处"追杀"浮生。

想它作为不灭宗的护宗典兽、老祖宗,居然被一个毛头小子拔了尾羽,饶是它的老脸都红了。

实在是浮生,太能折腾了。

"停下停下,大不了我将拔下的羽毛藏起来,不对外示出。"

浮生累得够呛,满头都是汗,实在是跑不动了,要不然他才不会这么早向石鸡求和。

"你要珍藏本凰的珍羽,做什么?"

石鸡瞪着那双鸡眼,眸子里有怒火在燃烧,谁都不愿意自己的东西被他人抢了还不归还。

"当作美好回忆，将来我想你的时候，可以将羽毛拿出，看看就能忆起今日，多好啊。"

浮生笑嘻嘻地说道。

"小子，你是不是找抽！"

石鸡的鸡喙闪耀着锋锐光芒，已经在寻思着再一次下嘴了。

它很愤怒，对浮生太不满了，拔了本凰的珍羽，居然还想待日后拿出，这不是揭本凰的伤疤吗？这更是威胁，是可忍孰不可忍！

"你多想了，真的只是回忆，留个纪念！"

浮生露出一排大白牙，模样要有多纯洁就有多纯洁。

石鸡自然不相信。就凭这段时间的相处，它对浮生的秉性，已经有所了解，千万不能被他单纯的外表给迷惑了。

它伸出翅膀，咬牙切齿道："把本凰的珍羽交出来！"

"不交！你太小气了，还是不灭宗的护宗典兽，只不过拔了你一根羽毛，至于这么咄咄逼人、不依不饶吗？更何况，今后不是还会再长出新的吗？"

浮生很鄙夷地翻了个白眼，对石鸡的此番作为很不屑！

天杀的，那是本凰的羽毛，又不是你的，你自然不会觉得怎么样！

石鸡的鸡喙显然在冒着气，那是因怒火生成。

什么叫今后还能再长出？这是什么道理？

"有一株果树，硕果累累，你将果实摘光了，然后对农夫说，放心吧，这果树今后还会再结果，这就是你的强盗做法？"

石鸡灵光一闪，终于想出了自认很不错的例子。

可惜，浮生一点儿都不在意，道："难道摘了果实，这株果树就结不出果了吗？"

"自然是可以的，等等……这一码归一码，你别乱带，好吗？"

石鸡很郁闷，没两下又被浮生带到其他方向去了，怎么就不能好好聊天了呢？

"拿出你护宗典兽的宽广心胸吧，别那么小气，咱们聊点儿其他的！"

浮生把玩着石鸡的珍羽，不过话说回来，他拔下的这根珍羽，挺不凡的。确切而言，石鸡的羽毛，都不凡。或许修为到了典涅境，自身也不凡了吧。

石鸡差点儿吐血，听了浮生的话，简直气到不行。什么人啊，拔了本凰的珍羽，还不许本凰要回，转过头来还怪本凰小气……

如若不是感激浮生的出手相助，石鸡有好几次都想出手镇压他，看他还敢不敢目无尊长。

看石鸡盯着自己的眼神明显不怀好意，浮生连忙打着哈哈，转移话题道："小鸡，啊不，石鸡，你跟着我，我们一起试炼去。"

浮生开口的瞬间，石鸡的脸立刻就铁青了，什么小鸡啊？

石鸡两只翅膀盖在自己的脸上，快崩溃了。它想离开，不敢再跟浮生待在一起，又不能动手，说也说不过他，人家又不怕它，自己非得气死不可！

"你自己去，本凰要在此处修炼！"

石鸡干脆盘腿坐下，一双鸡爪居然如同人腿一般，交叉盘了起来，且鸡身居然挺直正坐，鸡眼紧闭，像人在练功似的，一副道貌岸然的样子。

看得浮生十分奇怪，但细想又觉得好笑。

这只鸡，真是挺好玩的！

浮生很想直接上前，将这只故作姿态的鸡，一把拎起来。

"修炼有的是时间，你被限制了如此之久，难道就不想出去走走吗？"

浮生觉得这只鸡虽然喜欢摆谱，但本心挺好的。而且，实力绝强，尽管一天只有三次出手的机会，但也太难得了。至少目前而言，他并没有太多的保命手段，拉一个这么厉害的帮手，必然是一个很机智的选择。

不遗余力，浮生一定要将这只鸡拉走，劝它与自己统一战线。

可怜的石鸡，很明显是被浮生视作冲锋陷阵的挡箭牌了。

不想出去走走吗？

想，当然想，石鸡当然很想出去走走，憋在此处这么久，自然很想出去，可是它放不下这张老脸啊。

浮生知晓它的心思，再度下了一剂猛药，道："走吧，你的修为如此强大，隐匿在此处太过暴殄天物了，何不出去吓吓他们？"

浮生故意捧了石鸡一把，才让它心里好受一些，石鸡皱了皱眉头，故作勉强地道："这样啊，那本凰就勉为其难去吓吓他们吧。"

浮生在心中对其作态嗤之以鼻，但表面上却是连连点头，一脸笑容。

"对了，吓谁啊？"

突然回过神来的石鸡问道。

"当然是那些受你庇护的徒子徒孙，那些弟子啊。"

浮生觉得这只鸡，脑袋是不是有问题，有时精明得可怕，有时傻得真想拿块板砖拍醒它。

"为何要吓他们？"

石鸡彻底不明白了。

浮生顿了顿，有些不好意思地道："是这样的，这些弟子当中，几乎都未曾目睹过您老人家的尊容，未曾感受过您老人家的威严，咱们一起出去吓吓他们，让他们知晓您老人家的存在。"

"放屁，未曾见过本凰的尊容，叫本凰出去见他们，就是吓他们？本凰长得有那么寒碜吗？"

石鸡成了斗鸡眼，这是气急的表现。

什么人啊，敢情这毛孩子口中所说的出去吓吓人，是拿本凰的尊容去吓人呀！

"口误口误，是以您老人家的威势去震住他们，让他们知晓您在不灭宗至高无上的地位。"

浮生露出大白牙，心里却在偷笑。

事实上，浮生只不过是想借用石鸡的实力。如若碰到强敌，就可以镇压对方，之前的话语，只不过是托词。

"那好，本凰就随你去去。"

石鸡这才满意，从地上起身，双翅负在鸡背之上，一副昂首挺胸的样子。

浮生大喜，连忙带路走在前头，多了一位大能者圆满境界的强者当免费护卫，自己定能安全无虞。

"对了，扶桑谷很大，你对它很了解吧？"

走在路上的浮生，扭过头来，向石鸡问道。

"扶桑谷很大，说是谷，其实有些不确切，称之为一块小型陆地，更加贴切吧。"石鸡将目光放远看了看，又道，"有些地方，便是本凰都未曾去过，甚至都不能踏入，不一般！"

石鸡的神色有些凝重，扶桑谷绝不简单，它在全盛时期，曾去探寻过扶桑谷几处神秘地带，险些不能安然退出，要知道它可是大能者圆满境界啊。

此等强者，可俯瞰整个天佑国，却对扶桑谷某些地方很忌讳。

这令浮生暗自点了点头。因为，早在他刚踏入此地时，就感受到了一些不凡的气息。

恐怕此地，并非只是不灭宗一个普通的试炼场所吧。

而这些，便是连不灭宗都不知晓的。因为，身为不灭宗护宗典兽，都对此地十分忌讳且无法彻底了解，不灭宗上下，自然也不曾研究透彻。

此后，他俩又聊了一些，石鸡有些疑惑地问道："臭小子，你拉着我去找那些弟子，有什么阴谋？"

它知晓，浮生决然不可能闲着没事，真的带它去吓那些弟子，他应该不会如此无聊。

"哦，没什么阴谋啊，就是普通的试炼啊。"

浮生眨巴着明亮双眸，平淡道。

"谁不知道试炼，说具体点儿。"

石鸡很无语，这小子居然卖起关子来。

浮生悻悻地道："其实也没什么，就是想获取几块典石，我实在是太穷了。"

"太穷了？谁信啊！"

石鸡一副鬼才信你的眼神，看着浮生。

它真的不信这个臭小子的话。有着非凡战斗经验，且身上居然怀有那等可治疗它身上旧疾的瑰宝，此种人怎会穷困？

石鸡早就将浮生视作某个大家族的人，他身上怎么可能会缺典石，它不相信，觉得浮生又开始胡扯了。

这下，浮生真的被冤枉了。他全身上下的典石，加起来不超过十块，而且全都是下品典石，还是之前从穆聪身上夺来的。

他是真的穷啊，穷得都叮当作响了。

"真穷？"

石鸡还是不相信，这让它觉得很怪异。一个自大家族出来的人，居然说自己很穷，说出去，谁信啊。

"一穷二白啊！你看看！"

浮生为了证明自己话的真实性，将身上的兜翻了个底朝天，十块下品典石都拿了出来给石鸡看。

"还真穷啊！"

尽管还是有些怀疑，但看浮生的样子，还真是穷酸。

"身为大能者圆满境界的强者，看我这么穷，还不赐我几块极品典石？"

浮生笑嘻嘻地向石鸡讨要典石。他都忘记了，此等强者，随便拿出个东西来，都是他此番境界得之不易的。

"没有！别把主意打到本凰身上来，本凰什么都没有，只有羽毛！"

被困了如此久的石鸡，想必还真如它自己所说，将能用的东西，都耗尽了吧。

不过，浮生一点儿都不失望，而是双眸亮了起来，盯着石鸡越发漂亮的羽毛，讪讪笑道："那就给我几根羽毛吧。"

"臭小子，是不是皮又痒了？"

石鸡愤怒地一扇翅膀，想直接将浮生扇飞。它真的怕了浮生，就没见过如此奇葩的少年，竟然一直惦记着它的尊贵羽毛。

可惜，浮生早有预料，在说此话时，便早早腾地跑得老远，躲开了石鸡的翅膀。

石鸡很无语，道："你想怎么获取典石？难不成他们白白会送给你不成？"

"抢呗！"

浮生很轻松地说道，一点儿都没有觉得抢是一件多么无耻的行径。

石鸡彻底被打败了。它越发觉得对于这个臭小子，绝不能以常理度之，各种常人不会使用的方法，他都能想得到，而且一点儿都不会觉得不妥。

相反，还是一副跃跃欲试的样子。

看得石鸡一阵发愣，道："与你为伍，真是一件丢脸的事，本凰不干这种事，太丢脸了。"

对石鸡而言，那些弟子，从某种程度而言，也算是它的弟子，它没办法无视。而且，万一被人知晓了，说它一个护宗典兽，居然跟一个弟子合伙去抢其他弟子的典石，它的老脸往哪儿搁啊？

浮生还真怕这个便宜高手一怒之下直接走人，那就得不偿失了，好不容易忽悠过来，在关键时候当盾牌用，他可不想就这样让它离去。

"别啊，你站着就行。再者，你现在的样子，也没人认出你，放心好了，不会丢脸的。"

浮生不断安抚着石鸡，言下之意，便是说石鸡现在的样子就是一只鸡，没有人会将其往不灭宗护宗典兽那儿去想。

石鸡岂能听不出来？不过，它的关注点，却是"鸡"。

到头来，这臭小子依然还是一副把本凰当作鸡的样子，气死本凰了。

一气之下，石鸡掉头就走，一颠一颠地扭着屁股，头也不回。

浮生连忙拦住它，主动承认错误，道："我错了，你知道的，我记性很不好，老是忘记这事。"

"本凰怎么知道你记性不好，别胡扯！"

石鸡抬了下眼睛，觉得浮生又开始胡扯了。

"这样，你站远一些，远看就可以。"

浮生只好再退一步，再三保证道。

最终，在浮生的死缠烂打下，石鸡无奈只能再度跟着浮生，漫无目的地向前走去。

没办法，谁叫石鸡承了浮生那么大的情，不帮说不过去，但叫它看浮生去抢它所庇护的弟子的典石，这让石鸡好矛盾，心有不忍啊。

这叫什么事啊？在答应浮生的同时，石鸡已经开始后悔了。

它心情很不好，无精打采的，脑袋都耷拉了下来。

"喂！别这样好不？你可是尊贵无比的真凰啊，应当昂首挺胸，目视前方，拿出你的精气神来。"

浮生差点儿又将石鸡唤成鸡，一阵后怕，还好改得及时。

石鸡一听，立即有了精神，看着浮生的眼神里，大有欣赏之意啊。

一反方才颓败的模样，鸡脖子瞬间绷直，看得浮生睁大了双目，心想，这只鸡，真是想当真凰想疯了。

既然搞定了石鸡，浮生无性命之忧，便开始琢磨那些弟子的去处，要想获取典石，必须找到那些弟子。

而今，浮生的修为在典锻境二星圆满的境界，只差一步便可进入三星小境界，身上还有"获取"的十块下品典石，吸收后自然可以进入三星小境界。

但是还远远不够啊，他还想进入四星，五星……

有着得天独厚的经验，以及无人能及的灵魂，在小境界上，只要拥有足够的典石，他相信自己可以进步飞快，不会有常人会遇到的瓶颈。

"典石啊典石……"

曾为一代皇者的浮生，何等的高高在上，身怀无数种绝世瑰宝，却没想到而今居然会为小小的典石发愁，真是人算不如天算。

要从三星进入四星，他至少需要四十块下品典石才有可能。而从四星进入五星，那么就需要八十块下品典石了。

想来所需的典石数量，还是挺惊人的。当然，若是换作那等强者，这种数量的典石自然不足挂齿。可是，而今的浮生是个名副其实的穷人，并且境界太低了，完全是一个新手，家庭背景寒酸，自然只能靠自己去获取典石。

他时间并不多，主要是因为他决意去做的事情需要他在最短的时间内恢复巅峰修为，而且，兴许还得再进一步，才能将父母救出，一家团圆。在那之后，浮生还要进行他的另一个计划，他必须尽快恢复修为。否则，一些不确定因素会导致意外发生，那就追悔莫及了。

"石鸡，快告诉我，那些弟子最有可能出现在哪些区域？"

想到还有诸多事情等着他去办，浮生就不敢再浪费时间，他耗不起。

石鸡望了浮生一眼，有些不明白眼前这臭小子，怎么突然着急了起来。

不过，它还是想了想，就道出了一个区域，称此地很有可能他们会去。要说熟悉扶桑谷，还真没人敢与石鸡相比，有它带路和指引，浮生速度飙升，直冲目的地而去。

"这臭小子，仅仅典锻境二星的修为，速度竟然这么快。"

跟在后方的石鸡，有些诧异地看了一眼浮生奔腾而起的背影。

有着第五重青色天赋的浮生，其本质上已然与众不同。同阶当中，天赋越高所表现出的修为愈加明显。

只不过，石鸡还看不透。

扶桑谷真的太大了。起初，浮生还无法体会，而今他可是真正领会到了。明明看到了地点，走了许久之后，却发现那处所在依然离自己很远，浮生都快累死了。

"有没有搞错？这也太远了吧。"

浮生皱着眉头，心里都开始琢磨着，是不是石鸡故意乱指一通，欺骗了自己，纯粹就是为了惩罚自己对它的不敬？

"没有错，确是此地，如若不喜的话，我们可以换一个地方。"

石鸡撇撇嘴，一脸的轻松，与之相比，浮生整个人好似从水里捞出来似的，累得够呛。

浮生不断喘气，点头道："那换一个吧，这也太远了。对了，那个地方比我们此刻要去的地方近吗？"

"比这更远！"

石鸡想都没想，直接道。

浮生真想爆粗口，甚至如果能打得过石鸡的话，恨不得一脚将其踹到天际。这家伙真是太令人无语了，说了半天，居然扯出一个更远的地方，那还需要它说吗？

不想去理睬石鸡，浮生再度撒开脚丫子，往起初定好的方向直奔而去。

扶桑谷风景秀丽，佳木葱茏。古老的小路，因为太久无人行走，彻底被荒草遮蔽，只得再次开辟出来。

这多少耽误了行程，一日后，浮生和石鸡才看到那个所在，已然不远了。

而更加令浮生喜出望外的是，他果真发现了几名弟子，距离不是太远。

"典石啊，终于找到你们了……哈哈哈！"

望着那几名弟子，浮生的双眸瞳孔处，蓦然浮现出典石的模样。很显然，在浮生眼中，这几名弟子无疑是典石的象征。

浮生真是太高兴了，在距离他们还有百丈远的时候，就冲着那几名弟子如此大喊。

不清楚的人看到，肯定会认为浮生与这几名弟子是早已相熟的朋友。只有跟在后头的石鸡，一阵汗颜。

感慨浮生竟然直接将这几名弟子当作典石啊。

不过很快，石鸡就变了神情，开始为这几名弟子难过了。因为，它扫了那几名弟子一眼，发现他们的修为很普通，天赋也只不过是不灭宗招收弟子的门槛，第二重橙色，与浮生相仿。

可是，只有着典锻境二星、三星修为的他们，必然不是浮生的对手，注定了要被浮生洗劫一空。

要知道，有着典锻境五星修为的叶奴，在浮生面前，只不过抵挡了几招，就呜呼哀哉了。

他们……或许更快！

 第27章

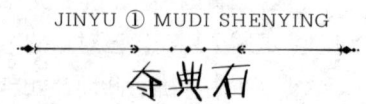

夺典石

浮生可没心思管石鸡的想法，他此刻别提多兴奋了，几乎是飞奔着跑了过去，双手敞开，十分热情。

那几名弟子，自然是听到了浮生的呼唤，什么典石？

他们不理解，不过看到浮生一脸惊喜的样子，朝他们飞奔而来，他们尽管不解，但还是微笑面对。毕竟浮生年轻的脸庞，可是带着大喜之色，总不能板着脸相迎吧，还是同宗弟子呢。

可怜，那几名弟子，居然怀着此种想法。要是知道，此刻的浮生早已将他们看作唾手可得的典石的话，不知道他们会不会如此面对浮生。

这几名弟子，都是男性，与浮生所在的羽境不同，是其他境域的弟子，这多少令浮生松了一口气，最起码他不用在最开始的时候，就对自己同属一域的弟子展开魔爪抢劫了。

"这名弟子，真是热情啊，看到我们竟会如此激动。"

其中一名弟子，一脸和煦地看着奔跑而来的浮生。

"嗯，想来他或许是遭遇了什么不好的事，在此刻遇到同门，心情自然大好。你们看，他伸开双臂好像要拥抱我们，究竟是有多高兴啊？"

另外一名弟子很淡定，不过脸上多少流露出一股自得神色，觉得自己很不错，能成为其他弟子的靠山一般。其他弟子，纷纷点头称是，极为认同这位弟子的话。

很快，浮生已然到了近前，双目放光。

这几名弟子其中一人迎了上去，道："这位同门，看你年纪轻轻，想必比我等都小，不介意的话，我便称你一声师弟吧。"看浮生睁大着双眸，并未显现不满的表情，他再度道："师弟，你是否遭遇了什么危险？"

"没有啊，不曾遭遇。"

浮生回了一句，不过他的视线，很快就放在了这几名弟子的身上，想看看哪些地方有可能藏着典石。故此，他的回答，显得有些漫不经心。

这倒令其余两名弟子心生不满。

他们觉得浮生有些不懂礼数，他们都主动迎了上去，关心问切，他居然不是很

专心，甚至有些走神。

浮生眼力何等犀利，就在这短暂的时间内，他便发现了这几名弟子腰缠所在，似乎藏有典石。这个发现，让浮生咧嘴傻乎乎地笑了。

看得这帮弟子都有些奇怪，觉得方才好端端的一个人，怎么突然傻笑？莫非是受了什么惊吓？此刻遇到同宗弟子，精神瞬间松懈，导致有些失常了。

如此一来，起初对浮生有些不满的弟子，开始同情起浮生来。

"找到你们真好！"

突然，浮生冲着这几名弟子说道。

"无妨，客气了。"

那几名弟子笑了笑，多少有些自豪，毕竟被他人视作救命稻草般，肯定会引以为豪。

浮生抬头看着眼前的几名弟子，又道："对了，你们身上有典石吗？"

尽管有些不明白眼前这位大汗淋漓的弟子为何突然话锋一转，他们还是颔首，道："有啊，怎么了？"

典石的珍稀，人人皆知，正因如此，每个弟子都只会凭借自己的努力去获取，根本不会向其他弟子索要，因为每个人都很珍惜，没有人会愿意拱手送给他人。

故此，便是听到浮生如此询问，他们也不会想到浮生会向他们索要典石。

"哦哦，"确认了对方身上有典石后，浮生别提有多高兴了，直接咧嘴露出一排大白牙，开心道，"真是谢谢你们了，你们真是我的及时雨，在我最需要你们的时候，就出现了。"

几名弟子听着浮生由衷的感谢，并未觉得有任何问题，在他们看来，完全可以理解，只是他们误解了浮生的意思。从浮生的角度而言，也完全可以这么理解。

因为，他们的出现，解了浮生缺乏典石的燃眉之急，的确是浮生最为需要的，他很感激他们。

"同宗师兄弟，无须如此。"

原先那几名脸上现有自豪之色的弟子，更加自得了，他们托大一般地拍了拍浮生的肩膀，示意无须如此。

浮生点点头，觉得这几名弟子真是好心人哪，这么好说话。

随后，浮生依然笑嘻嘻地伸出了一只手，道："嗯嗯，那把你们身上的典石都交出来吧。"

"嗯？什么？"

这几名弟子突然面面相觑，显然一时还没反应过来，事实上，浮生的话语跳转太快了，寻常人还真的没办法跟得上。

"师弟，你刚才说什么？我们听得不是很明白，能否再说一遍？"

这几名弟子望着浮生，想再确认一下。

"没听明白？"浮生心里鄙夷了下，连话都听不懂了，还修炼什么啊。不过，他依旧还是笑嘻嘻地重复道："我想说的是，你们将身上所有的典石，全……部……交……给……我！这下听清楚了吧。"

"你……你……什么意思？"

几名弟子瞬间炸了，皆震惊不已，万分诧异，全然不可思议地望着浮生。

事到如今，他们总算都听明白了浮生的意思，知晓浮生的目的是典石。

"好吧，我再说得清楚一些，我想抢你们身上的典石！"

浮生一脸和煦，摆着人畜无害的表情，任何人都无法将他口中的意思与他的表情联系在一起，这家伙居然面对着明显人数要多的一方抢典石，这不是疯了吗？

"臭小子，你胆子太肥了吧，也不看看我们这边有几个人，你单枪匹马的难不成还想赢过我们？"

震惊之后，他们并未出现惊慌，觉得己方人数居多，而且年龄又都比浮生大，修炼的时间肯定比浮生要长，修为自然也会比他高，局势还是很有优势的。故此，根本就没将浮生的话放在心上。

"各位师兄，为了典石，对不住诸位了。"

浮生已经知会过他们了，在他看来已经很不错了。

而后，他开始出手，率先选择了离自己最近的一名弟子。

"你！真敢啊！"

这名弟子又惊又怒，没想到这个比他要小的师弟，居然真的对他下手了，好歹他是典锻境二星的修为，旁边还有一个三星的，这样都敢下手，胆子真是太肥了。

不待这名弟子准备，浮生出手异常迅猛，一巴掌就打了过来，直逼这名弟子的面门。

"这是什么招式？"

这名弟子从来没遇见过如浮生这般，一出手就直接用手掌盖过来的。猝不及防的情况下，这名弟子哀号一声，脸上出现了一道五指印。

"哇，疼得我眼泪都流出来了。"

这名弟子直接倒地，摸着自己的脸痛呼道。

趁着他倒地坐下的当口，浮生迅速转身，因为在他动手的时候，那两名实力更强的弟子，攻势已经到了。

"让师兄教教你怎么做人，太失礼数了，究竟是哪个境域的？"

这是一位有着典锻境三星修为的弟子，他将己身体质锻造到了一定程度。典锻境，此境界的本质要点，便是锻体，可站桩、吞吐，以外物来锻造肉身，达到非常人可比的体质。

甚至有条件的人，还可杀典兽，夺其典骨，融合进己身，达到远超人类的肉身强度。

当然，此名弟子自然是没条件融合典兽典骨于己身，但借助外物锤炼的肉身强度，已然不错。

平时在境域当中，很少有人能在肉身强度上赢过他，这是他自信的来源。

故此，他全身发出橙色光芒，这是天赋的颜色。武典闪现，一道典环在缓缓旋转，宣告着他动用了典力，口中大喊道："神犀顶！"

话音刚落，澎湃的典力立即席卷全身，他的身躯向浮生的方向冲去，浮生抬眼望去，对方宛若一头犀牛，在愤怒地踏着巨蹄，鼻孔有怒气喷吐，直接就撞了过来。

原本就不弱的肉身强度，加上有这等典技加持，更是令他神勇无双，肉身强度达到了他个人的顶峰。

他有信心，便是典锻境五星层次的高手，也绝不敢轻易正面对抗他的神犀顶。

其他两个人，包括那位刚开始就被浮生一巴掌搋下的弟子，也对前者很有信心。认为这一撞，若是被撞到，浮生很可能直接飞出去。

"比肉身吗？"

浮生相当淡定，看着对方速度极快，犹似一头凶猛犀牛一般径直冲来，他居然做出令那几名弟子震惊的动作。

浮生不退反进，居然选择正面抵抗。

"这小子，不是疯了吧，快让老三停下，这要是被撞到非残不可！"

这名弟子心地不坏，连忙出声提醒。他太了解他口中所说的老三，他的这一记"神犀顶"，可不是闹着玩的，力道之大，他都不敢正面应对，更何况是这个少年。

"来不及了，冲势已成，我至多只能偏一些位置，将力量往旁边挪。"

此名弟子想来对这招"神犀顶"并未太过娴熟，故此，才会出现无法收力的场面。

"轰"！

尘土飞扬！

其余两名弟子暂时还未能看清，但是那沉闷的声音告诉了他们，他们的老三是撞到目标了，那个少年的下场恐怕不大乐观啊。

只听声音，这一记绝不轻。

只可惜灰尘密布，一时半会儿还不能看清楚，只是看到老三，老三完好如初，唯一的可能就是那个想要抢他们典石的少年，被撞了个正着，不知飞了多远。

"老三，叫你偏离点儿位置，怎么没改变？你这招'神犀顶'，力道太猛了。"

他们皱了下眉头，毕竟他们与浮生无仇，还不至于到一决生死的地步，况且双方还属同宗弟子。

此刻尘雾渐渐消散，老三的面孔露了出来，但他的面容有些古怪，道："我偏离了方向，可是……那小子居然选择正面跟我对撞。"

"不是吧，这小子真疯了？"

既然如此，那有什么事，也不能怪他们了，那可是浮生自找的。

"不过……"这个被称作老三的弟子，眼神更加怪异了。

"不过什么？"

那两名弟子正在想着怎么面对宗门，准备说辞的时候，被老三的话搞得有些疑惑。

"不过……他好像没飞走。"

老三眼神愈加古怪了。

"没飞走，这不可能。你'神犀顶'的力道，我们又不是不知晓，即便是我们，被正面撞上，哪次没飞过，更何况这个少年了。"

他们一副不相信的样子，觉得老三在逗他们玩。

老三摇了摇头，否认了他们的话，道："不仅如此，他的身躯似乎都没动弹一下，依然抵在我的身前。"

那两名弟子顿时骇然了，满脸的不可置信，这怎么可能？

要说浮生没有在"神犀顶"的撞击下飞出去，他们还有可能相信。可是，要让他们相信浮生不仅未曾被撞飞，甚至步伐都未曾移动，这怎么可能？

难道他的力道比施展了"神犀顶"的老三还要强？那可是连典锻境五星层次的高手都不敢正面对抗的力量啊。

难不成他比典锻境五星修为的高手还要强？谁信啊？

尘雾彻底消散，在三名弟子惊疑的目光下，浮生的面孔渐渐显露了出来，那排大白牙尤其刺眼。

"真是活见鬼！"

那几名弟子十分吃惊，怎么看都觉得这厮太过诡异，这么消瘦的身板，居然能硬生生扛住老三的"神犀顶"，说出去真没几个人相信。

浮生一脸笑嘻嘻的模样，很显然给他们带来了不小的震动，这太不可思议了。

"你这什么招式，还真有些痛啊。"

浮生将顶住老三的手臂收了起来，挥了挥。

"什么？只是有些痛？"

几名弟子面面相觑，看着浮生的眼神，如同在看怪物一般。起初，他们还生怕把浮生消瘦的小身板给撞飞出去，可没想到，最终只是给人家带来一些疼痛，看上去，完全无碍。

有那么一刻，他们都开始怀疑老三的"神犀顶"是不是出了什么问题。

然而，迎上老三震惊的眼神，他们就打消了此番想法。

他们很震惊，浮生可不给他们任何缓冲的时间。随后，他陡然一喝，双臂发力，居然轻而易举地将老三整个人提了起来，直接把他抡晕了。

"这小子得有多大力啊？"

其余两名弟子彻底傻眼了。

"啪啪啪"！

浮生拍了拍手掌，嘴里念叨道："搞定了一个，现在轮到你们了，你们是自己将典石交出呢，还是被我这样抡晕呢？"

如羊脂玉般的大白牙，被阳光一照，更加夺目刺眼。但落在其余两名弟子眼里，怎么看都觉得邪恶。

老三是这三名弟子当中实力最强的，尤其是那招"神犀顶"，无往不利。而今，居然被一个不知从哪里冒出来的少年，直接给破了。最后，老三还被抡晕了。

"这到底是哪里跑出来的人啊？怎么跟典兽一样？不会是典兽变化而成的吧？"

他们觉得浮生铁定是人形典兽，要不然，怎能有如此大力，简直跟怪物似的。

特别是看其表情，这分明是惯犯，经常做这种抡人的行为啊。这点，他们倒是猜对了，早在拜典城时，浮生就如此这般将石轩抡起来，简直不能以常人度之。

便是躲在身后，美其名曰"压阵"的石鸡，都觉得很神奇。

浮生咧嘴笑起来，盯着两名弟子上下扫视着，让后者越发觉得别扭与畏惧了。

"别别别，我们还是把典石交出来吧，求放过！"

这两名弟子相视一眼，都看出彼此的畏惧，觉得还是主动些吧，比他们更强的老三都被抡晕了，自己若是反抗，那还不得砸成傻瓜。

为了免受皮肉之苦，他们哭丧着脸将自己深藏已久的典石交了出来，双手奉上。

典石不多，他们每个人只有两块下品典石。

"这么少？"

浮生眉头一挑，这年头连下品典石都这么稀缺了？这比之前那个穆聪还要寒酸啊。他撇撇嘴，心情顿时就不好了。

那两名弟子都快哭了，这可是他们的全部家当呢，你抢也就算了，居然还嫌弃！

"太少了，还不够塞牙缝！"

浮生双手不断掂量着眼前的典石，其中糟粕太多，品质很低。

两名弟子看了浮生的大板牙一眼，敢情，这人形典兽的牙齿这么雪白，是吃典石吃出来的？

"看什么看？是不是想试试我牙齿的硬度？"

浮生被盯得相当不爽，故意张了张口。

这可吓得两名弟子一阵哆嗦，浮生怪笑一声，道："哈哈，吓你们的。"

两名弟子完全没有松懈半刻，反而觉得更恐惧了。很显然，在他们眼中，浮生已被当作人形典兽，最起码不是一个简单的人。

"给！"

浮生还了他们两块下品典石。方才，浮生尽管看上去没有理睬二人，但其实内心很细腻，早已知晓自己在与老三对打之际，这两名弟子其实是出言提醒过的。

证明他们本心不坏，便是浮生脸皮再厚，也不好意思全部拿走人家的家当。故此，只是拿了他们每人一块。

对那已然昏过去的老三，浮生搜了搜，居然有三块下品典石，浮生直接全部搜走，不给他剩下。

拿浮生的话来说，谁叫他刚才弄痛了自己？

总共获得了五块下品典石，三星晋升到四星，总共需要四十块。等于说，浮生还需要三十五块下品典石，看来还得多抢了。

浮生心中抱怨了一句，抢东西还是蛮辛苦的。

"怎么？还不走？还想多奉献几块典石？"

浮生发现那两名弟子低头把玩着手指头，就跟黄花大闺女一般扭捏，于是就吼了一声。

一声令下，这两名弟子立即化作一股烟，消失在浮生的视线里，估计真吓着了。不过二人很够义气，因为在他们消失前，还不忘将那个昏迷的老三抬走。

"这些弟子怎么这么穷酸呢？"

浮生叹了一口气，照这个速度，得抢到何年何月呀？况且，扶桑谷宽广无边，方才跑了半天，才遇到这三名弟子，时间消耗很大。

"穷酸吗？"

石鸡走了过来，一脸鄙夷，道："真是大家族出来的子嗣，不晓得底层平民的艰辛啊。"

很显然，石鸡认定浮生是从大世家出来的。至于为何浮生身上居然没有足够的典石，或许是家族故意给他的历练吧。管他呢，这又不关本凰的事。

"打住，纠正一下，我可不是什么大家族出来的。"

浮生白了石鸡一眼。

石鸡点点头，道："明白，低调是吧，你们这些大家族的人，都一个德行，表面上想着低调，其实心里还巴不得炫耀呢！"

　　浮生怔了怔，心里还是挺认同石鸡的这番歪理的。

　　"普通弟子身上能有几块下品典石，实属不易。你以为是那等显赫家族，动辄丢几十上百块典石给后代？不可能！典石采集极为不易，普通弟子，还是完成宗门的任务后，才能分到典石，你方才抢了那几个弟子，兴许是他们做了几年的任务才得到的。"

　　石鸡叹了口气，事实上，是在叹息不公。有些人生来命运就不同，有无限的修炼资源；而有些人，生来贫贱。如此一来，时间一久，差距越大，实力强大的人，越来越强，反之亦然。

　　说这些话，石鸡其实想着劝阻浮生，别去抢别人的典石，多少不厚道。

　　浮生听明白了，对石鸡点头道："我明白了，我去抢那些'有钱人'，普通弟子太过寒酸了，抢了也白抢，一点儿满足感都没有。"

　　石鸡差点儿摔倒，说了半天，还以为浮生打住了抢典石的念头，没想到他将目标瞄准了那些有家世底蕴的子嗣身上，这引起的动荡想必不会小啊。

　　可怜的普通弟子，不是浮生同情心泛滥，而是他根本看不上。

　　"走吧，时间不多，你再给我指出哪些区域还有弟子。"

　　浮生催促着石鸡，他得加快速度了。

　　石鸡很无奈，最终拗不过浮生，只好再度点出具体的区域位置。

　　"冲啊，有钱的弟子们，我浮生来了，做好被我抢的准备吧，我会很温柔的。"

　　浮生豪气万丈，撒开双腿，驰骋飞奔在山野之间。

　　跟随在后的石鸡，一阵汗颜，那表情很明显是耻于与浮生为伍。

　　不过此次，浮生运气很好，在前往石鸡指出的区域途中，遇到了几名弟子。起初，浮生故技重施，一脸的和煦，外表看上去要多单纯就有多单纯。

　　尤其是这几名弟子中，还有一名年龄比浮生要大上一些的女弟子，她看到浮生风尘仆仆的样子，似乎受尽了磨难，母性的温暖瞬间倾注在了浮生身上。

　　可是……天杀的浮生，最终，却连这名可爱的女弟子也不放过，同样伸手抢了她的典石。不过还不算泯灭人性，浮生终归是留了一块给她。

　　看得石鸡痛心疾首，恨不得将只剩下两次施展巅峰修为的机会，用掉一个，纯粹来收拾一下浮生，真是看得于心不忍，浮生太过凶残了。

　　浮生抢完之后就瞬间消失，石鸡因为发愣耽误了，差点儿被那几名弟子追杀，使得石鸡心情一阵郁闷，眼神幽怨。

　　"臭小子，你凶残起来，真不是人。"

逃命似的跑了很远，石鸡这才看着弯腰拼命喘气的浮生，尽情抒发心中对浮生的鄙夷。

差点儿窒息而亡的浮生，绝不甘示弱，立即给予反击，道："起码我好的时候是人，而你，不管怎样都不是人！"

"你……"石鸡竟无言以对，气得直跳脚，七窍生烟，差点儿口吐白沫。它指着浮生的鼻子骂道："你难道一点儿怜香惜玉的心都没有吗？人家姑娘，起初多么关心你，没想到你竟连她也不放过！你都不知道，我跑出那么远后，都还能听到她失望难过的哭声，简直惨绝人寰啊，真是灭绝人性！"

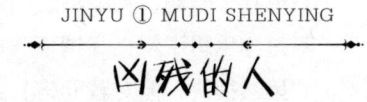

凶残的人

"要不要这么夸张,好歹我没有尽数搜刮走,给她留了一部分。"

浮生一脸"我很善良"的表情,看得石鸡一阵恶心。

"好吧,不跟你扯这些。说吧,此次你又抢了多少块?"

石鸡懒得浪费唇舌,直接问浮生此次的战果如何。

"说抢多难听啊。"

很显然,浮生不满这个说辞,应该是借用。

"这可是你之前自己说的。最看不起你这种人了,做了不敢承认,严重鄙视!"

浮生想了想,自己似乎还真这么说过,不管了,抢便抢呗,没什么大不了的。

他把背在身后的包裹拿了出来,这个包裹其实还是从其他被抢弟子身上连同典石一同抢来的,当时,还被石鸡吐槽了半天,说浮生凶残到连个包裹都不放过,简直没人性。

浮生翻着包裹里的典石,数了数,眉头就皱了起来,道:"不行,我们真的得对那些富家子弟下手了,先前的那些弟子简直太寒酸,忙了都快一天了,总共才获得十一块,与可晋升到四星阶层所需的典石相比,还差二十九块。这要将四十块典石皆补齐了,得猴年马月啊。"

浮生在大吐苦水,觉得速度太慢了。

"臭小子,你是在不满吗?你竟然还觉得这个速度太慢了?你要明白,你现在所抢到的典石数量,普通弟子得用几年的时间积蓄才能达到,你这才一天不到,还嫌弃!"

石鸡瞥了他一眼,不到一天的时间就获得了十一块下品典石,这样的神速,竟然还嫌慢,还要不要人活了,倘若被那些普通弟子知晓的话,还不气炸?

"很快?真有这么快吗?"

浮生成为一代皇者之后,时间太过久远,完全忘记了身为底层的一些经历。因此,思维还依旧停留在一代皇者的阶层,觉得不就是下品典石吗?不说几千块,随手拿个几万块,也是轻而易举的。更何况花了这么长时间,才这么点儿。

而今,听石鸡这么一说,才有所察觉。

"很快了。"

石鸡吐了一句,实在不想再对浮生多言。

不过浮生想了想,又撂下一句让石鸡跳脚的话。

"虽然很快,但对我而言,还是很慢啊,我还得加快脚步,多搜刮。"

石鸡懒得理睬,直接闭口,不过,它还是给浮生指出了几个区域位置,知晓即便此刻不说,浮生肯定会死缠烂打,不让它清净。

"好,征途继续!"

浮生又是一脸兴奋地向前狂奔,所过之处,一大片林中鸟,受惊飞走。

"这家伙,还真的有当劫匪的潜质!"

在后头的石鸡,给了浮生一个很高但很有鄙视性的评价。

与此同时,浮生要去的下一个目的地正有一小簇弟子,围拢在一起,不知在议论着什么事。

"听说了吗?最近扶桑谷很不一般哪!"

有一个弟子名为艾巴卦,年龄接近四十岁,但修为居然很低,看他八卦的模样,估计时间都消耗在收集八卦信息上了,真是人如其名。

此位弟子嘴唇上方有一颗痣,别看他快到中年的模样,可嘴皮子要得很溜,尤其是卖关子的功夫。因此话一出就立刻引起了周围弟子的注目。

"怎么不一般了?别停啊,快说。"

有弟子受不住,催促道。

艾巴卦故作姿态一般地摇了摇羽扇,他很享受众人被他牵引的感觉,这或许就是八卦之所以被人如此热衷的魅力吧。

他笑了笑,压低了声音,冲着众人说道:"你们或许没听过吧,近日扶桑谷里头,出现了一个人形典兽。"

显然,艾巴卦故意不将话一口气说完,这便是他的技巧所在。

如他所料,这些弟子当中,绝大部分都是新进入不灭宗的弟子,此刻他们一脸惊讶,或惊恐,或兴奋,或震惊,表情不一。

"人形典兽,是长得像人的典兽吗?我都没见过典兽呢,是不是很凶,会吃人吗?"

一名俏脸上有一对梨涡的女弟子,明眸大眼中闪烁着害怕的神色,但更多的是好奇与兴奋。长这么大,她只是听闻过典兽,还未曾目睹过典兽呢。

艾巴卦此刻露出一副猥琐的表情,极为享受被此位女弟子摇着手臂的感觉:"人形典兽,外表自然跟人一般,平常根本看不出差别,难以分辨。典兽有着一张血盆大口,一张嘴,都能把人整个吞下去,你说凶不凶?"

说完看着旁边被惊吓得紧紧倚靠在自己身边的女弟子，艾巴卦心里别提多高兴了。

"当然了，此次的人形典兽，它不吃人，只抢东西。"

艾巴卦安抚着身边的女弟子，心满意足。

"抢东西？它抢什么？"

其他男弟子，也被勾起了好奇心，连忙追问道。

艾巴卦看着这位追问的男弟子，顿了顿后，饶有深意地说道："抢典石，修炼所用的典石。"

众位弟子一听，皆吸了一口冷气。

典石的重要性，他们这些人自然知晓，如果只是单纯的修炼，是远远不够的，必须借助外在的资源。

而典石是最为合适的，且对他们而言，获取的难度，相比于更珍稀的资源来说要容易一些。

种种原因结合，才显得典石弥足珍贵。

"那这么说，显然是已经有人被抢走了典石？"

有弟子皱了下眉头。

艾巴卦点点头，道："的确，我获得消息，称已有弟子被抢了十多块，惨不忍睹啊。"

"这也太凶残了，人形典兽抢走典石干什么？"

"那自然是为了修炼，典兽跟我们一般，也是需要此等资源的，会加快修炼速度。"艾巴卦顿了顿，又道，"对了，据可靠消息，这个人形典兽，事实上并非真的是典兽，只是被他们描述得极为可怕，跟典兽似的。实际上，他也是我们不灭宗外门的弟子，还是羽境中新晋的弟子，好像名为浮生。"

"浮生？羽境中的新晋弟子？"

"不是吧，一个新晋弟子，居然如此凶残，胆子也太大了吧？难道真以为他可以为所欲为？"

"有年轻一辈的高手出手了吗？"

"暂时没有，因为，从他抢典石的选择上看，他似乎专挑普通弟子。"

艾巴卦心中其实也是很疑惑，不明白浮生究竟哪里来的胆子，竟敢对同门弟子做出如此凶残的事。

"太可恶了，真是欺软怕硬的家伙，真希望有年轻一辈的高手，最好是月榜前十的高手能出来，为民除害！"

另一名女弟子用力挥了挥小拳头，不过想到月榜前十的高手，她的目光有些异样。

"对对对，他难道不知道典石多珍稀吗？那些被抢了典石的弟子，估计心里很难受吧。"

起初那名因为害怕倚靠在艾巴卦身边的女弟子，满脸的愤恨。

"我等不知该不该庆幸身上没有一块典石，即便那可恶的浮生碰到我们，也没典石可抢！"

一名男弟子脸色尴尬，因为他知晓，他们这批人只是很普通的弟子，在进入不灭宗之前，他们的家族很平凡，在最初能用的几块典石消耗完后，他们已经没有典石了。

众人叹息了一声，心情很复杂。

有人突然叫了一声，众人循声望去，发现是那名女弟子。

这名靠在艾巴卦身边的女弟子，似乎想起了什么，惊讶道："我想起来了，这个羽境的新晋弟子浮生，我似乎有印象。此前，在主殿时，月榜排名第十的叶修命令他的战仆去羽境收一位弟子为叶修的新战仆，口中所唤的名字，好像便是浮生。"

本来没什么印象，根本无从知晓浮生。但被这名女弟子这么一说，他们几人，似乎还真的有一些印象了，能隐约对上号。

"我也想起来了，似乎很年轻，十六七岁的样子。可是，他长得眉清目秀的，不像是会做出此等不堪之事的人吧。"

而后，有更多人记起来，只是想到浮生的外表，又似乎觉得不太像。

"应该就是他，人不可貌相啊！"

艾巴卦仔细琢磨，在同一个宗门，又是同一个境域，且又同名，十有八九便是同一个人了。

"而今，我们即便身上没有典石，但也不能松懈，此人竟能做出此等无耻之事，那必然心有歹意，说不定还有其他念想，能别碰见对方最好，如若碰到，第一时间转身就跑，为上策啊。"

有人最终总结，但凡遇到浮生，头也不回立刻逃窜，便是最为正确的。

此点，自然得到包括艾巴卦在内的所有弟子的一致认同。

身为他们口中"凶残的人"的浮生，此刻自然是不知晓他的"劣迹"已经在小范围内传播开来，他此时正咧着嘴，一脸兴奋样。只因，他跟石鸡已经发现前方不远处有几名弟子，但让他可惜的是，这些弟子的服饰很普通，想必不是他此前转变想法的目标，但本着一个不落的想法，他上前了。

"哈哈，见到你们真是太好了！"

跟在身后的石鸡，一脸的鄙夷！

很显然，浮生的声音很大，立即就惊动了前方的几名身穿普通服饰的弟子。可是，令浮生与石鸡惊愕的是，他们似乎对浮生并不陌生。

"啊，是凶残之人，快跑啊！"

"羽境中的新晋弟子浮生，确认！"

"那还愣着干啥，快跑啊，这个家伙心狠手辣，专门洗劫典石啊。"

……

起初，那几名普通弟子在听到浮生的声音后，好奇地转头望去，结果不得了。因为，他们认出了浮生的身份，而后，必然是惊恐万分，刹那间拔腿就跑，好似真见到了凶残无比的典兽。

"嗯？"

浮生石化了，睁大着双眸，觉得莫名其妙。

他看向身旁的石鸡，下意识问道："我有那么可怕吗？犯得着见到我就落荒而逃吗？"

石鸡没好气地白了浮生一眼，脸上流露出"这还要我解释"的神情。

"不就是借几块典石吗？至于吓成这样吗？他们太小气了！"

浮生不满地嘟囔着，但双眸依旧盯着前方正在拼命逃窜的弟子，很舍不得的样子。

"臭小子，你能要点儿脸吗？"

石鸡看不下去了，觉得平生还没见过这么无耻的家伙，偏偏这个家伙居然还一副无辜的模样。

它觉得浮生真是说得太好听了，什么叫借典石？那典石到浮生手里，还不是肉包子打狗，有去无回？更何况，那典石是能借的吗？借了还有还吗？那不直接炼化了吗？

"脸是什么东西？不要了！"

浮生咧嘴一笑，看着逃窜的弟子们，眼神饶有深意，迈动步子，往那些弟子逃窜的方向提速追去，随后前方传来他的话语。

"既然看到了，就不能放过！"

石鸡头上冷汗直流，闭目，为这些即将要被洗劫一空的弟子默哀。

浮生跑得很快，典锻境接近三星的修为，加上隐藏的五重天赋加持，使他在大地上，宛若神猿，不断跳跃，速度之快，令人咋舌。

"娘嘞，这小子，真是太猴急了。"

跟在后头的石鸡，发出了感叹。

原本跑出去已经很远的那些弟子，正在庆幸。可没想到一回头，骇然发现后头的浮生，正以远远超过他们的速度奔驰而来。

这一发现，可吓坏了他们。

"啊呀，我的亲娘，这歹人速度怎么这么快？"

其中一名弟子满头是汗，一副活见鬼的模样，吓坏了。

其他弟子被他这么一嚷，也是回头打量了一番，个个都是大惊失色，他们看到浮生气不喘、面不改色，而且龇着那一口闪着亮光的大白牙，正对着他们露出耐人寻味的笑容，他们就觉得遍体生寒。

"完了完了，被他盯上，还未听闻有人能逃脱的。"

有人开始绝望，因为他发现自己速度下降，恐怕会第一个被那歹人追上，然后被狠狠洗劫。

之所以如此惊恐，全然是因为那些被洗劫的"受害者"添油加醋，言及浮生如何凶残，导致他们对浮生有了"偏见"。故此，一看到浮生就立刻逃窜，心惊胆战。

"怎么办？他越发逼近了！"

有弟子哭丧着脸，一只手死命捂着藏有典石的衣兜，脸色惨白。

浮生动如脱兔，几个闪跃，越发靠近他们了。身后的石鸡，不禁替这些弟子默哀，遇到浮生的确是他们的噩梦，估摸着这辈子都忘不掉了。

然而，却在此时，在那些弟子逃窜的前方突然出现了一批人，而那为首的年轻人，他的出现，竟让那些绝望的弟子，心中震荡，脸上顿时大喜了。

"咦？是他！我们或许有救了。"

这一发现，让那些弟子直呼万幸，速度竟然快了一些，径直冲向了能带给他们希望的那批人。

"没错，是赵源，他可是大家族赵家的嫡系。并且他的修为很强，已然一只脚踏进月榜前十的门槛了，仅次于排名第十的叶修，我们真的有救了。"

"冲啊，只要在那大凶之人到临之际，到赵源身旁，想那歹人便是再凶残也不敢动手吧。"

这是他们此刻唯一的倚仗和救命稻草了。

被唤作赵源的那名年轻人，模样俊朗，一身黑色劲装，将他修长的身段，显现得更加挺拔，在那群跟随而来的弟子中，显得尤为突兀。

人们一眼就能看到他。从某种程度上而言，他的确风华正茂，身上有莫名气质，让他独显领袖风范，令众人甘愿以他为首。

此人的确才智非凡，手段惊人，经常替人出头，获取人情，壮大己身。

而今，他自然是听闻了关于扶桑谷出现人形典兽的事情，更是知晓了那传闻中的人形典兽，其实便是不灭宗外门羽境的新晋弟子浮生，他的恶劣行径，已然令小部分知晓浮生的弟子惊恐万分。

故此，他意将浮生捉住，替众位受害弟子以及担惊受怕的弟子讨回公道。

他很清楚，只要将此事给办妥了，那么，他在不灭宗外门中的声望必然会上涨，这对他今后进入月榜前十还是有益处的。

从某种意义上而言，浮生与众位弟子，只不过是他赵源前进的踏脚石，明面上为众弟子谋事，事实上只不过个伪君子罢了。

此刻，他大手一挥，止住了身后众人的前进，他发现前方的弟子有些不寻常，观他们脸色慌张，气血波动异常，显然是遇到了什么令他们很害怕的事。

赵源心中冷笑，但表面上不动声色。

不仅如此，他更是摆出一副关切的面容，迅速上前，因为他在此间隙已听到了前方那几名弟子口中在唤他的名字。

这令他自傲而高兴，多年的努力终归是没有白费，收到了些许成果。

"赵兄，快救我们！"

两方距离很近了，逃窜的弟子当中终于有人高喊，显然是体力不支，处于崩溃的临界点了。

"放心，有我在此，定能为你们做主！"

赵源将此位弟子领了过来，并且允诺出手，要替他们做主，语气霸道。当然，在不灭宗外门当中，除却那些实力背景都比他强的人以外，他的确有此底气。

得到赵源的保证，这些弟子终于松了口气。这一松，双腿便开始微微颤抖，快要站不住了。

"不过，你们先跟我说说究竟是何事，竟令你们如此惊慌逃命。"

赵源微微抬头往这些弟子的后方扫了一眼，他不是没看到正在赶来的浮生，只是很可惜，他听闻过浮生的名声，但还未见过本人，故此并未认出浮生。

"他，是他……"赵源话语一落，有弟子立即喘着粗气，转过身来伸手指着相差没多少距离的浮生，道，"他要抢我们的典石，一直追着我们不放，太可怕了。"

赵源一听，眉头皱了皱，观浮生面容，比较清秀，还真不大像是那种抢劫的土匪啊。

"他便是此前大家传言的人形典兽，羽境的新晋弟子浮生，专抢弟子典石的凶恶之人。"看赵源表情有些疑惑，此位弟子连忙解释道，生怕前者不相信，一旦对方放任不管，那就糟糕了。

"哦？"

赵源终于有了反应，随后，笑了。

他早就想找浮生了，真是踏破铁鞋无觅处，得来全不费功夫啊。

赵源的气息变了，恍若身周有万千长枪在耸立攒动，欲要飞天而去，锋利无比。与此同时，跟随赵源而来的那批弟子，动作整齐无比地向前迈动一步，这是他赵源的底气，以及多年来在人情上所获得的成效。

更是在此刻，浮生终于到了。事实上，按照此前的速度，他早该到了，只不过，他在即将追上那几名弟子的时候，自然也是看到了赵源等人。

看到那些弟子逃靠过去，浮生知晓事情变得有些不简单了。故此，他干脆慢悠悠地走了过去，身后跟着一只鸡，自然是石鸡了，只不过身子太过矮小，人们的目光竟未放在它的身上。

这令自诩为凰的石鸡，很是郁闷，脸色很难看。

对方人手众多，而浮生这边，算上石鸡这一只鸡，才马马虎虎两个人，实力很悬殊啊。

不过，浮生并未有半丝胆怯，相反，他底气十足，看着眼前这批人的眼里有奇异光芒闪烁，那是兴奋的光芒。

"哇，这么多人，想必典石很多吧。更何况，这后来的那些人一看就不是普通人，想必会带给我大丰收啊。"

浮生心中大喜。而后，他在赵源身上扫了一眼，自然察觉到赵源的不凡，更是知晓他很明显是此群人的中心。

"这很有可能是大头啊。"

浮生心里别提有多高兴了，神情和煦如春风，可落在石鸡眼中，却又是另一番景象，知晓浮生这家伙开始起了更大的心思。

赵源缓步走了过来，眼眸淡漠，他根本未将浮生放在眼里，先不论他身后跟随的那批人，便是他自身的修为实力，也足以力压浮生，根本不足为惧。

他平淡地扫视了浮生一眼，瞳孔中有些许不屑流露，轻飘飘地道："你便是浮生？"

浮生神情自若，并未出现如赵源心中所设想的那般惊慌失措，反而很淡定。他点头笑道："没想到我竟如此出名了？"

浮生不以为耻，反以为荣，他觉得自己这么快就被人知晓，还是挺厉害的嘛。

这番表情落在身后那些人眼中，自然是大为骚动，皆认为浮生太狠了，一点儿都没有认错和愧疚的觉悟，简直不是人。

"放肆！"赵源眼眸顿时冷了下来，道，"你还觉得很荣光很自傲？身为同门，居然对同门师兄弟下手，抢他们的典石，你好意思吗？身为你的师兄，我有必要管教你，快将身上所有典石交出来，并自缚双手，我带你去宗内请罪，可以为你说情！"

"我呸！管教个鬼！"

浮生最讨厌这种自以为是，以为自己能控制一切的人。他是何人，定然不可能退却，直接用最简单而有力的言语回击过去。

"轰"！

人们皆震惊，那赵源可是大家族赵家的嫡系，且在不灭宗中的地位不低，可能很多人没深究，但一小部分的人，还是隐约知晓他还有一位长辈为不灭宗外门长老，名赵楮。

赵楮是外门中出了名的护短，与赵源是赵家的嫡系两代，身上的光环很多。赵家人的重心几乎都放在这两个人身上，给予很高的期望。

而赵源还很年轻，但天赋似乎比赵楮更优秀，于是赵家将再前进一步的希望，更侧重在他的身上。故此，赵楮私底下没少给赵源资源，便是典石也比寻常弟子要多得多，如此一来，修为自然要高出普通弟子不少。

也是因此，使得赵源底气十足，家族中有人是长老，那还不横着走？

然而，令他震惊，觉得不可思议的是，在他眼中可以忽略不计的新晋弟子，并未如其他弟子那般，对他敬畏有加，反而敢当着众人的面，出言辱骂他，驳他的颜面。

愣了愣，赵源的脸色瞬间冰冷如霜，但多年来的人情练达，使他不至于瞬间翻脸。

只有浮生知晓，此刻的赵源变得恐怖多了。他的双眸冰冷如刀，恍若要穿过虚空，将浮生斩碎。

"臭小子，你是活腻了吗？你知晓他是谁吗？竟敢如此不敬？"

依附于赵源的那些弟子，立即就怒了，主动开口声讨浮生。赵源的实力之强，他们当中无人不知无人不晓，而浮生，只不过是一个新晋弟子，毫无根基，纵然很凶恶，但眼下，他们这边的弟子如此之多，难道还怕他一人不成？

他们无惧了，便纷纷出言指责浮生。

"赵兄好心劝慰，甚至还为你着想，给你求情，你居然如此不识好歹，真是人渣。"

有人的言语却显得很犀利尖锐，根本不顾及浮生的想法。

"所言极是，真是好心被当作驴肝肺，良心被狗吃了。"

那些弟子在附和着，叽叽喳喳的声音，不断传来。

"你们给我闭嘴！"

浮生突然大喝一声，气冲山河，有回音缭绕，震得方才还欲张口辱骂浮生的弟子们，顿时噤声。

"再啰唆，通通抢光！"

浮生眸光闪烁，扫过眼前的一干弟子。

这些弟子一听，居然不约而同地后退了一步，很显然被浮生的凶名吓到了。

"呵呵！好大的口气啊。"赵源冷冷地看了浮生一眼，"最后奉劝你一句，切莫执迷不悟了，因为这种代价是你承受不起的。"

"不试试怎么会知道呢？"

浮生不以为意，他底气的确很足。只因不灭宗的老祖宗就在他的身边，这便足矣。

事实上，浮生早就改变了主意，他觉得这位被其他弟子奉承的赵兄，想必典石不会少，估计抢他一个人，就可以抵过数十位普通弟子的了，可以节约很多时间。

故此，他们怎么出口辱骂浮生，他都不怎么在意，最多他每个人都抢一些，心理就可以平衡。

更为重要的一点是，凭借浮生远超一般人的观察力，他显然感受到赵源身上隐藏着极深的煞气，说明这家伙显然不是善茬。

暗地里必然没少做坏事，拿浮生的话来说，他抢了赵源的典石，是在做好事。

而且，方才赵源叫他将典石交出来，这句话是有双重意思的，更深层次的意思，自然是吞下浮生所得的典石，据为己有。

有着大凶之名的浮生，岂能看不透，又岂能拱手相让？不将他给抢了，还怎么让大凶之名名副其实呢？

可耻的浮生，不断地给自己找各种下手的借口和理由。

最终，他咧嘴一笑，良心得到安慰，轻松了许多。

"太嚣张了，真是太嚣张了，大家一起上！"

有弟子看不惯浮生的嚣张样，要鼓动众人将浮生镇压。

事实上，众人早就不满浮生的行为了，无奈实力没他强，此刻有人号召，众位弟子皆咬牙切齿地向浮生逼近。

然而，赵源却阻止了他们。

"无须如此，既然众位师兄弟的想法一致，那么，我愿代大家管教管教这位不懂事的师弟，教教他怎么做人。"

"好，既然赵兄有意教导这家伙，那我等就却之不恭了。"

有弟子经过思考，最终答应了下来，认为有赵源出手，必然马到成功，将浮生这个大凶之人绳之以法。

人们喜闻乐见，扶桑谷内众人都闻之色变的大凶之人，要在今日被赵源管束了，终于可以松懈下来，都显得很兴奋和激动。

站在后方的石鸡，此刻还真是有些不好意思，因为从某种程度上来说，它是浮生的帮凶，是它指点浮生哪个区域是弟子最有可能出现的。

石鸡没想到的是，浮生的所作所为，竟然已经让这些弟子如此忌惮，只能说浮生太狠了。

"活该！"

石鸡倒是很乐意看到浮生被抓，看看他以后还敢不敢再做出这种受众人唾骂的行为。

此刻的浮生，早就将目光定格在赵源身上，根本不去理睬旁边那些弟子七嘴八舌的话语。

可恶的浮生，居然还伸手向赵源勾了勾手指头，做出一副便是石鸡看到都很想揍他一顿的可恶模样。

"揍他，狠狠揍他！"

站在浮生旁边的石鸡，扯着鸡嗓子，声音不大，刚好能被浮生听到，这让浮生很无语，这厮究竟是哪一方的？

"这小子真是太欠扁了，气死我了。"

有些弟子看到浮生这副欠揍模样，恨不得亲自上前。

赵源一步迈出，他不语，但谁都知道他更怒了。

什么人敢冲着他赵源做出此番挑衅的动作，便是月榜前十的高手也不见得会如此，更遑论浮生他这么一个新晋的弟子，真是不自量力！

"我最后再奉劝你一句……"不得不说赵源的心机很深，在如此动怒之际，居然还想扮君子。

很可惜，不耐烦的浮生，可不吃这一套。

"别啰唆了，要打快点儿，无须假惺惺的了。"

浮生很不耐烦，这赵源明明就很想动手了，还非要在最后一刻叽叽歪歪。

"你……"赵源两眼一黑，差点儿气晕，他还没见过如浮生这般奇特的人，简直太无耻了。

"轰"！

显然动了真怒的赵源，一上来就用了全力，身上立即浮现出两道闪耀着光辉的典环，将其衬托得更加英武。

"这么强？"浮生有些吃惊，他还真没想到赵源的实力竟然这么高，都典搬境了，难怪如此有恃无恐，张口闭口说要管教他。

"呵呵，可惜来不及反悔了。"

赵源冷笑一声，一边享受着浮生的讶异之色，一边咬着牙，无论如何都不能放走浮生。

他全身典力激荡，这一刻的赵源，气息完全变了，加上黑色劲装，他恍若缩进了虚空，身形飘忽不定，而且一股阴冷的气息散开，无孔不入。

浮生皱了下眉头，他的眸光一扫而过，赵源即便如何精通暗杀之术，知晓隐匿身形，也难逃他的法眼，必然无所遁形。

然而，与之相比，他终究要差上一个大境界。这是他的不利之处。

"轰"！

想来赵源是动了真怒，一上来就用全力，连这种手段都用出，让旁观的弟子都暗暗吃惊。

而身为当事人的浮生，此刻却叫苦不迭，尽管他躲过了赵源的一击，也尽管让赵源吃惊了一把。可他境界不高，即便能躲，但还是很勉强，因为身体跟不上，与眼力不相符。

赵源心中冷笑，他好像天生属于黑暗，一些冷招层出不穷，让浮生应付得很是勉强。就在刹那间，双方已经对攻了数十招。

观赵源气息，依然是平稳无波，而浮生显然开始不支，一个大境界的差距，很难跨过。

"那小子快要败下阵来了，赵兄果真不凡啊！"

看到这一迹象，那些旁观的弟子一阵喝彩，很期待看到浮生被擒的那一刻。

"你们不要被我遇到，遇到一个抢一个，遇到两个抢一双。"

还在战斗中的浮生，听到那些弟子的话，立即给予反击。

"自身都难保了，还敢如此大言不惭。"

看浮生明显不敌赵源，很多弟子放松下来，不畏惧浮生了。

的确，本来境界就比赵源要差，勉强能应付的浮生，在回击那名弟子的同时，遭受了赵源更加猛烈的攻伐。

赵源的身形似乎化作了陀螺，双手成刀桨立于头顶之上，整个身躯向浮生旋转撞去。

这是赵源的杀招，很少有人能够抵挡。借助于旋转的动作，那股力量数倍增加，加上赵源境界本来就比浮生高。在赵源猛烈的攻势下，浮生抬手硬扛了过去，但很可惜，没坚持多长时间，浮生不出所料地倒飞了出去。

"痛死我了。"

浮生龇牙咧嘴，撑着地艰难地坐了起来，发现石鸡居然就在身边，他连忙说道："这家伙挺强，我暂时不是对手，你快出手收了他们。"

渴望的眼神看着石鸡，希望石鸡能出手相助，要知道对于它这种大能者级别的强者，对付赵源那还不是一巴掌的事？

到时，赵源，还有那些方才很是幸灾乐祸的弟子，他们的典石全部都要搜刮个干净，浮生可是很记仇的。

 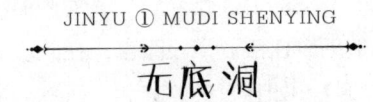

石底洞

"不出手！要知道本凰这三次机会太难得了，此前都用了一次了。"

石鸡打死都不想出手，他认为浮生到处抢劫典石，已经够丢脸了，还要它帮忙，打死都不干。

浮生没想到石鸡居然会这么果断地拒绝他，愣了愣，骂道："真是白救你了，关键时刻，就给我掉链子。"

话音还没落，浮生大叫一声，身体再次冲了出去，因为赵源根本没给他喘息的机会，下一个攻势已经打了过来。

"轰"！

猝不及防下浮生被一拳轰得嘴角溢血，严格来说，这还是浮生觉醒武典以来，第一次受伤。

刹那间，浮生怒了。

身为一代皇者的他，真是虎落平阳被犬欺啊，浮生冷冷盯视着赵源，而后，纵身而上，双方再战。拳拳到肉，发出"噗噗"的声响，看得周围弟子一阵心惊。

"这小子也太强了吧，那可是赵源啊，半步进入月榜前十的高手啊。"

人们没想到浮生这个新晋弟子，居然能在赵源的强攻之下，支撑如此久，太过不可思议了。

"不得不说，你还是很耐打的。"

赵源嘴上虽然如此轻描淡写，实则内心还是很吃惊。他很清楚浮生的修为，只不过是在典锻境三星左右，却能在他典搬境高手的强力进攻下，硬扛了这么久，只是受了一些轻伤，自己还无法在短时间内拿下他，这令赵源觉得有些恼怒，毕竟周围的弟子还在旁边看着呢，期望他能够在最短时间内镇压他。

"你也是，皮糙肉厚的。"

纵然嘴角有血淌出，但浮生丝毫不畏惧。

回应浮生的是更有力的拳头，典力在虚空中爆炸，震得周遭飞鸟惊走，狂暴的力道，将大地刮出裂痕。

已然进入典搬境的赵源，在锻造躯体的基础上，已经开始了搬血的修炼，这是典者进入第二阶段后要重点注意的。

典搬境，顾名思义，为搬血。搬的是体内已然陈旧的血液，换成更加凝炼有力的新鲜血液。一般而言，在此境的高手，可用典力粗炼锻造体内的血液，让其升华凝炼。如若有条件的话，可食用典兽的血液，典兽的品级越高，其血液自然越加珍贵，换成此等血液，自然拥有典兽所具有的力量，甚至一些能力。

当然，食用典兽的血液，可不是那么简单。相反，风险很大，因为典兽与人类，本不是同类，两者相差太大，血液很难融合于一体，强制融合的话，会引起很大的问题，甚至丧命。

从此，也能说明，修炼一途，绝不是一帆风顺的，而是逆天而行的行为。没有强大毅力者，绝不可能成功。

庆幸的是，赵源刚进入典搬境没多久，对自身血液的锻造还没进行很长时间，且还未食用过典兽的血液，只是用自身的典力进行锻造。

但即便如此，浮生与赵源之间的修为差距仍然很大，实力落差依然还是让浮生受了伤。

如若换作他人，早就被赵源镇压了。这也就是浮生身负五重天赋，进行了数倍的力量加持，才勉强能坚持如此久的时间。

蓦地，正在进攻的赵源停了下来，而后闭目，双手自然垂下，令人不得其解。

得以喘息的浮生，瞳孔一缩，因为他感受到了一股非凡的波动。

而后，他几乎头也不回地撒腿就跑，嘴里还念叨着："这家伙运气真好，居然在典锻境里就融合了典兽的骨头。倒大霉了！"

浮生逃跑的速度很快，赵源的速度更是不慢。他在浮生转身就跑的瞬间，蓦然睁开了眼睛。刹那间，身后观战的人们，猛然觉得全身一冷，汗毛竖起，似乎有某种危险临近，但又无从发现，心很慌。

"去吧，腾蛇伏！"

赵源的手臂缓缓抬起，令人惊悚的是，他的手臂不知何时竟然布满了鳞片，且颜色乌黑得可吞噬光芒。而后，在其张开手掌的瞬间，一条吐着蛇芯子的黑蛇飞了出去。

速度之快，竟传出了一连串的爆音。实力低微的弟子，只觉得有一道黑芒闪烁，在转瞬间跟上了浮生。

浮生是何等人，在赵源正在施展典术的时候，他便察觉到了，自知不敌，于是立刻转身逃跑，很是干脆。

如他所料，赵源运气的确很好，确切地说，是赵家对赵源很看重，将千辛万苦捕捉来的典兽腾蛇的骨头，用特殊手法，融合进了赵源的手臂中。也就是说，而今赵源的手臂骨头，是腾蛇的蛇骨。便是此手臂，也拥有了腾蛇的攻击手段，以及它的特性。

虽然在寻找兽骨的过程中，有家族的鼎力支持，但在融合典兽之骨的时候，只有典者自己能帮自己。如若没有强悍的毅力以及忍耐力，是很难承受得了那种痛苦的。

品级越是高的典兽之骨，融合进体内时越是痛苦，难度自然也是越高。

不过让浮生松口气的是，赵源所融合的这条腾蛇只不过是一阶品级的典兽，是刚进入典兽行列的最低级。

如若是碰到更高级别的，浮生便是能躲过，估计也要受伤了。不过，典兽腾蛇必然有剧毒，很麻烦。

要是更高级别的话，想必赵源也是很难成功融合。

即便如此，已然提前一步发现不妙的浮生，终是被赵源所施展的腾蛇伏追了上来。

腥臭无比的气息，突然出现在浮生的脖子后方，这令浮生立即警觉起来，他知晓那所化的腾蛇估计正张着血盆大口，露出两颗毒牙，要对着他的脖子下嘴了。

浮生并没有回头，因为这会浪费时间，此刻已经到了千钧一发之际，直接关系着浮生的生死。这一刻，千万年的战斗经验，拯救了浮生。

他近乎是不用思考，就得出了最为有利于他的方法，有惊无险地躲了过去。如果有着典骨所施展的典术只是这么简单的话，那就大错特错了。

很庆幸，浮生知晓这一切。

他躲过这一击后，直接向地上滚去，他知晓施展出的典术跟施展者的实力相挂钩，施展者实力越强，典力越雄厚，那么，典术所幻化的时间越久。

以赵源的修为，这腾蛇伏只要挺过三息便会自动消亡。

浮生所要做的便是施展所能施展的一切能力，熬过这三息，便算是安全了。

"咝咝咝"！

蛇芯子吐出的声响，微不可闻，又恍若在每一个角落。蛇，是诡谲的，又是善于伏击的。想必赵源的暗杀气息，也是因为腾蛇的特性影响导致。

浮生在草丛中翻滚，已经无暇顾及草中的倒刺，因为下一刻，他看到追至的腾蛇，蛇形成弓，弯曲成线，爆炸般的力量在它的肌肉中体现。它可以在瞬间借用蛇尾的弹射，以及全身每一个肌腱的相互叠加爆发，将它的身躯，尤其是它的头部，送到猎物身上，而后，张开血盆大口，重重一咬。

张开到不可思议大小的蛇嘴，在浮生的瞳孔中快速放大，此时的浮生，却显得格外冷静，他心中自有算计。

腥臭味到了十分浓厚的地步，浮生知晓自己必须动了，他看到了腾蛇尖锐的毒牙，几乎是同时，浮生居然只是动了动他的头，躲过了这一击。

"一个畜生，也敢追着我不放。"

浮生咬着牙，在躲过腾蛇这一击的瞬间，直接抓住腾蛇的尾巴，用力一甩，将其甩向了天际。而后，浮生也不管其他，再次开始逃亡。

他算算时间，还剩下一息。可惜，不容他多想，那腾蛇再度飞了回来，而且蛇尾宛如绳索一般直接缠绕在了浮生身上。

"还真赖上我了。"

"嘎嘣"！

这是骨头被强力勒住而发出的声响，浮生的身躯被腾蛇缠绕了两圈，待浮生吸气的瞬间，腾蛇的蛇身肌肉开始动起来，将空间压缩，使空气减少，进而更进一步占据浮生身体旁的空间。

周而复始，强壮的肌肉，挤压得浮生的骨骼都发出了声响，可见力道之强，饶是浮生，都有些不支了。

腾蛇绕！

如果只是觉得到此为止，那就错了。

因为，就在浮生感觉行动不便，且呼吸都开始有些困难的时候，腾蛇停止了缠绕，在绕过最后一圈后，利用惯性，一甩头，张开蛇嘴径直朝浮生的头部咬去。

所幸，浮生的双手并未被缠绕住，他还能腾出手来，手疾眼快地直接抓在了腾蛇的颈部七寸处，死死地捏住。

令他意想不到的是，腾蛇的力量真的太大了，尽管七寸被捏住，可是浮生能看到它吐露着猩红的芯子，露出有点儿发黄的大长毒牙，甚至在其张大嘴巴的同时，看到了如黑洞般的喉咙口，其上还沾着唾液。

这一切竟然在一点儿一点儿地逼近浮生，朝浮生的双眼靠近。

"娘嘞，石鸡这只鸡死哪儿去了？若是真被这条蛇咬上一口，必死无疑。"

浮生冷汗直流，捏住蛇头的那只手，青筋暴露，颤抖着，这是用力过度的表现。

"完了完了，要死了要死了。"

浮生快哭了，都怪自己的实力太弱了，居然要被一条只有一阶品级的典兽咬死，不甘心啊。

如若有机会，一定要努力加快修炼。

浮生真是后悔死了，都怪那个赵源，融合什么典兽之骨啊。

这一刻的浮生，不知为何头脑无比活跃和清晰，动的两个念想便是提高修为，修理赵源。

然而，腾蛇会给他机会吗？

腾蛇腥臭的嘴正在不断靠近，熏得浮生作呕欲吐，两者间的距离不过三寸，这是关乎生死的拉锯战。只要浮生坚持不住，抑或是腾蛇发狠，拼尽力气将蛇头继续挺进，越过这三寸，然后狠狠给浮生咬上一口，浮生的结局可想而知了。

冷汗滴落在浮生的睫毛上，顺流而下，刺激得眼睛都快睁不开，也无暇去擦拭，他分不出哪怕半丝的精力去处理这些，脑海一片空白。

果然，腾蛇的智慧真的不低，浮生能感受到腾蛇缠绕住他身体的部分蛇身上的肌肉，正在不断蠕动，将力量叠加上来，传递到头部，看来它是要来致命一击了。

浮生的脸色很难看，因为，他感觉自己的力量正在削弱，而对方正在蓄力，两相比对，浮生的局面更加糟糕了。

"轰"！

果不其然，闪烁着黑芒，且布满鳞片的蛇腹猛然收缩，而后，浮生似乎听到了腾蛇的一声厉叫，蛇脖子立即压扁，如倒三角，僵持的场面，立即被打破。

腾蛇力道居然猛涨，直接向浮生的头部扑了过去，无视浮生手上的力道，同时，它还将蛇嘴张到最大。

这一刻，浮生脑海里唯一的念想便是咒骂那只石鸡死哪儿去了，在这样的生死时刻居然不出手相救。

腥臭之气，浓烈到了最大限度，扑面而来，浮生仿佛看到了腾蛇眼中冷血无情的竖瞳。

"居然死在一条蛇手里了，丢人丢大发了。"

念叨着这个想法的时候，腾蛇的嘴已然无限接近浮生。

"叮"！

不知是何处发出的一声响，但貌似不影响正在进攻的腾蛇，它的那张大嘴，终于咬在了浮生的脸上。

"啊啊啊！"

浮生大叫一声，心想着这下死定了。

"不对，怎么一点儿都不疼？"

正冒出此番想法的时候，浮生瞪大双目，他发现咬在脸上的腾蛇的躯体正在慢慢淡化。

"吓死我了，原来三息已到。"

聪明如浮生，稍微一琢磨，就知晓腾蛇所显化的时间已到，更加确切地说，是腾蛇最后发力张嘴要咬在浮生脸上的刹那，时间便到了。

故此，才会出现浮生被咬，却感受不到疼痛的一幕。

腾蛇彻底消失不见，浮生已是满头大汗，一阵虚脱，脸色都苍白了许多，很显然，之前的一幕把他吓得不轻。

拍着起伏不定的胸膛，浮生从鬼门关走了回来，相当后怕。

"赵源是吧，你完了。"

浮生没想到赵源居然会如此心狠手辣，同门师兄弟，居然施展如此手段，这是要他的性命啊。难道人情真的超过了人命？

如果不是浮生经验非凡，知晓赵源所施展的腾蛇伏的持续时间，那么，浮生必死无疑了。

这是绝杀啊！

"对了，还有那只死鸡，居然见死不救，咦？你怎么在这里？"

浮生愤恨不已，咬得大白牙嘎嘣作响，好似在吃石头，表明他正在气头上。可就在他无意识的一个转头后，居然发现石鸡正躺在浮生身边的那块大石头上，吹着微风，一脸享受的样子。

浮生火了，被腾蛇追杀的时候都没这么火。

看这只鸡的姿态，很有可能刚才自己与腾蛇的战斗，被它视作一场好戏，它这模样分明就是躺着看戏，看的还是自己的戏。

"死鸡，我要跟你拼了！"

浮生便是力乏，也要跟石鸡拼命，他拳头发光，向石鸡冲了过去。

顿时，自知理亏的石鸡，没好意思出手，只能被动防御，最终的结果是掉了一地的鸡毛，浮生这才勉强解气。

怕赵源等人在后面追上来，浮生瞪了石鸡一眼，继续跑路。在确保安全的情况下，他们并排坐在草堆上，不断喘气。

浮生身体很累，心更累。到现在，他都无法释怀身旁这只鸡居然见死不救，还看他的好戏。

"亏我还帮了你，这就是你对我的报答吗？"

浮生耿耿于怀，因为，方才那腾蛇真是太过恐怖，自己险些葬身在它的嘴里。

那石鸡分明就在他身边，居然不出手相助，害他吓得半死，还以为要一命呜呼了。

石鸡眨巴着双目，跷着二郎腿，不，是鸡腿，十足的痞子模样，看得浮生气不打一处来，相当郁闷，对方根本就不当一回事嘛！

拿着一根草当牙签的石鸡，明明没有牙齿，还非得装出一副剔牙的姿态，白了浮生一眼，道："你这不是没事吗？年轻人哪，就是太急躁了，这对你的典道一途很不好！"

石鸡伸出另一只翅膀，向天际挥动，故意做出一副高手指点江山的姿态。它仰卧着，如同美人卧榻一般的姿势，只不过换作它这副形象，要多寒碜就有多寒碜，只是它本人自我感觉良好。

浮生听完，握紧的拳头在瑟瑟发抖，这显然是被石鸡的风凉话气到不行。

最终，石鸡咯咯地笑了笑，一本正经道："跟你闹着玩的，其实本凰早就洞察一切先机，知晓你无任何危险，便是有危险，本凰不是离你很近吗？该出手时必然会出手，那腾蛇我一喙啄它的七寸命脉，它就必死无疑。呵呵，知道我有担心你了吧。"

"担心个鬼！"浮生要是能突破石鸡大能者的体质，他还非得将石鸡的鸡毛拔光，然后拿去做叫花鸡，味道应该勉强不错，嘿嘿。

"臭小子，快收起你那个眼神，竟敢打本凰的主意，欠揍是不？"

石鸡何等敏锐，从浮生发亮的眼神中，它第一刻就捕捉到了意味，真是又怒又惊。觉得浮生这个臭小子真是胆大妄为，连它都想吃，它可是不灭宗的老祖宗啊，真是吃了熊心豹子胆了。

"没，只是想想而已，没事！"

浮生知晓自己方才的想法被石鸡洞悉了，老脸有些挂不住，讪讪地笑了笑。

没想到石鸡一巴掌扇了过来，直接把浮生扇出了十丈远："便是想也不行。"

摸着屁股的浮生，狠狠地看了石鸡一眼，狠声道："你强！"

"怎么？还想日后报复我？那也得看你什么时候能打得过我，也不是太难，至少境界上要到大能者吧，不然我站在这里，你都无法破开我的防御。"

傲娇，赤裸裸的傲娇。

石鸡昂着鸡头，鸡屁股翘起，居然在用那双绿豆大小的鸡眼鄙视浮生。

最终，浮生还是选择忍下，实力不如人，没办法只能低头。

看浮生吃瘪，石鸡浑身舒爽，它做着剔牙的动作，问道："说说看，从这一战中你获得了什么？"

浮生心里真想踹石鸡一脚，敢情它还开始教他了，不知道告诉石鸡他真实的身份后，它还敢不敢这样？

"终于深刻体会到一个道理。"

浮生沉默一会儿后，说道。

"哦？什么道理，说说看，本凰可以帮你分析分析。"

石鸡高昂着鸡头，一副给弟子讲解法则典道的模样。

事实上，在不灭宗中，它也称得上是无上高手了，也曾在宗门给弟子推演过法则典道，受宗门拥戴。对于他们而言，老祖宗给他们讲道，可谓可遇而不可求，所以都倍加珍惜。

然而，浮生曾是一代皇者，在境界上远远高过石鸡，因此，从他的角度看去，会觉得别扭，好似一个婴儿，在咿呀学语之际，操着分辨不清的言语，对成年人阐述做人道理一般怪异。

浮生相当无语，指着石鸡，道："这个道理的获得，还是得感谢你，因为，是你让我深切体会到了什么叫作以怨报德。"

石鸡发呆，而后才反应过来，知晓这家伙在变着法子骂它呢。不过，这次石鸡并未出言反驳，知晓浮生方才的确是吓得不轻。

"我能越级战斗，但只局限在小境界上，大境界的话，还是难以横跨。不过，赵源的实力尽管比我强，但强得不多，只要我的修为再精进一些，应该可以与他一战，即便不能必胜，但也可全身而退。"

浮生仔细回顾方才的战斗，总结经验，知晓赵源只不过是刚进入典搬境不久，还未进行深层次的搬血，自己还是有一战之力的。

"为今之计，便是可以着手提高修为了，不过在此之前，我还需再多备一些典石。"

浮生眼眸一亮，邪气的笑容再度挂到脸上。

原本还在点头赞赏浮生能如此快地总结出优劣的石鸡，听到后面，便哑口无言了。

"稍作休息，吃点儿谷中果实填下肚子，我们再出发吧。"

浮生给自己定了一个方向。

石鸡只能摊摊手，表示无奈。

而后，在石鸡的指引下，浮生寻了一些可以食用的果实饱腹，稍加整顿后，再度出发。此次，浮生吸取了一些教训，他专挑实力比他低弱的下手，除此之外，也会针对一些行为不检点的弟子，这样就没有愧疚感，浮生觉得自己真是太善良了。

帮一些弟子复仇，还能获得典石，两全其美，真是机智啊。

短暂的几日内，浮生屡次出手，都有令人满意的收获。而今，他身上所抢的典石，已经有四十三块，真是要多谢那些效仿他的不良弟子。

因为，扶桑谷对他的污点传言，自然也引起一些弟子动了歪脑筋，效仿浮生的做法，认为这种办法的确很有效，可以最大限度节省时间，获得最多的典石。

只可惜，他们只能充当浮生的踏脚石，为其收集典石，让浮生成为最终的获利者。也因此，在如此短的时间内，让浮生获取的典石增加到了四十三块。

"四十三块，足够我晋升到典锻境四星了。"

浮生原本一只脚已经踏入典锻境三星，只需要少量典石，就可进入三星。三星到四星，是需要四十块下品典石的，刚好够用了。

接下来浮生需要做的便是找个安全处所，石鸡此等大能者级别的强者，自然是最好的护道者，可安心突破了。

半个时辰后，一处水月洞天中，一鸡悠闲躺卧在洞口，叼着不知名的虫子，满意地品尝着。而洞中，正盘坐着一个年轻人。

他外表清秀俊逸，尽管服饰破烂不堪。但他的气质不凡，可以无视这一切。

在其身周三尺之内，气血鼓荡，仔细听闻，似有浪潮之音，意味着他的气血浓郁。尤其是他的典脏处，正有一块残木浮现，这是他独有的武典。残木发着光芒，有音回荡。

残木武典，一眼望去，使人深陷其中，无法自拔。偶尔有莫名字符浮现，晦涩难懂，极其玄奥莫测。并且有着莫名的气息，仿佛穿越了宇宙洪荒，在乾与坤之间，构架桥梁。

神曦璀璨，汩汩典力在四肢流转，地上摆放的典石，细数的话，显然少了一块，很显然此人正在炼化。

他便是在扶桑谷中被众多弟子传言的大凶之人浮生，他是新晋弟子，更是不灭宗外门境域之中排名最末的羽境的新人，可他在扶桑谷中的名声，隐约不弱于老一辈弟子了。

炼化之法，自然不同，是浮生独有的典术，吸收起来事半功倍，而且很纯粹，不会浪费多余的典石，更易于吸收。

浮生的气息暴涨，黑发飘动，破败的长衣在鼓动，炼化而来的典力，自四肢五脏，汇入典脏处的武典。

对于武典而言，典力便是养料，可以激活补给，使其茁壮，越发凝实。那么他日，就越能提供强有力的攻击，再度反馈在己身。

汇入武典的典力，此刻似乎有所减弱，那块残木的光芒也开始有了收敛的趋势。而后，浮生蓦然睁开双眸，两道光束射出，气息涨得很多，但始终差了一些。

"还不够，再加！"

浮生加了一块典石，再度开始炼化。

三尺之内，光华如旋风，在不断地旋转。削弱的气息，再度涨了起来。浮生手捏神秘印记，不断做着变幻。一盏茶的时间过后，第二块典石化为了虚无，浮生的眸子再度睁开。

"还差一些。"

这个在浮生所料之中，按照他的推断，应该需要炼化三块下品典石，就可以真正进入典锻境三星层次，因为他此前已经是一只脚踏进三星了，故此，所需典石才不多。

浮生继续拿了第三块典石，闭目，开始炼化。

修为的确开始有所精进，可以跨越了。然而，就在可以一举突破之际，典石再度化为虚无，炼化完毕，还是差了那么一点儿。

"想必，第四块就绰绰有余了。"

浮生捏印，又进行一轮炼化。然而，结果却还是差了那么点儿。这令浮生皱了下眉头，有些想不通，他能感受到己身修为的确是在精进，气息也在凝实，身上充满了力量，可为何，炼化了四块却还不能跨过三星层次？

莫非这些典石纯净度不够？浮生将地上的典石拿起来，仔细观摩，发现问题并非出在典石上，那究竟是为何？

不信邪，浮生又一次拿了一块典石，总共加起来，这是第五块下品典石，应该可以进阶了。

典力震荡的轰鸣声，在洞里不断回响。可惜，在炼化完了第五块典石后，浮生居然还未进阶，依旧停留在典锻境二星圆满的境界，这可就奇怪了。

"我就不信了，不可能让我卡在此处吧。"

浮生排除掉典石的问题，因为，他确实能感受到自身实力的提升。因此，他一不做二不休，干脆拿起了两块典石，同时进行炼化。

一般而言，典者炼化典石是一块一块吸收炼化的，很少有人如此。因为这样很可能吸收不当，让体内典力出现杂质，抑或有所冲突，重则会跌落境界。

一般人都不会这么干，可浮生却如此做了，并非是浮生莽撞，而是艺高人胆大，他有这个把握。

浮生有炼化典石的秘法，因此，能最大限度地吸收典石当中的典力，化为己用。便是此等下品典石，由他炼化的话也要比他人吸收得更多，利用得更加彻底。

可以这么说，别人吸收典石，能吸收比一般水平多一些就不错了。更好一些的话，比这个程度再好一些，但很少有人能如浮生这般，近乎将典石化为虚无。这说明，浮生用于炼化典石的典术，的确要远远超过他人。

别人需要两块典石，才能炼化出足够的典力，可能浮生一块就足够。

这便是区别。

两块典石发散出光芒，悬浮在浮生的手掌之上，一丝丝的典力在掌中汇聚，进入体内，流经四肢百骸。等同于最初两倍的典力，注入体内，让浮生长发飞扬，肌体更是有光闪烁，全身脉络都活了起来。

那块朱红色的残木武典，颜色似乎变得鲜艳起来，如同鲜血在缓缓流动，栩栩如生。

不得不说，浮生的武典太过与众不同，与这个世界典者所修炼的武典，完全不一样。他简直就是一个异类。

他们的武典，如书籍，隐匿在典脏处，需要时会显现出来，为人体提供强有力的典力，使之能长久战斗。

在修为更高时，武典的作用才算是真正开始发挥。武典武典，是为典，便必然有文字，那是典文，后期需要铭文，注入武典当中。

当然，这是后话了。

其实，武典并非只是提供典力这么简单，它的重要性远远超过人们的想象。便是浮生，也不算研究通透。

两块典石同时吸收炼化，尽管时间长了一些，但对于浮生的神秘典术来说，并无太大负担，相反，只是多费了一些时间，便炼化完毕。

浮生再次睁开双眼，稍加感受，他便迟疑了。只因，他还对未能进阶，依旧停留在二星圆满境界。只不过，虽然还停留在这个境界，但与此前未炼化典石之前，实力有所差别。

如今的浮生，比之前要强了很多。

可是，为何还无法进阶呢？明明实力是精进了，这说明炼化典石时吸收了典力，并无浪费。

浮生干脆停了下来，他需要一些时间进行思考。

"不管了，就一直炼化，直到将地上这些典石，尽数炼化干净，看看是否有用。"

浮生最终决定下来，既然典石能吸收炼化，或许此前典石的典力还不足以突破呢？事实上，按照浮生往常的经验，他在典锻境二星圆满的境界，吸收三块下品典石，便足以进阶了。

很显然，此刻的浮生，躯体似乎发生了一些变化，不能以常理来度之。

因此，需要超过三块典石所炼化来的典力吧。

而后，他又拿起了第八块典石，心神沉下来，专心开始修炼。不去想何时进阶，也不去想需要炼化多少块典石，才能让他突破至三星。

第八块，很快就炼化完毕，接着开始第九块典石。

几息过后，第十块典石。

终于，在第十块典石欲要被炼化干净的时候，不知在体内何处，竟响起了一道破裂的声音，浮生心神立即沉浸入体内，进行内视，而后惊喜地发现，他终于进阶了，成功破入典锻境三星境界。

"还真是不易啊，竟吸收了十块典石，才堪堪进阶。"

浮生看了看地上仅剩的三十三块典石，表情有些微妙。

"来吧，继续！"

有了此前的经历，此次，浮生便不再过多关注上升境界的多少，而是全心全意炼化典石。

不知过了多久，待浮生睁开双眸欲要伸手去拿典石，却发现地上空空如也，此次的突破宣告完毕。

"看看修为精进到了何等层次。"

浮生屏气凝神，而后，表情有些难看地发现，整整吸收了四十三块下品典石的他，居然只突破到了典锻境三星中期，随后还有后期、圆满两个小层次。

太失败了吧，如若换成他人，恐怕早就进入典锻境四星层次了。

"典锻境只不过是典者一途中，最起始的一大境界，相对而言，修炼速度是最快的，怎么到我这里，竟会如此难以突破呢？"

浮生不明所以，博学如他都很难在短暂时间内想透。

唯一值得浮生高兴的是，尽管境界突破不快，但实际上的战力上涨了很多，通体有澎湃典力充溢，很想挥拳砸在地上发泄一下。不过，浮生忍住了，因为他还没那么傻。

第30章 一路横推

浮生自洞中走出，通体神光自溢，吸收了四十三块典石，他看上去越发气势逼人，与之前的状态截然不同。

"这么快？"

浮生刚一走出，优哉游哉卧躺的石鸡，便察觉到了，诧异浮生炼化的速度。

而后它瞪大了双目，有些疑惑地道："怎么境界只在典锻境三星中期，四十三块典石尽数炼化的话，理应突破至典锻境四星，不应该啊，是不是没全部炼化？"

石鸡是何等强者，纵然实力受损，但它终究还是大能者级别的强者，其眼光何其老到，一眼就看出浮生的不对劲之处。

"全部都炼化了，我也不晓得为何没能突破到预期的境界。"

浮生没有惊讶于石鸡竟然能一眼看透他此时的修为，他比谁都清楚大能者。

石鸡点点头，道："虽然境界提升得不多，但实际战力精进了不少啊。"

它眯缝着双眼，显得很是深邃。

"的确，我感觉全身充满了力量。"

浮生精气神十足，眉宇间的轮廓，越发清晰明朗了。

石鸡正要开口，很快又止住了，因为它发现，身后响起一阵窸窸窣窣的声音。

"有人来了，还不少！"石鸡转身，看着声音传来的方向。

它知晓必然是路上留下的一些痕迹，让有心人寻了过来。不能说石鸡隐匿的手段很差，而是它根本就未曾想过故意隐藏自己，一个大能者高手坐镇，它还真想不出在扶桑谷中，还会有谁敢来触它的霉头。

浮生向前迈动了一步，劲风鼓动，他信心十足，典脏处的武典在暗自运转，仔细听来，更能察觉到一股磅礴气血，似要冲天而起，将云层冲散。

而今，他境界提升，修为更是比此前精进了不少，如若有人不怀好意，他不介意拿他们试下身手，检验下战力。

一人一鸡，便是如此静站于此，气势惊人，身躯内恍若有真龙暗涌，不鸣则已，一鸣惊人。

窸窸窣窣的声响越发明显了，凭借脚步声，就可以发现对方不在少数。而且，一点儿都不顾忌，似乎很有底气，有所倚仗。

近了，越发近了。

当第一个人自树丛中蹿出后，浮生体内战意澎湃，竟发出金属碰撞之音。随后他的脸上出现了莫名的笑容。

浮生对刚冒出来的第一个人，并不陌生，相反，还是之前见过的。

"真是没想到，他们竟追到了这里，真是不死心啊。"

浮生淡淡地说了一句，似乎不含太多的情绪，只是身旁的石鸡，闻到了这其中的怒意与战意。

"哈哈，真的躲在此处，真是让我等寻得好辛苦啊！"

正主从人群中走了出来，分明便是起初差点儿杀了浮生的赵源。

此刻，跟随他而来的众位弟子，尽数到齐，带着瓮中捉鳖的幸灾乐祸与打趣。他们皆以为，浮生此次逃不了了。

"你逃啊，用力逃啊，是否需要给你插上一双翅膀？"

赵源心情很不错，语气轻蔑，认为浮生此次是插翅难飞，难以逃出他的手掌心。他对之前的战斗耿耿于怀，万万都没想到，眼前这个新晋弟子，在他的腾蛇伏攻击下，居然幸免于难，挺了过去，并且最后还逃走了。

"为何要逃？"浮生看了此刻十分嚣张的赵源一眼，平淡地说道。

"哈哈，都到了如此境地，还逞英雄？"赵源张嘴大笑，他很放松，有一种大局已定的信心，他最喜欢看到这样的场景，弱小者被围困，无法逃脱的无奈，最后在挣扎中绝望。

赵源与浮生并无大仇，但是他很爱管闲事，认为自己有这番能力，可以为他人主持大局，对浮生出手，只不过是为了收获声望和影响力。

可眼下若不是浮生，而是其他人的话，想必早就成为他提高声望的踏脚石，太冤了。

"赵师兄，可不能像上次那样便宜了事，轻易饶了他。"

有些弟子，心怀不轨，眼神不断变化，在琢磨着坏心思，意要折磨浮生。

"满足你的要求，说说看，需要怎么惩罚他？"

赵源眼眸冰冷，嘴角泛着冷笑。不过为了有好戏看，防止浮生再一次逃走，他悄声吩咐了身边的几名弟子，将有可能逃脱出去的出口封住，这是打算彻底切断浮生的后路。

"此人手段残忍，竟然对同门师兄弟下狠手，抢他们得之不易的典石，千刀万剐都算是轻的，不过念在同门，我倒想了一个方法，既可以对其施加惩罚，又可饶他一命，显示出赵师兄的宽厚胸襟。"

有人仿佛就是为了奉承他人而生的，几句话说得赵源高兴满足。

"说说看，究竟是什么好办法？"赵源倒是挺期待，想看看究竟是什么办法。

"嘿嘿，数十位弟子，可一字排开，然后分开两腿，让那小子从胯下一一钻过。"这名弟子很满意自己的提议，声音很大，令众人都能听得到。

"这个啊，貌似不大好吧？"

表面上带着迟疑，故作姿态，事实上赵源心里早已认同此种办法。

"此法极好不过，赵师兄千万别宅心仁厚了，这个臭小子所作所为，太过可恶，这还算是轻的了。"

那些弟子立刻就表示支持，希望赵源立即实施。

"你们是都看不见我吗，还是当我不存在？"

一直没说话，打算看看这些人打什么主意的浮生，听完了他们的话，终于憋不住了。

这群人还真是太过自以为是，全然没将浮生放在眼里，好似浮生真的如软柿子一般，任由他们揉捏。完全没理会浮生本人的选择和想法，直接讨论如何惩罚他。

在他们看来，而今的浮生不可能有其他结果，只能等候他们的审判，至于审判结果如何，全靠心情。

这让浮生心中愤怒，他早有发现，这批跟随赵源的弟子，在听到建议开始准备的时候，无论是做法，还是计谋的策划，都显得十分娴熟，想必是老手，定然对其他人用过。

一唱一和，配合得很好。完全没考虑浮生的想法，直接得出结果，其心态与手法，非常霸道，根本无视他人的尊严，只是将别人的难堪与耻辱，当作他们的好戏，获取生活乐趣。

将人当作逗他们欢笑，可以玩弄的畜生一般，便是石鸡都看得一阵皱眉。它已经给浮生暗示，必要时它会出手好好教训他们。

浮生是畜生吗？必然不是，他曾是上击九天、下战九幽的一代皇者，一拳轰出，八荒六合，化为灰烬。

他们竟然想要浮生去钻他们的胯下，若是巅峰时期，浮生一个眼神，便要使这些弟子永远闭嘴。

可而今，浮生实力早已不复从前，又念及同门。不过就算是浮生有所妥协收敛，但也断然不可能对这种侮辱无动于衷。

"放肆！瓮中之鳖，竟敢有如此口气，真是皮痒了。"

有弟子第一时间就开口怒斥浮生。

"当你不存在又如何？无视你又如何？识相的，快点儿钻过来，我等看心情，说不定会给你扔几块骨头舔舔。"

"哈哈哈……"众弟子哈哈大笑，嘲笑侮辱的意味十足，不加任何掩饰。

他们在起哄，在看浮生的笑话。

浮生终于动了，打算用最直接的举动来表示他的怒意。

他面无表情，让人看不出他想干什么。不过，浮生这种沉默的表现，却让那些本已嚣张的弟子，更是以为浮生这是自认无路可逃。

"哈哈，我就勉为其难来教教你吧。"

这名弟子在这群弟子当中，尤为嚣张狂傲，他是赵源手下最为谄媚的狗腿子，没少帮赵源干坏事，气焰十足，从某种程度上来说，他的言行甚至可以代表赵源的意志。

也是因此，才使得他平日间的处事，越发肆无忌惮。

原本，浮生是打算直接略过这些普通弟子，径直走向赵源的。可没想到这个面目可憎的家伙，居然率先挡住了他的去路，神情轻蔑地看着浮生，他在挑衅！

"哦？"浮生平淡地看了这名弟子一眼，而后道，"那就你吧！"

得到浮生的确认，这名弟子更加狂傲了，他挺着胸膛，朝后方的众弟子大笑道："哈哈，你们看，这小子真是懂得做人嘛，不错不错，我会赏你一块上等骨头啃的。"

他打着哈哈，笑得身上的肥肉乱颤。

浮生果真朝这名弟子走了过去，在他对面停了下来。

"砰"！

浮生的动作何其迅猛，长腿宛如钢枪，周围的空气都震出涟漪，狂暴无比。

一击命中，瘆人的声音在空中响彻开来。

浮生奋力一击的力道，竟然将这名弟子踢飞。在撞倒了几棵树后，这名重伤的弟子，终于在无法承受的痛苦中，彻底昏死过去。

寂静的人群，在这名弟子昏迷过去的瞬间，彻底沸腾了。

《禁域》下册精彩预告

　　扶桑谷之行，浮生机缘巧合之下解救了护宗典兽"石鸡"。虽然意外失去了珍藏多年的珍稀典术，却收获了一个强大的同伴。

　　有了引路人，浮生决定继续深入神秘的扶桑谷，到扶桑谷深处一探究竟。

　　浮生与石鸡一路打打闹闹，不知不觉中到达了扶桑谷最危险莫测的区域。俨然自成一个世界的扶桑谷深处投射出了诡异的景象……

　　随后，一人一鸡追随着一连串极为缥缈的风铃声，竟然看到了传说之中的"时间长河"！

　　"时间长河"上花开花落，生命循环，异象迭出，仿佛向浮生无言地倾诉着一段异世界的过往，而这一切都与他体内的红棺有着莫大的联系。战船上的白衣女子跨越时空对视浮生，与天地规则相抗，只为了向他传达一句话……

　　时空彼端，究竟有怎样的秘密，让绝密红棺、白衣女子纷纷跨越时空，对视浮生？

全新线索尽在《禁域》第二册，精彩不容错过！

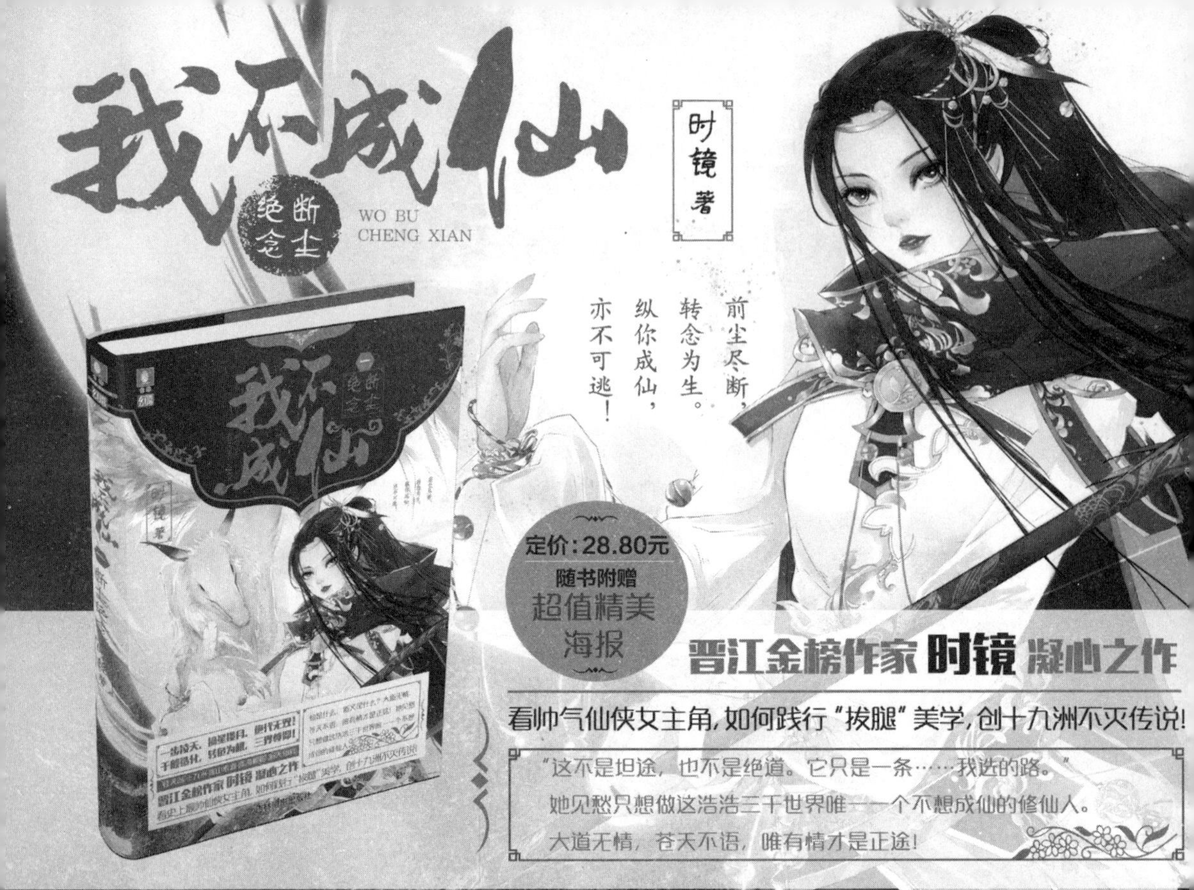

意林精品图书推荐

多味之恋 系列

《别来无恙，我的小初恋》
简介：销量超百万作家沈嘉柯暖心力作，陪你一起挥别青春，再出发。
定价：29.80元

《喜欢你这句话，我憋住了整个青春》
简介：数十篇青春伤感故事，带你领略成长、青春、爱恋的阴晴圆缺。
定价：29.80元

《遇见你，就是最对的时候》
简介：青罗扇子、周德东等作家用文字演绎纸上电影。时光远去，我们永远青春。
定价：29.80元

《我记得你说过的每句美好》
简介：独木舟、夏七夕、七微等名家用真挚的笔触探究青春的色彩。
定价：29.80元

深夜暖心 系列

《这世间所有的纸短情长》
简介：织梦人张芸欣在深夜为你点一炉青莲之香，寻找渐渐远去的青春与年少。
定价：29.80元

《世界那么大，命中注定遇见你》
简介：每个人都会接触形形色色的人，又会和一些人聚聚散散，马叔说：这些相遇都是命中注定。
定价：29.80元

《我不怀念你，我只怀念有你的往昔》
简介：继《左耳》之后深入骨髓的疼痛青春，每个人都可以在她的故事中找到最原始的自己。
定价：29.80元

《花与巡夜人》
简介：国内一本填色减压故事书，抚触你的心灵，治愈现代人的都市病症。
定价：36.90元

十八而志 系列

《少年从不等风来》
简介：关于年轻人的追梦故事，他们关于自己的特立独行，创造属于自己的天地。
定价：29.80元

《你的人生不需要别人点赞》
简介：大人物从这里起步，成就了丰盈的人生。数百篇故事告诉你成功者的秘密。
定价：29.80元

《逆光飞翔，微芒盛放》
简介：名人物的磨难被晾晒成坚强，带给你十八而志的青春励志的正能量。
定价：29.80元

《像明星一样去战斗》
简介：数十位明星的奋斗史。逆袭背后，都是平凡生活中的伟大梦想。
定价：29.80元

大阅读 系列

《脑洞君，请收下我的膝盖》
简介：理科的严谨与文科的情怀，二者你都能拥有。
定价：28.90元

《我心有猛虎，而你只要一枝蔷薇》
简介：量身为中学生打造的心灵读本！
定价：28.90元

《一生心事只得一人来解》
简介：与名家碰触思想上的火花，快乐成为阅读的领跑学霸。
定价：28.90元

《好男孩上天堂 坏男孩走四方》
简介：毕业于剑桥大学的才女陈叠邀您围观世界名校男神！
定价：29.80元

初心讲义 系列

《把你所有的不安都交给我来暖》
简介：讲给你听，117个如同心灵抱抱的故事。
定价：29.80元

《所有人的坚强，都是柔软生的茧》
简介：玻璃心的朋友们，看这里！讲给你听，125个含泪奔跑的人生故事。
定价：29.80元

《生命中除了爱，其他都是行李》
简介：讲给你听，召唤小确幸的111个故事。
定价：29.80元

《都道初心不可负，而初心是何物》
简介：133个初心故事，既有明星大家，又有平凡人物，从故事里闪耀初心的光芒。
定价：29.80元